Maike Rockel

Das Konzerthaus

CW Niemeyer *N*

Inhalt

Prolog   7

I. Kalenderwoche 49/50 2015   **11**
Kapitel 1: Mone   13
Kapitel 2: Aller guten Dinge sind drei   20
Kapitel 3   33
Kapitel 4   45
Kapitel 5: Akoya-Perle   63
Kapitel 6: Spuren-Personen-Treffer   76
Kapitel 7: 22-Zoll-Felge   88
Kapitel 8: 3. Mose 17/11   92

II. Kalenderwoche 50/51 2015   **107**
Kapitel 1: Wilma   109
Kapitel 2: „Junge Deerns"   116
Kapitel 3: Billie Holiday   127
Kapitel 4: Der Minispion   143
Kapitel 5: Der Eid der Bürgermeisterin   153

III. Kalenderwoche 51/52 2015 / 1. Teil   **163**
Kapitel 1: Marilyn Monroe   165
Kapitel 2: Brobdingnag   174
Kapitel 3: Maria Magdalena   185

IV. Ost-Berlin, 1988   **201**
„Heilige vier Könige"   203

V. Kalenderwoche 51/52 2015: 2. Teil   **209**
Kapitel 4: Der Prinz und der Prügelknabe   211
Kapitel 5: Die Ungläubige   222
Kapitel 6: Lollo Rosso   238

Kapitel 7: Die Hand der Fatima	247
Kapitel 8: Sorry seems to be the hardest word	258
Kapitel 9: Karlchens Foto	272

VI. Kalenderwoche 52 2015 / 1. Teil — 285
Kapitel 1: Verirrung — 287
Kapitel 2: Der Freund der Gemeinde — 301
Kapitel 3: „Gute Reise" — 313

VII. Israel Oktober 1989 — 323
Maccabee — 325

VIII. Kalenderwoche 52 2015 / 2. Teil — 333
Kapitel 4: Rosenholzdateien — 335
Kapitel 5: Pocahontas — 342
Kapitel 6: Das Gleichnis von Himmel und Hölle — 352
Kapitel 7: Der Vermieter I — 370
Kapitel 8: Der Vermieter II — 385
Kapitel 9: Blutsfreundinnen — 395
Kapitel 10 — 407
Kapitel 11: Die Hydra — 414
Kapitel 12: Patschuli — 421
Kapitel 13: Garrotte — 426

IX. September 2016 — 441
Kapitel 1 — 443
Kapitel 2: Whole genome sequencing — 461

Epilog — 475

Prolog

„Wärest du wenigstens ein Mädchen geworden. Du bist schuld, dass ihr euch geteilt habt!", kreischte meine Mutter, und ihr absonderlicher Blick, den ich erst später einordnen konnte, ließ mich erschauern.

Verstehen Sie das? Ich begriff es erst viel später, was sie meinte und was in ihrer abgründigen Seele vorging, aber sie ließ ihre tiefe Ablehnung zu meinem schmerzhaften Wegbegleiter werden. Es war mein Schicksal, dass ich in dem schändlichen Lebenskonzept meiner Mutter keinen Platz hatte.

Es wäre ihre verdammte Pflicht und Schuldigkeit gewesen, mich zu lieben, aber sie verweigerte mir ihre Gunst. Sie würdigte mich entweder keines Blickes oder setzte mich auf unverzeihliche Weise herab, obwohl ich wie ein Stern strahlte.

Ich versuchte, ihre harte Hand abzuwehren. Eine eiserne Hand, die mich nie zärtlich und liebevoll berührte, nie den Weg zu meinen Wangen gefunden hatte, um mich zu streicheln oder eine Träne nach einem Sturz wegzuwischen.

Knöcherne Finger bohrten sich schmerzhaft in meine Oberarme. Ihr saurer Körpergeruch und ihre Fahne stiegen mir in die Nase, während mein Bruder mir mit einem Ruck die Hose von den Beinen zog.

Weinen musste ich. Ich weinte vor Wut und Scham und verlangte, mir das nicht anzutun. Meine Mutter aber hielt mich fest und lachte nur. Sie stieß dabei immer schneller werdende, rhythmische Laute aus, als würde sie keine Luft mehr bekommen und an ihrem eigenen Lachen ersticken.

Als mein Bruder es wagte, mir einen rosafarbenen Rock anzuziehen, trat ich immer wieder nach ihm. In diesem unfairen Kampf pulsierte das Blut in meinen feinen Äderchen, und mein Gesicht verfärbte sich glühend rot. Als ich ihn schmerzhaft in seine kläglichen Eier stieß, schrie er auf und ließ von mir ab. Sein Lachen erstickte. Aber meine Mutter war unerbittlich.

„Tanz für uns! Los, dreh dich und lass deinen Rock schwingen", wieherte sie und nahm einen gierigen Schluck Wodka aus einer alten Saftflasche. Jeder konnte sehen, dass sie eine Säuferin war, trotzdem glaubte sie, ihre Umwelt mit diesem erbärmlichen Trick täuschen zu können.

Mein Bruder hatte sich schnell gefangen, nahm die Gitarre und sang das Kinderlied aus Humperdincks Oper „Hänsel und Gretel."

Warum meine Mutter diese Oper immer und immer wieder hörte, weiß ich nicht. Sie war keine Freundin der Musikkultur oder ein kontemplativer Feingeist. Vielleicht ergötzte sie sich einfach nur daran, wie unbarmherzig dieses Geschwisterpaar von seinen Eltern getäuscht und ausgesetzt wurde.

Brüderchen, komm, tanz mit mir, beide Hände reich'
ich dir, einmal hin ...

„Wenn du jetzt nicht tanzt, dann wird dich Gottes Strafe treffen. Ich verkaufe dich! An einen Kinderpornoring oder an den, der am meisten Geld bezahlt!"

Natürlich wusste ich damals nicht, was ein Kinderpornoring war oder dass man Kinder verkaufen konnte, aber ich wusste, dass ich nicht noch mehr von Gott bestraft werden wollte. Meine Kindheit war bereits Leid genug.

Meine bösartige Mutter zwang mich zu hoffen, dass sie mich eines Tages doch lieben könnte, wenn ich mich nur mehr anstrengte! Sie brachte mich dazu zu glauben, es verdient zu haben, im Schatten meines Bruders zu stehen. Sie aber hätte mich lieben müssen. Stattdessen liebte ich den Menschen, der mich demütigte und misshandelte.

Beide Arme nach oben gereckt, führte ich die Fingerspitzen über meinen Kopf wie zu einem Gebet zusammen, drehte mich zu der Musik wie eine Ballerina und tanzte, tanzte, tanzte. Während ich zu Gott betete, nahm meine Zunge den salzigen Geschmack einer herablaufenden Träne auf.

Brüderchen, komm, tanz mit mir, beide Hände reich' ich dir, einmal hin ...

Meine Mutter hatte viele quälende Ideen, mich für meine Existenz zu bestrafen. Wahrscheinlich wäre es für uns alle besser gewesen, sie hätte mich verkauft. Ich aber überlebte diese dunkle Zeit und gelangte zu der Erkenntnis, dass Gott alle Sünden vergeben wird. Aber diese allmächtige

Gnade hatte ihren Preis. Für meine göttliche Vergebung lernte ich Opfer zu bringen, aber auch Opfer zu suchen, um jegliche Schuld zu sühnen.

I. Kalenderwoche 49/50 2015

Kapitel 1
Mone

An einem winterlich kalten Hamburger Nikolausabend näherte sich ein Mann mit einer Schirmmütze einer blassgrauen, viergeschossigen Jugendstilvilla, drehte behutsam einen zylinderförmigen Schalldämpfer auf die Mündung seiner schwarzen Pistole und verbarg die Waffe unter seiner Jacke. Er schnippte den Stummel seiner Zigarette auf die unberührte, hauchdünne Schneedecke und richtete seinen Blick auf das Etablissement.

Alle vierzehn Fenster des Hauses waren von außen mit aus grünen Tannenzweigen gesteckten Kränzen, die mit schwungvoll gebundenen, roten Schleifen verziert waren, festlich geschmückt.

Durch die an der Eingangstür angebrachten Leuchtkegel erstrahlte die weihnachtliche Fensterfassade in warmem Licht und erinnerte an die Türchen eines noch unberührten Adventskalenders.

Lediglich das dezente kleine Metallschild mit der Aufschrift *Flow Nightclub* wies darauf hin, dass in diesem gehobenen Lokal nichts unberührt blieb und keine christlichen Wünsche erfüllt wurden.

Nur ein Mann und eine Frau saßen im schummrigen Licht an der aus Mahagoni gebauten, sechs Meter langen Bar. Direkt bei der Frau lag auf dem Tresen neben ihrem

Smartphone und einer Schachtel Zigaretten ein elegantes Damenfeuerzeug, auf dem versteckt auf einer Seite *Mone* eingraviert war. Im Hintergrund spielte leise Musik. Simone trug einen noblen, schmal geschnittenen, dunkelblauen Hosenanzug, der zu einem verstohlenen Blick in das aufreizende Dekolleté und auf die rote Spitze ihres Bustiers verführte. Sie war blond, annähernd fünfunddreißig Jahre alt, hübsch und hatte himmelblaue Augen. Ihr knallroter Lippenstift setzte einen Akzent in dem sonst dezent geschminkten Gesicht. Interesse vorgebend, fuhr sie sich immer wieder mit ihren rot lackierten, langen Kunstnägeln durchs Haar, während der Mann auf sie einredete und hierbei gelegentlich seinen Oberkörper nach oben streckte.

An der Bar arbeitete Simones langjährige Lebensgefährtin Lotta Kardinal, die gerade den Kühlschrank mit Champagner auffüllte und mit einem Hüftstoß die Tür schwungvoll zuknallte. In einer Stunde würde der Club öffnen, und sie hatte noch einiges vorzubereiten.

„Ich geh nach oben und mache die restlichen Zimmer fertig. Soll ich euch noch eine Flasche Champagner aufmachen? Bin nämlich dann erst mal für eine Weile weg", fragte Lotta.

„Wir können noch etwas vertragen oder was meinst du?" Während Simone sprach, drehte sie sich zu ihrem Freier und strahlte ihn an. Sie war geschäftstüchtig, denn für jede georderte Flasche erhielt sie eine beachtliche Provision.

Er nickte, und Lotta stellte eine hochpreisige Flasche Champagner in einem Eiskühler auf den Tresen. Dann verließ sie die Bar.

Simone betrachtete ihren Kunden während seiner zeitintensiven Erzählung und beobachtete, wie sich in seinem Mundwinkel klumpige Spuckereste bildeten, die sich zu weißen, hüpfenden Ziehfäden entwickelten und ungefähr so aussahen wie die zuletzt gebildete Fischfigur eines Handfadenspiels, mit dem sich Schulkinder in vergangener Zeit während der Pausen gerne die Zeit vertrieben hatten.

Sie hatte sich an ihren Stammkunden gewöhnt, der es vorzog, den Club außerhalb der Geschäftszeiten zu besuchen. Er war schon älter, trug schlecht sitzende Kleidung und saß unbeholfen auf dem für ihn viel zu hohen Barhocker. Das wenige Haar war kunstvoll über seinen Kopf drapiert, ergebnislos bemüht, über seine für jedermann sichtbare Glatze hinwegzutäuschen. Die fettige gelblich-weiße Strähne, die er über die gesamte Glatze gekämmt hatte, klemmte er hinter den Bügel seiner abgeplatzten Hornbrille.

Professionell ignorierte Simone das unansehnliche Äußere und nahm seine erschlaffte, auf seinem Bein ruhende Hand. Während sie ihn vom Barhocker zog, rutschte sein Handy aus der hinteren Hosentasche und fiel, von beiden unbemerkt, geräuschlos auf den Teppich. Mit ihrer zartgliedrigen Hand griff sie elegant nach ihren Rauchutensilien und ihrem Handy und führte ihren Kunden in eines der im Souterrain gelegenen Zimmer des Etablissements.

Der Mann mit der Schirmmütze hatte die Bar über die bereits geöffnete Hintertür betreten. Sein muskulöser Oberkörper steckte in einer zu kleinen grünen Bomberjacke, was seiner stattlichen Erscheinung etwas Lächerliches gab. Die zu eng stehenden, seegrünen Augen und das kurz rasierte braune Haar fügten sich stimmig in die Gesamterscheinung.

Im Souterrain waren alle Wände des Zimmers in einem dunkelroten Farbton getüncht, und der an der Wand hängende in Gold gerahmte Spiegel hatte schon üppige Fantasien sichtbar gemacht. Auf dem mit weißer Bettwäsche ausgestatteten Doppelbett hatte Lotta dekorativ zwei Badehandtücher mit Duschproben hingelegt.
Mit einem Handtuch in der Hand betrat Simone das angrenzende Badezimmer, während ihr Kunde sich vollständig auszog und seine Bekleidung sorgfältig über einen Stuhl neben dem Bett hängte. Die gekühlte Champagnerflasche auf dem Eckrand des Whirlpools unweit des Bettes war bereits geöffnet, und zwei gefüllte Gläser luden zu einem weiteren Drink ein. Wohlig ächzend glitt er in den mit dampfendem Wasser gefüllten Pool. Er führte das Glas an seine Lippen und ließ einen kühlen Schluck die Kehle hinuntergleiten. Entspannt schloss er die Augen.

Der Mann mit der Schirmmütze öffnete langsam und unbemerkt die Tür des süßlich duftenden Zimmers. Er schien sich auszukennen, trat geräuschlos an den im Whirlpool dösenden Kunden heran, hob routiniert den Arm, zielte auf die Schläfen des seitlich zu ihm sitzenden nackten Mannes und betätigte den Abzug. Durch die Wucht des kaum hörbaren Schusses schlug der Kopf zur Seite und zog den gesamten Oberkörper mit, der sanft und fast geräuschlos ins Wasser sank. Das Projektil traf zentral ins Stammhirn, und der Freier war sofort tot. Ohne Zeit zu verlieren, breitete der Mann auf dem roten Teppichboden eine große, blaue Plastikfolie aus, zog den toten Kunden mühelos aus dem fast randvollen Wasserbecken und bettete ihn auf die vorbereitete Unterlage.

Als Simone den Raum betrat, hatte sie das weiße Badehandtuch um den noch feuchten Körper gewickelt und unterbrach – ohne die maßgebliche Veränderung im Zimmer anfangs bemerkt zu haben – die Stille. „Schatz, jetzt werden wir es uns richtig schön machen. Was darf ich denn heute für dein Wohlbefinden ...?"

Zuerst fiel ihr Blick auf die Champagnerflasche, die im zartrosa gefärbten Wasser schwamm, und dann sah sie den Toten auf dem Boden liegen. Sofort brach sie ihr geschäftsmäßiges Geplauder ab und starrte Schirmmütze an, der damit beschäftigt war, ihren toten Kunden einzuwickeln.

„Wat haste jetan? Icke hab' euch doch allet erzählt!"

Mit greller Stimme fiel sie in ihren Berliner Dialekt, was immer geschah, wenn sie aufgeregt war.

Sie unterbrach sich und starrte erneut in den Whirlpool.

„Wieso knallst'e denn meenen Stammkunden ab? Der hat mir doch aus der Hand jefressen und allet erzählt, wat ihr hören wolltet ... Mir brummt noch der Schädel von seinem Jesabbel heute über den Riesenskandal."

Sie legte ihre Hand dramatisch an die Stirn, als habe sie stechende Kopfschmerzen.

Unbeirrt wickelte der Mann die Leiche ein und sammelte die Hülse am Fuß des Beckenrandes auf, als wäre Simone gar nicht anwesend. Mit einem konspirativen Kopfnicken deutete sie in Richtung Pool und flüsterte: „Der quatschte was von einer Konzerthalle, einem richtigen dicken Jeschäft, und nun ballerst du den ab, wie räudig. Oh Mann, mir is' echt übel ..."

Sie ließ sich aufs Bett fallen und fingerte eine Zigarette aus der Schachtel. Mit zittrigen Händen zog sie den Rauch tief in ihre Lunge, als wäre es ihre letzte Zigarette, und atmete den Qualm langsam aus.

Und dann beging sie einen gravierenden Fehler.

„Und wat von 'nem wichtigen Unternehmer von hier, Melzer oder so, den er fett inne Hand hat wejen Schmierjeld, wat weeß icke. Alter, der hat so viel erzählt, von Politikern, Bürgermeister, det kreest allet in meenem Kopp."

Als der Mann mit der schwarzen Schirmmütze den Namen Melzer hörte, hielt er inne. Er hob den Kopf, kniff kaum sichtbar die Augen zusammen und schien zu überlegen.

Simone stand auf und ging zum Pool. Sie zog an der Zigarette und starrte auf die eingewickelte Leiche.

„Wie willste den Kollejen eijentlich hier rausschaffen?"

Die Schirmmütze antwortete nicht und schoss der überraschten Simone direkt zwischen die Augen.

Seine grüne Bomberjacke hatte er für die Aufräumarbeiten ausgezogen und auf das unberührte Bett geworfen. Er steckte die zweite Patronenhülse in seine Hosentasche, sammelte sämtliche restliche Kleidungsstücke auf und warf diese auf Simones leblosen Körper.

Endlich war die Scheißnutte still. Ihre schrille Stimme hatte er eh nie leiden können. Verdammt, er hatte doch so aufgepasst, aber ihr Blut, das an die rote Wand gespritzt war, musste er noch entfernen. Das Badewasser hatte er bereits abgelassen und den Pool im Anschluss gereinigt. Nach getaner Arbeit war auch das Blut an der Wand nicht mehr zu sehen. Er war zufrieden.

Die in Plastik fest verschnürten Leichen trug er einzeln über einige wenige Treppen nach oben und verließ das Etablissement unauffällig über einen versteckten Hintereingang, der prominenter Kundschaft vorbehalten war. Er lud die beiden Körper gekonnt in den Laderaum seines Kastenwagens und fuhr über die unbefahrene Seitenstraße in die kalte Nacht.

Die Lichtkegel der Straßenlaternen verschwammen während der Autofahrt vor seinen Augen, und er bemerkte, dass eine seiner Kontaktlinsen fehlte.

KAPITEL 2
ALLER GUTEN DINGE SIND DREI

In München schien an demselben Nikolaussonntag die späte Nachmittagssonne auf die Kupferkuppel der Gökhan-Moschee und ließ die hellgrüne Patina in einem besonderen Glanz erstrahlen.

„Wie weit bist du?", dröhnte es in Nora Kardinals Ohr, an das ihr Smartphone unter einem Tschador geklemmt war. Reflexartig hielt sie sich die Hand an ihre Ohrmuschel und friemelte mit dem Daumen ihr Handy zum Mund.

„Ich bin jetzt bei der Moschee und treffe mich gleich mit dem Imam. Ich glaube, wir sind nah dran", wisperte Kriminaloberkommissarin Kardinal ihrem Einsatzleiter zu. Inzwischen war sie fünfunddreißig Jahre alt und sollte heute die Früchte der Saat ernten, die sie in den letzten sechs Jahren Ermittlungsarbeit in die Erde der Münchener Salafistenszene gesetzt hatte. Optisch fügte sie sich perfekt ein in diese fast undurchdringbare Parallelwelt von Anhängern, die unter dem Schutzschirm der Religionsfreiheit gefährliche und überstanden geglaubte patriarchalische Lebensweisen der vorangegangenen Jahrhunderte zu etablieren versuchten.

Ihr eigenes nordafrikanisches Aussehen half ihr bei ihrer verdeckten Tätigkeit. Die neuen Glaubensbrüder und -schwestern nannten sie Yasemine, und in Noras langen, dunklen Gewändern, ihrer Arbeitskleidung quasi, verschwand ihre sportliche Gestalt trotz ihrer 1,76 Meter Größe und ließ sie kleiner erscheinen. Hinter ihrer runden Hornbrille blitzten tiefbraune, kluge Augen, die von dichten schwarzen Wimpern eingerahmt waren. Unter ihrem Hidschab oder wahlweise dem Tschador verbarg sie dunkelbraunes, gewelltes, schulterlanges Haar, welches sie meistens zum Zopf zusammengebunden hatte.

Nora hatte sechs Jahre darauf hingearbeitet, in diese Szene einzudringen und aufzusteigen, um über die wichtigen Schaltzentralen geplante Attentate aufzuspüren. Ihre tunesischstämmige Mutter hatte mit ihr als Kind nur Arabisch gesprochen, was ihr ermöglichte, einen Fuß in das Tor der islamistischen Welt zu setzen und das Vertrauen eines entscheidenden Wissensträgers zu gewinnen.

Vor wenigen Minuten hatte sie das Treffen mit ihm in der Gökhan-Moschee beendet, die, eingefriedet von einer niedrigen grauen Betonmauer, hinter der wild und ungeordnet immergrüne Sträucher wuchsen, welche einen idealen Sichtschutz boten, als beliebter Treffpunkt für den islamistischen Austausch genutzt wurde. Die Betonmauer mit dem überdimensionierten Strauchbewuchs wirkte wie eine Aneinanderreihung von lang gestreckten Blumenkästen, die für die hochgewachsenen Pflanzen viel zu klein geraten waren.

Nora verließ das Moscheegelände, nahm ihr Handy in die Hand und tippte Sieberts Nummer auswendig auf das Display, während der Imam erschien, mit dem sie sich vor wenigen Minuten getroffen hatte.

Sie sprach beiläufig in ihr Handy: „Kontaktperson verlässt die Moschee und wird sich jetzt auf dem Weihnachtsmarkt mit einem Ahmed treffen!"

„Jetzt?"

„Ja, jetzt sofort."

„Scheiße, die Observationstruppe steht noch nicht!"

Stille. Angestrengt überlegte Siebert, was zu tun war.

„Nora, zieh dich trotzdem zurück, mit Glück kriegen wir es hin!"

„Nein, das mach ich nicht. Zu riskant, so lange zu warten. Wir verpassen ihn sonst. Ich folge ihm bis zum Weihnachtsmarkt und übergebe dort an euch."

Noras Stimme zitterte, ohne dass sie ahnte, aus welchem Grund sie ihr wegzubrechen drohte. Selbst wenn ihr in diesem Moment jemand zugeflüstert hätte, dass in wenigen Minuten ein nie da gewesener, zu einer tödlichen Wende in ihrem Leben führender Kontrollverlust über sie hereinbrechen würde, hätte sie ihren Einsatz zu Ende gebracht. Für Nora war es nie eine Frage, für welchen Weg sie sich bei einer Gabelung entscheiden würde. Es war immer der regelkonforme Pfad, den sie ihr gesamtes Leben beschritten hatte und bis zum Ende gegangen war und der ihr die tiefe Gewissheit verschaffte, das Richtige zu tun. Dass sie einmal über geplante gemeingefährliche Gesetzesbrüche unendliche Dankbarkeit empfinden könnte, war in der gesetzestreuen Welt, in der sie lebte, unvorstellbar.

„Nora, auf keinen Fall wirst du ihn verfolgen! Gib die Beschreibung durch. Vielleicht können wir ihn mit einer kleineren Einheit finden und aufnehmen!", befahl ihr die Stimme am anderen Ende.

Als ihr jetziger Einsatzleiter und VE*-Führer Max Siebert ihr vor sechs Jahren die Verwendung als verdeckte Ermittlerin näherzubringen versucht hatte, war sie zunächst skeptisch gewesen, denn sie war mit ihrem Job in Hamburg zufrieden – wie man so sagt. Die überraschende Offenbarung ihres damaligen Freundes jedoch, unter keinen Umständen in Beziehungslangeweile erstarren zu wollen und sie nicht mehr zu lieben, bildete eine Zäsur in ihrem Leben und gab den entscheidenden Impuls, nach München zu ziehen, um als neugeborener Single das Leben einer anderen zu leben. Ihr Freund hatte noch beiläufig mitgeteilt, schon länger eine neue Partnerin zu haben und lange nicht mehr so glücklich gewesen zu sein. Dabei hatte er seinen Kopf geneigt und sie mitfühlend angeschaut. Das war es. Vorbei. Nora hatte es damals noch verwirrt, dass er geweint hatte, was ihr naheging und Hoffnung in ihr aufkeimen ließ. Erst später verstand sie, dass er nur um seiner selbst willen getrauert hatte. Als ihr Freund sie zum Abschied gütig in den Arm nehmen wollte, wies sie ihn zurück. Ein Wiedersehen gab es nicht mehr. Nora sprang kopfüber in ein polizeilich überwachtes Abenteuer.

In München hatte sie sich schnell eingelebt und erkannte in der Veränderung auch den Vorteil, ihre in der Nähe von München lebende Mutter und ihren urbayrischen Vater häufiger sehen zu können, die ihr bei einem der ersten Besuche Isa geschenkt hatten, ein entzückendes schwarzes Hundewelpenknäuel.

*VE = Verdeckter Ermittler

Entgegen aller Regeln verfolgte Nora den Imam. Auf keinen Fall wollte sie es darauf ankommen lassen, ob Siebert seine Leute zusammenbekam. Keiner hatte diesen Ahmed bisher zu Gesicht bekommen. Das Risiko einzugehen, dass er außer Kontrolle geriet, war keine Option. Sie musste handeln. In einem geschützten, unbeobachteten Bereich entledigte sich Nora eilig ihres Tschadors und stopfte den Ganzkörperschleier in ihren handlichen Rucksack, während sie die Kontaktperson zu Fuß verfolgte. Ihr Handy hielt sie dabei in der Hand und hörte, wie Siebert von ferne fluchte.

Bevor sie den an diesem Abend mit all seinen Bretterbuden im warmen Licht erstrahlenden Christkindlmarkt sehen konnte, stieg ihr bereits der Duft nach gebrannten Mandeln, Glühwein und Zimt in die Nase. Trotz der frostigen Winterzeit wurde Nora während der Verfolgung heiß.

Dichte Menschenmassen in Weihnachtsstimmung bevölkerten den Markt und wärmten ihre Hände an den heißen Punschbechern, während in dem Fahrgeschäft an der Ecke der besonders beliebte Feuerwehrwagen, das Polizeiauto und die in Rosa lackierte Feenkutsche mit ihren kleinen Fahrgästen im Kreis getrieben wurden. Nora stieß während ihrer Verfolgung gegen unbekannte Schultern und schob sich durch die sich amüsierende Menschenmenge, während die wohlbekannten Angstwellen durch ihren Bauch tobten und die Panikattacke übermächtig wurde. Sie hyperventilierte, und die Musik um sie herum wurde dumpf.

Immer mehr fürchtete sie sich vor Menschenansammlungen. Immer häufiger musste sie bei diesen Beklemmungen ihre Zahlen und Verse aufsagen. Immer verzweifelter versuchte sie, diese sinnlosen Gedanken und die tiefe Furcht mit ausgedachten Versen zu vertreiben und zu neutralisieren. Gerade jagte wieder so ein Scheißgedanke durch ihren Kopf. Sie stellte sich vor, wie ihre Labradorhündin Isa auf ihrer Hundedecke selig schlief. *Oh Gott, was, wenn ein Einbrecher kommt? Was ist mit Isa? Was wird er tun? Sie wird bellen. Er hat eine Waffe! Was wäre wenn ...*

Die Zwangsgedanken entwickelten sich übermächtig zu einem Hemmnis und verlangsamten Noras Schritt. Der Abstand zwischen ihr und der Zielperson wurde größer, aber noch konnte sie sie sehen.

„Nora, wo bist du? Gib deine Standortdaten durch. Ich habe eine einsatzbereite kleine Einheit um den Christkindlmarkt aufstellen können. Wir übernehmen jetzt."

Schweigen am anderen Ende des Handys.

„Ey, antworte doch ...! Verdammt, du gefährdest den Einsatz!"

Nora war in ihrer dunklen Welt angekommen und begann, die sie beruhigenden Verse leise vor sich hin zu murmeln:

„Aller guten Dinge sind drei,
sagten drei kleine Dreikäsehoch
und kauften drei Brote,
Schwarzbrot, Graubrot, Weißbrot,
bevor sie sich dreimal bekreuzigten."

Sie bekreuzigte sich dreimal.

Jetzt muss ich nur noch dreimal bis dreißig zählen, und dann wird alles gut, dachte sie. *Alles wird gut. Alles wird gut.* Aber sie wurde durch die Stimme aus ihrem Handy unterbrochen.

„Nora, du kommst sofort zu mir. Ich breche den Einsatz ab ... Scheiße, Mann!"

In ihrem tragischen Drang, das Ritual zu Ende bringen zu müssen, drückte sie auf den roten Hörer ihres Displays und beendete den Kontakt zu Siebert.

Sie begann von Neuem und konnte endlich ungestört ihren zwanghaften Vers zu Ende bringen. Das war jetzt alles, was zählte. Nora wiederholte den Reim wie ein Mantra und zählte im Anschluss dreimal bis dreißig und spürte, wie ihre Anspannung von ihr abließ und sie etwas ruhiger wurde. Sie fühlte sich besser, und die Angst wich von ihr. Die Zielperson hatte sie allerdings verloren. Sofort schoss erneut Adrenalin durch ihren Körper, und Verzweiflung ergriff Besitz von ihr. Sie hatte einen sehr wichtigen Einsatz, für den sie sechs Jahre operativ gearbeitet hatte, in nur wenigen Minuten vollständig zerstört. Erst hatte sie sich Sieberts Anweisung widersetzt, und nun hatte sie den Imam und damit auch Ahmed verloren. Ein riesenhafter Scheißärger rollte auf sie zu, das wusste sie.

Mit gesenktem Kopf und hängenden Schultern schickte sie sich an, den Christkindlmarkt zu verlassen, da stellte sich ihr unerwartet jemand in den Weg. Bedrohlich baute sich der Imam auf und feindete sie an.

„Wieso verfolgst du mich?", fragte er sie auf Arabisch.

Seine Stimme klang spitz und beängstigend, und er schaute sie von oben bis unten an. Es entging ihm nicht, dass sie ihren Tschador nicht mehr trug.

„Das tue ich nicht. Ich ... ich bin hier verabredet mit einer Freundin." Mit fester Stimme versuchte sie, zu überzeugen. Dabei führte sie ihre Hand, in der sie immer noch ihr Handy hielt, heimlich hinter ihren Rücken, um es in der Hosentasche verbergen zu können, aber es war zu spät.

„Und wofür benötigst du das Handy?", fragte er wütend, packte ihren Arm, riss ihn nach vorne und entwand ihr das Gerät.

Ihr wurde heiß, sie spürte, wie etwas Warmes von ihrem Magen in ihre Kehle hochschoss und ihr Herz so stark im Hals zu schlagen begann, dass sie das Gefühl hatte, an ihrem eigenen Herzen zu ersticken. Sie sprach kein Wort.

Bevor der Imam sie packen konnte, drehte sie sich jedoch blitzartig um und rannte durch die Seitenstraßen, weg von der Musik und den Lichtern, bis ihre Lunge zu platzen schien.

Sie konnte ihren Verfolger abhängen, aber er hatte ihr Handy. Die nächste Katastrophe. Sie war am Boden zerstört. Nora wischte sich erst eine Haarsträhne und dann eine Träne aus dem Gesicht.

Mutlos war sie und ohne Idee, wie sie Siebert diesen Misserfolg erklären könnte, aber sie hatte eine schreckliche Ahnung, was auf sie zukommen würde.

Nora hetzte mit ihrem Mountainbike, welches sie am Präsidium abgestellt hatte, nach Hause und betrat ihre Dachgeschosswohnung. Vom Klappern der Schlüssel geweckt, hob Isa kurz den Kopf und klopfte vor Freude mit dem Schwanz gegen ihre Hundedecke. Als Erstes legte Nora den Wohnungsschlüssel so auf den Flurtisch, dass das Bild des

Anhängers nach oben zeigte und über dem Schlüssel zum Liegen kam. Dann kontrollierte sie, ob ihre aufgehängten Jacken im richtigen Abstand an der Garderobe hingen. Erst danach wandte sie sich ihrer Labradorhündin zu, die ungeduldig während Noras Ordnungsphase schwanzwedelnd um ihre Beine herumstrich und ihr mehrfach mit der noch vom Schlaf warmen Schnauze gegen das Bein stupste.

„Warte, Isa, noch einen Moment."

Nora kramte ihr privates Handy aus der untersten Schublade ihres Schreibtisches hervor und schrieb per WhatsApp an Siebert:

Scheiße, Imam hat mein Handy. Ahmed verloren. Morgen um 10, wie immer.

Sieberts vielfache Versuche, Nora auch auf ihrem privaten Handy zu erreichen, blieben erfolglos. Sie hatte es ausgestellt.

Nora beugte sich zu Isa herab, und die Hundedame ließ sich zufrieden auf dem Rücken liegend kraulen. In diesem Moment war Nora erleichtert und vergaß für einen kurzen Augenblick die eben erlebte Katastrophe. Sie fuhr immer wieder mit der Hand durch Isas glänzendes Fell und genoss die beruhigende Wirkung. Nora legte sich zu ihr, vergrub ihren Kopf in ihr Fell und genoss den Hundegeruch, der Isa umgab, wenn sie geschlafen hatte. Am scheensten is', wenns schee is', dachte sie.

✸✸✸

Der Duft von frisch gebackenen Franzbrötchen stieg Nora am nächsten Morgen in die Nase, als sie die Lieblingsfrühstückskneipe von Max Siebert betrat. Das einzige Lokal in München, welches selbst gebackene Franzbrötchen anbot. Siebert saß auf einem knallroten Sessel und wartete auf sie. Als er Nora entdeckt hatte, winkte er ihr zu.

Sie grüßte zurück und passierte einen an der Wand hängenden Spiegel. Ganz nah trat sie heran, kontrollierte ihr in Mantel, Mütze und dicken Schal eingehülltes Äußeres und strich dreimal über ihre im scharfen Bogen geschwungenen dichten Augenbrauen. Sie setzte sich an Sieberts Tisch und bestellte sich einen Cappuccino.

Sieberts Miene war so finster, dass sie kein Wort herausbrachte.

Max Siebert hatte rötliche Haare, eine sportliche Figur und bei anderen Anlässen freundliche Augen. Überdies trug er einen Dreitagebart, den Nora sexy fand. Heute trug er allerdings einen grauen Anzug, was sie irritierte. Auch fand sie ihn in dieser Sekunde ganz und gar nicht sexy. Er unterbrach das Schweigen.

„Nora, ich musste noch nie einen Einsatz abbrechen, weil mein Ermittler verrücktspielt. Hast du denn gar nichts gelernt? Und wieso hast du den Kontakt abgebrochen?"

Natürlich kannte Nora den Grund. Aber konnte sie ihn verraten? Würde es nicht heißen, du musst etwas unternehmen, und sie wäre am Ende des Tages womöglich dienstunfähig? Das wollte sie auf keinen Fall und verbarg daher ihre Erkrankung und den daraus resultierenden Misserfolg erneut mit einer Lüge. Einen Fehler durch eine

Lüge zu verbergen, heißt, einen Flecken durch ein Loch zu ersetzen, hatte einmal ein einflussreicher griechischer Philosoph gesagt. Der Spruch stand in Noras WhatsApp-Status. Aber die Wahrheit wollte Nora nicht sagen, und sie nahm in Kauf, dass alles noch schlimmer kommen könnte.

„Ich kann es dir nicht erklären, Max, vielleicht kein Netz?" Sie zuckte mit den Schultern.

Ungläubig sah er sie an.

„Wie konnte der Imam dein Handy kriegen? Mann, was für 'ne Aktion. Echt, Nora!"

Siebert war misstrauisch und strich sich während der Befragung durch seinen rötlichen Bart.

Nora schilderte ihm kleinlaut, dass der Imam sie während der Verfolgung entdeckt und direkt angesprochen hatte.

„Ich bin verbrannt!", stellte sie fest.

Er sah sie fassungslos an und konnte seine Wut kaum zügeln. Nora zuckte zusammen, als er mit der Hand auf den Tisch schlug.

„Du bist raus. Ich zieh dich ab!"

Sie starrte auf ihren unberührten Cappuccino und trank einen Schluck. Er war kalt.

„Ich bespreche das mit dem Leiter für operative Einheiten, und dann sehen wir weiter. Du musst aus dem Einsatz raus und zurück nach Hamburg."

Nora schluckte, das hatte sie vermutet, aber das wollte sie nicht. Wollte sie auf keinen Fall. Sie liebte München und ihre Arbeit hier. All das sollte jetzt vorbei sein? Aber es hatte keinen Sinn zu opponieren. Die Entscheidung würde so fallen, das wusste sie. Nach Hamburg zurückzukehren, war aber immer noch besser, als in irgendeiner Abteilung als Dienstunfähige am Computerschreibtisch zu verenden.

„Wo wird man mich einsetzen?"

„Das weiß ich nicht", erwiderte Siebert etwas freundlicher. „Ich bespreche das mit dem zuständigen Kollegen in Hamburg. Du hörst von mir. Wahrscheinlich geht es sehr schnell. München ist jetzt ein gefährliches Pflaster für dich. Du musst hier weg. Wenn ich mehr weiß, rufe ich dich an."

Die Andeutung eines Lächelns huschte über sein Gesicht. Ihr quirliges Temperament hatte ihn fasziniert, aber er wusste, dass er über seinen schon länger gehegten Verdacht nicht würde schweigen dürfen.

„'tschuldigung", sagte Nora, als sie mit einem Mann in einem passgenauen Nadelstreifenanzug an der Tür des Cafés zusammenstieß und dann ihren Weg fortsetzte. Beim Hinausgehen musterte der Mann im Anzug sie eingehend und stellte sich sodann an den Tresen. „Einen Espresso doppio bitte."

Siebert stand auf und stellte sich neben den Mann.

„War sie das?", fragte der Mann Siebert und leckte sich mit der Zunge die Crema von der Oberlippe.

„Ja."

„Max, ich setze in Hamburg meinen besten Mann auf sie an. Schick mir bitte Personalbogen und Liste ihrer Vorlieben und Besonderheiten."

Mit diesen Worten beendete Horst Röpke das kurze Treffen.

Als am Nachmittag des gleichen Tages Noras Telefon klingelte, lag sie mit Isa auf dem Sofa und nahm erstarrt die Anordnung von Max Siebert entgegen, dass sie bereits am nächsten Tag nach Hamburg zurückkehren müsse. In der Abteilung für vermisste Personen sollte sie anfangen, die der Abteilung für Kapitalverbrechen angegliedert war.

„Ich kümmere mich um die Formalien und deine Wohnung hier in München. In Hamburg kommst du vorläufig in einer Dienstwohnung unter."

Die vielen Informationen prasselten auf sie ein.

„Nora, ich kann dich nur schützen, wenn du auf mich hörst und sofort das Nötigste packst. Heute Abend geht dein Zug."

„Du denkst an meinen Hund, den muss ich doch mitnehmen?", fragte sie mit letzter Kraft.

„Ja, mach dir keine Sorgen", beruhigte er sie. Sie hörte zwar Max' sanfte Stimme, aber nicht, was er sagte. Ihre Gedanken schweiften ab. Was sollte sie in Hamburg, was in dieser unsäglichen Abteilung? Es war ihr jetzt schon zuwider.

Kapitel 3

Montag 7.12.2015
Parlamentarischer Untersuchungsausschuss Hamburg

Gernot Melzer war sich seiner Rehabilitierung sicher. Endlich würde er die Gelegenheit bekommen, seine Position darzulegen. Heute würde er alles geraderücken können. Der Fahrer seiner dunkelblauen Limousine bog in die Straße hinter einem Rathaus ein. Als er die Fahrzeugtür öffnete, seinen Fuß gewandt auf die Straße setzte und seinen Kopf anhob, wirkte er mit jeder seiner einstudierten Bewegungen, mithilfe derer er sich aus dem Auto schälte, als würde er vor einem für ihn ausgerollten roten Teppich aussteigen und eine Schar an Fotografen erwarten. Wirklich gut aussehend war er nicht, denn durch den über Jahrzehnte genossenen Alkohol und die unzähligen Zigaretten schimmerte seine Haut gräulich-gelb und war aufgedunsen. Aber er war stattlich gewachsen und hatte trotz seiner über fünfzig Jahre noch volles, allerdings gefärbtes blondes Haar. Sein unsportlicher Körper steckte in einem dunkelblauen Anzug, der von seinem langjährigen Schneider angefertigt worden war. Gernot Melzer komplettierte seine Erscheinung mit italienischen spitzen Designerschuhen, die aus schwarz-weißem Schlangenleder gefertigt waren. Insgesamt wäre er zwischen den extravaganten Flaneuren auf der italienischen Luxusmeile der Via Monte Napoleone in Mailand nicht aufgefallen.

Angespannt blickten seine eisblauen Schlupfaugen durch seine Pilotenbrille auf sein Handgelenk, welches eine schwere Luxusuhr schmückte. Es war viertel vor zehn, und er fragte sich, wo sein Anwalt blieb. Immerhin bezahle ich dich gut, dann könntest du wenigstens pünktlich sein, ging es ihm durch den Kopf. Er kniff verärgert seine Augen zusammen, sodass sich drei tiefe Furchen zwischen den Augenbrauen bildeten.

Für zehn Uhr war Gernot Melzer durch das Gremium des Parlamentarischen Untersuchungsausschusses (PUA) geladen worden, und viel Zeit blieb nicht mehr, um noch einmal die wichtigen Details durchzugehen.

In Gedanken ging er seinen Werdegang durch, der im PUA sicher zum Thema gemacht werden würde. Er war vorbereitet. Sollen sie nur fragen. Gernot Melzer lächelte überlegen. Ja, er verdiente den Erfolg.

Mit viel Ehrgeiz, schneller Auffassungsgabe und Fleiß, wahrscheinlich auch mit einer ordentlichen Portion Skrupellosigkeit, hatte er ein expandierendes Bauunternehmen geschaffen und sich hohes Ansehen in der Hansestadt erworben. Wenn er zu einem Empfang im Rathaus oder einem anderen gesellschaftlichen Ereignis geladen worden war, freute sich Melzer wie ein Kind, das lange auf eine ersehnte Einladung zum Kindergeburtstag gewartet hatte. In der Tat, er war für den Wirtschaftsstandort Hamburg unentbehrlich. Ja, er war ein erfolgreicher hanseatischer Kaufmann mit hohem Ansehen. Überdies spendete er für das Kinderhospiz namhafte Summen, wirklich, man konnte ihm nichts nachsagen. Er lächelte stolz und selbstgefällig.

Melzer griff in seine Manteltasche und zündete sich eine Zigarette an, musste dann aber plötzlich einen Schritt zurücktreten, um dem an ihm vorbeirasenden Kurierfahrer auszuweichen, der ihm mit einem Schulterblick kopfschüttelnd bedeutete, dass er dem König der Straße im Weg gestanden hatte.

„Gehts noch, du Penner?", entfuhr es Melzer, aber der Radfahrer fuhr unbekümmert weiter.

„Diese Kuriere sind echt die Pest", schimpfte er leise vor sich hin und zog gierig an seiner Zigarette, während er nach seinem Rechtsanwalt Peter Dietrich Ausschau hielt, nicht ohne ihm zuvor eine eindringliche WhatsApp geschickt zu haben. Warten war nicht seine Stärke und schon gar nicht in diesem Moment. Wieder verdunkelte sich sein Gesicht, und er schob seine Zunge unter die Oberlippe.

Diese blödsinnige nervende Presseberichterstattung über die damaligen Zustände auf der Baustelle der Elbphilharmonie muss ein Ende haben. Und diese dauernden Lügen und unzutreffenden Verdächtigungen dieses Architektenbüros, allen voran Albert Berend, sind eine kaum zu überbietende Unverschämtheit.

Das Rufen seines Namens riss ihn aus seinen Gedanken. Sein Gesicht hellte sich auf, denn Rechtsanwalt Dietrich kam mit langen Schritten auf ihn zu und streckte ihm zur Begrüßung den Arm entgegen. Ohne seinen Handschlag zu erwidern, baute Melzer sich auf und maßregelte seinen Beistand für die Verspätung wie einen Pennäler, was dieser souverän an sich abprallen ließ. Durch Melzers angestrengte Mimik und seine aufgebrachte Sprache fiel sein immer leicht herabhängender rechter Mundwinkel noch mehr aus der Gesichtssymmetrie. Fasziniert betrachtete Dietrich das aus der Form geratene Mienenspiel, und ihm fiel ein, dass er mal ein Gespräch in Melzers Büro verfolgt hatte, in dessen Verlauf die Sekretärin und ihre Kollegin vermuteten, dass Melzer mal einen Schlaganfall erlitten haben könnte. Dietrich war demgegenüber davon überzeugt, dass diese Lähmung von einer tiefen Verletzung zeugte, über die Melzer nie würde sprechen können. Und damit sollte er recht behalten.

Auf dem Weg zum Sitzungssaal besprachen sie in der verbliebenen Zeit die kritischen Punkte und unterbrachen ihre Unterredung erst, als sie im Vorraum des Sitzungssaals Albert Berend, der federführend mit dem Entwurf der Elbphilharmonie und deren Baubegleitung betraut war, auf einer Holzbank sitzen sahen. Er war ein attraktiver Mann um die fünfzig, schlank und gut gekleidet. Mit frisch geschnittenen silbergrauen Haaren und einem kurz gestutzten Vollbart, der seine vollen Lippen wirkungsvoll einrahmte, wartete er auf seine Einvernahme.

Irritiert über Berends Anwesenheit, betrat Melzer in Begleitung seines Bevollmächtigten den Saal und war – wenn auch nur für einen kurzen Moment – sichtlich beeindruckt von den mit Holz vertäfelten Wänden und den quadratisch aufgestellten Tischen, an denen die Mitglieder des Parlamentarischen Untersuchungsausschusses Platz genommen hatten. Im Zentrum des Raumes an der hinteren Wand imponierte ein altarähnlicher Bereich, an dem die ehrgeizige, von den Mitgliedern des Ausschusses gewählte Vorsitzende Anne Fliege-Schulz thronte. Sie hatte kurzes, platinblondes Haar und trug eine rote Lesebrille auf der Nase.

„Herr Melzer", gab sie kühl bekannt. „Wir mussten Ihre Vernehmung leider kurzfristig verlegen auf 11.30 Uhr, da der Zeuge Berend wegen eines Todesfalles an dem ursprünglich vorgesehenen Termin nicht erscheinen konnte und jetzt an Ihrem Termin vernommen werden soll. Bitte finden Sie sich um 11.30 Uhr wieder ein."

Melzer verließ gemeinsam mit seinem Verteidiger wutschnaubend den Saal und machte sich gegenüber seinem Rechtsanwalt Luft. „Wegen des Architekten muss ich jetzt warten. Was glaubt die Kuh eigentlich, wer sie ist? Wegen eines Todesfalles kann er nicht erscheinen. Kann man da nicht mal vorher Bescheid geben?"

Plötzlich hielt er inne. Er wiederholte in Gedanken die Ausführungen der Vorsitzenden. „Wegen eines Todesfalles …"

Sein Magen krampfte, und trotz der sich langsam ausbreitenden Hitze fröstelte er. Hastig verabschiedete er sich von seinem Verteidiger, verließ das Rathaus und trank in einer kleinen, unscheinbaren Bar um die Ecke trotz des frühen Tages ein Glas Weißwein. Dabei googelte er Todesanzeigen der letzten Tage. Während er in seinem Handy die Anzeigen hektisch durchblätterte, trank er immer wieder einen Schluck Wein. Als er das Glas ein weiteres Mal zum Mund führte, erstarrte er, das Glas an seinen Lippen haltend, als hätte er in diesem Moment vergessen, dass er trinken wollte. Er fixierte das Display seines Handys und las immer wieder den Namen, als könnte er auf diese Weise besser begreifen, dass die Mutter von Albert Berend gestorben war.

Mit leichter Verspätung kehrte er gegen 11.45 Uhr zurück zum Sitzungssaal, in dem alle Beteiligten am Tisch saßen und auf ihn warteten, auch sein Vertreter.

„Herr Melzer, ich hatte Ihre Vernehmung auf 11.30 Uhr anberaumt und nicht auf 11.45 Uhr. Ich darf Sie bitten, respektvoll mit meiner Zeit umzugehen und meine Ladungszeiten zu beachten."

Gernot Melzer nahm nach der Ermahnung auf dem für ihn vorgesehenen Stuhl Platz.

Er spannte seinen gesamten Körper an und presste die Kieferknochen aufeinander. Leichtes Zucken an den Gesichtsknochen war trotz aller Beherrschung zu sehen, und auch die sich rötende Halsschlagader pulsierte. Schon jetzt hätte er der Vorsitzenden ins Gesicht springen können, er musste sich unbedingt zusammenreißen.

„Entschuldigen Sie bitte", presste er hervor.

„Herr Melzer, wie Sie wissen, geht es darum festzustellen, wie es zu den katastrophalen Zuständen auf der Baustelle und zu der explosionsartigen Kostensteigerung gekommen ist. Insoweit ist es von Bedeutung, wie es überhaupt dazu kam, dass Sie im Rahmen des Vergabeverfahrens den Zuschlag bekommen haben. Worauf beruhte Ihre im Nachhinein hinfällige Kalkulation, die Ihnen aber den Zuschlag sicherte?"

„Frau Vorsitzende, lassen Sie mich zur Einführung zunächst erläutern, dass es für mich und meine Firma eine besondere Ehre ist, für die Hansestadt dieses großartige Projekt federführend bauen zu dürfen und ich nicht ohne Stolz berichten kann, dass wir uns der Fertigstellung mit großen Schritten nähern ..."

Die Vorsitzende unterbrach ihn: „Herr Melzer, bitte beantworten Sie meine Frage."

Melzer bemerkte, wie die Wut in ihm hochstieg.

Es gefiel ihm nicht, wie sie mit ihm sprach, aber er wusste, wie wichtig es für sein Vorhaben war, nicht die Beherrschung zu verlieren.

„Frau Vorsitzende, die Planungen des Architekten Berend waren unvollständig, und so gut wir es konnten, haben wir eine belastbare Kalkulation vorgelegt."

Die Vorsitzende widersprach und blätterte in ihren Akten.

„Nach den mir vorliegenden Unterlagen haben Sie keine den Bauplänen entsprechende Angebotskalkulation abgegeben. Mir liegen hier sogar Zeugenaussagen von Mitarbeitern Ihrer Firma vor, wonach Sie erklärt haben sollen, dass die Architektenpläne für einen seriösen Kostenvoranschlag völlig untauglich gewesen seien."

„Mögen Sie mir freundlicherweise sagen, um wen es sich da handelt?", versuchte Melzer Zeit zu gewinnen.

„Haben Sie nicht wegen der unvollständigen Planung damit rechnen müssen, dass Sie diese Kalkulation nicht würden halten können? Wieso haben Sie einen Kostenvoranschlag abgegeben, obwohl, wie Sie selbst gesagt haben sollen, die Pläne für eine Kostenkalkulation völlig ungeeignet waren?"

Sie schaute ihn erwartungsvoll an.

Melzer rutschte auf dem Stuhl hin und her und suchte nach einer Antwort. Er legte einen Aktenordner auf den Tisch und suchte sein erstes Angebot.

Die Vorsitzende setzte ihren Vorhalt fort, indem sie Melzer mit einem weiteren kritischen Aspekt seines Kostenvoranschlages konfrontierte.

„Immerhin hat unter anderem das am Vergabeverfahren beteiligte renommierte Unternehmen Hochtief AG eine deutlich höhere Kostenkalkulation abgegeben und demzufolge den Zuschlag nicht erhalten."

„Ja, da müssen Sie die am Vergabeverfahren beteiligten Behördenmitarbeiter befragen, Frau Vorsitzende, da kann ich wenig zu sagen, auch wenn ich Ihnen da gerne weiterhelfen würde ...", schmeichelte er und überlegte, ob er jetzt nicht doch etwas zu weit gegangen war.

Fliege-Schulz überhörte die unterwürfige Bemerkung und hielt ihm weiter vor: „Der Zeuge Albert Berend berichtete vorhin in seiner Vernehmung, dass er den Zustand auf der Baustelle unbeschreiblich chaotisch fand und Ihre Firma dies zu vertreten gehabt habe. So berichtete der Zeuge, dass Sie und Ihre Bauleiter täglich Nachforderungen gestellt und Mängellisten aufgestellt hätten. Eine Flut an Behinderungs- und Verzögerungsanzeigen sei von Ihnen erstattet worden."

Melzer unterbrach die Vorsitzende und wurde laut. „Was hätten Sie getan, wenn Sie Baupläne ausführen sollen, die sich täglich ändern?"

Er haute mit der Faust auf den vor ihm stehenden Tisch und schaute in die Runde, um nach Verbündeten zu suchen. Er fand keine. Mit gesenktem Kopf wühlten die Abgeordneten entweder in Aktenbergen, machten Notizen oder versuchten, gegen die Langeweile anzukämpfen.

„Mäßigen Sie sich in Ihrem Ton, Herr Melzer, um meine Einschätzung geht es hier nicht", entgegnete sie sachlich. „Erklären Sie mir, ob es zutrifft, wie der Zeuge Berend bekundet hat, dass Ihre Firma im Rahmen der Betonarbeiten am großen Saal derart gravierende Fehler gemacht haben soll, dass sowohl die Statik als auch die Akustik und somit das gesamte Bauprojekt gefährdet gewesen seien. Mehrere Hohlräume sollen in der Betonschale entdeckt worden sein, die die Klangisolierung hätten gefährden können."

Melzer erkannte, dass sein Plan nicht aufging. Alle im Saal schienen sich gegen ihn verschworen zu haben. Offenbar positionierten sich alle für Albert Berend.

„Frau Vorsitzende, ich dachte, Sie sollen die Vorkommnisse aufklären, stattdessen scheinen Sie doch schon sehr festgelegt zu sein und suchen die Schuld einseitig bei mir …", versuchte er einen Gegenangriff, den die Vorsitzende jedoch abwürgte.

„Herr Melzer, Sie sollen sogar die Ultraschalluntersuchungen verweigert und die Vertreter des Architekten der Baustelle verwiesen haben."

Melzer ärgerte sich, da er nicht gut genug vorbereitet war, um auf diese Details überzeugend einzugehen. Wenn er ehrlich war, hatte er ein wenig den Überblick verloren. Er drehte seinen Kopf zur Seite und schaute Hilfe suchend zu seinem Anwalt, der nun reagierte.

„Frau Vorsitzende, ich beantrage Einsicht in die Ihnen vorliegenden Unterlagen, aus denen sich ergeben soll, dass die Vertreter der Firma meines Mandanten sich auf der Baustelle in vorwerfbarer Weise verhalten haben."

„Hierzu war doch schon ausgiebig Gelegenheit!", entgegnete sie verwundert. „Konnten Sie sich nicht genügend vorbereiten, Herr Melzer? Sie wussten doch, dass es heute genau darum gehen würde."

Melzer antwortete nicht und gab resigniert auf. Er hatte für den heutigen Tag verloren und nicht damit gerechnet, dass Albert Berend sich mit seinen Vorwürfen derart weitreichend Gehör verschaffen würde.

Fliege-Schulz beendete die Anhörung.

„Ich denke, so hat es keinen Sinn, wir sehen uns an einem weiteren Termin wieder, wenn Sie besser vorbereitet sind. Sie wissen jetzt ja, auf welche Themen es ankommt. Ich beende die Sitzung. Fortsetzungstermine werden bekannt gegeben", spulte die Vorsitzende die Formalien ab.

Gernot Melzer verließ erhobenen Hauptes den Saal, aber innerlich brodelte es in ihm.

Er ließ das Blitzlichtgewitter der Presse über sich ergehen und flüchtete in die kleine Bar, in der er sich einen Cappuccino und ein weiteres Glas feinperligen Weißweins gönnte.

Melzer saß in einer uneinsehbaren Ecke des Lokals direkt vor einem kleinen Spiegel und las Zeitung. Von ihm unbemerkt betrat ein Pärchen das kleine Ecklokal und ließ sich an einem kleinen Tisch auf eine gemütliche rot gepolsterte Bank fallen. Sie gingen sehr vertraut miteinander um, und ihre auf dem Tisch liegenden Hände fanden immer wieder zueinander. Gegenüber ihrem Tisch drehte der Barista den Siebträger mit gekonnten Handgriffen aus der Espressomaschine, klopfte den alten Kaffeesatz in den Abschlagbehälter und bereitete Melzers Kaffee zu. Durch das Pfeifen der Maschine merkte Melzer auf und hob den Kopf. Er schaute direkt in den ihm gegenüber hängenden Spiegel und wurde auf das turtelnde Paar aufmerksam. Eine alberne, rote Lesebrille auf dem kleinen, runden Tisch zog seine Aufmerksamkeit auf sich. Als der Mann die Umarmung löste, erkannte Melzer die beiden Personen und wollte es nicht glauben. Architekt Albert Berend hatte gerade eine Frau mit platinblonden, kurzen Haaren umarmt, die Frau, die ihn, Melzer, herabgesetzt und Albert Berend bevorzugt hatte. Fliege-Schulz. Er starrte fassungslos auf das beschäftigte Paar und realisierte, dass er zu keinem Zeitpunkt eine faire Chance gehabt hatte.

Gernot Melzer musste feststellen, dass dieser PUA-Ausschuss eine Farce war, eingerichtet für die politische Galerie. Wieder und wieder fühlte er die glimmende Wut in sich aufsteigen. Ohne etwas von seinen Getränken angerührt zu haben, schob er den Stuhl nach hinten, stahl sich zum Tresen, bezahlte seine Rechnung und verließ das Café.

Das leise Klimpern der in den Opferstock fallenden Münzen unterbrach die von Weihrauch umgebene Stille in Melzers Lieblingskirche Am Weiher. Er blickte in das Flackern der von ihm angezündeten Kerze, wandte sich zum Gebet in das Kirchengestühl und sprach das „Vaterunser".

Was zu tun war, wusste er nun.

Kapitel 4

AZ: LKA HH 141 033/1K/3033312/2015

Nora Kardinal fragte sich, was sie erwarten würde, als sie am Dienstagmorgen das Landeskriminalamt in Hamburg (LKA) betrat. Das sternförmige Gebäude kannte sie noch aus ihrer früheren polizeilichen Tätigkeit in Hamburg, und sie fand problemlos in diesem Labyrinth ihre neue Abteilung, die Mordkommission. Sie schüttelte viele Hände, die ihr freundlich entgegengestreckt wurden, und war froh, als sie endlich in ihrem Büro angekommen und alleine war. Dort sackte sie auf ihrem Drehstuhl zusammen wie eine Marionette, deren Fäden gerade durchtrennt worden waren.

Die Müdigkeit zog fast schmerzhaft durch ihre Glieder, während sie langsam mit ihrer Hand über den dreckigen Bürotisch strich, als hoffte sie, auf diese Weise ihre tiefe Verzweiflung beiseitewischen zu können, so wie diesen grauen Staub. Aber ihren Fehler konnte sie nicht ungeschehen machen.

Als Nora aus dem Fenster blickte, entdeckte sie zwei Eichhörnchen, die auf der von schmutzigem Schnee bedeckten Wiese, die durch kleine grüne Rasenflecken durchbrochen war, hektisch hin und her liefen und emsig damit beschäftigt waren, die Nüsse zu finden, die sie im Herbst vergraben hatten. Aufgeregt piepsend jagten sie sich plötzlich, als würden sie Fangen spielen. In Einstimmung auf die verfrühte Paarungszeit sprangen sie in einem atemberaubenden Tempo von Ast zu Ast und stießen sich dabei mit ihren muskulösen Hinterbeinen wendig von den wackelnden Zweigen ab. Sie rasten durch den blattlosen Baumbestand und lieferten sich eine wilde Verfolgungsjagd, in deren Verlauf gelegentlich ihre weißen Bäuche aufblitzten. Nora war gefangen von diesem Schauspiel und vergaß für einen Moment ihre düsteren Gedanken. Fasziniert und mit einem Lächeln im Gesicht schaute sie den Nagern hinterher, als jemand das Büro betrat. Alexander Berend blieb im Türrahmen mit einem Stapel brauner Akten stehen.

Nora drehte sich zu ihm um und musterte ihn eingehend. Seine Haare waren rötlich, und er trug einen Dreitagebart, wie Max Siebert. Dennoch hatte er durch seinen olivfarbenen Hautton insgesamt ein südeuropäisches Erscheinungsbild. Alexander Berend war groß und sportlich gekleidet und blickte Nora neugierig an. Sie sah ihm direkt in seine braun-grünen Augen und versuchte, seinem Blick standzuhalten. Er trat an ihren Tisch, legte die Akten ab und streckte ihr zur Begrüßung freundlich seine Hand entgegen. „Ich bin der stellvertretende Leiter der Mordkommission. Wenn wir in den nächsten Tagen eine Aufgabe für dich haben, werden wir dich sofort einsetzen. Bis dahin bitte ich dich, die tagesaktuellen und teilweise sehr eiligen Vermisstenvorgänge durchzusehen und gegebenenfalls Anträge beim Haftgericht zu stellen. Wir freuen uns über deine Teamverstärkung und auf gute Zusammenarbeit."

Mit diesen Worten ließ er sie mit ihrer neuen Aufgabe im Büro zurück.

Missmutig zog sie den Aktenstapel zu sich und sichtete die Akten. Schon nach nicht ganz zwanzig Minuten fielen ihre Augen immer wieder zu, und sie fragte sich, was schlimmer war: dienstunfähig am Computer Verwaltungskram zu bearbeiten oder Vermisstenanzeigen durchzugehen. Sie konnte sich nicht entscheiden.

Auf einer der Akten las sie das Aktenzeichen LKA HH 141 033/1K/3033312/2015. So viele meiner Glückszahlen, dachte Nora und merkte auf. Zögerlich führte sie ihre Hand unter den rauen Aktendeckel und schlug den Vorgang auf.

Eine Anzeige zum Nachteil Simone Maar. Sie blätterte oberflächlich die Akte durch und las:

Am Montag, den 7.12.2019 gegen 9 Uhr, erreichte das PK 33 ein anonymer Anruf. Die Anruferin teilte mit, dass ihre Arbeitskollegin Simone Maar seit Sonntagabend vermisst sei. Auf mehrfache Frage des Unterzeichners, ob die Vermisste vielleicht nur ein verlängertes Wochenende angetreten oder sich verliebt habe und nun bei ihrem neuen Freund sei, versicherte die Anruferin, dass dies nicht sein könne. Ihre Arbeitskollegin sei sehr zuverlässig und hätte ihr gesagt, wenn sie am nächsten Tag nicht würde arbeiten können. Auf Nachfrage teilte die Anruferin mit, dass es sich bei der Arbeitsstelle um den Nightclub „Flow" handele, Am Schwanenwik 31a.

Die Anruferin habe mehrfach versucht, die Vermisste über das Handy zu erreichen, was bisher misslungen sei.

Bei der Handynummer handele es sich um die Nummer 0176/233 322 78.

Sie mache sich große Sorgen, da die Vermisste Diabetikerin sei und ihr Insulinbesteck immer noch an ihrem Arbeitsplatz liege, was sehr untypisch sei. Auf die Frage nach ihren Personalien erklärte die Anruferin, diese seien unwichtig, und beendete das Gespräch.

Eine Recherche des Unterzeichners hat ergeben, dass es sich bei diesem Club um ein Edelbordell handelt und die Handynummer auf eine fiktive Personalie eingetragen ist. Ein Rückruf bei der Vermissten hat keinen Kontakt ermöglicht, obwohl das Handy aktiv geschaltet ist.

Gegen 11 Uhr rief dieselbe Anruferin (der Stimme nach) erneut an und fragte, was in der Sache schon unternommen worden sei.
 Der Unterzeichner führte aus, dass das Handy auf eine Fiktivpersonalie eingetragen sei und zur Überprüfung der Schlüssigkeit ihrer Angaben die Anruferin ihre Personalien angeben müsse.
 Die Gesprächsteilnehmerin hat daraufhin ihre Personalien angegeben. Danach handelt es sich um:

Lotta Kardinal
Weidenstraße 3
Hamburg
Telefon: 0176/9812209

Nora riss ihre Augen auf und unterbrach ihr Aktenstudium. Der Schreck fuhr ihr in die Glieder. Sie fühlte einen intensiven Schmerz in ihrem Magen und schob ihre Unterlippe nach vorne. Während sie in ihrem Schreibstuhl erneut zusammensank und auf die Akte starrte, lösten sich einzelne Buchstaben aus dem Text und wiegten sich im Takt nach den Klängen von Chopin op. 64.2. Das melancholische, aber auch fröhliche Stück, welches Noras Opa häufig gehört hatte, begleitete sie in ein Krankenhaus, in dem sie als kleines Kind wegen eines Autounfalls gelegen hatte. Ihre ältere, neun Jahre alte Schwester Lotta trat mit einem riesigen, gelben Luftballon an Noras Krankenbett heran. Lotta schlang aber nicht – wie sonst – ihre Arme um sie, obwohl Nora ihre erwartungsvoll ausgebreitet hatte. Starr stand sie vor ihrem Krankenbett, ballte beide Hände zu Fäusten und schaute sie wütend und verzweifelt an. Dieser Blick, den niemand hätte deuten können, grub sich wie ein Brandzeichen in Noras Gedächtnis. Bis heute verstand sie nicht, warum ihre Schwester so wütend auf sie gewesen war und sich seitdem so von ihr entfernt hatte.

Ungewohnt schrilles Klingeln riss Nora aus ihren Bildern heraus.

Sie nahm den Hörer des Telefons ab und stellte sich vor: „LKA 41, Vermisstenabteilung, Kardinal."

„Hier ist Max aus München. Nora, ich wollte hören, ob du gut angekommen bist?"

Noch wehmütig, aber auch aufgeregt, berichtete sie ihrem ehemaligen VE-Führer aus München von ihrem ersten, langen Tag in Hamburg und auch darüber, dass sie glaubte, ihre Schwester in einer Akte entdeckt zu haben.

„Stell dir vor, sie taucht hier als Anzeigende auf, in einer Vermisstensache, die ich mir zufällig gegriffen habe."

„Es gibt keine Zufälle", bemerkte Max und machte einen tiefen Atemzug. „Ich vermisse dich, Nora."

Kaum ausgesprochen, bereute Siebert es bereits. Schließlich wollte er ihr das Einleben in Hamburg nicht noch schwerer machen und hatte sich fest vorgenommen, nichts zu sagen, was sie traurig machen könnte. Als er jedoch ihre Stimme gehört hatte, konnte er nicht anders und musste diesem Impuls nachgeben. Aber so war es nun. Nora musste nach Hamburg zurückkehren, weil sie die Ermittlung eines mutmaßlichen Terroristen vereitelt hatte und enttarnt worden war. Und nun hatte er in erster Linie eine Instruktion zu befolgen.

„Nora, ich muss hier für dich noch ein paar Formalitäten regeln, könnte dich dann aber besuchen kommen."

Nora schwieg und hing ihren Gedanken nach.

„Wirst du wieder in diesen Jazzclub gehen, in dem du früher auch schon Musik gemacht hast? Wie hieß der noch, ‚Birdland' oder so?", fragte er.

„Am Wochenende ist Vocalsession, da werde ich wohl hingehen. Wieso? Willst du kommen?"

Sie war irritiert über das Interesse.

„Nein, nein, das werde ich wohl nicht schaffen", lachte Siebert, während er auf das Display seines Handys tippte.

„Birdland", Wochenende, Nora.

Er drückte auf Senden, und zwei graue Haken quittierten die Ankunft seiner Nachricht.

Ob er das Richtige tat, wusste er nicht, aber er war verpflichtet, an der Aufklärung mitzuwirken, so unwohl er sich dabei auch fühlen mochte.

„Verzeih, Max, ich bin durcheinander ..."

Ihre Stimme kippte leicht, und es war still. Gefasst sprach sie weiter. „Ich habe schon seit ewiger Zeit keinen Kontakt mehr zu meiner Schwester Lotta."

Während Nora im Vertrauen von ihrer Beziehung zu Lotta erzählte, nahm Siebert sein Handy und sah im Display, dass der Empfänger seine Nachricht bereits gelesen hatte. Horst Röpke antwortete:

OK. Kümmere mich.

„Irgendwie hatte ich mich damit abgefunden", sprach Nora weiter, und ihre Stimme begann sich zu überschlagen. „Und nun finde ich sie auf diese Weise wieder. Das ist Fügung. Ich werde sie anrufen und fragen, wie es ihr geht, was sie macht und ... "

Nora freute sich zwar über ihre wiedergefundene Schwester, fühlte sich aber zugleich unbehaglich. Wie würde Lotta auf ihre Begegnung reagieren?

Jäh fiel ihr ein, dass die Vermisstensache eilig war, und sie beendete das Telefonat.

„Max, ich melde mich bei dir, ich muss jetzt auflegen und Lotta und die vermisste Frau suchen, pfiat di."

Nora stürmte aus ihrem Büro und suchte einen ihrer Kollegen im Nachbarzimmer auf, bei dem sie sich erkundigte, welcher Ermittlungsrichter für Vermisstensachen zuständig sei.

„Geht nach Anfangsbuchstabe", erläuterte Kriminaloberkommissar Pieter Struck, auf dessen Schreibtisch einige Polizei-Playmobilfiguren aufgereiht waren und der selbst ein wenig skurril wirkte. Ganz am Rand der Sammlung stand ein Pastor mit weißem Kragen, langem schwarzen Gewand und einem goldfarbenen Kelch mit einem Kreuz. Pieter Strucks größter Stolz war allerdings eine GSG-9-Figur, Elite Force BBI, deren Hand etwas dynamischer wirkte als die sonst üblichen halb runden starren Sichelhände. Nora betrachtete den Pastor und nahm sich vor, ihren Kollegen bei Gelegenheit zu fragen, ob er gläubig sei oder der Pastor es nur wegen seiner Sammelleidenschaft in die Ruhmeshalle der Plastikfiguren geschafft hatte.

„Hey, Pieter, könntest du mir helfen, habe das bisher noch nicht gemacht."

Gleichzeitig griff sich Nora eine Polizeifigur mit khakifarbener Hose und strich mit ihrem Daumen über die grüne Plastikjacke mit den aufgemalten Taschen. Die Hände erinnerten sie an die Ersatzhand von Käpt'n Hook, nur eben ohne Haken. Während Nora den kleinen, ergrauten Polizisten mit der Prinz-Eisenherz-Frisur und dem grauen Schnurrbart betrachtete, fiel ihr auf, dass Pieter Struck viel Ähnlichkeit mit dem älteren Herrn aus Plastik hatte.

Freundlich schaute er Nora durch seine silberfarbene Brille an. „Frag den Richter, was er an Infos benötigt, Telefonnummer findest du im Outlook."

✳✳✳

Das Klingeln des Telefons riss Ermittlungsrichter Markus Hirsch aus seinem Aktenstudium.

„Hirsch", hörte Nora am anderen Ende der Leitung.

„Guten Tag, Herr Hirsch, Nora Kardinal, vom LKA 41. Wir haben eine vermisste Person, und ich benötige eine Handyortung für sie. Die Sache ist wirklich sehr eilbedürftig, da die Person schon seit Sonntagabend vermisst wird und die Akkukapazität des angeschalteten Handys sich immer weiter verringert!", erläuterte Nora ihr Anliegen und beantwortete noch einige seiner Fragen, bis sie ihn endlich sagen hörte: „Ich benötige einen schriftlichen Antrag mit Begründung. Wann können Sie den faxen?"

„In einer halben Stunde haben Sie alles, vielen Dank", beendete Nora das Telefonat.

Eine Stunde später hatte sie die richterliche Anordnung und ließ über die Technische Abteilung des LKA mittels einer sogenannten „Stillen SMS" oder „Stealth Ping" das Handy der Vermissten orten.

Es klingelte, und während Nora den Telefonhörer aufnahm, setzte sie sich seitlich auf den Tisch. Pieter Struck beobachtete ihr Mienenspiel, während sie zuhörte. Nachdem sie aufgelegt hatte, sprang sie auf und ging zu ihrem Bürostuhl. „Hey, wir haben Glück. Wir haben ein Signal, obwohl das Handy schon seit Sonntagabend durchgehend in Betrieb ist", rief sie ihrem Kollegen über die gegeneinander aufgestellten Schreibtische zu.

„Zuletzt hat es sich in der Funkzelle in der Borsigstraße eingeloggt."

„Dort ist eine Müllverbrennungsanlage", bemerkte Pieter, der dort vor Kurzem einen Einsatz gehabt hatte und sich nur zu gut an den Straßennamen erinnern konnte, da seine Lieblingslehrerin in der Grundschule Borsig hieß. Wenn man es genau nahm, war er als kleiner Bub in seine hübsche, junge Lehrerin verliebt, aber das war eine andere Geschichte.

„Okay, worauf warten wir?"

„Muss noch mein Butterbrot aufessen", entgegnete Pieter kauend.

„Häh?"

Missbilligend und ohne jedes Verständnis blickte Nora ihn an. Sie wollte gerade zu einem Vortrag über effiziente und schnelle Polizeiarbeit ansetzen, da kam ihr Pieter zuvor.

„Mann, das war ein Spaß!", stieß er belustigt, aber auch irritiert darüber aus, dass sie tatsächlich geglaubt hatte, er wolle jetzt weiteressen. Sie musste ihn eben noch besser kennenlernen. Er legte sein Brot zurück in die Tupperdose, wischte sich seine fettigen Hände an den Hosenbeinen ab und folgte Nora zum Parkplatz des Präsidiums.

Während sie mit Blaulicht zum Zielort fuhren, klappte Nora den Laptop auf, um das Signal des Handys verfolgen zu können. Gleichzeitig rief sie bei der Müllverbrennungsanlage an, kündigte ihr Kommen an und ordnete gegenüber dem Leiter der Schicht an, die Arbeiten sofort einzustellen. Sie beschlich ein ungutes Gefühl. Würden sie dort nur ein weggeworfenes Handy finden oder mehr?

„Fahr schneller", herrschte sie Pieter an. Sie war noch sauer über seinen Spaß, den er sich mit ihr erlaubt und den sie nicht verstanden hatte.

Als sie eilig das Werksgelände und den Müllbunker betraten, war Nora von dem Anblick, dem Lärm und vor allem dem Gestank der Müllverbrennungsanlage wie erschlagen. Sie standen in einer riesigen Halle, und die grauen Wände des tiefen Betonraums wirkten wie das Parkdeck der Imperialen Raumflotte „Millennium Falcon" von „Star Wars". Das Quietschen des Greifarms, der sich in den bunten Müll bohrte, riss Nora aus ihrer Starre. Aus der in dem Greifarm eingequetschten Müllmasse löste sich eine PET-Flasche und fiel in die Tiefe, während die Schaufel direkt auf den Verbrennungsofen zuhielt. Nora wurde übel. Nicht nur von dem beißenden Gestank, sondern auch von der Tatsache, dass die Schaufel sich genau an der Stelle in den Müllberg eingegraben hatte, an der ihr das Laptop ein Signal anzeigte. Sie fuhr den Schichtleiter an: „Maschinen aus, sofort! Sagen Sie mal, was genau verstehen Sie nicht, wenn ich Sie auffordere, die Arbeiten einzustellen?" Nora bellte unbeherrscht in den Hörer und vergaß dabei den Lärm und den Gestank, der sich langsam in ihren Klamotten festsetzte.

„Maschinen aus!", wiederholte sie. „Wir suchen eine vermisste Person, und wir würden sie gerne finden, bevor ihr sie verbrennt", schrie sie.

Nora ließ weder den Greifarm noch den Signalpunkt des Handys auf ihrem Laptop aus den Augen, bis die Maschine nach Anweisung des Schichtleiters endlich stoppte und erlösende Stille einkehrte. Rasch organisierte sie sich eine Schaufel, suchte zusammen mit Pieter einen Einstieg in den Betonraum und grub an der durch das Signal vorgegebenen Stelle.

„Worauf wartest du?", herrschte sie Pieter an. „Besorge dir auch eine Schaufel und hilf mir beim Graben! Oder willst du bloß rumstehen und mir zuschauen? Zur Not müssen wir weitere Kollegen anfordern."

Plötzlich hörte Nora auf zu graben, denn ihr Spaten stieß dumpf auf etwas Großes. Sie räumte die oberste Schicht aus Tüten, Konserven und Flaschen beiseite und schaufelte etwas in der Größe eines erwachsenen Menschen frei, das in eine blaue Plastikfolie verpackt war. Nora erstarrte, denn ihre Vorahnung hatte sich bewahrheitet. In dieser Verpackung würde nicht nur das Handy der Vermissten gefunden werden. Als sie das Ende der Plastikmumie anfasste, erfühlte sie durch das knisternde Plastik ein Paar feste Schuhe. Sie öffnete das Paket vorsichtig am anderen Ende, um sich zu vergewissern, ob sie das gefunden hatten, was sie vermuteten. Verwundert musste sie jedoch feststellen, dass sie keine weibliche, sondern eine männliche Leiche mit einem Kopfschuss entdeckt hatten.

„Ich informiere die Spurensicherung und den diensthabenden Rechtsmediziner", spulte Pieter die Arbeitsschritte ab.

Nachdem die hinzugerufenen Kollegen der Spurensicherung, die alle in weißen Ganzkörperanzügen steckten und kaum zu unterscheiden waren, die Spuren auf dem Plastikpaket gesichert und den Leichnam aus dem riesigen Betonraum getragen hatten, beobachtete Nora den Laptop am Rande des Beckens, während sie darüber grübelte, wieso das Handy der Vermissten bei der männlichen Leiche lag.

Als Pieter ein weiteres Telefonat beendet hatte und mit Nora die nächsten Schritte besprechen wollte, verwirrte ihn ihr verblüfftes Gesicht.

Nora hatte vor wenigen Sekunden das Ortungssignal des Laptops beobachtet und registriert, dass es seine Position nicht geändert hatte, obwohl das geborgene Paket schon außerhalb des großen Betonbeckens bewegt wurde und dieser Standortwechsel hätte angezeigt werden müssen. Den Bruchteil einer Sekunde später rief Nora: „Das Handy liegt immer noch im Müllbecken, wir müssen zurück und weitergraben! Vielleicht liegt da noch eine zweite Leiche!"

Nach zehn anstrengenden Minuten fanden Pieter und Nora ein zweites blaues Paket, öffneten es und stellten fest, dass es eine weibliche Leiche enthielt. Auch dieses Opfer, bei dem es sich mutmaßlich um die Vermisste handelte, war mit einem Kopfschuss getötet worden.

Beide Leichen wurden ins Institut für Rechtsmedizin verbracht, und Nora und Pieter verabschiedeten sich von dem Schichtleiter, der etwas Unverständliches knurrte, weil er verärgert war, dass er seine Arbeit erst jetzt wiederaufnehmen durfte.

„Ich fahre gleich noch in den Puff, um die Anzeigeerstatterin zu informieren und zu befragen. Begleitest du mich?", fragte Nora.

Pieter öffnete die Fahrertür des VW Passat Variant, schaute hoch und winkte ab. „Wenn du mich nicht unbedingt dabeihaben musst, würde ich gerne nach Hause fahren, hab schon so viele Überstunden." Er lächelte schief und setzte Nora in der Nähe des Etablissements ab, wo sie auf den Concierge zuging.

Goldene Knöpfe blitzten auf seiner roten Uniform, und weiße Locken guckten unter der farblich abgestimmten Schirmmütze hervor. Eine Montur, wie sie auch von Portiers des „Vier Jahreszeiten", „Atlantik" oder anderer gehobener Luxushotels getragen wurde, um – unter Ausschluss des Alltages – jeden einzelnen Gast schon vor der Tür zuvorkommend zu empfangen.

Heute war es anders.

Nora zeigte ihren Dienstausweis, fragte, ob sie Lotta Kardinal sprechen könne, und erklomm die Treppenstufen des Lokals.

Lotta Kardinal stand hinter dem Tresen, lächelte den einzigen Gast freundlich an, während sie ihm eine Zigarette anzündete. Geschäftig und flink drehte sie sich zu der schummrig beleuchteten Bar, nahm eine Flasche Wodka aus dem verspiegelten Regal und begann, den bestellten „Sex on the beach" zu mixen. Ihr blonder, lockiger, zu einem Pferdeschwanz gebundener Zopf sprang dabei hin und her. Sie maß 1,70 Meter, hatte eine sportliche Figur, warme, freundliche blaue Augen und eine kleine Nase. Jedoch hatten sich um ihre Mundwinkel bereits tiefe Falten gesammelt, die ihrem Gesicht insgesamt etwas Hartes, Unnahbares gaben. Lotta trug ein schneeweißes Hemd mit einer Fliege, eine schwarze Weste, und um die schwarze Hose hatte sie eine gestärkte weiße Schürze gebunden. Mit beiden Händen und ausgestellten Ellenbogen schüttelte sie den kühlen Cocktailshaker in fließenden Bewegungen schwungvoll nach oben und unten. Währenddessen blickte sie in den Barspiegel, und das Rascheln der kleinen Eisstücke endete abrupt, als Nora Kardinal den Barbereich betrat. Lotta erkannte ihre Schwester sofort. Es war still im Lokal, denn im Hintergrund lief nur leise Musik. Lotta spürte ihr pumpendes Herz. Adrenalin spülte durch ihr Blut, ihr wurde heiß, und ihr Magen rebellierte. Er fühlte sich an, als würde er sich stetig mit einer heißen, flüssigen Lauge füllen und jeden Moment überlaufen, wie ein vergessenes Tiegelchen in einer Alchemistenküche, welches mit einer gluckernden, brodelnden Substanz gefüllt war, die jeden Moment über den Rand zu schwappen drohte. Ihrem Impuls, aus dem Lokal zu fliehen, gab sie nicht nach. Das war keine Option.

„Hallo", sagte Nora und trat an den Tresen heran. Sie hatte sich zur Einleitung einen Satz zurechtgelegt, den sie mechanisch aufsagte.

„Lotta, das ist ein unglücklicher Moment für ein Wiedersehen, den habe ich mir anders vorgestellt, aber ich muss dir einige Fragen stellen."

Unsicher kramte Nora in ihrer Hosentasche nach ihrer Polizeimarke.

„Ich bin hier wegen deiner Vermisstenanzeige. Es tut mir wirklich sehr leid, wir haben das Handy deiner Kollegin orten können und dabei eine weibliche Leiche entdeckt. Du müsstest sie noch identifizieren, aber wir gehen davon aus, dass es sich um die Vermisste handelt. Und wir haben auch noch eine weitere Leiche gefunden. Beide lagen im Betonraum der Müllanlage vergraben." Nora machte eine kurze Pause, um sich zu sammeln.

„Erzähl doch bitte einmal, wie es zu deiner Anzeige kam."

Durch Lottas Kopf flitzten so viele Gedanken, dass sie sie kaum zu bändigen vermochte.

Ihre Simone tot? Das durfte nicht sein! Das musste ein Irrtum sein! Aber wenn sie es doch war? Das würde sie nicht ertragen können. Und ausgerechnet ihre verhasste Schwester Nora stand vor ihr. Hätte nicht ein anderer Polizist kommen können? Ausgerechnet Nora! Und nun wusste sie auch noch, wo Lotta arbeitete.

Bisher hatte Lotta ihren sündigen Job in der Bar gut verheimlichen können, und nun kam alles zusammen. Vor ihr stand ihre jüngere Schwester, die ihr so großes Leid angetan und verhindert hatte, dass sie ihr anvertrautes Liebstes hatte beschützen können.

Über Lottas Augen legte sich ein leichter Glanz, bloß nicht weinen, dachte sie, bloß nicht weinen, nicht hier, nicht vor ihr. Ihr Blick verfinsterte sich wieder. „Ich habe dir nichts zu sagen", entgegnete sie. „Alles, was ich weiß, habe ich bei meiner Anzeige erzählt, dem habe ich nichts hinzuzufügen."

Lotta überlegte einen Moment.

„Wisst ihr schon, wie sie gestorben ist?", wollte sie doch wissen.

Nora fiel auf, dass Lotta zutiefst getroffen war und sich der Glanz in ihren Augen hartnäckig hielt.

„Nein, noch nicht, die Leichen sind im Institut und werden erst noch obduziert. Warst du mit der Frau befreundet?"

„Wofür ist das wichtig?"

Lotta reagierte trotzig und wollte die Unterredung so kurz wie möglich halten.

„Hör mal, Lotta, du hast die Pflicht, Auskunft zu erteilen, zwar nicht mir gegenüber, aber spätestens bei der Staatsanwaltschaft. Es ist nicht an dir, mir Fragen zu stellen."

Nora biss sich auf die Lippen, wie dumm von ihr, so würde sie ihre Schwester nicht dazu bewegen können, Fragen zu beantworten.

„Es tut mir leid, Lotta, ich bin gerade überwältigt von unserer Begegnung und …"

Noras Unterkiefer bebte, weil sie ihre Wut und Tränen unterdrückte. Lotta hatte Nora schon immer für alles Schreckliche, was in der Familie Kardinal passiert war, verantwortlich gemacht. Unvorhergesehen stand die alte Wut zwischen ihnen, aber verdammt, sie musste sich auf die Ermittlungen konzentrieren.

„Ich habe dir nichts zu sagen", wiederholte Lotta.

„Ich denke, die Tote war eine Freundin von dir, willst du nicht wissen, wer sie umgebracht hat?"

„Ich habe dir nichts zu sagen!"

Mit eisigen Augen blickte Lotta über Nora hinweg, die beharrlich nachsetzte.

„Mensch, Lotta, denk doch an Mone. Meinst du nicht, sie würde wollen, dass du mit uns zusammenarbeitest? Uns hilfst, ihren Mörder zu finden?"

Als Nora den Spitznamen Mone aussprach, senkte Lotta ihren Kopf und kämpfte erneut mit den aufkommenden Tränen. „Woher weißt du, dass ich sie Mone nannte?"

Nora antwortete nicht und zuckte mit den Schultern. Sie wusste es nicht sicher, aber sie hatte das Feuerzeug an der Leiche mit dem Aufdruck *Mone* gefunden und es vermutet.

Über Lottas Gesicht rann eine Träne, und ihre Augen bekamen einen samtigen Ausdruck. Dann begriff Nora.

„Ihr wart ein Paar!", stieß sie aus.

„Ja", schluchzte Lotta, deren abweisende Haltung in sich zusammenbrach. Sie schob ihre Hand unter den Tresen, kramte in einer Schublade und übergab Nora ein Handy.

„Hier, das hat ihr letzter Gast bei mir liegen gelassen. Vielleicht hilft euch das weiter."

Lotta fand schnell ihre Fassung wieder und beendete das Gespräch. „Ich muss jetzt weiterarbeiten. Bitte geh, sonst kriege ich Ärger mit meinem Chef."

Sie begleitete Nora zum Ausgang und verabschiedete sich kühl.

Nora machte keinen Versuch mehr, sich ihrer Schwester zu nähern. Traurig verließ sie den Laden und ließ eine ebenso verzweifelte Lotta zurück.

KAPITEL 5
AKOYA-PERLE

Sevinc Berend war aufgeregt. Ein ähnliches Gefühlschaos hatte sie durchlebt, als sie ihren Ex-Mann, den berühmten Architekten Albert Berend und Vater ihrer Kinder, geheiratet hatte. Wenn sie diesen heutigen Abend nur schon gemeistert hätte. Aber er hatte gerade erst begonnen. Allein stieg sie aus dem nagelneuen Taxi aus, welches vor ihrem Stammlokal „Da Massimo" hielt. Es musste perfekt werden. Der reservierte Bereich war extra für sie mit weißer Tischdecke, Teelichtern und grünen Zweigen geschmückt. Die unzähligen roten Pfefferkörner, die sich im Zusammenspiel mit der weißen Tischdecke zu einem feurigen Punktemuster formierten, gaben der Tischdekoration zusammen mit den grünen Zweigen einen weihnachtlichen Zauber. Nur ein Gedeck der Tafel war noch zusätzlich mit zarten, rosafarbenen Blüten und Schwarzkümmel besonders liebevoll verziert. Sevinc verweilte trotz der eisigen Kälte einen Moment vor der Glastür und entdeckte Massimo, die immer freundlich lächelnde Seele des Lokals. Sie beobachtete ihn, wie er quirlig zwischen den Tischen hin und her lief, Wein nachschenkte und kleine Späße machte, die den Gästen ein Lächeln über das Gesicht huschen ließen und die Augen zum Leuchten brachten. Fast verliebt schien sie ihn anzusehen – so ging es im Übrigen den meisten seiner weiblichen Stammgäste – und betrat das italienische Lokal. Massimos Lieblingslied von Zucchero „Così celeste" klang durch den Raum. Als er sie erblickte, brachte seine Freude perfekte Zähne zum Vorschein. Er schob seine schwarze Brille auf den kahlen Kopf und nahm sie in den Arm.

„Buon compleanno, mia cara Sevinc." Wie es die Italiener gerne machten, deutete er zweimal einen Wangenkuss an. Sevinc bedankte sich für die guten Wünsche und plauderte noch einen Moment mit ihm, bis sie ihre Tochter Julia am Geburtstagstisch zusammengekauert und mit hängenden Schultern sitzen sah. Sevinc ging langsam zum Tisch und setzte sich neben sie. Julia sah trotz des vom Weinen verquollenen Gesichtes sehr hübsch aus. Klein war sie und zierlich, ein Ebenbild ihrer Mutter. Ihr akkurater, brauner Pony reichte ihr bis zu den Augenbrauen und schmeichelte ihrem länglichen Gesicht.

Sevinc überlegte, seit wann es für sie möglich war, ihre Tochter ohne Verschleierung außerhalb der vier Wände treffen zu können. Sie konnte es nicht genau sagen und merkte, wie sehr sie sich bereits daran gewöhnt hatte. Der Schreck war ihr damals, als sie ihre Tochter zum ersten Mal verhüllt in einem Hijab auf der Straße gesehen hatte, in die Glieder gefahren. Und dies, obwohl – oder musste man sagen, weil? – Julia Islamwissenschaft studierte. Sevinc jedenfalls machte Julias Ehemann Ercan mit seinen strengreligiösen Ideen für ihre damalige Wandlung verantwortlich. Erst sehr viel später konnte sich Julia von ihren Fesseln befreien. Heute empfand Sevinc Stolz auf ihre einzige Tochter, die mit Energie und Herzblut als Dozentin im Institut für Islamwissenschaften arbeitete.

„Unveränderlich erscheinende Dinge können sich wandeln, Mama", hatte sie Julia oft sagen gehört. „Meistens bedarf es hierfür nur eines Wechsels der Perspektive und viel Muts."

Leise lächelte sie über die Klugheit ihrer Tochter. Heute würde Sevinc, die selber nicht gläubig war, den Auslöser für Julias Veränderung nicht ergründen können, aber vielleicht eine Antwort auf die Frage finden, warum ihre Tochter weinte.

„Ach Mama." Julia riss Sevinc aus ihren Erinnerungen.

„An deinem Ehrentag wollte ich nicht weinen, aber ich habe mich so mit Ercan gestritten", klagte sie.

„Er will nicht akzeptieren, dass ich ein anderes Leben führe, ohne Hijab und ohne Einschränkung. Immer wieder wirft er mir vor, ich sei keine gute Muslima und würde gegen Mohammeds Gebote verstoßen."

Sevinc hörte diese Vorwürfe nicht zum ersten Mal. Auch Ercans Mutter mischte sich regelmäßig ein und warf ihr ebenfalls vor, Julia würde sie und Ercans Familie entehren.

„Mama, er hat mir sogar gedroht, mich aus der Wohnung zu werfen. Den Jungen will er mir wegnehmen."

Als sie diese Worte aussprach, begann sie erneut zu schluchzen und begrub ihren Kopf an der Schulter ihrer Mutter. Ihre Tränen liefen unaufhörlich, und sie holte immer wieder tief Luft, sodass ihr zarter Körper bebte.

„Ach, meine Julia, Dinge können sich ändern. Du musst mutig sein und die Perspektive wechseln", versuchte Sevinc Julia mit ihren eigenen Worten zu trösten und nahm sie fest in den Arm. Sie hielt ihre verzweifelte Tochter für lange Zeit fest umschlossen.

Die Zeit schien stehen geblieben zu sein, als Julia die Stille durchbrach. „Mama, ich lasse mir das nicht mehr gefallen. Ich werde Ercan verlassen."

Sie löste sich aus der tröstlichen Umarmung und schaute ihre Mutter an.

Julia war so klar, als wären ihr befreiender Entschluss und ihr Mut zum Handeln über lange Zeit gereift, wie eine kostbare Akoya-Perle im tiefen Ozean. Ein wenig traf es Sevinc, dass sie an diesem Teil ihres Lebens nicht teilhaben durfte. Aber war es so? Wieso glaubte sie eigentlich, von Julias Entwicklung ausgeschlossen gewesen zu sein? Vielleicht hätte sie nur fragen müssen? Aber das hatte sie nicht getan. Wenn sie ehrlich zu sich war, hatte sie sogar selten Fragen gestellt. Sie hatte Angst davor, mit den Antworten nicht umgehen zu können, sodass der Blick hinter die Fassade ihre eigene heile Welt erschüttern würde. Das Zentrum ihres Handelns war, darauf zu achten, dass dies nicht würde geschehen können.

Sevincs nur zurückhaltend geschminktes Gesicht hellte sich wieder auf, als sie die Bedeutung von Julias Worten erfasste. Julia hatte sich nicht nur dauerhaft ihres Textilgefängnisses entledigt, welches – so Julia – einige der muslimischen Glaubensmänner erfunden hatten, um ihre

Frauen zu beherrschen, sondern sie würde auch ihren Ehemann verlassen. Sevinc bewunderte ihre Tochter für ihre Furchtlosigkeit und freute sich darüber, da sie ihren Schwiegersohn sowieso nicht richtig leiden konnte.

„Ich versichere dir, Julia, dass ich dich unterstütze, wo immer es mir möglich sein wird." Während sie Julia auf die Stirn küsste, winkte sie Massimo zu, der gerade zwei Gläser Prosecco Spumante brachte.

„Ich glaube, das wird euch guttun. Salute!"

„Mohammed wird es dir nachsehen", sagte Sevinc augenzwinkernd, und gemeinsam stießen sie auf ihren Geburtstag an.

Währenddessen betrat Albert Berend mit einem Blumenstrauß in der Hand das Lokal, eilte zielstrebig auf Sevinc zu und gratulierte ihr mit einem flüchtigen Kuss. Mit großer Anspannung in der Stimme überbrachte er seiner Ex-Frau eine enttäuschende Nachricht. „Ich kann nicht lange bleiben, es tut mir leid, aber ich habe nachher noch einen Termin mit einem der Akustiker." Während er sprach, entfernte er ungeschickt das knisternde Blumenpapier und legte es gedankenlos auf den liebevoll geschmückten Tisch. „Es geht um die ‚Weiße Haut', diese komplizierten besonderen Decken und Wände für das Konzerthaus."

Julia und Sevinc hörten interessiert zu. Insbesondere Julia wurde regelmäßig von ihrem Vater über die neuesten Entwicklungen informiert. Sie fieberte aus ganz persönlichen Gründen der baldigen Eröffnung des Konzerthauses entgegen. Aber sie hatte ihr Geheimnis ihrem Vater noch nicht offenbart. Es sollte eine Überraschung werden.

„Ich habe euch sicher von dem Computerprogramm erzählt, mit dem für jede einzelne Gipsplatte eine individuelle Oberflächenstruktur berechnet worden ist?"

„Ja, Papa, diese Gipsplatten sollen einen fantastischen Klang an jeder Stelle des Konzertsaals gewährleisten."

Albert wischte sich mit einem Taschentuch über seine feuchte Stirn.

„Von wegen ‚fantastischer Klang'. Nun sind Probleme beim Einbau aufgetreten. Mein Gott, hoffentlich wird das kein Desaster. Erst diese Dauerprobleme mit Melzer und nun das!"

Er unterbrach seinen Redefluss, setzte sich und sah in Sevincs enttäuschtes Gesicht. Also wollte er ihr entgegenkommen.

„Einen schnellen Spumante kann ich aber wohl mit euch trinken. Wo sind denn Alexander und Denis?"

„Alexander hat geschrieben, dass er wegen einer Besprechung im LKA später kommen würde." Sevinc schwieg für einen Moment und sprach mit leiser Stimme: „Vielleicht kommt er sogar gar nicht ... Dabei habe ich mir doch so gewünscht, dass wir heute alle zusammen sind."

Es war nicht irgendein Geburtstag. Sie wurde fünfzig Jahre alt, und dieses Ereignis wollte sie mit ihren Kindern, Albert und vor allem mit ihrem neuen Freund im ganz kleinen Kreis feiern. Sie war sehr gespannt, wie ihre Kinder ihren Lebenspartner wohl aufnehmen würden.

„Aber ich bin doch da, Mama!", hörte Sevinc eine Stimme in ihrem Rücken. Sie drehte sich um und versank glücklich in den Armen ihres Sohnes Denis.

Denis Berend war groß gewachsen und stämmig. Er hatte längeres, glänzendes Haar, welches jedoch an den Seiten sehr kurz rasiert war. Er trug einen Kinnbart und hatte eine Narbe, die den Schwung seiner Augenbraue durchbrach. Eine Tätowierung zierte seinen teilrasierten Schädel mit „OE", eine Abkürzung für Osman Eternal. Sevinc küsste ihren Sohn und strich mit ihrem Finger über seine Kette. Die Hand der Fatima. All ihren Kindern hatte sie zum zehnten Geburtstag diese Kette geschenkt. Zwischen dem drängenden Bedürfnis nach Spiritualität und der lenkenden Kraft ihres Verstandes hin und her gerissen, glaubte sie trotz allem an die Energie der schützenden Hand vor dem Bösen.

Gegenüber seiner Familie hatte Denis aus der Mitgliedschaft im Verein der OE, dem Konkurrenzclub der Thunder Devils, ebenfalls eine Rockergruppe, die sich im Rotlichtmilieu verdingte und einträgliche Geschäfte machte, kein Geheimnis gemacht. Zum Thema wurde es aber trotzdem nicht gemacht, damit kein Streit aufkam. Dennoch war Denis froh, seinem Bruder Alexander heute noch nicht begegnet zu sein. Die Brüder waren sich nicht „grün", wie man so sagt. Denis setzte sich neben seine Schwester und seine Mutter an den runden Tisch und wirkte an dem sagenhaft hergerichteten Geburtstagstisch mit seiner plumpen Massigkeit fehl am Platze, so als säße er mit seiner Rockerkutte zwischen Ritter Sir Lancelot und Percival an der Tafelrunde.

Abrupt begannen Sevincs Augen zu leuchten, als ein hochgewachsener Mann mit gepflegtem Äußeren und weißem, vollem Haar die Glastür öffnete. Er ging freudig auf Sevinc zu, die sich sofort erhob, kaum dass sie ihn erblickte. Den Arm um ihn legend, sprach sie mit feierlichem Unterton in der Stimme. „Endlich kann ich euch meine neue Liebe vorstellen. Matthias Schmitz."

Der Neuankömmling begrüßte alle mit Handschlag, stieß dabei beinahe ein gefülltes Sektglas vom Tisch und setzte sich verlegen auf einen der rot gepolsterten Stühle.

Sevinc löste auf ihre natürliche, warmherzige Art schnell die Anspannung ihres Freundes, registrierte aber an Denis' abweisender Körperhaltung, dass ihr Freund es mit Denis schwer haben würde. Julia hingegen schien Matthias zu mögen, und Sevinc freute sich, dass sie mit ihm angeregt plauderte.

Bereits nach einer Stunde verabschiedete sich Albert von der inzwischen gelockerten und fröhlichen Runde. Als er sein Auto aufschloss, nahm er aus dem Augenwinkel einen südländisch aussehenden Mann wahr, der wütend das Restaurant betrat und sich dort suchend umschaute.

Als er Sevinc entdeckt hatte, stampfte er über die hellen Pitchpine-Dielen des Lokals mit großen Schritten auf sie zu. Sie erkannte den Mann, es war Mesut Aslan, und ihr Gesicht verfinsterte sich.

„Was willst du hier? Du darfst dich mir bis auf hundert Meter nicht nähern! Verschwinde!"

Mesut gratulierte Sevinc ungerührt und übertrieben herzlich, als wäre er der letzte fehlende Gast gewesen, auf den alle gewartet hätten.

Er baute sich vor ihr auf und flüsterte in einem unterdrückt aggressiven Tonfall: „Sevinc, du wirst nie glücklich werden ohne mich, deswegen werde ich immer da sein, wo du bist und dich nie vergessen lassen, dass man einen Aslan nicht so behandelt ..."

Weiter kam er nicht, da packte Denis ihn am Kragen und zog ihn aus dem Lokal. Mit einem kräftigen Stoß brachte er Mesut zum Taumeln, der, über seine eigenen Füße stolpernd, endgültig das Gleichgewicht verlor.

„Wenn du meine Mutter noch einmal nervst, polier' ich dir richtig die Fresse. Leg dich nicht mit mir an, du Wichser. Ey, ich fick dich und deine Mutter." Dabei warf er ruckartig seinen Kopf in den Nacken.

Mesut Aslan rappelte sich auf und verschwand schnellen Schrittes in der ersten Seitenstraße, während Denis wieder zu seiner Familie zurückging. Lange blieb er jedoch nicht mehr, sondern erhob sich gegen dreiundzwanzig Uhr, klopfte kurz auf den Tisch und verabschiedete sich von der Runde. Seine Mutter nahm er in den Arm, drückte sie, hob sie einmal kurz hoch und setzte sie dann ab, wie er es immer beim Abschied tat.

„Feier noch schön, Mama, ich habe noch einen wichtigen Termin, du weißt, die Geschäfte rufen." Er zwinkerte Sevinc zu und verließ das Lokal. Sevinc wusste nicht, welchen Geschäften er jetzt nachgehen wollte. Darüber machte sie sich keine Gedanken. Sie war stolz auf ihren Erstgeborenen und darauf, was er erreicht hatte. Mit einer Speditionsfirma hatte er sich selbstständig gemacht und führte sein kleines Unternehmen sehr erfolgreich. Immerhin konnte er sich ein teures Auto leisten und sich sein verrücktes Motorradhobby in seinem Männerclub finanzieren.

Denis drückte den Knopf der Fernbedienung, vernahm ein zweifaches, kurzes, helles „Klack-Klack" und entriegelte die Fahrerseite seines roten Mercedes Benz AMG Coupé mit gold lackierten 22-Zoll-Felgen. Er ließ sich in seine Ledersitze fallen und fuhr mit aufheulendem Motor auf die Reeperbahn, wo er eines seiner „Pferdchen" treffen wollte.

Lisa Fels schaffte neben anderen „Freundinnen" für Denis an und war inzwischen bis unten an der Ecke der Davidstraße aufgerückt. Sie fror und sah aus, wie die meisten Prostituierten aussehen. Große Silikonbrüste, die die Haut zum Bersten brachten, falsche lange Nägel, aufgepumpte Lippen und bis zur Unkenntlichkeit geschminkt. Als sie Denis sah, glänzten ihre Augen.

„Du, Schatz", sagte er, und seine Stimme ließ erkennen, dass er ein Nein nicht akzeptieren würde. „Ich brauch dringend Kohle, wie viel hast du gerade da?"

Enttäuscht kramte sie in ihrer Bauchtasche und übergab ein Bündel Scheine.

„Sei nicht immer so wählerisch und mach', was die Kunden wollen. Du stehst ja in der Poleposition. Morgen will ich mehr Kohle sehen. Ich fahre nachher zu mir nach Hause, brauchst also nicht auf mich zu warten, Schatz."

Mit diesen Worten verließ er die Davidstraße und betrat angespannt den legendären Club „Ritze", um sich in einem Hinterraum mit dem Mann zu treffen, der ihm – so seine Vermutung – wegen des geplatzten Kokaindeals eine Menge Ärger machen würde.

Albaner-Klaus richtete sich auf und ging Denis mit großen Schritten entgegen, als dieser den kleinen, von Nebelschwaden durchzogenen Raum betrat. Er baute sich vor ihm auf.

„Ich hab es schon gehört, Denis, aber es ist mir scheißegal, dass die Bullen das Kilo sichergestellt haben. Ich will meine Kohle, 35000 Euro schuldest du mir."

Ohne darauf einzugehen, schimpfte Denis über die einige Tage zurückliegende Polizeiaktion. „Irgendeiner von den Schweinen hat den Deal an die Bullen verpfiffen, wir waren so vorsichtig, Scheißdreck, wenn ich den Verräter erwische, ist der tot, ich schwör'..."

„Heute war deine letzte Chance zu bezahlen. Ich habe die Thunder Devils im Nacken, die wollen ihre Kohle."

„Ich scheiß auf die Wichser, sollen die doch kommen, wenn sie was wollen. Ich bin ein Osmane. Wir Osmanen haben keine Angst."

Dabei klopfte sich Denis mit seiner Faust auf das Osman-Abzeichen. Ein asiatisch anmutender, auf einer Harley Davidson sitzender Glatzkopf mit Sonnenbrille und einem nach hinten gerutschten Fes, dem orientalischen, kegelstumpfförmigen, roten Hut, der aussah wie ein umgedrehter, runder Blumentopf.

Diese Geste wirkte eine Spur übertrieben, als wäre er ein Gladiator und wollte Cäsar vor dem Kampf huldigen. *Die Todgeweihten grüßen dich.*

„Scheiße, Mann, die knallen dich ab und mich gleich dazu, du Arsch, du hast doch Kohle, Mann, Alter, lass mich nicht hängen!", sagte Albaner-Klaus.

„Was kann ich dafür, wenn die Bullen den Schnee klauen? Ich kann von Glück sagen, dass ich gerade nicht da war, als die Schmiere aufgeschlagen ist, sonst wäre ich jetzt auch im Knast. Mann, Scheiße, ich habe keine Kohle gekriegt, also kriegen die Pisser auch nix."

Krachend fiel der Stuhl zu Boden, als Albaner-Klaus aufsprang und Denis am Kragen packte. Er schlug ihm mit der Faust direkt auf die Nase. Denis hörte es knacken. Der helle Schmerz schoss ihm durch die Schädeldecke und Tränen in die Augen. Er ekelte sich über den eisenhaltigen Geschmack seines Blutes, das ihm in den Mund rann. Mit der Außenfläche seiner Hand wischte er sich über die Mundwinkel.

Albaner-Klaus schrie ihn mit hochrotem Kopf an. „Ich werde ihnen sagen, wo sie dich finden, du wirst dich wundern, wie schnell sie dich am Arsch haben." Er stieß Denis zur Seite, rannte aus dem Raum, legte der verdutzten Kellnerin zwanzig Euro auf den Tresen und donnerte aus der Kneipe. Denis verließ ebenfalls das kleine Hinterzimmer, erbat sich bei der Frau an der Bar ein Taschentuch und reinigte sich notdürftig. Fluchend knallte er die Lokaltür zu, hetzte zu seinem in der Nähe abgestellten roten Benz und startete seinen Wagen.

Er hatte weder den auf dem Kiez in der Nähe seines Wagens abgestellten weißen Van noch die dunkel gekleideten Gestalten bemerkt, die ihn beobachtet hatten. Die Scheinwerfer des weißen Sharans leuchteten auf, und die beiden Männer nahmen die Verfolgung auf.

Denis verlangsamte das Tempo, als er knirschend in den kleinen, von großen Bäumen beidseitig gesäumten Feldweg einbog, der so schmal war, dass die kahlen, beschneiten Zweige von beiden Seiten des Weges wie ein Dach wirkten. Es schien, als würde man in einen von innen mit Bäumen bewachsenen, dunklen Tunnel fahren, für den kein Ausgang vorgesehen war. Denis schaltete das Abblendlicht an, um den Weg besser sehen zu können. Seine kleine Bauernkate war das letzte Haus im Dorf, und gelegentlich mochte er die Abgeschiedenheit. Er betrat sein Häuschen und suchte den Lichtschalter. Das war das Letzte, woran er sich erinnern konnte, bevor ein harter, schmerzhafter Schlag auf den Hinterkopf ihm das Bewusstsein nahm.

KAPITEL 6
SPUREN-PERSONEN-TREFFER

Früh am Morgen wickelte Nora der schwanzwedelnden Isa eine Leuchtweste um den Rumpf, schwang sich auf ihr Rennrad, an ihrem Kopf eine hell leuchtende Stirnlampe befestigt, und startete ihre morgendliche Radrunde entlang der Kollau durchs Niendorfer Gehege. Der Wind pustete eiskalt unter ihre Sportjacke, die sich zu einem Ballon aufblähte, und ließ sie frösteln. Um warm zu werden, trat sie die Pedale immer schneller und erkundete das dunkle Gehege mit den schwarzen, knorrigen Bäumen. Ihr Stirnlicht und der silberfarbene, hell leuchtende Mond wiesen ihr mit bizarren Schatten den Weg. Gelegentlich drehte sie sich zu Isa um. Mit beklemmenden Gefühlen im Bauch ließ sie die gestrigen Ereignisse Revue passieren. Vor allem dachte sie über die Begegnung mit ihrer Schwester nach. Sie und Lotta hatten in Hamburg viele Jahre nebeneinanderher gelebt, ohne von der jeweils anderen zu wissen. In dieser großen Weltstadt waren sie sich nicht ein einziges Mal begegnet. An Familientreffen nahm Lotta auch schon lange nicht mehr teil. Trotzdem hatte sich Nora mehr als einmal vorgestellt, wie die Begegnung zwischen ihnen verlaufen würde. Was sie tun müsste, um Lotta zurückzugewinnen. Aber sie hatte auch ihre Härte und Unnachgiebigkeit gefürchtet. Ungeachtet ihrer Bedenken hatte sie Lotta trotzdem gesucht.

Über Facebook und über die Einwohnermeldedaten hatte sie schnell ausgemacht, wo sie wohnte. Schon einige Male hatte sie mit ihrem Fahrrad vor Lottas Wohnung gestanden und zum erleuchteten Fenster hochgeschaut. Sie hatte es auch einige Male geschafft, bis zur Haustür vorzudringen, den Impuls zu klingeln hatte sie jedoch immer unterdrückt. Wenn ihr Zeigefinger auf dem Klingelknopf geruht und sie sich mit einem klebrigen Kloß im Magen vorgestellt hatte, was sie ihr sagen könnte, hatte ihr stets der Mut gefehlt zu klingeln. Gestern war nun der Moment gekommen, wo sie sich Lotta hätte nähern können, stattdessen musste sie ihr die Todesnachricht ihrer Lebensgefährtin überbringen.

An ihrem Hosenbein rüttelte und brummte das Handy und holte sie aus ihren Gedanken.

„Ja."

„Guten Tag, Doktor Manz von der Rechtsmedizin hier, spreche ich mit Frau Kardinal?"

„Ja, guten Morgen, Herr Doktor Manz."

Nora wunderte sich, zu so früher Stunde schon die Obduktionsergebnisse erfahren zu können, und war beeindruckt von den schnellen Resultaten. Sie lauschte dem vorläufigen Bericht des Rechtsmediziners und konnte es kaum glauben. Beide Leichen waren mit einem mehr oder weniger aufgesetzten Kopfschuss hingerichtet worden. Das konnte die Spurensicherung über die Schmauchspuren feststellen. Überdies hatte man beim Auswickeln der weiblichen Toten an der innenliegenden Plastikverpackung eine Kontaktlinse gefunden.

„Die dürfte für eine DNA-Untersuchung von Interesse sein, aber das wissen Sie sicher selbst", kommentierte

Dr. Manz den Fund und beendete das Gespräch. Nachdem Nora das Handy wieder eingesteckt hatte, drehte sie suchend ihren Kopf und entdeckte Isa mit der blinkenden Weste. Diese hatte nach einem fest verwurzelten Ast geschnappt und zog nun verspielt immer wieder daran. Ihr Hintern bewegte sich durch das Zerren rhythmisch hin und her, jedoch gab sie nach einer Weile entmutigt ihr Vorhaben auf. Nora beobachtete Isa und musste leise lächeln.

Sie wählte die bereits eingespeicherte Nummer ihres Kollegen Alexander Berend und informierte ihn über die Neuigkeiten. Alexander entschied, mit unterschiedlichen Kräften sowohl die Wohnung des weiblichen Opfers als auch das Bordell zu durchsuchen, in dem sie gearbeitet hatte. Er instruierte Pieter Struck, damit er sich um die beiden richterlichen Durchsuchungsbeschlüsse für die Objekte kümmerte, und organisierte die Spurensicherung für das Bordell „Flow", welches seiner Vermutung nach noch geöffnet und vielleicht der Tatort war. Nora beauftragte er damit, das Handy, welches Lotta Kardinal ihr übergeben hatte und dem letzten Freier von Simone Maar zuzuordnen war, über die technische Abteilung auslesen zu lassen.

„Ach, und kläre bitte, ob eine männliche Person vermisst wird!"

✲✲✲

Am Freitagnachmittag kamen alle mit dem Fall befassten Kollegen der Mordkommission zusammen und betrachteten das von Nora aufgestellte Schaubild auf dem Smartboard, auf dem die Namen der in den Fall verwickelten Personen aufgelistet waren. Während ihres Vortrages lief Nora in ihren schwarzen Sneakers vor der Tafel hin und her. Sie trug diese Turnschuhe fast immer, weil sie fand, dass ihre zu groß geratenen Füße darin kleiner wirkten. Sie projizierte die Bilder der beiden Toten an die Tafel, beschriftete diese und malte für die bessere Verständlichkeit Pfeile und Bögen auf das Brett. Zufrieden schob sie ihre Nickelbrille ins Gesicht und drehte sich zu ihren Kollegen, die sie erwartungsvoll anblickten. Pieter Struck, Andreas Schmid, Tanja Richter, Martina Mann und Alexander Berend waren pünktlich erschienen, während Michael Kloss verspätet dazukam, weil er mit einer neuen Vermisstenanzeige und der Einvernahme von Lisa Fels befasst war.

Lisa Fels hatte ihren Freund Denis Berend am Dienstagabend das letzte Mal gesehen und seitdem nicht mehr telefonisch erreicht. Während sich Michael Kloss in dem Drehstuhl wog, wandte er sich an seine Kollegen. „Entschuldigt, es hat länger gedauert als erwartet." Dabei schielte er besorgt zu Alexander und schien ein ungutes Gefühl zu haben.

Nora referierte über das weibliche Opfer Simone Maar, die in dem Edelpuff gearbeitet und mit der dort beschäftigten Lotta Kardinal eine Liebesbeziehung gehabt hatte. Dabei beschloss sie, zunächst Stillschweigen darüber zu bewahren, dass es sich bei Lotta Kardinal um ihre Schwester handelte.

„Die Identität der Frau konnte durch ihre Lebensgefährtin festgestellt werden. Des Weiteren haben wir mit der speziellen Superlite S 04 Blut gefunden und DNA extrahieren können. Es wurden alle Spurenträgerflächen mit der Lichtquelle illuminiert. In einem der Bordellzimmer sind wir an Wand und Boden fündig geworden. Die Untersuchung des Blutes hat ergeben, dass es sich um Mischspuren handelt, das Blut aber trotzdem Simone Maar zugeordnet werden kann."

Nora machte eine Pause und schaute in die Runde.

„Wir haben somit den Tatort gefunden", gab sie feierlich bekannt. Sie wandte sich mit erhobenem Arm dem zweiten Bild an dem Brett zu.

„Diese männliche Leiche haben wir anhand des Handys identifiziert, welches uns Lotta Kardinal überlassen hat. Es handelt sich bei dem zweiten Opfer um Manfred Bülow, der von seinen Kollegen als vermisst gemeldet worden war. Er war ein ehemaliger Mitarbeiter der Baubehörde, federführend zuständig für das Vergabeverfahren des Bauvorhabens Elbphilharmonie. Ein Einzelgänger, keine Familie, aber einen Haufen Geld auf dem Konto."

Sie nickte Tanja Richter lobend zu.

„Dank Tanja sind wir auch bereits im Besitz der Kontounterlagen. Zwischen 2007 und 2015 gibt es Kontenbewegungen, kleinere Beträge, aber regelmäßig. Sowohl Einzahlungen als auch Abhebungen. Bülow hat regelmäßig Bareinzahlungen vorgenommen. Auch hob er regelmäßig monatlich 1500 Euro ab. Es ist aber unklar, von wem er das Geld bekommen haben könnte."

Während sie zum Board lief, um ein neues Dokument aufzurufen, stolperte sie über ihre Füße. Es war ihr unangenehm, kurz errötete sie und setzte dann aber ihren Vortrag fort.

„Hier ein WhatsApp-Chatverlauf aus Bülows Handy von November 2015, der ist fundamental."

Nora las die Nachricht vor, die übersät war mit gelb leuchtenden, lächelnden Emojis.

„Wir müssen uns noch mal treffen. Irgendwie, denke ich, sollte es angesichts der für Sie lohnenden Kostenexplosion noch mal eine Aufstockung geben, Smiley. Das ‚Flow' ist teuer. Smiley."

Nora wandte sich der Runde zu, die an dem langen Bürotisch saß und sich Notizen machte.

„Wir müssen herausfinden, wem diese Nachricht galt, aber ich mache mir da nicht viel Hoffnung."

Nora setzte ihren Vortrag fort.

„Jetzt wird es spannend. Die Kontaktlinse, die wir bei der weiblichen Leiche gefunden haben, kann Frank Meister zugeordnet werden. Wir haben einen ‚Spuren-Personen-Treffer' der DNA-Kartei des Bundeskriminalamtes erhalten. Polizeilich ist er bekannt als Zuhälter, und außerdem ist er mehrfach vorbestraft. 2005 wurde er aus der Haft entlassen. Und jetzt kommt der Clou: Er ist seit seiner Haftentlassung in der Sicherheitsabteilung von Gernot Melzer beschäftigt."

Nora machte eine Kunstpause und sah erneut in die Runde. Die Blicke ihrer Kollegen waren weiterhin aufmerksam auf sie gerichtet.

„Gernot Melzer ist Inhaber der Baufirma Melzer. Er baut, wie ihr wisst, federführend die Elbphilharmonie.

Das Konzerthaus ist kurz vor der Eröffnung. Versteht ihr? Der für das Vergabeverfahren des Bauvorhabens Elbphilharmonie zuständige Sachbearbeiter ist Stammkunde im ‚Flow' und wird dort von Frank Meister abgeknallt. Es liegt auf der Hand, dass Bülow auf der Gehaltsliste von Melzer stand. Welche Rolle die Prostituierte spielt, ist noch unklar. Vielleicht war sie Zeugin und musste beseitigt werden?"

„Aber warum tötet Frank Meister Bülow nicht an einem Ort ohne Zeugen?", gab Alexander zu bedenken.

„Ob dort noch weitere Zeugen waren, werden wir noch klären", entgegnete Nora. „Wird sich finden. Möglicherweise hatte er mit ihr eine andere Rechnung offen? Immerhin ist oder war er ja im Zuhältermilieu tätig."

Sie überlegte kurz.

„Ich werde über die Staatsanwaltschaft einen Haftbefehl gegen Frank Meister beantragen lassen und versuchen, gegen Gernot Melzer eine Telefonüberwachung zu erwirken. Pieter, übernimmst du die Recherche und Beantragung der Telefonüberwachung?" Er nickte und trank den letzten Schluck kalten Kaffee.

Nach der Besprechung erhob sich Michael Kloss aus dem Drehstuhl und ging langsamen Schrittes auf Alexander zu, der von ihm abgewandt gerade an der Kaffeemaschine stand. Leise schimpfte er über den verkrusteten Schmutz, den er seinen faulen Kollegen verdankte, während er die Maschine reinigte. Als Alexander seinen Kollegen bemerkte, drehte er sich um.

„Hör mal, Alexander, dein Bruder wird vermisst, seine Freundin war eben hier. Hast du es schon gehört?"

„Nein", antwortete Alexander. „Aber mein krimineller Bruder war schon häufiger mal verschwunden. Der taucht schon wieder auf."

Mit diesen Worten wandte er sich wieder der Kaffeemaschine zu, aber bei Michael Kloss blieb das mulmige Gefühl.

***

„Ja", meldete sich Albert Berend am Telefon. Der Wind pfiff so laut zwischen den Gebäuden, dass Berend kaum zu verstehen war. Die nordöstlichen Böen zerrten gewaltig an der royalblauen Europafahne, und das rhythmische Klappern des Seils am Fahnenmast tat das Übrige.

„Ich bin es, Anne", meldete sich die PUA-Vorsitzende Fliege-Schulz. „Ich muss dich sofort sprechen. Wo bist du?"

Ihr helle Stimme verriet große Aufruhr.

„Direkt vor der Elbphilharmonie. Ich habe hier zu tun, komm doch her, dann zeige ich dir die Plaza und die längste Rolltreppe Westeuropas. 82 Meter lang ... " Albert Berend platzte vor Stolz, aber Anne unterbrach ihn.

„Ich versteh dich kaum. Muss dir was Wichtiges erzählen. Du glaubst es nicht, der Senator hat mich angesprochen", schrie sie durchs Telefon, damit Albert sie verstand.

Sie verabredeten sich, und nach einer Viertelstunde erblickte er seine Freundin, wie sie mit schnellen, kleinen Geisha-Schritten auf ihren hochhackigen Stiefeln über die

Brücke lief. Er war fasziniert und belustigt von ihrer Art zu gehen und lauschte dem „Klack-Klack-Klack" ihrer Absätze.

Albert schlug den Kragen seines Kaschmirmantels hoch, steckte sich eine Zigarette an und ging ihr grinsend entgegen. Er wollte sie in den Arm nehmen, aber sie machte sich ganz steif. Sie wand sich aus seiner Umarmung, woraufhin er seinen Kopf zur Seite legte. „Komm, bevor du mir deine Geschichte erzählst, zeige ich dir die Plaza. Geht wirklich schnell", versuchte er sie zu beruhigen.

Er schob sie auf die sich in Bewegung setzende surrende Rolltreppe, und sie verfolgte mit ihrem Blick den Bogen des weißen Tunnels. Die Wände waren aus weißem Putz und durchbrochen von unregelmäßig angeordneten runden Glasscheiben, die das Licht reflektierten. Der illuminierte Handlauf gab der „Anfahrt" zur Plaza den Anschein, als würde man in eine andere Zeit hinübertreten, gewissermaßen die hanseatische Weiterentwicklung der amerikanischen Serie „Time Tunnel."

Für einen Moment war Anne durch das gebogene Bauwerk eingenommen, dann aber erhob sie ihre Stimme.

„Albert, genau deswegen habe ich jetzt einen Haufen Ärger. Die wissen von uns. Der Senator Maybach hat gesagt, wenn ich nicht die Stellungnahme des Ausschusses zugunsten Melzers Baufirma ausfallen lasse, wäre er gezwungen, unser Verhältnis den PUA-Mitgliedern zur Kenntnis zu bringen. Das würde zu meiner Ablösung führen und sicherlich meinen Mann nicht besonders erfreuen."

Anne war außer sich. „Begreifst du? Das demokratische Prinzip wird ins Gegenteil verkehrt. Jetzt kontrolliert der Senator den PUA. Ich bin so unendlich wütend und ..."

Sie stutzte. „Woher weiß der das überhaupt, und wie kommt er dazu, sich so für Melzer zu positionieren?"

Sie schaute Albert an, und ihr war klar, dass Albert nicht begeistert darüber sein würde, was sie ihm gleich zu sagen hatte.

„Mir ist es egal, wer an der Baumisere Schuld hat. Ich will den Vorsitz auf jeden Fall behalten, und wenn der Senator Maybach will, dass sein ‚Liebling' Melzer besser wegkommt, dann in Gottes Namen werde ich meinen Einfluss geltend machen, wenn die Stellungnahme verfasst wird."

„Was heißt das denn? Krieg ich nun den Schwarzen Peter? Bist du jetzt total übergeschnappt? Du zerstörst mein Lebenswerk!"

Albert konnte es nicht fassen. Er dachte an den Beginn des Projektes und über die intensive Zeit nach, als sich der Ideengeber Gérard vom Projekt der Elbphilharmonie zurückgezogen und Albert erfahren hatte, dass die Stadt Hamburg nicht mit dem Architektenbüro Herzog und de Meuron, sondern mit ihm weitermachen wollte. Ein noch nie erlebtes Glücksgefühl hatte ihn damals erfüllt. Mit ihm hatte die Stadt zusammenarbeiten wollen. Ihm hatten sie dieses große Bauvorhaben anvertraut. Und jetzt wollte Anne ihm alles nehmen. Das würde er nicht zulassen.

„Anne, ich habe die Chance meines Lebens bekommen. Ich habe mich mit meinem Architekturkontor durchgesetzt. Ich habe die weiteren Ausführungen geplant und dieses atemberaubende Wahrzeichen geschaffen. Ich ..."

„Ja", unterbrach sie ihn. „Ich, ich, ich. Aber es war dein exquisiter Geltungsdrang mit deinen ewigen Sonderanfertigungen, Planungsänderungen und deinem unsäglichen Zeitmanagement, der zu dieser Kostenkatastrophe geführt hat ..."

Albert schnappte nach Luft und war tief gekränkt. Er betrachtete seine Geliebte, während sie ihm diese unglaublichen Vorwürfe um den Kopf fegte. Ihre blassen Augen tanzten unruhig hin und her, und sie zog ihre Mundwinkel im Wechsel in die Luft. Bedrohlich kam sie mit ihrer fratzenartigen Grimasse immer näher auf ihn zu. Wie durch eine Lupe sah er ihre tiefen Furchen um ihren harten, rot geschminkten Mund. Die Pigmente ihres Lippenstiftes verliefen in die rissigen Mundfältchen und wirkten wie eine rote Kapillarenlandschaft in einem Anatomiefachbuch. Sie spitzte ihre Lippen trotzig so weit nach vorne, dass Albert unwillkürlich einen Schritt zurücktreten musste.

„Was meinst du, was passiert, wenn mein Mann erfährt, dass wir eine Affäre haben? Der setzt mich mit gepacktem Koffer vor die Tür oder bringt mich gleich um. Wir dürfen uns eine Weile nicht sehen, bis sich die Aufregung gelegt hat!"

Albert schluckte und begriff nicht, was gerade passierte.

„Willst du die Trennung, ist es das? Da braucht nur der Senator Maybach zu kommen, und du kuschst? Ich hatte gehofft, dass wir nächste Woche zusammen auf die Eröffnungsfeier von Melzers neu gebautem Kinderheim gehen."

„Wo? Auf Sylt? Bist du übergeschnappt? Damit mein Mann in der Presse lesen kann, dass wir was miteinander haben?"

„Doch nicht als Paar!"

„Sondern?"

„Na, du könntest in meiner Nähe sein und ..."

„Albert, also manchmal denkst du nicht nach. Wie sieht denn das aus? Die Vorsitzende des Parlamentarischen Untersuchungsausschusses trinkt auf Melzers Einweihungsparty Sektchen und nascht Schnittchen. Tolle Schlagzeile. Nein, vielen Dank!"

Albert wusste nicht, was er empfinden sollte. Eine Leere umgab ihn. In sich hineinhorchend fühlte er, wie Panik und Wut langsam seine Glieder hochkrochen und diese verklebten. Er betrachtete seine Geliebte mit leeren Augen und wandte sich zum Gehen. Er musste ihr Vorhaben unbedingt verhindern.

Kapitel 7
22-Zoll-Felge

Das Erste, was Denis Berend fühlte, waren die stechenden Kopfschmerzen, die bei jedem Atemzug so stark gegen seine Schädeldecke hämmerten, dass er meinte, seine Stirn würde zerspringen. Er öffnete die Augen und konnte nicht viel sehen. Es war dunkel im Raum, aber aufgrund einer kleinen, indirekten Lichtquelle im Nebenraum konnte er seine Umgebung wenigstens etwas erfassen. Er versuchte, seinen Kopf in Richtung der Lichtquelle zu drehen, und stellte fest, dass er sich nicht richtig bewegen konnte, da er an Händen und Füßen gefesselt war. In dem massigen, kräftigen Körper verbreitete sich Panik, und jede Pore seiner Haut füllte sich mit Angstschweiß. Denis konnte sie riechen, seine Todesangst, die sich mit dem feucht-modrigen Geruch des Raumes mischte. Er versuchte, sich zu erinnern. Scheiße noch mal, was war passiert? Schemenhaft und vernebelt tauchten Bilder vor seinem inneren Auge auf. Die Autofahrt nach Hemdingen-Bilsen, der Streit mit Albaner-Klaus, der Fausthieb. Der Schmerz der Nasenwurzel trat in sein Bewusstsein. Ansonsten erinnerte er sich an rein gar nichts. Hatte Albaner-Klaus damit zu tun? Oder einer der „Thunder-Arschlöcher"? Denis, konzentriere dich, ermahnte er sich im Stillen. Auf keinen Fall durfte er jetzt panisch werden. Speiübel war ihm, und er unterdrückte angestrengt den Impuls, sich übergeben zu müssen. Er versuchte, seinen Kopf zu drehen. Widerstand. Seine Angst vernebelte ihm das Hirn und breitete sich in seinem Magen aus. Denis' Kopf war mit einem dicken Lederriemen fixiert. Um dennoch so viel wie möglich von seiner Umgebung sehen zu können, drehte er seine Augen in alle Richtungen und drückte seine Augäpfel so stark gegen das Fett- und Bindegewebepolster, dass es ihm schien, als würden sie jeden Moment aus der knöchernen Augenhöhle herauskugeln. In etwa so, wie eine polierte Stahlkugel in einem alten Flipperautomaten plötzlich aus einer ihrer Spielfeldöffnungen herauskatapultiert wird.

Die Schweißperlen, die sich auf seiner Stirn gesammelt hatten, glitten an seiner Schläfe herab und tropften auf die Liege. Als er versuchte, sich ruckartig aus der Fesselung zu befreien, bemerkte er einen metallenen Gegenstand an seinem blanken Gesäß und realisierte, wie er pinkeln sollte. Nun brannte es an seiner Armbeuge, an der er hinabschaute. Eine Kanüle steckte in seiner Vene. Scheiße, was war hier los? Was passierte mit ihm? Voller Angst schaute er sich um, so gut es der Lederriemen ermöglichte.

Der Raum war eine Art Kellerverlies, mit großen, aluminiumfarbenen Rohren an den Wänden. Außer seiner Fixierungsliege konnte er nichts weiter entdecken, bis auf eine Maus, die oberhalb des Rohres nach Nahrung suchte. Ein Fenster hatte er bisher nicht gefunden. Wieder überkam ihn diese Übelkeit, und er kämpfte gegen den Brechreiz an.

Da war ein Geräusch! Ein Türklappen und Schritte kamen aus Richtung der dunklen Tür, deren Ritze ebenfalls etwas Licht in das Verlies schimmern ließ. Er hörte den „Abendsegen" von Humperdinck, den er nicht einordnen konnte. Die Schritte entfernten sich wieder. Jetzt schepperte ein Vorhängeschloss gegen die sich öffnende Tür. Denis kniff seine Augen fest zusammen, um möglichst viel von seinem Entführer erkennen zu können. Eine große, schlanke, in Schwarz gekleidete, maskierte Person betrat den Raum und entfernte wortlos die Gesäßpfanne. Dann setzte der Entführer eine Einwegkunststoffspritze an die Kanüle und nahm dem benebelten Opfer Blut ab. Wortlos hielt der maskierte Mann ihm einen Strohhalm hin. Denis, der nicht bemerkt hatte, wie durstig er war, trank das Wasser in tiefen Zügen aus und fiel wenige Sekunden danach in einen leichten Dämmerschlaf. Mit dem Blut des Opfers beschrieb der Entführer eine 60 mal 80 Zentimeter große, weiße Leinwand, die an eine der Kellerwände gelehnt war.

„Denn das Leben des Fleisches ist im Blut und ich habe es euch für den Altar gegeben. Denn das Blut ist es, das durch Leben Versöhnung erwirkt. Im Blut war die Seele und Gott beansprucht die Seele.
3. Mose. 17/11.
Auf dass ihr euch Gott wieder nähern könnt."

In einer Ecke des Raumes stand ein Eimer, neben dem auf einem Hocker ein Schächtmesser lag, dessen blitzende Klinge der Form eines Lineals glich. Der Entführer drehte die Liege um 180 Grad, sodass Denis, an der Liege fixiert, nur noch zu Boden blicken konnte. Er erwachte kurz aus dem Dämmerschlaf, den Metalleimer direkt unter seinem Kopfbereich sehend. Als er das Schächtmesser im Augenwinkel blitzen sah, fühlte er, wie warmes Urin an seinen Innenbeinen herunterlief. Der Täter nahm das Messer und flüsterte mit eisiger Stimme: „Ich will deine Stimme nicht mehr hören. Du wirst still sein. Für immer."

Er setzte das Messer an der Halsunterseite an und durchtrennte mit einem Schnitt die Luft- und Speiseröhre. Denis riss in Todesangst die Augen auf. Er verfolgte mit seinen Augen die an ihm vorbeifahrenden gold lackierten 22-Zoll-Felgen seines roten Mercedes Benz AMG Coupé, die sich immer schneller drehten, bis er das Bewusstsein verlor und das Leben aus seinem ausgebluteten Körper wich.

KAPITEL 8
3. MOSE 17/11

Nora bog mit ihrem Rad knirschend in den weißen Kieselweg ein, der zu ihrem neuen Zuhause in Niendorf führte. Verschwitzt betrat sie ihre frisch renovierte Einliegerwohnung im Souterrain. Wie immer drapierte sie ihren Wohnungsschlüssel so auf dem Tisch, dass er über dem Haustürschlüssel zum Liegen kam. Dann kontrollierte sie die Jacken an der Garderobe, ob sie den richtigen Abstand zueinander hatten. Hierbei ging sie immer gleich vor. Sie legte ihre Hand als Maßband an die Garderobenstange und richtete danach ihre Jacken aus. Jetzt konnte sie endlich Isa begrüßen, die schwanzwedelnd darauf wartete, gestreichelt zu werden. In einer Viertelstunde würde ihr über ihr wohnender Vermieter kommen. Sie waren verabredet. Nora sprang schnell unter die Dusche, ließ „Always on my mind" von Elvis Presley durch die Boxen dröhnen und dachte über ihren Fall und Melzer nach, während sie leise mitsang.

In Hamburg hatte er es bereits auf die Liste der Hamburger Persönlichkeiten geschafft, denn sein Name war mit dem Bau der Elbphilharmonie und somit eng mit Hamburg verbunden. Allerdings war seine prominente Stellung durch den derzeit durch die Gazetten jagenden Bauskandal um die Elbphilharmonie beschattet.

Nun war er verdächtig, den Baubehördenmitarbeiter Bülow bestochen zu haben, um den Zuschlag für das Bauvorhaben der Elbphilharmonie zu erhalten, was einen erheblichen Imageschaden nach sich ziehen würde, sollte sich dieser Verdacht bewahrheiten. Eine Pressewelle von unglaublicher Schlagkraft und mit nicht zu überschauenden Folgen würde Hamburg überfluten, sollte sich der Vorwurf als richtig erweisen, davon war Nora überzeugt.

Sie hatte im Netz über Melzer recherchiert und herausgefunden, dass er keine Familie hatte und sich engagierte für das Kinderheim „Junge Deerns", für das er ein Ferienhaus auf Sylt bauen ließ, das kurz vor der Eröffnung stand. Bis auf den Bauskandal zog sich ein tadelloses Profil durch seinen Lebenslauf. Er hatte sich sogar besonders verdient gemacht, als er gemeinsam mit Sabine Spindt, einer ehemaligen Erzieherin des Mädchenheimes „Junge Deerns", den Skandal aufdeckte, der zur Frühpensionierung der vorherigen Heimleitung geführt hatte. Strukturell bedingte, unwürdige Erziehungsmethoden wurden damals den dort beschäftigten Erzieherinnen vorgeworfen. Die gepeinigten Mädchen bekamen als Strafaktion nichts zu essen oder mussten mitten in der Nacht für mehrere Stunden in einem dunklen Raum im Keller stehen, bis die Beine zu zittern anfingen und sie erschöpft endlich ins Bett gehen durften. Nora schüttelte sich bei der Vorstellung, dass die abhängigen und schutzlosen Mädchen, so schwierig sie vielleicht auch gewesen sein mochten, dieser Quälerei ausgesetzt waren. Melzer hatte sich mit viel Sozialengagement vorbildlich um die Heimbewohnerinnen gekümmert und war sogar, wie Nora ebenfalls im Internet herausgefunden hatte, seit einem Jahr mit der neuen Heimleiterin Sabine Spindt liiert. Alles in allem ein anerkanntes, prominentes Mitglied der Hamburger Gesellschaft, welches lediglich an der einen oder anderen Stelle korrumpierend nachhalf. Wie es wohl die meisten taten, vermutete Nora. Nur Meister passte irgendwie nicht in seine Agenda.

Bevor sie sich einen Rotwein eingießen konnte, klingelte es an der Tür. Sie öffnete sie erwartungsvoll und versuchte gleichzeitig, die bellende Isa zu beruhigen. Vor ihr stand ein älterer Herr, mit schneeweißem Haar, festem, rundem Bauch und einer mit vielen geplatzten Äderchen durchzogenen Knollnase. Er strich sich durch seine lichten Haare und lächelte Nora freundlich an. „Frau Kardinal, herzlich willkommen, ich hoffe, Sie werden sich hier schnell einleben."

Seine Stimme wirkte aufgrund ihres tiefen Klanges beruhigend auf sie.

„Herr Neumeier, nehme ich an? Ich freue mich sehr, auf gute Nachbarschaft! Stimmt es, dass Sie ein Opernsänger sind?" Nora trat einen Schritt zurück und bat ihren Vermieter mit einer schwingenden Armbewegung in die Wohnung.

„War, Kindchen, war, meine Stimme ist zu alt. Ach, jetzt singe ich nur noch für mich und meinen Hund." Dabei deutete er auf die Pudelmischung zu seinen Füßen. „Oder für Sie, wenn Sie es mögen ..." Er lachte dröhnend und hielt sich seinen wackelnden Bauch.

„Ich singe auch, also nur so zum Spaß", sagte Nora verhalten und konnte ihren Blick nicht von dem schwingenden Kugelbauch abwenden. „Ich fahre gleich ins ‚Birdland', da ist heute Vocalsession."

„‚Birdland'? Schon mal gehört. Was bedeutet Vocalsession? Wissen Sie, ich bin Klassiker alter Schule." Er zuckte mit den Schultern und hob die Augenbrauen.

„Ein Jazzschuppen. Bei der Vocalsession treffen sich die unterschiedlichsten Menschen, die gemeinsam musizieren und singen. Einfach Spaß haben. Mögen Sie mitkommen?"

„Ach, Kindchen, vielleicht ein anderes Mal, heute nicht, aber ich wünsche Ihnen viel Spaß. Wenn was ist, melden Sie sich einfach. Und wenn ich Ihren Hund mal mitnehmen soll, sagen Sie mir ruhig Bescheid. Sie haben sicher viel zu tun." Er drehte sich um, hielt sich seinen runden Bauch, hob den Arm nach oben, trällerte die Arie „Nessun Dorma" und schritt mit seiner älteren Pudeldame würdevoll die Treppe hoch. Oben angekommen, drehte er sich um und zwinkerte ihr zu, wie Peter Frankenfeld auf seiner Showtreppe.

Eine Stunde später radelte Nora los und hörte „Andante Andante" von Abba. Nora war neben Elvis Presley auch ein großer Fan dieser schwedischen Popgruppe. Durch die Toreinfahrt des „Birdland" fuhr sie zu den Fahrradständern, schloss ihr Rad an und betrat den Musikclub über die Kellertreppe. An der Garderobe saß eine etwa Mitte fünfzigjährige Frau mit kurzen, grauen Haaren. Sie trug Jeans, einen pinkfarbenen Pullover und lächelte freundlich. Nora zog ihre Kunstfelljacke aus und hängte sie an den Bügel. Sie fasste sich auf den Nasenrücken und bemerkte, dass sie ihre Brille vergessen hatte. Erhobenen Hauptes ging sie durch den Club und lächelte jeden Gast im „Birdland" an, obwohl sie niemanden erkannt hatte. Nicht, dass es später heißt, die ist aber arrogant geworden, dachte Nora.

Als sie die Ahnengalerie der Jazzkoryphäen an den Wänden erblickte, geriet sie in einen kaum beschreibbaren wohligen Gemütszustand. An der Wand hingen in Öl gemalte, gold gerahmte Bilder von Miles Davis, Billie Holiday, Ella Fitzgerald, Sarah Vaughan und Louis Armstrong. Während Nora über einen der Musiker rätselte, der aussah wie George Clooney in jungen Jahren, stieß sie ein junger Mann an und schaute sie offen an. „Entschuldige, aber du hast mich so freundlich angelächelt, dass ich dich einfach ansprechen musste, aber umrennen wollte ich dich nicht, sorry noch mal. Möchtest du etwas trinken?"

„Ja gerne, einen Primitivo, bitte", antwortete Nora und fühlte sich etwas überrumpelt, aber die Neugier überwog.

Während sie auf ihr Getränk wartete, erblickte sie die Pianistin für den heutigen Abend, jung, hübsch und mit einem perfekt geschnittenen, akkuraten Pony, nahm sie vor dem schwarzen, glänzenden Flügel Platz. Sie hatte das dunkle, lange Haar zu einem Seitenzopf gebunden und blätterte in ihren Noten. Die Hand des Schlagzeugers ruhte auf ihren Schultern, während er sich an ihr vorbeischlängelte, um sich an sein Schlagzeug setzen zu können. Er lächelte die Pianistin an, hockte sich auf den runden Lederstuhl, nahm die auf der Snare Drum abgelegten Brushes an sich und drehte sie akrobatisch in seinen Händen. Der Kontrabass wurde von einer zierlichen, schwarzhaarigen, in einem schwarzen Chiffonoverall gekleideten Französin gespielt. Nora nahm allen Mut zusammen und ging zur Pianistin.

Sie streckte ihren Arm aus. „Hallo, ich bin Nora, wie läuft die Vocalsession heute ab?"

Die Pianistin hob den Kopf und begrüßte sie. „Hallo Nora, ich bin Julia und begleite heute die Sänger durch den Abend. Hast du Noten für uns dabei?"

„Ja, ich möchte ‚Can't help falling in love' singen, in einer arrangierten Jazzversion."

„Vor dir sind noch fünf Sängerinnen dran, und dann kommst du an die Reihe." Julia lächelte ermutigend und wandte sich sodann konzentriert ihren eigenen Noten zu.

„Bis gleich", verabschiedete sich Nora und verließ die Bühne, die durch eine Vielzahl an einer langen Leiste angebrachten runden Glühbirnen erleuchtet war. Während sie sich suchend im Raum umschaute, bemerkte sie, wie sich ein Arm hob und ihr zuprostete. Jetzt erst nahm sie ihre Begegnung von eben genauer wahr. Der Mann, der mit ihrem Glas Primitivo auf sie wartete, sah gut aus, hatte aber für Noras Geschmack einen Rotschopf, der einen flotteren Haarschnitt vertragen könnte sowie einen zu lang geratenen Vollbart. Er war in ihrem Alter und trug ein schwarzes T-Shirt, auf dem ein verknoteter Kabelaufdruck zu sehen war, der an einem viereckigen Kasten hing.

„Hey, arbeitest du für die Telekom?", wollte Nora scherzhaft wissen und wartete nicht auf seine Antwort. So gelungen fand sie ihre scherzhaft gemeinte Bemerkung nämlich nicht. Wahrscheinlich hörte er das häufiger.

„Wie heißt du?"

„Mike, Mike Hummel, nein, ich arbeite nicht für die Telekom, aber ich bin ein Fan vom CCC. Chaos Computer Club", fügte er hinzu, ohne dabei belehrend zu wirken. „Und du? Wie nennt man dich?"

„Nora", antwortete sie, nahm neben Mike an einem kleinen, runden Tisch Platz und legte ihr Handy auf den Tisch. Der Laden war voll mit jungen, aber auch älteren Musikinteressierten. Die Stimmung war vergleichbar mit einer Mischung aus Familientreffen, Abiturfeier und musikalischer Buchlesung. Aufgeregt schnatternde Teenager, wie vor Beginn einer Klassenfahrt, in Begleitung ihrer Familienangehörigen einerseits. Und ältere, intellektuelle Jazzliebhaber, die das Geschehen eher verhalten genossen, andererseits. Nora mochte vor allem das zwanglose Ambiente und fieberte mit jedem Künstler mit. Sie trank einen Schluck von dem beerigen, weichen Wein und schenkte ihre Aufmerksamkeit der ersten Sängerin. Eine ältere, sehr schlanke Frau mit weit aufgerissenen Augen, die ein T-Shirt aus Spitze trug, allerdings ohne Büstenhalter. Sie interpretierte auf dramatische Weise einen Jazzstandard, den Nora nicht kannte. Die Sängerin starrte in die Ferne, und Nora fand, dass sie aufgrund ihres gezierten Blickes wirkte, als sei sie seit Kurzem vom Wahnsinn befallen. Im gleichen Moment, da sie das dachte und sich für die Sängerin fremdschämte, tat es ihr leid. Auch in solchen peinlichen Momenten durfte man nie außer Acht lassen, dass diese Interpreten Respekt verdienten für das, was sie taten. Auch wenn es scheußlich war.

Höfliches Klatschen füllte den Raum, nachdem die Sängerin die Bühne verlassen hatte. Sodann betrat eine junge, zierliche Frau die Bühne, stellte sich an den Kontrabass und stimmte leise auf Französisch „Autumn leaves" an und verzauberte Nora und die anderen Gäste mit ihrer Darbietung.

Mit Mike verstand sich Nora auf Anhieb, und sie plauderten angeregt. Er erinnerte sie an ihren alten Schulfreund Sepp aus München, der die gleichen spitzbübischen Augen hatte und mit dem sie viel Zeit verbracht hatte. Einmal, als sie zwölf Jahre alt waren, schrieben sie auf kleine Zettel: „Kohl muss weg, hat kein Zweck", und verteilten diese munter in die Briefkästen der umliegenden Nachbarschaft. Dieses politische Engagement hinderte sie aber nicht daran, sich auf einer CSU-Wahlveranstaltung hungrig mit Würstchen vollzustopfen.

Nora wurde unruhig, da sie gleich an der Reihe sein würde, aber vor allem, weil ihr die Menschenmassen zu schaffen machten. Sie zählte die Birnen in den Leuchtleisten, konnte aber keine Erleichterung erreichen. Ihre unkontrollierbaren Gedanken nahmen erneut von ihr Besitz. *Was wäre, wenn ein Einbrecher käme und Isa bellte und ihr etwas zustieße ...?*

„Aller guten Dinge sind drei,
sagten drei kleine Dreikäsehoch
und kauften drei Brote,
Schwarzbrot, Graubrot, Weißbrot,
bevor sie sich dreimal bekreuzigten", murmelte sie leise vor sich hin und bekreuzigte sich dreimal.

„Was hast du?", fragte Mike. „Wieso bekreuzigst du dich?" Er legte seine Hand auf ihren Arm und schaute sie an.

Nora antwortete nicht. Jetzt musst du dreimal bis dreißig zählen, und dann wird alles gut, dachte sie und zählte, während eine weitere Sängerin „Cry me a river" sang, was aber nur wie durch eine dicke Nebelwand zu ihr durchdrang.

Sie wiederholte den Vers wie ein Mantra, zählte dreimal bis dreißig und spürte, wie die Anspannung von ihr abließ und sie ruhiger wurde.

„Mann, Nora, du bist aber echt schräg drauf", sagte Mike und schaute sie an. „Wirst du heute auch singen?", wechselte er das Thema und deutete auf ihre Noten.

Nora antwortete nicht und blätterte nervös durch ihre Sheets, während sie die Band betrachtete, die professionell ein Lied nach dem anderen interpretierte und vergnügt zu sein schien.

Sie nahm ihren Mut zusammen, stand ruckartig von ihrem Stuhl auf und betrat den Musikern zugewandt die Bühne. So bemerkte sie nicht, wie sich Mike konzentriert seinem Handy zuwandte.

Dann wollen wir mal schauen, dachte er, *wie wir den Trojaner auf dein Handy kriegen ... Mmmh, wo ist deine MAC-Adresse ...*

Schnell fand Hummel in seinem Gerät die Kennung 00-60-63-mr-kw-4r, die Adresse, die er vor wenigen Tagen bei Nora mittels WLAN-Sniffing identifiziert hatte. Dazu musste er sie mit seiner Technik bloß eine Weile begleiten. Eigentlich ganz simpel.

Wie schön, du machst es mir einfach, Bluetooth ist aktiviert.
Hummels Finger tippten ein letztes Mal über das Display.
So, dieser kleine Trojanerfreund ist für dich, liebe Nora.
Nach nur wenigen Minuten hatte Hummel Noras Handy erfolgreich angegriffen.

Mit geschlossenen Augen stand Nora auf der Bühne und sang. Die Zuhörer hatte sie in ihren Bann gezogen, und sie selbst war zu Gast in einer Klangwelt, in der die Musik und die Geschichte des Songs ihren Körper vollständig durchdrangen. Auch Mike hörte dem Rest des Songs zu und ließ sich von der Musik davontragen. Ja, für einen Moment hatte er vergessen, warum er hier war, und ihn überfiel ein schlechtes Gewissen.

Als die letzten Noten verklungen waren, nahm Nora mit geöffneten Augen den Applaus ihres Publikums entgegen. Sie lächelte, bedankte sich bei den Musikern und der Pianistin Julia Berend per Handschlag und plauderte noch eine Weile mit Mike Hummel, bis es fast Mitternacht wurde. Am Ende des Abends sang sie noch für die letzten drei hartgesottenen Clubgäste und Mike Hummel „Will you still love me" von Carol King, verabschiedete sich von ihm und fuhr, erfüllt von dem Abend, mit dem Song „Thank you for the music" im Ohr nach Hause. Am scheensten is', wenns schee is', dachte sie und schlief beseelt ein.

Mike Hummel trat als Letzter aus der Clubtür, zog sein Handy aus der Hosentasche und tippte seine WhatsApp-Nachricht an seinen Kontaktmann Röpke.
Der Adler ist gelandet!

✱✱✱

Als sich am frühen Sonntagmorgen im Volkspark langsam der Nebel hob und die aufgehende Sonne den gefrorenen Boden erwärmte, reckte sich auf einem Hügel eine mehrere Hundert Jahre alte Eiche mit ihren knorrigen Zweigen dem stahlblauen Himmel entgegen. Durchbrochen wurde die Stille durch das Plaudern und Lachen einer kleinen Rentnergruppe. Deren Kursleiter Rene Schmitz, ein rüstiger älterer Herr mit einem langen weißen Zopf und einer braunen Wollmütze, die mit dem Logo des FC St. Pauli verziert war, legte seinen Rucksack beiseite und ließ die Holzstöcke für die Teilnehmer scheppernd zu Boden fallen. Hastig verließ er die bewegungshungrige Rentnergruppe, die sich noch auf den Kursanfang vorbereitete und die schweren Winterjacken gegen leichtere, wärmende Sportjacken austauschte. Der Kursleiter bestieg den Hügel zur alten Eiche, passierte den in die Jahre gekommenen Baum und trat an eine dichte Strauchreihe, um sich, vor neugierigen Blicken geschützt, zu erleichtern. Selig blickte er in die Ferne, während er seine Notdurft verrichtete. Am Ende stellte er sich kurz auf die Zehenspitzen, schüttelte seinen Arm und verpackte mit einem leichten Hüftschwung sein Geschlechtsteil in seiner Sporthose. Während er seine Kleidung ordnete, drehte er sich um, lief einige Schritte in Richtung der knorrigen Eiche, an der er die auf dem Boden abgelegte Leiche von Denis Berend erblickte. Am Stamm des Baumes war dessen Kopf so drapiert, dass Schmitz ihm direkt auf den aufgeschnittenen Hals schauen konnte. Der Tote war nackt und blass. Nur seine Hüften waren durch einen rosafarbenen Rock bedeckt. Schmitz riss die Augen weit auf und starrte auf seine Entdeckung. Nach einer Weile, ihm kam es wie eine Ewigkeit vor, fiel sein Blick auf eine auf dem Schoß platzierte und an den Oberkörper der Leiche angelehnte Leinwand, die rot beschrieben war. Er las die Zeilen mehrmals, als würde er dadurch besser verstehen können, was dort zu lesen war. Schließlich begann er den Text leise vor sich hin zu murmeln:

„Denn das Leben des Fleisches ist im Blut und ich habe es euch für den Altar gegeben. Denn das Blut ist es, das durch Leben Versöhnung erwirkt. Im Blut war die Seele und Gott beansprucht die Seele.
3. Mos. 17/11.
Auf dass ihr euch Gott wieder nähern könnt!"

Schmitz führte seine Hand in die Hosentasche, kramte nach seinem Handy und drückte hektisch die Tasten. Am anderen Ende hörte er die verschlafene Stimme seines Freundes.

„Mensch, Rene, wie spät ist es? Ich hab frei. Wieso weckst du mich so früh? Ist etwas passiert?", erkundigte sich sein Freund mit müder Stimme.

„Hör zu! Halt dich fest. Ich habe hier eine Leiche entdeckt, ganz übel zugerichtet, mit einem Bibelspruch versehen. Ich ruf gleich die Polizei an, aber ich dachte, für dich wäre das ein schönes Foto zu einer guten Geschichte. Passiert ja nicht alle Tage. Schnapp' dir deine Kamera, beweg deinen Hintern und komm zu der Eiche, an der ich immer den Tai-Chi-Kurs mache!"

Peter Hemmlos vom *Hamburger Tagesblatt* machte einen Satz aus dem Bett, sprang hüpfend in die am Abend zuvor auf den Boden geworfene Hose, verlor das Gleichgewicht und fiel mit einem lauten „Rums" zu Boden, sodass er befürchtete, dass sich seine ewig nörgelnde Nachbarin sicher bei passender Gelegenheit wieder beschweren würde.

Hemmlos rappelte sich auf, zog sich an, griff mit links seine Kamera, mit rechts seine Jacke und rannte zu seinem Auto.

Keuchend und außer Atem erreichte er die Eiche und registrierte erleichtert, dass die Polizei noch nicht erschienen war. Allerdings stand das Rentnergrüppchen, das sich nicht entgehen lassen wollte, den Grund für den Kursausfall näher zu betrachten, im Halbkreis vor der Eiche. Einer der Kursteilnehmer trat aus der Poleposition einen Schritt zur Seite, nachdem Hemmlos ihn unsanft an der Schulter weggedrückt hatte. Die vor seinem Bauch schaukelnde Kamera nahm er mit einem schnellen Handgriff hoch, kniff ein Auge zu und drückte den Auslöser. Der Shuttersound des Auslösers gab der bizarren Stimmung etwas Reales. Hemmlos sicherte sich in einer Nanosekunde eine Serienaufnahme des schrecklichen Fundes, bevor die jede Sekunde eintreffende Schutzpolizei ihn an seiner Arbeit würde hindern können.

Routiniert sperrten die eingetroffenen Beamten den Fundort ab, informierten die Bereitschaft der Mordkommission und schoben Hemmlos und die verbliebenen

Kursteilnehmer, von denen einige Erinnerungsfotos geschossen hatten, zur Seite.

Während Hemmlos in die Redaktion fuhr, um seine Bilder anzubieten, erreichten Nora und ihr Kollege Pieter den Fundort. Nachdem die Spurensicherung ihre Arbeit verrichtet und der Rechtsmediziner Dr. Christian Manz eine erste Leichenschau vorgenommen hatte, näherten sich Nora und Pieter der am Boden abgelegten Leiche.

„So wie der hier sitzt und aufgebahrt ist, war hier sicher nicht der Tatort, dafür muss man kein Profiler sein", murmelte Nora und fuhr fort: „Das ist ein religiöser Fanatiker. Ach du Scheiße, lies dir diesen alttestamentarischen Scheiß mal durch!", entfuhr es ihr, und sofort entschuldigte sie sich. „Sorry, aber mit der Religion hab ich es nicht so."

Pieter winkte mit einer Handbewegung ab. „Alles gut, Nora, das kränkt mich nicht", entspannte er die Situation. Zum Rechtsmediziner gewandt, sagte er: „Wir versuchen, am Montag früh gleich die richterliche Obduktionsentscheidung zu erwirken. Können wir am Montag am frühen Nachmittag mit den ersten Ergebnissen rechnen, Herr Doktor Manz?"

„Ja, ich versuch es zu schaffen", antwortete Manz und betrachtete den Hals des Opfers.

„Der Angriff auf den Hals erfolgte mittels scharfer Gewalteinwirkung, aber das seht ihr ja selbst, nehme ich an. Die Leichenstarre scheint vollständig ausgebildet zu sein. Im Kieferbereich löst sie sich bereits. Der Todeseintritt war mutmaßlich vor vierundzwanzig bis achtundvierzig Stunden. Alles Weitere am Montag", verabschiedete sich Dr. Manz.

„Ich werde es Alexander, so schonend ich kann, beibringen", sagte Pieter, der den Bruder seines Kollegen vom Sehen kannte, legte seinen Arm um Noras Schultern und zog sie vom Fundort weg.

II. Kalenderwoche 50/51 2015

Kapitel 1
Wilma

„Was für ein atemberaubender Ausblick", schwärmte Anne Fliege-Schulz und setzte sich mit einem eleganten Hüftschwung an einen der an dem bodentiefen Fenster stehenden Tische der Skyline Bar „20up". Von ihrer Stadt verzaubert, schaute sie auf die Elbe, den alten Elbtunnel, die Landungsbrücken und die vielen Lichter des Hafens, an denen sie sich nicht sattsehen konnte. Fliege-Schulz nahm die Hand ihres Mannes und küsste sie. Lars Schulz war Brillenträger, Rechtsanwalt und einer dieser Advokaten, die sich wichtiger nahmen als ihr Mandat. Damit war ihn betreffend eigentlich schon alles gesagt. Sein Blick schweifte durch die Bar, die sich ihm in vielen bunt beleuchteten Flaschen präsentierte.

Er zog seine Hand zurück und konfrontierte seine Frau. „Anne, ich weiß, du betrügst mich!"

Fliege-Schulz griff nach ihrer Handtasche und versuchte, Zeit zu gewinnen. Genau das hatte sie immer befürchtet, und ausgerechnet jetzt war sie nicht vorbereitet. Eine Hitzewelle stieg in ihr hoch und schien ihren Schädel zum Kochen zu bringen.

„Wie kommst du darauf?", stammelte sie seinem Blick ausweichend und kramte in ihrer Handtasche.

„Du fickst mit diesem Architekten, diesem Albert Berend. Und komm erst gar nicht auf die Idee, alles zu bestreiten."

„Schatz, ich könnte dich niemals betrügen!"

Schulz bückte sich, griff zu seiner kleinen Aktentasche und zog knisternd einen braunen DIN-A4-Umschlag hervor. Wortlos legte er ihn auf den Tisch. Als sich ihre Blicke trafen, zog er seine rechte Augenbraue derart in die Höhe, als wollte er die Torbögen der Alsterarkaden nachzeichnen.

„Hör auf zu leugnen", herrschte er sie an, und seine Stimme war so schneidend wie ein frisch gewetztes Messer. „Ich lass mir keine Hörner aufsetzen, und ganz bestimmt nicht von dir. Wirf einen Blick in den Umschlag und lass uns lieber darüber reden, wann du unser Haus verlässt. Sonntag bist du verschwunden. Du hast also ein paar Tage, um deine Sachen zu packen. Das dürfte reichen."

Fliege-Schulz schluckte. *Nun sind meine Befürchtungen eingetreten,* dachte sie verzweifelt und starrte auf den Umschlag. Sie fürchtete sich vor dem, was sie sehen könnte.

Nacktbilder? Andere kompromittierende Situationen? In ihrem Kopf kreiste alles durcheinander. Eine Trennung wollte sie auf keinen Fall, schon gar nicht nach dem Streit mit Albert. Sie konnte keinen klaren Gedanken fassen. *Reiß dich zusammen,* dachte sie und versuchte, die Situation zu beherrschen.

Schweigend saßen sie sich eine Weile gegenüber, bis Fliege-Schulz den braunen, verschlossenen Umschlag in die Hand nahm. Sie zögerte einen Moment, riss ihn auf, griff hinein und zog die Hochglanzbilder heraus. Dabei vermied sie es, ihren Mann anzuschauen, und hoffte, möglichst gelassen auszusehen. Sie spürte seinen durchdringenden, intensiven Blick und bereute zum ersten Mal ihren Sprung auf die andere Seite. Ihr Mann prüfte ihre Gesichtsregungen eingehend, aber er konnte sie nicht lesen. In ihren zitternden Händen hielt sie die Bilder, auf denen sie glücklich turtelnd mit Albert in einem Café saß und Weißwein trank.

Bestreiten ist sinnlos, überlegte sie kurz und kommentierte die Bilder mit trockener Stimme. „Das war am Tag der PUA-Sitzung. Da habe ich Melzer und Berend vernommen. Ich möchte dich nicht weiter anlügen, ja, ich habe dich betrogen, aber ich habe die Affäre bereits beendet", taktierte sie. „Ich liebe dich, und ich begreife nicht, warum ich mich auf Albert eingelassen habe. Ich war allein, du hattest so wenig Zeit für mich, warst nur mit deinen Mandanten beschäftigt. Er hat mir das Gefühl gegeben, jemand Besonderes zu sein ..."

Sie schaute ihn an, um zu sehen, ob ihre Erklärungsversuche Eindruck erwecken würden, aber die Eiseskälte in seinen Augen ließ sie frösteln.

„Ach, hör auf!", unterbrach er sie mit erhobener Stimme. „Ich bin also dafür verantwortlich? Ist es das, was du mir sagen willst? Ich bin fassungslos. Anne, du ziehst bis Sonntag aus. Das ist mein letztes Wort."

„Das Haus gehört auch mir", widersprach sie ihm mit demonstrativ gedämpfter Stimme. „Ich bleibe und werde für unsere Liebe kämpfen. Und bitte schrei nicht so laut, die anderen Gäste drehen sich schon um."

„Hörst du dir eigentlich selber zu? Mein Gott, was redest du für einen klischeehaften Scheiß. ‚Ich kämpfe für unsere Liebe'", äffte er sie nach und wackelte dabei mit dem Kopf hin und her. „Unsere Ehe ist zu Ende", stellte er fest.

„Wie lange geht das denn schon mit euch oder muss ich sagen, ging es mit euch?", fragte er zynisch.

Fliege-Schulz schwieg. Jetzt durfte sie nichts Falsches sagen, immerhin wusste sie nicht, wie lange er sie schon überwacht hatte. Im Moment würde sie ihn nicht erreichen, das begriff sie. Ein anderer Zeitpunkt war für ihr Vorhaben sicher geeigneter. Bleib gelassen, dachte sie.

„Lass uns nach Hause fahren und erst einmal alles sacken lassen", versuchte sie ihm auszuweichen.

„Du wirst ausziehen, so oder so", parierte Schulz, erhob sich und winkte nach dem Kellner, während er seine Börse aus der Hose zog.

✶✶✶

Schrilles Klingeln durchdrang am Mittwochmorgen eine mit einem schwarzen Samtvorhang abgedunkelte Wohnung am Stadtrand von Hamburg. Es roch nach verbrauchter, stickiger Luft, in die sich der Duft von Lavendel, Urin, Mottenkugeln und alter, verwelkter Haut mischte. Die ahnungslose Bewohnerin schnarchte mit geöffnetem Mund im Schaukelstuhl und ahnte nicht, dass sie heute noch eine wichtige Nachricht erhalten würde.

Es klingelte erneut. Ein Schlüssel drehte sich im Zylinder, und die sich öffnende Tür der im Dachgeschoss gelegenen Wohnung knarrte. Eine Frau von Mitte vierzig betrat die Stube, ging mit zügigen Schritten auf die ehemalige Gemeindeschwester Wilma Hönschemeier zu und rüttelte so fest an ihrem Oberarm, dass diese erschrocken hochfuhr. Sie schaute verwirrt umher, drehte ihren Kopf und sah die Frau mit großen Augen an.

„Was machen Sie hier? Wer sind Sie? Ich rufe die Polizei! Verschwinden Sie!", keuchte sie.

„Mann, du bescheuertes dummes Weib, ich bin es, Magdalena. Deinen Arsch darf ich putzen, aber erkennen tust du mich nicht?", herrschte sie die erschrockene Alte mit polnischem Akzent an. Wilma Hönschemeier fing gellend an zu schreien, doch das Klatschen der Ohrfeige und der Schmerz ließen die Greisin verstummen.

„Wenn du nicht ruhig bist, knall ich dir noch eine", schüchterte Magdalena die verängstigte Rentnerin ein. Sie warf einen Briefumschlag auf den Schoß der Alten und spottete: „Hier, von deinem Verehrer. Deine Lupe bring ich dir."

Während die dicke Polin in einer uralten, dunkelbraunen Kommode kramte, über der ein riesiges, erdrückendes Kreuz hing, beruhigte sich Wilma Hönschemeier und murmelte Bibelverse vor sich hin.

„Sei froh, dass ich für deine tägliche Pflege so gut bezahlt werde, sonst würde ich dich hier verrecken lassen", verhöhnte die Polin das alte Weib, warf ihr die Lupe auf den Schoß und verließ pfeifend den Raum. Sie ging in ihr Zimmer nebenan, schenkte sich zufrieden ein Glas Mariacron Weinbrand ein, öffnete eine Jumbotüte Kartoffelchips und griff gierig hinein. Sie schaltete ihren

Computer an, setzte die Kopfhörer auf und richtete sich für einen langen Serienmarathon bei Netflix ein. Seitdem der Streaming-Anbieter auch in Deutschland online war, schaute sie kein Fernsehen mehr, sondern tauchte über Stunden in die Serienwelt ein von „Bloodline" und Co.

Im Nebenzimmer strich sich Wilma Hönschemeier über ihre weißen Haare, welche sie nur noch mithilfe der dicken Polin zu einem Knoten binden konnte. Ihr eingefallenes, runzeliges Gesicht vergrößerte optisch ihre rund geratene Nase. Sie stand auf, ordnete ihr schwarzes, hochgeschlossenes Kleid mit den winzigen weißen Punkten und dem weißen Kragen, das ihr über die Oberschenkel gerutscht war und die dunkelbraunen Stützstrümpfe zum Vorschein brachte. Sie griff zu dem am Schaukelstuhl lehnenden alten Gehstock, humpelte an den kleinen, runden Tisch und ließ sich, immer noch müde, auf den mit Brokat gepolsterten Jugendstilsessel fallen. Die Greisin hielt andächtig den Brief in ihrer zittrigen, mit Altersflecken übersäten Hand. Obwohl ihre Augen von dunklen Ringen gerahmt waren, leuchteten sie beim Anblick des Kuverts. In ihrem durch tiefe Furchen gezeichneten Gesicht, welche sowohl horizontal als auch vertikal verliefen und dem Fell eines chinesischen Faltenhundes glichen, lag ein Lächeln, als sie den Brief öffnete und mit ihrer Lupe las.

Meine geliebte Wilma,
Die Schuldigen werden nun Gott ein Stück näherkommen, so wie du es mich gelehrt hast.

„Denn das Leben des Fleisches ist im Blut und ich habe es euch für den Altar gegeben. Denn das Blut ist es, das durch Leben Versöhnung erwirkt. Im Blut war die Seele und Gott beansprucht die Seele.
  3. Mose. 17/11.

Karsten.

Der Alten liefen die Tränen herab und verfingen sich an einem langen Kinnhaar. Sie wischte sie mit ihrer knöchernen Hand ab, erhob sich und stützte sich dabei auf die Lehne ihres Stuhles. Schlurfend ging sie einige Schritte in ihren karierten Filzpantoffeln zum Altar, kniete nieder und betete mit leiser Stimme ihr alltägliches Gebet.

  „Gegrüßet seist du, Maria.
  Jesus, der für uns Blut geschwitzt hat,
  Jesus, der für uns gegeißelt worden ist,
  Jesus, der für uns mit Dornen gekrönt worden ist,
  Jesus, der für uns das schwere Kreuz getragen hat,
  Jesus, der für uns als Menschenopfer gekreuzigt worden ist …"

Die alte Frau brach zusammen und konnte ihren Vers nicht mehr zu Ende sprechen. Sie stürzte zu Boden und riss dabei die auf dem Altar stehende Madonna mit, die am Boden laut scheppernd zerschlug.
  Nebenan kreischte die dicke Polin vor Lachen, aber Wilma Hönschemeier konnte sie nicht mehr hören.

Kapitel 2
„Junge Deerns"

Dröhnend und mit quietschenden Reifen setzte Mittwochmittag der Airbus 320 Family auf der Landebahn des Sylter Flughafens auf. Gernot Melzer fühlte den Hüftgurt, der ihn während des Landevorganges einschnürte. Seinen Arm stützte er gegen den Vordersitz und neigte sich zu seiner Sitznachbarin.

„Alles gut bei dir, Sabine?" Er nahm ihre Hand und tätschelte sie, zog sie aber bei der ersten Berührung angewidert wieder zurück. Sabine Spindt hatte klatschnasse Hände, sie hasste das Fliegen. Und Melzer hasste glitschige, warme Hände.

Als sie zu Fuß über das Rollfeld liefen, war nur das rhythmische Rollen der Gepäckstücke auf dem grauen Beton zu hören. Jedes Mal, wenn Gernot Melzer den Flieger verließ und das Rollfeld betrat, erfreute er sich an den blauen, maritimen Dachschindeln des Flughafentowers, die sich heute von dem azurblauen Himmel kaum abhoben. Er schloss die Augen, atmete tief durch seine kaum merklich zuckenden Nasenflügel und hielt für einen kurzen Moment den Atem an. „Man kann das Salzwasser förmlich schmecken", flüsterte er und befeuchtete seine Unterlippen. Heute war ein perfekter Tag, um für die Eröffnung des von ihm neu erbauten Ferienhauses für das

Kinderheim „Junge Deerns" gefeiert zu werden. Sein Gesicht verfinsterte sich, als er daran dachte, dass er dort seinem derzeitigen Feind Nummer eins, Albert Berend, begegnen würde. Die Anhörung vor dem PUA kam ihm erneut in den Sinn. *Diese bescheuerte Vorsitzende wird mich noch kennenlernen. Nicht mit mir. Was ich geschaffen habe, lass ich mir von niemandem zerstören. Schon gar nicht von dieser platinblonden Hässlette,* die, wie Melzer am Tag der Anhörung nicht entgangen war, viel zu enge Schuhe getragen hatte, demzufolge ihre Füße seitlich aus den Pumps gequollen waren. Melzer musste sich unwillkürlich schütteln. Heute ging es Gott sei Dank nur um ihn und sein Werk, welches er auf Sylt errichtet hatte. Gut, er hatte soziales Engagement heucheln müssen, aber das war ihm egal, weil es seinem Fortkommen genutzt hatte. Die Sozialduselei war ihm überaus gut gelungen, und Sabine an seiner Seite komplettierte das Theater. Dass er sie nur benutzte, würde sie eh nie bemerken. Dazu war er einfach zu geschickt und seine Anziehungskraft auf sie zu übermächtig. Ein stolzes Lächeln breitete sich auf seinem Gesicht aus, er strich sich durchs Haar und legte seinen Arm um Sabines Schulter.

„Komm, wir müssen uns sputen, um dreizehn Uhr müssen wir in Munkmarsch sein."

Er stutzte, denn ihr Körper versteifte sich.

„Ist irgendetwas, du bist so still?"

„Es ist nichts, ich habe nur etwas Kopfschmerzen."

Aus traurigen Augen blickte Sabine Gernot an. Etwas bedrückte sie, aber sie schwieg und stieg in das Taxi, welches beide zu dem neu erbauten Ferienhaus brachte. Es lag etwas abseits der Hauptstraße, und ein kurviger Weg schlängelte sich direkt zu dem idyllisch gelegenen roten Reetdachhaus.

Auf der großen Terrasse waren Wärmelampen und viele mit einer weißen Husse versehene Stehtische aufgestellt. Die geladenen Gäste standen um die Tische und nippten am Sekt oder an dem passend zur Jahreszeit ausgeschenkten Glühwein, der aus den blauen Keramikbechern und Warmhaltetöpfen dampfte. Es roch nach Nelken, und aus der Lautsprecherbox erklang das obligatorische „I'm dreaming of a white Christmas". Geschäftig trugen die jungen Serviceangestellten in schwarzer Kleidung mit gestärkter Schürze und Turnschuhen die Tabletts hin und her und versorgten die fröhlich plaudernde Feiergesellschaft. Die nach und nach eintrudelnde Presse und die Fotografen positionierten sich ebenfalls für das Eröffnungsereignis. Peter Hemmlos vom *Hamburger Tagesblatt* erholte sich bei diesem Pressetermin von seinen am Sonntag geschossenen Fotos. Aus den Händen gerissen hatten sie ihm seine Bilder von dem geschächteten Sohn des Architekten.

Auf der über tausend Quadratmeter großen Wiese war ein Rednerpult mit einem Mikrofon und einer Lautsprecherbox aufgebaut. Ein großes Plakat mit der Aufschrift *Eröffnung des Ferienhauses der Jungen Deerns* informierte über den Anlass der Veranstaltung. Die Hamburger Bürgermeisterin trug einen eleganten hellgrauen Wollmantel und einen beigefarbenen Anzug und plauderte mit dem Sylter Bürgermeister, als Albert Berend ihr zuwinkte.

Sie nickte kaum sichtbar mit dem Kopf und ging auf ihn zu, da sie wegen des von Berend für sie entworfenen

Wintergartens in ihrer Eigentumswohnung noch einige Fragen hatte. Berend kam wie gerufen. Aber vorher wollte sie kondolieren, das wäre sonst kein guter Stil.

„Herr Berend, zuallererst möchte ich Ihnen mein Beileid aussprechen. Was für ein schrecklicher Mord! Welch grausame Tat! Wozu Menschen fähig sein können ... Ich habe es in der Zeitung gelesen."

Berend schwieg und schaute auf die Spitzen seiner glänzenden Lackschuhe. Der Tod bereitete ihm Unbehagen, und über ihn wollte er nicht sprechen, wohl aber über sein Leben.

„Ja, vielen Dank."

Ohne eine Überleitungspause kam er gleich zum Thema.

„Ich muss mit Ihnen in einer pikanten Angelegenheit sprechen und darf auf Ihre Diskretion hoffen?"

Auf ihre Antwort wartete er nicht, als hätte sie keine Bedeutung, und sprach weiter: „Der Senator überschreitet seine Kompetenzen. Sie müssen eingreifen und die Angelegenheit im Sinne eines gesetzeskonformen Verfahrens regeln!"

Mit einer Hand nahm sie schwungvoll das letzte Glas Orangensaft vom Tablett und wandte sich Berend wieder zu.

„Ich verstehe nicht, was ist passiert?"

„Der Senator ist an Anne Fliege-Schulz herangetreten, die Vorsitzende des Parlamentarischen Untersuchungsausschusses, wie Sie sicher wissen. Er hat auf die Berichterstattung zu meinem Nachteil einzuwirken versucht und hat Druck auf die Vorsitzende ausgeübt. Mit Verlaub, Frau

Bürgermeisterin, das ist ein Skandal, und ich bin zutiefst beunruhigt."

„Sie sehen mich entsetzt, aber was erwarten Sie von mir?"

„Na, dass Sie auf die Einhaltung eines fairen Verfahrens hinwirken. Sprechen Sie mit ihm. Rufen Sie ihn zur Ordnung! Das soll Ihr Schaden nicht sein ...", kam er gleich auf den Punkt.

„Herr Berend, wie soll ich das verstehen? Kann es sein, dass Sie jetzt gerade Einfluss auf mich nehmen wollen? Und überhaupt, woher wissen Sie all das?"

Berend schaute sie an, krampfhaft auf der Suche nach einer plausiblen Erklärung.

„Sagen wir, von einer gut unterrichteten Quelle." Er beobachtete die Bürgermeisterin, wie sie unterdessen ihr Kinn nach unten schob, wodurch sich ihr speckiges Gesicht einen weiteren Ring erarbeitete.

Die Bürgermeisterin war über die Vorgehensweise ihres Senators im Bilde, hatte aber nicht die Absicht, dieses Wissen mit Berend zu teilen. Sie blickte mit eingefrorenem Gesichtsausdruck über Berends Schulter hinweg, wo sie erleichtert Gernot Melzer entdeckte, bei dem sich Sabine Spindt untergehakt hatte. Knirschend stolperten die beiden Ehrengäste über die großen, weißen Kieselsteine. Während Berend und Melzer sich gegenseitig keines Blickes würdigten, hob die Bürgermeisterin winkend ihren Arm, dankbar für die Unterbrechung des unangenehmen Gesprächs.

„Da ist ja die Seele der ‚Jungen Deerns!'", rief sie Sabine Spindt überdreht zu.

Sabine Spindt hatte den Zuruf der Bürgermeisterin nicht gehört und fragte sich gedankenversunken, ob sie dem Anlass entsprechend angezogen war. Einerseits fand sie, dass ihre schlanke Figur durch das dunkelblaue, schmal geschnittene Etuikleid vorteilhaft zur Geltung gebracht wurde. Irgendjemand, bedauerlicherweise nicht Gernot, hatte sogar mal zu ihr gesagt, dass ihr die Farbe Dunkelblau besonders stehen würde, weil sie ihren grauen Augen einen blauen Schimmer verleihen würde. Gleichwohl hatte sie das Gefühl, Gernot nie zufriedenstellen zu können. Sie strich sich gedankenversunken ihre langen, brünetten Haare aus dem Gesicht, während sie über den heutigen Morgen sann, als sie vor dem Spiegel gestanden und Gernot gefragt hatte, wie sie ihm gefallen würde und welche Schuhe er besser fände.

„Du siehst elegant und modern aus, für deine Verhältnisse jedenfalls", hatte er geantwortet. Sabine zog ihre Mundwinkel nach unten. Ja, so war er, Gernot schaffte es immer wieder, in ein scheinbares Kompliment eine Gemeinheit einzubauen.

Nun riss die Bürgermeisterin sie doch aus ihren Gedanken und streckte ihr zur Begrüßung die Hand entgegen. Sabine streifte ihre royalblauen Lederhandschuhe ab, an denen noch das Preisschild hing, und reichte der Bürgermeisterin ihre warme Hand.

„Sie haben so viel Gutes erreicht für die Kinder, und jetzt ist Ihr Herzensprojekt endlich fertig. Die Mädchen der ‚Jungen Deerns' können auf Sylt Urlaub machen. Dank der großzügigen Spende des Bauunternehmers Melzer." Endlich ließ sie Sabines Hand wieder los, die sie während der Begrüßung die ganze Zeit geschüttelt hatte. Mit ihrer lauten, schrillen Stimme übertönte sie alle umliegenden Gespräche, was Sabine rätseln ließ, ob die Bürgermeisterin schlecht hören könne.

Die Bürgermeisterin lächelte nun in Melzers Richtung und stöckelte zum Rednerpult.

„Liebe Gäste, verehrter Herr Bürgermeister, Frau Spindt und Herr Melzer. Ich bin so froh, dass wir heute endlich die Einweihung des von der Firma Melzer gebauten Ferienhauses feiern dürfen."

Sie machte eine kurze Pause, blinzelte in die Sonne und blickte nachdenklich in die Runde. „Die traurigen und erschütternden Geschichten und Skandale der letzten Jahre beschatteten den guten Ruf unseres Hamburger Kinderheims. Dank seiner neuen Heimleiterin Frau Spindt und des Bauunternehmers Melzer konnten die Vorgänge indes schonungslos aufgeklärt werden. Die Misshandlungen der damaligen Erzieher und die äußerst fragwürdigen Strafaktionen haben Hamburg den Atem anhalten lassen. Es war eine sehr betrübliche Zeit im letzten Jahr."

Sie unterbrach sich erneut, und dann lächelte sie.

„Dies ist nun vergangen, und wir schauen nach vorne ..."

Hoffnung klang in ihrer Stimme, die nur noch verhalten an Sabines Ohr drang, welche immer tiefer in ihren Gedanken versank.

Sie konnte ihre Kränkungen und Ängste nicht länger ignorieren. Immer wieder ging Gernot in den Puff, und immer versprach er ihr, dass er damit aufhören würde.

Verstohlen riss sie das Preisschild von ihren Handschuhen ab, welches sie gerade erst entdeckt hatte. Er würde nie damit aufhören, da war sie sich sicher. Es musste Schluss damit sein, dass sie seinen Beteuerungen immer wieder Glauben schenkte. Vor einigen Tagen hatte sie sich wieder vor dem Puff versteckt und dort verharrt, bis sie Gernot, dem Pförtner zunickend, die Treppen zum Club hochgehen und erst nach Stunden wieder herauskommen sah. Es war wie ein Fausthieb in die Magengrube. Sie hielt es einfach nicht mehr aus. Aufhören sollte er damit. Endlich aufhören.

Sie betrachtete den Mann, in den sie sich vor einem Jahr unsterblich verliebt hatte. Sie beobachtete ihn, wie er sich durch seine nach hinten gegelten Haare strich und der Laudatio lauschte. Sie mochte diese jungenhafte Angewohnheit.

Vor einem Jahr hatte er sie einfach angesprochen, als sie im Vorgarten des Kinderheimes in Wandsbek stand und mit einer Erzieherin in einem Streitgespräch war. Melzers Baufirma befand sich direkt neben dem Kinderheim, und er war auf den Streit aufmerksam geworden.

Damals erzählte ihr eines der Mädchen im Vertrauen, dass eben jene Erzieherin mit Essensentzug und nächtlichem Sportdrill als Strafmaßnahmen arbeiten würde. Als sie ihre Mitarbeiterin entsetzt zur Rede stellte, stritt diese es noch nicht einmal ab. Sabine wusste nicht, was sie damals schlimmer empfand: dass sie an der Einstellung der Erzieherin maßgeblich beteiligt war oder die Gleichgültigkeit, mit der die Mitarbeiterin ihre Entdeckung und ihre Kündigung hinnahm. Irgendwann in dieser Situation sprach Melzer sie an, und Sabine bat ihn ins Büro, wo er sich ohne Umschweife erkundigte, wie er oder das Unternehmen Melzer dem Kinderheim helfen könne. Anfänglich dachte sie noch, er benötige für die Galerie und für seine Agenda ein Spendenprojekt. Aber dann und wann hielt er beim Abschied für einen längeren Moment ihre Hand, und sie hatte den Eindruck, dass er sich auch für sie interessieren würde. Es dauerte nicht lange, und sie verliebte sich in ihn, und gemeinsam verwandten sie viel Zeit darauf, den Skandal über die fragwürdigen Erziehungsmethoden aufzuklären.

Trotzdem fragte sie sich immer wieder, was Gernot an ihr fand. Sie war weder auffallend hübsch noch herausragend intelligent oder besonders humorvoll. Sie war einfach nur durchschnittlich.

Das abgerissene Preisschild ihrer Handschuhe behielt sie während der gesamten Eröffnungsfeier in der linken Hand und warf es erst in einen der Aschenbecher auf den Stehtischen, als das Event zu Ende ging.

In der „Sansibar" ließen Sabine Spindt und Gernot Melzer den Abend ausklingen, wo sie all ihren Mut zusammennahm und gleich zur Sache kam.

„Ich habe dich gesehen, im ‚Flow'. Du warst schon wieder im Puff, und mich rührst du nicht an."

Sie schaute ihn unumwunden an.

„Gernot, was mach ich denn falsch?"

„Du machst nichts falsch. Ich hab eben einfach keine Lust auf dich. Deine Beine sind nicht glatt rasiert, und auch sonst könntest du schlanker sein. Du turnst mich einfach nicht an, aber das zwischen uns ist wichtig, nicht der Sex ..."

„Was muss ich denn tun?"

Ihre Stimme klang erst weinerlich und zaghaft, aber dann atmete sie einmal tief durch und rief kraftvoll aus: „Was die Nutten können, kann ich auch!"

Sie schaute ihn an und hoffte, irgendetwas in seinem Blick zu finden, was sie beruhigen könnte, aber sie fand nichts. Im Gegenteil, er begann sie auszulachen.

„Da überschätzt du dich etwas, Sabine."

Seine Augen wurden schmal, und er klang verächtlich.

„Ach verdammt, Sabine, ich kann es nicht mehr hören, ehrlich. So wie es ist, ist es gut. Mach es doch nicht so kompliziert. Außerdem steht es dir nicht zu, mir hinterherzuspionieren!"

„Glaubst du, ich bin stolz darauf? Meinst du, ich fühle mich wohl dabei, mir anzuschauen, wie du mit anderen Frauen im Pool sitzt und Sekt säufst?"

Gernot beugte sich nach vorne und stützte seine Hand auf den Tisch, während er seine Zunge unter seine Oberlippe schob.

„Warst du im ‚Flow'?" Seine Stimme überschlug sich leicht.

„Nein, natürlich nicht, das stell ich mir nur so vor. Kannst du denn nicht verstehen, wie sehr mich das kränkt? Wie das für mich ist?"

Inständig hoffte Sabine, dass Gernot Verständnis für sie haben, er sich ändern würde. Aber wie?

„Ich sehne mich danach, Sex mit dir zu haben, deine Nähe und deinen Körper zu spüren. Du hast immer andere Ausreden. Seitdem wir zusammen sind, hatten wir nicht ein einziges Mal Sex. Ich bin dieses ‚Hänsel und Gretel'-Dasein leid, weißt du das? Wieso bist du überhaupt mit mir zusammen? Du könntest so viele Frauen haben!" Jetzt fing sie bitterlich an zu weinen, und die Tränen rollten an ihren Wangen herunter.

Gernot holte unbeholfen ein Tempo aus seiner Tasche und wollte ihr leicht gerötetes Gesicht trocknen, aber sie wich zurück.

„Sabine, du hast recht, ich könnte viele Frauen haben, an Angeboten mangelt es mir nicht." Hierbei kräuselte er stolz seinen Mund, als würde er gerade die infrage kommenden Damen Revue passieren lassen und darüber grübeln, ob er es sich doch noch anders überlegen sollte. „Aber unsere gemeinsame Arbeit für die gefallenen Mädchen bedeutet mir sehr viel. Ich möchte das nicht aufgeben."

Er hielt ihr das Taschentuch entgegen und war sichtlich gerührt von seinem sozialen Engagement und seinem an den Tag gelegten Einfühlungsvermögen. Sabine reagierte nicht.

„Darf ich noch etwas Wein bringen oder einen Digestif?", unterbrach der Kellner das bedrückende Schweigen.

„Nein danke, wir möchten zahlen!", entgegnete Sabine und suchte in ihrer Tasche nach einem Taschentuch.

Im Hotelbett drehte sich Sabine resigniert auf die Seite, auf die sie sich immer drehte, und ließ heimlich ihre Tränen laufen, während Gernot, in seinem Handy lesend, Sabine am Kopf kraulte, als wäre sie eine zugelaufene Katze.

Kapitel 3
Billie Holiday

Als Nora am Donnerstagmorgen müde das Büro betrat, begegnete ihr Alexander Berend im sternförmig angelegten runden Flur. Sein rötlicher, wirrer Schopf war durch einen flotten Kurzhaarschnitt gebändigt, und er rieb sich unsicher über seine Ohrmuschel, so als müsse er sich erst noch an die neue Frisur gewöhnen. Nora ging auf ihn zu, nahm ihn bei der Hand und zog ihn hinter sich her in ihr Büro. Verwirrt über diese intime Geste kräuselte er die Augenbrauen zusammen und zog seine Mundwinkel nach oben. Nora konnte sein Gesicht nicht sehen, das für jeden erkennbar zeigte, dass es ihm gefiel.

„Es ist so schrecklich, dass dein Bruder getötet worden ist", sagte sie.

Alexander schaute sie erwartungsvoll an, aber Nora war überfordert mit dieser Situation. Sie plapperte drauflos. „Aber was sagt man in so einer Situation? Mein Beileid? Es ist so nichtssagend. Irgendwie passt es für mich nicht. Ich weiß nicht, was ich sagen soll. Wart ihr euch denn nah? Er war ja ein Krimineller."

Nora sah, wie er bei ihrem Redeschwall die Augen irritiert zusammenkniff, und entschuldigte sich hastig. Schweigen.

Alexander schaute sie an und überraschte sie mit seiner offenen Antwort.

„Mmmh, Nora, es ist ein Schock für die ganze Familie, besonders meine Mutter kann es nicht begreifen. Sie weint viel. Mich hat es auch umgehauen, mehr, als ich erwartet hätte."

Nora schaute Alexander an, der sie anlächelte, und sie musste zugeben, dass er immer attraktiver wurde. Ausgerechnet in dieser Situation fiel ihr das auf. Aber er war verheiratet. Willkommen in der Wirklichkeit, in der immer die Geliebte die Dumme ist, dachte Nora. Auf keinen Fall wollte sie die Leidtragende sein.

„Weißt du, Nora, Denis und ich mochten uns nicht besonders. Wir haben sehr unterschiedliche Leben geführt. Du hast recht, er ist …" Alexander unterbrach sich und schwieg, so als würde es ihm jetzt erst bewusst werden, dass sein Bruder Opfer eines brutalen Mordes geworden war.

„Er war ein Krimineller, und wir hatten uns nicht viel zu sagen. Selbst als wir klein waren, hatten wir keine besonderen Momente, an die ich mich gerne erinnern würde. Wir lebten nebeneinanderher. Mit dem Tod konfrontiert zu werden, ist trotzdem immer eine Herausforderung, die mir Angst macht."

Nach einer Weile des gemeinsamen Schweigens, die für Nora gleichermaßen vertraut wie verwirrend war, wechselte er das Thema. „Ich werde euch in diesem Verfahren möglicherweise nicht mehr unterstützen können, aber vielleicht kann ich dir im Flow-Fall helfen?"

„Es ist wie verhext", antwortete Nora und lief im Büro hin und her, während sie mit ihrem Zeigefinger ihren Haarzopf drehte.

„Den Haftbefehl gegen Meister haben wir schon seit Montag in der Fahndung, aber der ist nicht auffindbar. Wir haben versucht, den Haftbefehl bei Melzer in der Firma zu vollstrecken. Dort hieß es jedoch, Meister hätte sich krankgemeldet. In seiner Wohnung ist er auch nicht, da gehen die Zielfahnder regelmäßig hin. Na, und die Telefonüberwachung bei Melzer bringt auch nichts. Alles nur verfahrensirrelevantes Blabla von ihm. Nichts von Belang. Vielleicht ist Meister gewarnt worden und ist untergetaucht?", mutmaßte Nora.

Die Antwort blieb Alexander schuldig, denn das Telefon klingelte durchdringend. Als hätte er ein Telefon in der Hand, führte er seine zur Faust geballte Hand vor seinen Mund, spreizte gleichzeitig den kleinen Finger und den Daumen ab und bedeutete ihr so, sie später anzurufen. Nora verstand, nickte mit dem Kopf und nahm den Telefonhörer ab. Sie versank in dem leichten Duft seines Parfums, der sie noch für einen Moment umgab.

„Mordkommission, Kardinal", meldete sie sich.

„Hier ist Tanja, Tanja Richter. Hör mal, Nora, ich war im Institut für Rechtsmedizin. Ich habe vor wenigen Minuten mit dem Rechtsmediziner Doktor Manz gesprochen. Halt dich fest, das Opfer wurde geschächtet wie ein Tier. Der arme Kerl wurde mittels eines unglaublich scharfen Messers mit einem großen Schnitt quer durch die Halsunterseite getötet ..." Sich selbst unterbrechend, fuhr sie schnell fort: „Geschlachtet muss man wohl eher sagen. Dabei wurden die Luft- und Speiseröhre, vor allem aber die großen Blutgefäße, durchtrennt. Rückstandslos ist das Opfer nicht ausgeblutet, aber es hat wohl einiges an Blut verloren. Ach, und noch etwas berichtete mir der Rechtsmediziner."

Tanja machte eine dramaturgische Pause, damit sie sich Noras ganzer Aufmerksamkeit sicher sein konnte.

„Was denn?", drängte Nora.

„Bei dem Opfer haben sie labortechnisch Rückstände von Rohypnol nachweisen können. Zwar nicht im Blut, dort ist laut Doktor Manz der Nachweis nur sechs bis acht Stunden möglich ..."

„Ja, Tanja, das weiß ich."

Nora klopfte mit den Fingerkuppen auf die graue Linoleumtischplatte.

„Aber im Haar ist der Nachweis bei manchen Wirkstoffen länger möglich, und das haben sie untersucht und Rückstände gefunden", schloss Tanja ihre Zusammenfassung. Nun war Noras Interesse geweckt.

„Das ist nicht die Handschrift der Thunder Devils", stellte Nora trocken fest. „Ich habe mit einem Kollegen gesprochen, der die Thunder Devils gerade unter Wind hat. Er erzählte mir, dass sie im Verdacht stehen, mit dem Opfer Betäubungsmittelgeschäfte abgewickelt zu haben. Jedenfalls tauchten der Name Denis und seine Telefonnummer im Rahmen der verdeckten Überwachungsmaßnahmen auf. Da die Betäubungsmittel sichergestellt worden sind, könnte es wegen der noch ausstehenden Bezahlung Streit unter den ‚Geschäftsleuten' gegeben haben."

Während Nora sprach, hob sie beide Mittel- und Zeigefinger und malte bei dem Wort „Geschäftsleute" Gänsefüßchen in die Luft und fuhr fort: „Das könnte ein Motiv sein, einerseits. Andererseits lösen die Thunder Devils ihre Probleme doch nicht mit Bibelversen."

„Du hast recht, Nora, das passt nicht."

Während Tanja ihre Überlegungen zu dem Fall ausbreitete, lauschte Nora nur noch Tanjas Stimme. Sie zwitscherte hell, wie ein Hühnerstall voll mit frisch geschlüpften Küken, und sie überlegte, ob es niedlich oder nervtötend war. Derweil piepste Tanja weiter: „Nora, ich glaube auch nicht, dass die Thunder Devils K.o.-Tropfen verabreichen. Das haben die, soweit ich weiß, noch nie gemacht. Ich habe auch mit den Kollegen der Abteilung für Organisierte Kriminalität gesprochen. Laut deren Überwachungsmaßnahmen gibt es keinerlei Hinweise, dass die Thunder Devils mit Denis' Tod etwas zu tun haben könnten. Rivalisierender Bandenkrieg scheidet also eher aus."

„Die Bibelverse führen uns zum Täter", sagte Nora und zitierte den Vers:

Denn das Leben des Fleisches ist im Blut und ich habe es euch für den Altar gegeben. Denn das Blut ist es, das durch Leben Versöhnung erwirkt. Im Blut war die Seele und Gott beansprucht die Seele.
3. Mos. 17/11.
Auf dass ihr euch Gott wieder nähern könnt!

Denis Berend wurde geopfert. Wir müssen herausfinden, was er tat und welche Sünde er beging! Für wen oder was wurde er geopfert?"

„Na, der gehörte doch zu den Osman Eternals, dem Konkurrenzverein der Thunder Devils, da werden wir sicher schnell fündig", meinte Tanja mit einem ironischen Lächeln, wobei ihre Stimme sehr zu Noras Freude etwas tiefer geriet. Tanja verschwand mit dem Hinweis, dass sie sein gesamtes soziales Umfeld abklären würde.

Nora drehte ihren Zopf mit den Fingern und legte ihr Kinn in ihre Hand. Was zum Henker wollte der Täter sagen? Was bedeutete dieser beunruhigende Vers? Sie hatte mit viel Widerwillen angefangen, die Bibel, insbesondere das 3. Buch Mose, zu lesen. Die wenig verständliche, klerikale Sprache mochte sie schon als Kind nicht, wenn sie mit ihrem Vater in der Kirche war. Immerhin war es das dritte Buch, ihre Lieblingszahl. Was sie bisher über das 3. Buch Mose glaubte verstanden zu haben, lebten die Israeliten in Ägypten für vierhundert Jahre in Gefangenschaft und wurden durch die Vielgötterei und das Heidentum der Ägypter selbst sündig. Es schien in dem Buch Mose also darum zu gehen, das sündhafte israelitische Volk mit Regeln und Gesetzen zu ordnen, um zu Gott wieder eine Beziehung aufnehmen zu können. Diese Vorschriften regelten unter anderem reine und unreine Speisen und die Opferdarbietung.

Nora ging erneut ins Internet und öffnete die Bibel in der Lutherübersetzung. Sie fing an zu lesen.

Hasen, Schweine, Kamele und der gemeine Klippdachs standen nicht auf dem Speiseplan der Israeliten. Auch vom Adler, Strauß, Rabe und der Möwe sollte der Israeli seine Finger lassen.

Hilfe, dachte Nora. Obwohl sie entsetzt war, war nur eine Andeutung eines Kopfschüttelns zu sehen.

Über nicht enden wollende Zeilen führte Mose aus, welche Tiere unrein seien, wer gespaltene Hufe habe und wer wiederkäue und wer nicht. Interessant, neben anderen Tieren durfte das erlöste Volk noch die Heuschrecke verspeisen. Quasi ein alttestamentarisches Dschungelcamp ohne Moderatoren.

Nora zog angewidert die Oberlippe hoch, stieß sich vom Tisch ab und rollte mit dem Schreibtischstuhl zurück, so als könnte sie dadurch noch besser Abstand zum Text gewinnen. Kurz hatte sie das Bild vor Augen, als würden die ganzen Tiere aus dem Monitor springen.

Für heute reichte es, beschloss sie. Erst jetzt bemerkte sie, wie hungrig sie war, und ging in die Küche, um sich einen Joghurt aus dem Kühlschrank zu holen. Kaum hatte sie das Zimmer verlassen, klingelte das Telefon, und Nora kehrte in ihr Büro zurück. Gehetzt lief sie mit großen Schritten zum Schreibtisch.

„Kardinal."

„Ja, hier ist Lotta. Ich wollte mich nach dem Stand der Dinge erkundigen", leitete Lotta das Gespräch ein.

Nora neigte ihren Kopf, während über ihr Gesicht ein Lächeln huschte. Dann aber trübte es sich, denn ihr wurde klar, dass sie Lotta nicht die Antworten geben konnte, die diese gebraucht hätte.

„Lotta, ich darf dir nichts erzählen. Es tut mir wirklich leid."

„Woher wusstest du, dass ich Simone Mone nannte?", fragte Lotta.

„Ach, Lotti, das war so eine Intuition. Ich habe das Feuerzeug, auf dem *Mone* stand, bei der Leiche gesehen. Aber sag, hast du schon bei euch etwas in Erfahrung gebracht? Was wird bei euch geredet?"

Lotta schwieg, und Nora überlegte, wie sie Lottas Vertrauen gewinnen könnte. Aber ihr fiel nichts ein.

„Ach, Lotti, wieso bist du nur so abweisend? Was hat dich so hart gemacht?"

Lotta sprach immer noch kein Wort, und Nora fürchtete, dass sie jeden Moment das Telefonat beenden könnte.

Aber Lotta dachte nicht daran, das Gespräch zu beenden, denn in ihrem Kopf hüpfte alles durcheinander. Sie konnte keinen klaren Gedanken fassen. Drängend tauchten die alten Bilder von Karlchens Tod auf. Lotta sah ihren Vater, wie er Karlchens leblosen Körper aus dem See trug. Sie hörte das Quietschen eines bremsenden Autos und den dumpfen Aufprall, wie wenn ein kleiner Kinderkörper gegen ein Auto prallt und durch die Luft geschleudert wird.

„Die Wahrheit über Karls Tod darf Nora nie erfahren, das würde sie nicht ertragen."

Dieser mahnende Satz ihrer Eltern hatte sich in Lottas Seele eingebrannt. Und so verschwand die Wahrheit für immer in der Dunkelheit. Obwohl es Nora war, die für Karlchens Tod verantwortlich war, fühlte sich Lotta schuldig.

Ich musste die grausame Wahrheit allein ertragen und die Schuld auf mich nehmen. Nora, dafür verachte ich dich.

Als hätte Nora die Gedanken ihrer Schwester erraten, fragte sie: „Mensch, Lotta, für was machst du mich eigentlich verantwortlich? Wofür bestrafst du mich?"

„Das willst du nicht wissen", platzte Lotta heraus, und ihre frostige Stimme verriet, dass sie nicht weiter darüber sprechen würde. „Und hör auf, mich Lotti zu nennen!"

Nora merkte, wie langsam ihre Wut nach oben drängte und zielsicher ihren Weg nach draußen suchte. Über jeden Widerstand. Lottas Sturheit machte sie rasend.

„Du kannst nicht alles und jeden für die Dinge verantwortlich machen, die dich bekümmern. Du bist deines Glückes Schmied, sonst niemand. Dir gibt auch keiner die Schuld an Mones Tod."

Im gleichen Moment erschrak Nora über ihren unpassenden Vergleich, und beide schwiegen sich abermals an. Nora war zu weit gegangen und ärgerte sich über ihre vorschnelle Bemerkung.

„Ach, Lotta, es tut mir leid. Das wollte ich nicht sagen. Ich bin nur gerade so wütend."

Noras Betroffenheit und ihr echtes Bedauern berührten Lotta, denn Lotta wurde bewusst, dass Nora für die Geheimniskrämerei nicht verantwortlich war. Mit weniger Härte in der Stimme fragte sie: „Habt ihr eigentlich Frank Meister auf dem Schirm?"

„Was ist mit ihm?", fragte Nora und war froh, dass Lotta das Gespräch fortsetzte.

„Der hält sich bei uns im Puff häufiger auf und kann sich hier frei bewegen. Der Typ ist mir unheimlich, und der ist auch nicht zimperlich."

„Ist er im Moment auch bei euch im Puff?", wollte Nora sofort wissen.

„Nee, hab ihn in letzter Zeit nicht mehr gesehen."

„Aber wie kommst du jetzt auf Meister?", fragte Nora und hätte ihr zu gerne erzählt, dass sie Meister per Haftbefehl suchten, weil seine DNA bei Simone Maar gefunden worden war.

„Na, Mone hat mir häufiger von ihrem Freier erzählt. Der hätte so wichtig getan. Er hätte jemanden in der Hand, der ihm regelmäßig Schweigegeld bezahlte. So immer, wenn er was brauchte. Weißt du, wie ich meine? Und genau an dem Abend, als Mone verschwand, habe ich Meister im Puff gesehen."

„Gesehen? An dem besagten Abend?"

Lotta korrigierte sich.

„Na, also gesehen habe ich ihn nicht direkt, aber sein Auto habe ich dort parken sehen. Ich hatte Motorengeräusche gehört, als ich die Zimmer für den Abend vorbereitete, und schaute aus dem Fenster."

Für einen kleinen Moment hielt Lotta inne.

„Da müsstet ihr ansetzen! Ihr müsst den finden ... und ..."

„Lotta, immer langsam, wir machen das schon", versuchte Nora ihre Schwester zu beruhigen, was gänzlich misslang, wie sie feststellen musste.

„Sag mal, was macht ihr eigentlich bei der Polizei? Ihr kriegt echt nicht viel auf die Reihe, oder? Ist ja auch kein Wunder, wenn eure Leute hier im Puff ihr Geld versaufen. Wusste gar nicht, dass ihr Beamtenbullen so gut verdient! Na, dann kümmere ich mich eben selbst darum", schloss Lotta ihren Angriff.

„Wie sehen die denn aus?", fragte Nora und ignorierte Lottas Anfeindungen.

„Einer hatte eine Prinz-Eisenherz-Frisur, nur in grauer Ausführung, Brille und einen Hang zu Playmobilfiguren. Davon hat er jedenfalls häufiger gequatscht, wenn wir einen Sekt zusammen getrunken haben. Der andere ist ein

Gutaussehender mit roten Haaren, hat einen bayrischen Akzent. Ach, scheiße, Mann, anstatt dir Sorgen um deine Kollegen im Puff zu machen, solltest du lieber den Mörder finden."

Und dann geschah das, was Nora die ganze Zeit befürchtet hatte. Sie hörte nur noch ein Klicken am anderen Ende der Leitung.

Als Lotta aufgelegt hatte, wurde Nora bleich. Was meinte sie damit: „Na, dann kümmere ich mich eben selbst darum"?

Ihr wurde mulmig zumute, und sie überlegte, was sie tun sollte. *Alexander. Er wollte mich doch anrufen.*

Nora kam ihm zuvor und wählte seine Nummer. Als sie ihn fragte, ob er heute Abend noch ins „Birdland" kommen würde, weil sie ihn dringend sprechen müsse, sagte er einfach nur: „Ja". Während Nora nach Hause fuhr, hüpfte ihr Herz nicht nur einmal. Sie war sich so sicher: Alexander würde eine Lösung haben für ihr Problem.

In ihrer Wohnung angekommen, ordnete sie zunächst nach einem festgelegten Ritual ihre Jacken an der Garderobe und ihre Schlüssel an ihrem Bund. Im Anschluss machte sie eine Runde mit Isa. Aber Nora war nicht bei der Sache und ignorierte alle Versuche Isas, mit ihr ins Spiel zu kommen.

Auf dem Weg ins „Birdland" hörte sie von Elvis Presley „Love me tender" und war voller Vorfreude, Alexander zu treffen. Als sie ihn direkt vor dem Bild von Billie Holiday sitzen sah, kamen sie plötzlich: Unzählige Schmetterlinge bevölkerten ihre Magengegend und strichen erst sanft mit ihren Flügeln an der Magenwand entlang, um dann wild auseinanderzustieben und den Hals hinaufzuflattern. Im gleichen Moment erschrak sie über die Intensität ihrer Gefühle. Das konnte sie nicht gebrauchen. Er war verheiratet. Und die Kollegen erzählten, dass seine Frau sehr sympathisch sei. Was auch sonst? Alles kompliziert.

Alexander, der von Noras Empfindungstumult nichts ahnte, erkundigte sich bei ihr nach ihrem Getränkewunsch und bestellte ein Glas beerenroten Primitivo. Eine Weile lauschten sie der Musik, und Nora fing an zu erzählen. Von ihrer verdeckten Ermittlungstätigkeit in München, ihrem bizarren Vermieter, ihrer Schwester Lotta, die ein tiefes Misstrauen ihr gegenüber hegte, sowie dem heutigen Telefonat. Alexander hörte ihr zu und war fasziniert von ihren Geschichten, ihren Gedankensprüngen und davon, wie sie während ihrer Erzählung die beiden Zeigefinger beidseitig nach oben und unten hüpfen ließ.

„Woher kommt die Narbe auf deiner Stirn?", fragte er, legte zärtlich seine Hand an ihre Stirn und strich mit seinem Daumen sanft über ihre Narbe.

In genau diesem Moment spürte Nora, dass sie ihrer Gefühlsverwirrung nicht mehr entrinnen konnte, und ihr Herz hämmerte in ihrem Hals, sodass sie kaum sprechen konnte. Nach einer Weile fanden die Worte ihren Weg.

„Als kleines Kind fuhr ich mit dem Rad eine Garagenabfahrt herunter und knallte mit voller Wucht gegen das Tor. Große Aufregung bei meinen Eltern. Krankenhausaufenthalt. Meine Platzwunde wurde genäht. Das volle Programm. Meine Mutter betete zu Allah, dass mir nichts Schlimmes geschehe. Ja, und Allah hat meine Mutter erhört. Ist nur eine Narbe übrig geblieben." Sie lächelte Alexander an und schaute in seine fröhlichen Augen. Erst jetzt entdeckte sie sein Grübchen an der Spitze seines Kinns, das er mit seinem Bart zu verstecken versuchte und über das er gelegentlich mit seinem Finger hin und her rieb.

„Nora, wir sprachen heute Morgen über den Flow-Fall. Du mutmaßtest, dass Meister und Melzer gewarnt worden sind?"

„Ja, auch darüber wollte ich mit dir sprechen. Mich lässt der Gedanke nicht los, dass Struck Informationen weitergegeben haben könnte. Vielleicht an Melzer oder Meister. Meine Schwester Lotta hatte ihn im Puff gelegentlich als Gast. Sie hat mir erzählt, dass er mit ihr Champagner getrunken hat. Das kann sich doch ein Polizist mit seiner Gehaltsstufe nicht leisten. In dem Laden kostet eine Flasche Champagner 600 Euro aufwärts. Wer bezahlt denn so was? Also, ich wäre dafür viel zu geizig!"

„Du glaubst, Struck gibt Infos an Melzer und erhält im Gegenzug Kohle oder Schampus aufs Haus? Das kann ich mir nicht vorstellen. Für ein bisschen Sekt schlürfen im Puff gibt man doch nicht seinen Ruf und seine Karriere auf."

„Ich fürchte doch!", erwiderte Nora und war nicht glücklich über ihren Verdacht.

„Ich weiß gar nicht, wie ich mich jetzt verhalten soll, wie ich rauskriegen soll, ob mein Verdacht stimmt. Wir können ihn wohl kaum fragen."

„Warum nicht, er wird uns vermutlich nicht die Wahrheit sagen, aber seine Reaktion kann uns den Weg weisen. Vielleicht."

Nora schwieg und wurde auf die Klavierspielerin aufmerksam, die sich zunächst auf den Klavierhocker gesetzt hatte, um im selben Moment wieder aufzustehen.

„Hey, Nora", rief Julia und streckte ihr den Arm entgegen. Dabei schälte sie sich umständlich hinter dem Klavier hervor und wäre fast von der Bühne gestürzt. Ohne zu wissen, wieso, fühlte sich Nora ertappt. Julia trat von der Bühne herunter und begrüßte Alexander mit einer innigen Umarmung. Er nahm Julias Kopf in beide Hände und küsste sie auf die Stirn. Als sich die beiden umarmten, verspürte Nora in der Brust ein Druckgefühl, und der Kloß in ihrem Hals wuchs.

„Nora, das ist meine Schwester, Julia. Woher kennt ihr euch denn?"

Nora antwortete nicht und war unendlich erleichtert. Die von ihr beobachteten inniglichen Zärtlichkeiten mussten sie nicht beängstigen, sondern waren eben solche, die Geschwister untereinander auszutauschen pflegten.

Julia bat Nora, etwas zu singen, da sich ungewöhnlicherweise so wenig Sänger für die Vocalsession angemeldet hatten.

„Du hast vermutlich keine Noten mit, aber ‚Summertime' kriegen wir auch ohne Sheets hin. Was meinst du?"

Nora hatte große Lust, und da es so unvorbereitet stattfinden sollte, war sie auch nicht aufgeregt. Erst als sie auf der Bühne stand, kam das Lampenfieber, und die Aufregung schoss wie eine heiße Welle in ihr hoch. Sie hatte mal gelesen, dass das Wort Lampenfieber daher rührte, dass früher im Theater die Gaslampen auf der Theaterbühne bei den Darstellern zu regelrechten Schweißausbrüchen führten. Ja, und die heißen Lampen auf dieser kleinen Showbühne, auf der sie gemeinsam mit Julia stand, verströmten eine unglaubliche Hitze.

Sie atmete tief durch, zählte den Takt vor und gab Julia und den anderen Musikern ein Zeichen. Julia und ihre Kollegen begannen das Intro von „Summertime" und lockten Nora in die Welt der Musik, während Mike Hummel in einer dunklen Ecke saß und ihr einen weiteren Trojaner auf ihr Handy aufspielte.

Zurückblickend hatte Nora sich häufig gefragt, ob und wie sich die Geschichte anders entwickelt hätte, wenn sie nicht versäumt hätte, Alexander von dem Telefonat mit Lotta zu erzählen. „Na, dann kümmere ich mich eben selbst darum", hatte Lotta gesagt. Alexander hätte vielleicht eine kluge Idee gehabt. Wenn sie Lotta genauer zugehört und auf sie reagiert hätte, wäre vielleicht alles anders gekommen. Obwohl Nora auf die Beachtung von Regeln und Gesetzen so viel Wert legte, hatte sie dieser Äußerung nicht genügend Beachtung geschenkt. „Na, dann kümmere ich mich eben selbst darum." Hätte sie das scheinbar Unvermeidbare verhindern können?

Kapitel 4
Der Minispion

Mit einem lauten Knall öffnete Lotta am Freitagabend im „Flow" die erste Flasche Champagner und füllte das bernsteinfarbene Getränk in die beiden auf dem Tresen abgestellten Gläser. Sie war nicht ganz bei der Sache, denn sie hatte einen Plan ausgeklügelt, der nicht ganz ungefährlich war. Aber das war ihr egal. Ab jetzt würde sie die Sache in die Hand nehmen und Nora zeigen, wie man Gerechtigkeit wiederherstellte. Aber zuerst musste sie sich um ihren Stammgast Enno Jansen kümmern. Er war ein erfolgreicher Zahnarzt aus Husum, der Lotta auf einen Champagner eingeladen und – wohl auch dieses Mal – gehofft hatte, dass sie mit ihm nach oben in eines der Zimmer gehen würde. Lotta blickte in den an der Bar angebrachten Spiegel, drehte sich herum und betrachtete kritisch ihren Hintern. Er hatte die perfekte Form eines knackigen Granny-Smith-Apfels, aber in ihren Augen war er zu üppig geraten.

Heute werde ich eine Diät beginnen, überlegte sie, drehte sich zu Jansen um und stieß mit ihm an. Bei Jansen kam das Klirren der Gläser wie ein Startschuss an, und er arbeitete unermüdlich an der Verwirklichung seiner Absichten. Lotta nahm einen kleinen Schluck des kostbaren Getränkes und beschloss, ihren Diätbeginn auf einen anderen Tag zu verschieben.

„Lotta, ich habe mich schon länger gefragt, wie du hier eigentlich gelandet bist?", begann er die Unterhaltung.

Sie machte eine abwiegelnde Handbewegung.

„Ach, ich habe irgendwie nichts richtig zu Ende gebracht. Eine Lehre als kaufmännische Angestellte habe ich abgebrochen. Das war nun echt nichts für mich. Außerdem hatte ich immer nur Jungs und Reiten im Kopf."

Enno schöpfte Hoffnung.

„Jungs und Reiten", wiederholte er. Seine Stimme glitt ins Anzügliche, was Lotta überhörte.

„Und du, Enno, wie bist du hierhergekommen?", scherzte sie.

Enno schwieg. Er hatte dafür eine einfache Antwort, aber diese war sein Geheimnis.

„Enno", fuhr Lotta in einem betont lässigen Tonfall fort, „es zahlt sich eben aus, wenn man in der Schule aufpasst, so wie du es offenbar getan hast."

Sie grinste ihn an.

„Für mehr hat es bei mir eben nicht gereicht. Meine Schwester hat Karriere gemacht und ..."

Lotta unterbrach sich selbst und wurde traurig, während sie über ihre Schwester sprach. Unvermittelt dachte sie an ihre Familie, ohne verhindern zu können, dass sie für eine kurze Sequenz vor ihrem geistigen Auge ihren geliebten Vater sah, wie er ihren kleinen Bruder Karl mit hängendem Kopf und erschlafftem Körper im Arm hielt. Tot. Diese Bilder begleiteten sie seit Jahren, Nacht für Nacht. Sie verschwanden einfach nicht, im Gegenteil, sie wurden immer übermächtiger. Lotta schaute erneut in den Barspiegel, aber diesmal blickte sie auf ihr von tiefer Trauer gezeichnetes Gesicht. Für einen Moment hielt sie inne, und dann tat sie das, was sie immer tat, wenn die düsteren Bilder aus der Vergangenheit sie heimsuchten. Sie nahm ihre beiden Zeigefinger, legte sie seitlich an ihre Lippen und zog ihre Mundwinkel leicht nach oben. Mit dieser Vorgehensweise sprach sie sich selbst Mut zu und lächelte ihre Traurigkeit weg. Als hätte sie eine Krone schief auf dem Kopf, die sie richten wollte, führte sie ihre Hände an den Kopf und strich sich für einen Moment übers Haar. Schließlich prostete sie Enno, der ihre kleine Pantomime belustigt verfolgt hatte, mit dem Champagnerglas zu.

„Ja, Enno, und dann jobbte ich in Boutiquen und Kneipen, hing herum, lernte irgendwann den Chef vom ‚Flow‘ kennen und fing an, hier zu arbeiten. Meine Schwester hat mir, seit ich denken kann, immer das Gefühl gegeben, dass sie etwas Besseres war …"

Lotta unterbrach sich erneut und schwieg, während sie an ihren Gelnägeln kaute. Sie wollte nicht schon wieder von ihrer Schwester sprechen, und außerdem fragte sie sich, wieso sie Enno das alles erzählte. Er war schließlich nicht der einzige Gast, der sie permanent ausfragte und über sie alles Mögliche wissen wollte.

Enno beobachtete, wie sie an ihren Fingerspitzen knabberte, was sie selbst nicht zu bemerken schien. Er berührte sanft ihre Hand und zog diese zu sich auf seinen Schoß, um sie dann für einen Moment zu halten. Obwohl Lotta diese intime Geste berührte, wies sie ihn schroff zurück und verteidigte sich knapp.

„Ich habe mit dem Rauchen aufgehört."

„Es gibt keinen Grund, sich zu schämen, Lotta, du bist eine tolle Frau", versuchte er ihr näherzukommen.

„Ja, vielleicht komme ich hier eines Tages doch raus, und der nächste Augenblick ist meiner", murmelte sie mehr zu sich als zu Enno und richtete ihre wachen, blauen Augen auf die neuen Gäste, die die Bar betreten hatten.

Sofort erkannte sie Melzer in Begleitung von Meister. Beide schritten durch die Bar, nicht ohne ihre anerkennenden Blicke über die anwesende Damenwelt kreisen zu lassen, als seien sie die Inhaber des Clubs und die Frauen ihr Eigentum. Sie gingen in die Lounge, die – etwas abseits des Barbetriebes – für Gäste eingerichtet war, die Anonymität wünschten.

Lotta durchfuhr es, und sie überlegte kurz, ob sie Nora anrufen und ihr mitteilen sollte, dass Meister gerade aufgetaucht war. Aber was würde das bringen? Sie würde ihm ein paar Fragen stellen, und das war es. In Lotta war inzwischen ein anderer Plan gereift, und sie entschied sich dagegen, Nora anzurufen.

Lotta wischte sich ihre blonde Lockensträhne aus dem Gesicht, klemmte sie hinter ihr Ohr und zapfte zwei Biere, die die beiden immer tranken, wenn sie hierherkamen.

Lottas Offensive begann.

Flink brachte sie die beiden frisch gezapften Pilsener in die Lounge zu Melzer und Meister, die gerade auf dem grauen Ledersofa die Köpfe zusammengesteckt hatten und breit lachend ein YouTube-Video anschauten. Sie stellte die eiskalten Gläser, an denen das übergelaufene Bier in einer geraden Linie herunterlief und von dem Pilsdeckchen aufgefangen wurde, vor ihnen ab. Lotta drehte die auf dem Glastisch stehenden Biergläser mit der Werbeaufschrift nach vorne und wandte sich im Anschluss der Blumenschale zu, die hinter den beiden auf einer Fensterbank aufgestellt war. Sie zupfte betulich an der weihnachtlichen Dekoration und knickte zwei verwelkte Blätter des hellroten Weihnachtssternes ab, während sie gleichzeitig ihr Handy dort platzierte, ohne dass die beiden es bemerkten. Zuvor hatte sie noch die Aufnahmefunktion ihres Diktiergerätes aufgerufen. Nun wischte sie noch den Glastisch ab und erhaschte einen Blick auf die gewienerten spitzen Schlangenschuhe Melzers. Wegen dieses modischen Fehltrittes musste sie sich unweigerlich schütteln und gab dann das Stichwort. „Habt ihr gelesen, dass in der Müllanlage zwei Leichen entdeckt worden sind? Habt ihr irgendetwas darüber gehört?", fragte sie.

Meister sagte nichts, und Melzer antwortete einsilbig: „Hab es in der Zeitung gelesen."

Lotta stellte noch ein paar Nüsse auf den Tisch und entfernte sich, während Melzer und Meister ins Gespräch kamen.

Immer wieder schaute Lotta zu ihnen herüber und beobachtete, wie sie die Köpfe zusammensteckten und intensiv miteinander sprachen.

Irgendwann kletterte Melzer aus dem tiefen Ledersofa, verabschiedete sich von Meister, winkte Lotta zum Abschied zu, wobei es ihr nicht entging, wie lüstern er sie ansah und dass er zu überlegen schien, wie es ihm gelingen könnte, sie ins Bett zu kriegen. Sie musste bei seinem Anblick unweigerlich würgen.

Lotta wartete, bis auch Meister den Laden verlassen hatte, und räumte den Loungetisch ab. Unauffällig nahm sie ihr Handy an sich, stellte zufrieden fest, dass die Aufnahme geklappt hatte, drückte auf die Speicherfunktion und ging zu den Toilettenräumen, um die Aufnahme ungestört abhören zu können.

Ein seichter Wasserstrahl plätscherte aus dem Wasserhahn in das Marmorbecken, über das sich gerade Katharina beugte. Sie war eine junge, moderne Frau aus Österreich, die gelegentlich in den Puff kam, um sich etwas dazuzuverdienen. Sie hatte geweint und kühlte mit dem kalten Wasser ihr von den Tränen heiß gewordenes Gesicht.

Lotta wollte unbedingt das Band abhören und war genervt, dass sie daran gehindert wurde, aber dann legte sie doch ihre Hand auf Katharinas Rücken.

„Was ist passiert?", fragte sie, und ohne Umschweife erzählte Katharina ihre Geschichte.

„Mein Mann hat über einen Detektiv herausbekommen, dass ich in einem Puff in Hamburg anschaffe. Jetzt verlangt er, dass ich ausziehe und ihm die Kinder überlasse."

Lotta nahm das verzweifelte Geschöpf in den Arm, was wie ein Dammbruch wirkte und Katharina jetzt richtig losweinen ließ. Ihr filigraner, zerbrechlich wirkender Körper wurde immer wieder von Weinkrämpfen durchgeschüttelt, und Lotta wusste nicht so recht, wie sie sie trösten sollte. Sie beschloss, sie einfach im Arm zu behalten, bis sie sich etwas beruhigte. Manchmal sind die einfachen Dinge am wirkungsvollsten. Ihr ursprüngliches Vorhaben hatte sie darüber einen Moment vergessen, aber jäh kam ihr in den Sinn, warum sie die Toilettenräume überhaupt aufgesucht hatte. Ihre Neugier konnte sie nicht länger bezwingen. Sie musste unbedingt das Handy abhören und herausfinden, ob ihre kleine List gefruchtet hatte.

„Katharina, du gehst besser ins Hotel, Arbeiten bringt in deinem Zustand nichts. Da wird dich kein Freier ansprechen. Komm, ich ruf' dir ein Taxi." Mit diesen Worten schob sie Katharina aus der Badezimmertür, holte ihre Sachen und brachte sie zum Taxistand.

Im Laufe des Abends versuchte Lotta immer wieder, einen Moment zu finden, das Handy abzuhören, aber die vielen Gäste und Bettenwechsel ließen ihr keine Zeit.

Als sie nach einem langen Arbeitstag endlich früh morgens zu Hause angekommen war, ließ sie sich in ihrem Einzimmerappartement auf ihr Sofa fallen, legte ihre Füße auf den Sessel, drückte voller Spannung die Starttaste ihres Handys und hörte das Band ab, ohne sich auch nur ein einziges Mal zu bewegen. Bei jedem einzelnen Wort erstarrte sie immer mehr, als würden die Wörter – wie eine Infusion – durch ihre Muskeln fließen und sie nach und nach verhärten.

„Wieso hast du die Nutte eigentlich auch abgeknallt? Du solltest doch nur den Freier zum Schweigen bringen?"

Das war Melzers Stimme, das erkannte Lotta sofort. Auch Meisters Stimme war klar und deutlich zu verstehen.

„Mann, als ich ihren Freier abgeknallt habe, hat die Alte deinen Namen erwähnt. Dein spezieller Freund hat wohl ordentlich gequatscht. Die Nutte wusste zu viel. Was hätte ich tun sollen? Warten, ob sie dich auch erpresst und aus-

quetscht, wie es der Freier gemacht hat? Dann kann ich sie auch gleich beseitigen!"

„*„Hast recht",* hörte Lotta Melzer sagen, und ihr Magen verklumpte zu einer undefinierbaren Masse.

„Aber warum ich dich treffen wollte ... Ich habe Arbeit für dich. Mein spezieller Freund, der Architekt Berend, versucht, meine Pläne zu durchkreuzen. Mein Informant aus den Senatskreisen hat mir gesteckt, dass Berend die Bürgermeisterin aufgefordert hat, den Senator zurückzupfeifen. Die Bürgermeisterin und die PUA-Tante hab ich auf meiner Seite. Dafür hat der Senator gesorgt. Der war mir noch was schuldig ... Aber ich muss wissen, was Berend weiter vorhat. Schau ihm mal auf die Finger! Vor allem will ich wissen, was der abends treibt. Vollzeitjob! Kriegst du das hin?"

„Klar, gib mal die Daten von dem Typen und alles. Dies Das ..."

„Hast du gestern das HSV-Spiel gesehen?"

Was dann noch kam, interessierte Lotta nicht. Sie spielte die Aufnahme erneut ab und versuchte, das Unfassbare zu verstehen. Meister hatte im Auftrag von Melzer Mones Freier beseitigt und in einer Art vorauseilendem Gehorsam ihre geliebte Mone zusätzlich erschossen. Und das nur, weil sie vielleicht Melzer hätte gefährlich werden können. Mone hätte Melzer nie erpresst. In Lotta kam eine unermessliche Wut hoch, und sie fürchtete, sie nicht kontrollieren zu können. Lotta griff zu ihrem Handy.

✶✶✶

Die Intro-Musik von „Mission Impossible" erklang aus Noras Handy und riss sie aus dem Schlaf. Kurz schaute sie auf die Uhr. *Es ist halb sechs, wer ruft denn jetzt an?*, dachte sie, fingerte nach ihrem Handy, das auf dem Nachttisch lag, und nahm das Gespräch an.

„Hier ist Lotta", hörte Nora die leise Stimme ihrer Schwester.

„Nora, was würdest du sagen, wenn ich das Geständnis von Meister und Melzer auf dem Handy hätte?"

„Keine Ahnung. Hast du?" Nora gähnte ausgiebig.

Lotta schilderte ihrer Schwester ihre illegale Abhöraktion, bis Nora sie unterbrach.

„Verdammt, du hast dich strafbar gemacht, Lotta. Du durftest das nicht öffentlich gesprochene Wort nicht mitschneiden. Stattdessen hättest du mich anrufen sollen, wie ich es gesagt habe, dann hätten wir Meister festnehmen können."

„Ach ja, ihr ‚Super-dooper-cops'. Und dann wäre er doch gleich wieder entlassen worden, weil der sich nämlich teure Anwälte leisten kann, die euch gegrillt hätten. Und weißt du, wie scheißegal mir ist, dass ich mich strafbar gemacht habe? Dann werde ich eben bestraft, aber ihr kriegt die Aufnahme und könnt die beiden Schweine festnehmen."

Lottas Stimme überschlug sich.

„So einfach ist das nicht, Lotta. Mann, ich glaube es nicht, was du nun schon wieder für eine verrückte Idee gehabt hast. Außerdem sind unsere Ermittlungsergebnisse gar nicht so schlecht, wie du meinst. Ich darf dir aber nun mal nicht mehr erzählen! Versteh das doch! Und halt' dich vor allem aus den Ermittlungen raus."

Beide schwiegen, und Nora dachte darüber nach, dass sich Lotta mit ihrer Aktion in Gefahr gebracht hatte. Ihre sorgenvollen Gedanken beiseiteschiebend, fuhr sie ruhig, aber ziemlich belehrend fort.

„Deine strafbare Abhöraktion muss erst in Ruhe in Augenschein genommen und geprüft werden, ob man die Aufnahme verwerten darf."

Lotta verzog die Mundwinkel und verdrehte die Augen. Noras „Mrs.-Perfect-Art" brachte sie schon wieder auf die Palme. Aber Gott sei Dank konnte Nora dies alles nicht sehen. An dem, was dann folgte, war Lotta sowieso nicht mehr interessiert.

Sie erhielt einen Vortrag über den vollständig unantastbaren Bereich privater Lebensgestaltung in einem Puff und was es alles zu beachten gebe. Nora führte weiter aus, dass dies der zuständige Oberstaatsanwalt Back klären müsse ... und so weiter und so weiter.

„Lotta, bewahre deine Aufnahme gut auf! Ach, am besten gibst du mir gleich dein Handy."

Aber Lotta hörte ihrer Schwester nicht mehr zu. Noras allwissende Art von oben herab nervte Lotta, und ihre juristischen Ausführungen waren die Krönung der Langweile. Lotta hatte weder vor, ihr Handy rauszurücken, noch zu warten. Sie beendete das Telefonat, ohne sich zu verabschieden, und beschloss, die Sache selbst in die Hand zu nehmen.

Kapitel 5
Der Eid der Bürgermeisterin

Anne Fliege-Schulz legte ihren Kopf in den Nacken, während der Anblick der imposanten dreißig Meter hohen Eingangshalle des Architekturbüros Berend ihr nicht zum ersten Mal den Atem nahm. Sie konnte nicht ahnen, dass sie mit Betreten seines Büros entschieden hatte, dass ihr Leben nur noch einen Tag währen würde. An ihrem letzten Lebenstag lockte das schräg angeordnete Glasdach die Sonne herein, die die Halle mit glänzendem Licht durchflutete und bizarre Schattenbilder auf den Marmorboden warf. Leise im Hintergrund war der „Air"-Satz von Bach zu hören, der sämtliche einsehbaren, kreisrund angeordneten Etagen erfüllte, in denen es nur Wände und Türen aus Glas zu geben schien, so als könnten dadurch außergewöhnliche Ideen niemals verloren gehen. Die jeweiligen Stockwerke waren durch an den Außenwänden angebrachte Treppen miteinander verbunden, und es herrschte reges Treiben in den Büros, obwohl es Samstagvormittag war. Menschen in Kostümen oder gedeckten Anzügen, mit Zeichnungsrollen in der einen Hand und mit einem Becher heißen Kaffee oder einem Smartphone in der anderen, liefen eilig über die Stufen. Manche grüßten sich, andere wiederum waren zu beschäftigt, um den Blick vom Handy abzuwenden. Die Menschen wirkten in diesem riesigen, hohen Gebäude so klein, als wären sie einer Puppenstube entliehen. Fasziniert beobachtete Anne das Treiben, während sie sich mit ihrer Hand den inzwischen steif gewordenen Hals rieb. Langsam drehte sie sich auf der Stelle und schaute in alle Bürozimmer hinein, während sie sich fragte, was all diese Menschen wohl verband und was sie trennte. Jedenfalls die Liebe zum Formen und Gestalten, sinnierte Anne, als sie unerwartet eine ihr fremde, junge Frau entdeckte. Es behagte ihr ganz und gar nicht. Die schwarzhaarige, schätzungsweise dreißig Jahre alte südländische Schönheit warf in regelmäßigen Abständen immer wieder ihren Kopf zurück und strich sich entweder albern durchs Haar oder frisierte sich, ohne Zopfbänder zu verwenden, mit ihrer langen lockigen Mähne immer wieder einen Dutt, der sich dann aber nach einer Weile wieder löste. Ja, und dann knotete sie das Haar wieder neu. Und so ging es die ganze Zeit. Zudem lachte sie zu laut, legte gleichzeitig dramatisch ihre beiden Hände auf ihr Dekolleté und hing ihrem Gesprächspartner an den Lippen.

Das gefällt dir, wie sie dich anhimmelt, das kann ich mir schon denken, dachte Anne und registrierte, wie sie von ihren Füßen in den zweiten Stock in Albert Berends Büro gezogen wurde, als hätten ihre Beine ein Eigenleben.

„Guten Tag, Albert, störe ich?", fragte Anne. Ihre Stimme klang höher als sonst.

„Nein, gar nicht. Darf ich dir meine neue Praktikantin vorstellen? Anoush Ahmadi."

Anne reichte der Schönen die Hand und fühlte sich sichtlich unwohl. Anoush Ahmadis Händedruck war fest und ließ keinen Zweifel an ihrer Entschlossenheit. Was sie anpackte, würde sicherlich alsbald Gestalt annehmen. Anne schaute ihr intensiv in die Augen, als könnte sie in der Tiefe der braunen Iris ihre Absichten lesen, gerade so wie in einem Exposé.

„Anne, was führt dich hierher? Habe ich eine Verabredung vergessen?", fragte Albert.

„Nein, nein, ich bin spontan vorbeigekommen … Ich dachte, wir könnten uns heute Abend vielleicht treffen? Hast du Zeit?"

Eigentlich wollte sich Anne von Albert trennen, und dies möglichst kurz und schmerzlos, ohne gefühlsintensive Begegnungen an irgendwelchen vermeintlich neutralen Orten, aber die Begegnung mit Ahmadi wurmte sie. Angefeuert von dieser überraschend aufgetauchten Konkurrentin, änderte sie ihren ursprünglichen Plan. So einfach wollte sie ihrer mutmaßlichen Nachfolgerin nicht das Feld überlassen. Trennen konnte sie sich danach immer noch. Hatte sie jedenfalls gedacht.

„Ich würde gerne mit dir ein Glas Wein trinken. Heute Abend bei dir?"

Albert nickte, während Anne mit ihrem Rücken elegant die Glastür aufdrückte, Albert zuzwinkerte und ihm einen Handkuss zuwarf. Dann verschwand sie, ohne Ahmadi auch nur eines Blickes zu würdigen. Diese Runde ging an sie, dachte sie siegessicher.

✳✳✳

Am Abend klingelte es mehrmals schrill an der Wohnungstür, und Albert Berend betätigte den Summer. Er öffnete die schwere Glastür zum Treppenhaus und wartete auf seinen Besucher. Während die kurzen Schritte immer näher kamen, erwartete er mit Spannung, den Grund ihres spontanen Besuches alsbald zu erfahren.

Warum nimmt sie nur nie den Fahrstuhl, dachte er noch, und dann stand Anne auch schon vor ihm. Atemberaubend zurechtgemacht in einem schwarzen, engen Minikleid und hochhackigen Stilettos. Sie strich sich verlegen über ihr schwarzes Kleid, aber das bemerkte Albert nicht, der zur Begrüßung beide Arme weit ausbreitete. Er war froh darüber, dass die von Anne angekündigte Trennung auf Zeit mutmaßlich doch nicht so lange angedauert hatte. Aber Anne zögerte, und ihr Blick fiel missbilligend auf seine Küchenschürze, welche in grellen, bunten Streifen gehalten war. Äußerst unkleidsam, dachte sie und schaute nach unten, weil sie aus den Augenwinkeln eine Bewegung wahrgenommen hatte. Um Alberts Beine strichen seine zwei schwarzen Britisch-Kurzhaar-Katzen, Des und Troy, wie er sie liebevoll nannte, weil sie einfach alles zerstört hatten, als sie noch Jungtiere waren. Um ein Haar wäre er über die beiden gestolpert, als er einen Schritt auf Anne zutrat.

Aber in Anne stieg plötzlich der Impuls empor, sich umzudrehen, weil sie sich hinsichtlich der Sinnhaftigkeit ihres Planes nicht mehr sicher und wegen des Streites mit ihm und wegen der Begegnung mit der Praktikantin durcheinander war. Einerseits war sie Albert leid; sie war sogar entschlossen gewesen, sich endgültig von ihm zu trennen, aber nun schien er für sie wieder interessant, nachdem diese Naturschönheit aufgetaucht war.

Regungslos blieb Anne im Flur stehen.

„Ich sehe, du bist noch sehr beschäftigt, wann kann ich damit rechnen, dass du hereinkommst?" Albert neigte seinen Kopf zur Seite und zog seine rechte Augenbraue nach oben, wie er es regelmäßig tat, wenn er verwundert war.

Anne hatte das immer gemocht. Sie schüttelte ihre innerlichen Zweifel ab, lächelte ihn an und schmiegte sich in seine abermals ausgebreiteten Arme. Sie hielten sich eine Weile umschlungen, bis er sie von sich schob und ihr wohlgestimmt einen guten Wein versprach. Er zog sie in seine über mehrere Ebenen selbst entworfene Architektenwohnung, während Anne ihre Nase anhob und in Richtung Wohnküche schnupperte.

„Oh, du hast für uns gekocht! Ich habe es ein bisschen gehofft." Sie setzte sich auf den zu großen Barhocker und überlegte, ob Albert sie wohl umstimmen wollte. Aber das würde ihm sicher nicht gelingen. Sie würde aufs Ganze gehen, sie würde in dem Bauskandal alles tun, um Melzer aus der Schusslinie und politischen Verantwortung zu nehmen. Im Gegenzug dafür würde sie ihren bedeutsamen Vorsitz behalten und eventuell Bürgermeisterin werden. Die Zeichen standen nicht schlecht. Ein paar Andeutungen waren schon gefallen. Ihr klares Ziel vor Augen, war sie zu allem bereit, das wusste sie. Aber jetzt war ihr ein wenig nach Entspannung.

Bevor Albert ihr etwas entgegnen konnte, fasste Anne ihn am Arm, drehte ihn zu sich und küsste ihn. Sie musste keine großen Verführungskünste an den Tag legen, um Albert von seinem kulinarischen Vorhaben abzubringen und ihn in sein großes Schlafzimmer zu lotsen, das den Charme eines Superior-Hotelzimmers hatte. Anne hatte den Sex mit Albert immer als leidenschaftlich und wohltuend erlebt. Er war ein aufmerksamer Liebhaber und konnte ihre körperliche Begierde mit umwerfenden Küssen rasend schnell wecken, aber dieses Mal war es fad und irgendwie nur okay. Es war diese Art Sex, an den man sich am nächsten Tag nicht mehr erinnerte.

Sie fühlte sich matt und niedergeschlagen, als sie sich anzog, während Albert sich seine Boxershorts überstreifte und in die Küche eilte, um den Auflauf aus dem Ofen zu retten, der durch die überlange Backzeit eingefallen und an den Rändern bereits verbrannt war.

„Ist noch essbar", kommentierte Albert und tat Anne eine gute Portion auf den Teller. Sie griff beim Essen normalerweise ordentlich zu, das hatte ihm an ihr immer besonders gefallen. Heute aber aß Anne nichts, stocherte mit ihrer Gabel unmotiviert im Essen herum und sortierte das Gemüse nach Farben.

„Was ist mit dir?", schmatzte Albert und aß zufrieden seinen Auflauf. „Hat dir deine verlogene Stellungnahme über Melzer im PUA den Appetit genommen?", provozierte er.

Anne verdrehte die Augen, hob dabei mit leicht geöffnetem Mund ihr Kinn, als wollte sie etwas sagen, sprach aber trotzdem kein Wort, was eine von Albert verhasste Angewohnheit war.

„Was muss ich tun, damit du deine korrupte Stellungnahme korrigierst?" Dabei fing seine Stimme ganz leicht an, sich zu überschlagen.

Anne schaute unschuldig drein. „Was meinst du?"

„Nach deinen bisherigen Kommentaren habe ich und nicht Melzer die Bauverzögerungen zu vertreten." Während er das sagte, sprang er vom Stuhl auf, funkelte sie an, setzte sich aber im selben Moment wieder hin und war von seinem Ausbruch selbst überrascht. Mit der Serviette reinigte Albert seine Mundwinkel, warf das gefaltete weiße Stofftuch verärgert auf den rustikalen Holztisch und fixierte Anne erwartungsvoll.

Erschrocken über die plötzliche Wut ergriff sie das Glas mit Rotwein, nahm einen Schluck und überlegte, was sie sagen sollte. Es störte sie zutiefst, dass er erneut mit dem Thema anfing. Sie bereute ihren Besuch und fasste einen Entschluss.

Mit einer abstoßenden Nüchternheit in der Stimme verkündete sie das Ende ihrer Beziehung. Dabei ließ sie zum wiederholten Mal keinen Zweifel aufkommen, dass ihre Stellungnahme nicht zu seinen Gunsten ausfallen würde.

„Du zerstörst meinen Traum und meine Reputation", schrie er, aber Anne unterbrach ihn scharf.

„Was heißt, ich zerstöre deinen Traum? Du selbst bist es doch, der dir im Wege steht. Der eitle Architekt, der es allen beweisen will! Was eigentlich? Dass du einmalig bist?" Sie lachte hysterisch und keifte weiter: „Jeder ist ersetzbar, besonders du!"

Sie verstand nicht, aus welchem Grund sie so beißend wurde, aber sie konnte nicht aufhören. Wütend war sie. Auf sich, weil sie mit Albert ins Bett gegangen war, und auf Albert, weil ihn seine Eitelkeit ständig begleitete.

„Ich habe dir bereits gesagt, dass ich den PUA-Vorsitz behalten will. Um jeden Preis." Ihre Stimme war schneidend und frostig, sodass Albert förmlich zu frösteln glaubte.

Anne schob den Esszimmerstuhl in aller Ruhe nach hinten und schritt langsam zu einem der bodentiefen Fenster. Sie legte beide Hände an die Stirn, wie zu einem Dach, als müsse sie sich wegen des grellen Lichtes Schatten geben. Während sie ihre Stirn ans Fenster drückte, genoss sie in der Ferne die bunt beleuchteten Landungsbrücken. Als sie das eiskalte Fenster berührte, wich sie für einen Moment zurück, was ihrer euphorischen Stimmung jedoch keinen Abbruch tat. Leicht entrückt betrachtete sie die Lichternacht, wie eine stolze Herrscherin, die sich ihrem Volk auf dem Balkon zeigt, um den Jubel entgegenzunehmen.

„Diese Stadt ist meine Stadt, und ich werde sie eines Tages als Bürgermeisterin regieren, und davon lasse ich mich nicht abbringen, und von dir schon gar nicht", sagte sie, während ihre Gedanken erneut abschweiften.

Sie sah die Lichter der prunkvollen Kronleuchter im Rathaus und hörte von ferne, wie der Bürgerschaftspräsident das Wahlergebnis bekanntgab. Würdevoll fragte er sie, ob sie die Wahl annehme. Alle Abgeordneten standen feierlich zu ihrer Vereidigung auf, und sie nahm den rechten Arm nach oben. Feierlich gelobend sagte sie: *„So wahr mir Gott helfe."* Als sie die Glückwünsche des Präsidenten entgegennahm, trat von hinten ein Mann an sie heran und packte sie fest an ihrer Schulter. Anne begriff zunächst nicht, wie ihr geschah.

Albert drehte sie um und schüttelte sie brutal. „Du Miststück, was tust du mir an?"

„Lass mich los", schrie sie, aber er presste sie gegen das Fenster, legte seine Hände um ihren Hals und drückte zu. Immer fester. Anne zerrte an seinen Handgelenken, um sich zu befreien und atmen zu können. Aber er drückte sie übermächtig zu Boden, ohne seinen Würgegriff zu lockern. Ihre Beine traten immer wieder ins Leere und fanden kein Widerlager, durch das sie sich aus dem harten Griff hätte befreien können. Er schlug ihren Kopf enthemmt und mit großer Wucht immer wieder gegen den harten Steinboden, bis sie das Bewusstsein verlor.

Albert drückte seiner regungslos am Boden liegenden Geliebten weiter den Hals zu, bis kein Leben mehr in ihrem Körper war.

Mechanisch stand er auf und setzte sich an den Tisch. Er trank seinen Rotwein und lehnte sich für einen kurzen Moment in die Stille zurück. Dann begann er aufzuräumen. Er stellte den Stuhl wieder hin, der im Kampf umgefallen war, lief im Haus hin und her und packte seinen Rucksack. Gelegentlich stieg er dabei über seine tote Geliebte. Dann dachte er für einen Moment an Denis, der angeblich sein Sohn gewesen sein sollte, an dessen Abstammung er jedoch mit guten Gründen gezweifelt hatte und auf den er wirklich nicht stolz gewesen war. Aus dem Regal im Wohnzimmer nahm er seine Bibel, stöberte im Römer 12 und beschriftete eine kleine, weiße Leinwand.

Die einzig angebrachte Reaktion unsererseits auf den Tod Christi ist, unser Leben Gott als lebendiges Opfer hinzugeben. Römer 12,1.

Albert nahm den leblosen Körper und zog ihn in den Fahrstuhl. Durch das ansonsten menschenleere Haus, in dem nur noch Büros untergebracht waren, fuhr er in die Tiefgarage, von wo aus er die Leiche wegschaffte.

III. Kalenderwoche 51/52 2015
1. Teil

Kapitel 1
Marilyn Monroe

Es war Montag früh, und Nora starrte ungläubig auf das Gerät, welches – wie eine geheiligte Devotionalie – auf einem frei stehenden, kleinen, alten Holztisch thronte. Es war schwarz und sah aus wie ein zu groß geratener Drucker aus der Pionierzeit, der über die gesamte, leicht geneigte Hardwarefläche mit einem Display ausgestattet war. Das Gerät hatte den klangvollen Namen RapidHit. Eine Neuerung ihres Dienstherren und der ganze Stolz des Leiters der Mordkommission, nein der gesamten Hamburger Polizei. Dieses Schnellanalysegerät, in dem vor einigen Stunden das Spermienextrakt aus dem Vaginalabstrich der gestern tot aufgefundenen Anne Fliege-Schulz untersucht worden war, konnte, wenn alles gut lief, schon in weniger als zwei Stunden die Merkmalsmuster in einer Spur analysieren. Die Spermaspuren könnten entweder zum Ehemann, zu einem Geliebten und/oder zu ihrem Mörder führen.

Diese rasante Technik hatte sich allerdings nicht in allen Bereichen durchgesetzt, und so hielt Nora in ihrem Büro den Hörer des altmodischen Telefons – immerhin nicht mehr mit einer Wählscheibe ausgestattet – in der Hand und wartete. Währenddessen zählte sie die Kugeln an dem Weihnachtsbaum, den ihr Kollege Pieter im Büro aufgestellt hatte. Er hatte die Plastiktanne nicht nur mit glitzernden, braunen St.-Pauli-Weihnachtskugeln, sondern auch mit Playmobilengeln geschmückt. Die Kollegen hatten sich daran gewöhnt, aber Nora konnte sich damit nicht anfreunden. Die Engel waren nicht himmlisch und verzaubernd, sondern fett, hässlich und störten sie in ihrem Zählfluss.

Am anderen Ende der Leitung meldete sich ein Mitarbeiter des LKA 35, dem Nora das Merkmalsmuster per Mail geschickt hatte. Eine angenehme, tiefe und sanfte Stimme empfahl ihr, in der Leitung zu bleiben, bis er die Daten in der DNA-Analysedatei des BKA abgefragt hätte. Ja, natürlich würde sie warten.

Nora krabbelte holziges Parfumaroma in die Nase, und Tanja, Mitglied der neuen Soko, piepste: „Und? Hast du schon ein Ergebnis?"

Nora schüttelte den Kopf, gähnte und trank auf nüchternen Magen den letzten Schluck abgestandenen Kaffee aus ihrem Frühstücksbecher. Sie verzog das Gesicht, als habe sie gerade Lebertran getrunken. Seit vierundzwanzig Stunden war sie auf den Beinen und seit gestern die Leiterin der Sonderkommission „Mose". Ein bisschen hatte sie es überrascht, dass sie so schnell ein Team anleiten sollte, aber um so mehr wollte sie zeigen, dass das in sie gesetzte Vertrauen nicht enttäuscht werden würde. Den bescheuerten Namen hatte sie sich jedoch nicht ausgedacht. Sie wusste nicht, warum die Sonderkommissionen regelmäßig Namen erhielten. Vielleicht damit die Ermittlungsarbeit einer Soko ein Gesicht bekam, eine Identifikationsfigur und greifbarer wurde? Oder ging es nur darum, die Soko bei der Presse besser zu verkaufen? Nora war es egal. Sie war stolz auf ihre neue Stellung – einerseits –, und andererseits schienen sie die bedeutende Verantwortung und Aufgabe zu überrollen, übermächtig, so wie ein Panzer seine Hindernisse dem Erdboden gleichmacht.

Es war kurz vor Weihnachten, und Politik wie Polizeiführung erwarteten schnelle, pressetaugliche Ergebnisse. Nora hatte gelernt, dass das hierarchische Spiel immer gleich ablief. Und zwar überall. Der Senator hatte Informationsdefizite, interessierte sich für ein kriminologisches Phänomen oder in der Stadt geschah gerade ein schlimmes Verbrechen? In einer Nanosekunde nahmen die Anfragen und die Arbeitsdelegationen ihren Lauf, bis sie unten ankamen. Und am Ende der Nahrungskette stand der Ermittler, der liefern musste.

Zwei Tote einer Serie lagen auf dem Tisch des Hauses, und Nora lag ein klebriger, schwerer Klumpen im Magen. Denis Berend und Anne Fliege-Schulz wurden beide innerhalb von zwei Wochen ermordet und an einem Sonntag aufgefunden. In unterschiedlichen Waldstücken auf besondere Weise aufgebahrt. Beiden Opfern wurde der Hals durchgeschnitten, und beiden Leichen wurden Bibelverse beigelegt, in denen es um Opferrituale des Alten Testaments ging. Es war verworren.

In wenigen Tagen feierten die Hamburger Weihnachten, das Fest der Liebe. Da war es besonders entsetzlich, wenn ein Psychopath in Hamburg herumschlich, mordete und kleine Gebetszettel verteilte.

Nora rieb sich die Narbe auf der Stirn, die gelegentlich noch juckte, so bildete sie es sich jedenfalls ein. Sie hatte sich dieses Mal zugezogen, als sie sich in Kindertagen mit ihrer Schwester Lotta zu einem Wettrennen verabredet hatte. Wie Geschwister das eben so machten. Ein immerwährender Konkurrenz- und Machtkampf, der zwischen ihnen ausgefochten werden musste. Nora hatte gewonnen, na, vielleicht aber auch nicht. Es war ein Sieg mit Nebenwirkungen. Beim letzten abschüssigen Stück der Rennstrecke konnte sie nicht mehr schnell genug bremsen und fuhr mit ihrem Fahrrad direkt gegen ein Garagentor.

Immer noch strich sich Nora über die Narbe, während sie weiter auf das Ergebnis der DNA-Analyse wartete. Die Stimme ihres Abteilungsleiters kam ihr in den Sinn, der gestern ebenfalls gearbeitet und sie zu sich ins Büro gebeten hatte.

Als sie in seinem Büro Platz genommen hatte, fragte er sie ohne Umschweife, ob sie sich einer Leitungsaufgabe gewachsen fühle. Alexander Berend würde er den Fall nicht mehr überlassen können, da sein Bruder eines der Opfer war. Pieter Struck habe dankend abgelehnt. Und dann sei sie ihm eingefallen, da er von ihrem bisherigen Arbeitseinsatz schließlich sehr beeindruckt sei. Dann sah er sie erwartungsvoll an.

Nora war überrascht, fühlte sich aber auch geehrt, und so bedeutete sie ihm, sich der Aufgabe stellen zu wollen.

Bedauerlicherweise hatte sie seitdem Magendrücken. Es fühlte sich ein wenig so an, als stünde sie ganz oben an der steilsten schwarzen Piste, die der alpine Skiverein jemals ausgewiesen hatte. Einer Abfahrt, die sie sich als

Herausforderung ausgesucht hatte und bei der man sich dann während des Blicks in die Tiefe des Tals unwillkürlich fragte, wieso man eigentlich nicht gemütlich die roten Pisten heruntersauste? Aber es gab kein Zurück mehr. Nora holte tief Luft und warf sich mit dem ganzen Oberkörper weit in die beängstigende Tiefe des stürmischen Tals.

„Last Christmas" von Wham dudelte gerade im Radio und holte Nora in die Realität und an den inzwischen warm gewordenen Telefonhörer zurück.

„Schon was erfahren?", fragte Playmobil-Pieter, der das Radio angeschaltet hatte und ebenfalls Mitglied der Soko geworden war. Nora blickte misstrauisch auf und schüttelte den Kopf.

Die Stimme am Telefon bat Nora um Geduld, da es Probleme mit der Leitung gebe.

Sie wartete weiter und grübelte über die bisher zusammengetragenen Fakten. Vor ihrem geistigen Auge schob sich das von ihr gestern bestückte Smartboard mit den beiden Fotos der Opfer und deren Kontakten, Herkunft und sozialem Umfeld. Denis Berend auf der einen und Anne Fliege-Schulz auf der anderen Seite. Unterschiedlicher konnten diese Opfer kaum sein.

Denis Berend war im Rotlichtmilieu unterwegs und in kriminelle Geschäfte verwickelt. Anne Fliege-Schulz leitete den PUA-Ausschuss, der den Bau des Konzerthauses Elbphilharmonie zum Gegenstand hatte. In ihrer parteilichen Karriere war sie bereits im oberen Drittel angekommen. Es gab keine Verbindungen zwischen diesen Menschen oder anders ausgedrückt, Nora und ihr Team hatten bisher keine gefunden.

„Und? Neuigkeiten?" Diesmal fragte Soko-Mitglied Michael Kloss. Nora machte eine abwehrende Handbewegung, schüttelte knapp mit dem Kopf und beschloss, den Nächsten, der nach Neuigkeiten fragen würde, zu töten.

Wenige Sekunden danach drehte sie ihren Kopf instinktiv zur Seite, denn sie nahm einen Duft wahr, der ihren Magen so stark pulsieren ließ, dass sie fürchtete, ihre Kollegen würden erneut ins Zimmer treten und fragen, woher das laute Klopfen käme.

Alexander hatte sich ihr von hinten genähert, beugte sich an ihr freies Ohr und berührte mit seinen Lippen sanft den Rand ihrer Ohrmuschel. Nora verspürte ein Kribbeln, welches ihren Körper und ihre Sinne völlig einnahm, und sie sehnte sich danach, von Alexander geküsst zu werden. Genau so, wie er es in der gestrigen Nacht getan hatte, als sie sich in der spartanisch eingerichteten Büroküche begegnet waren.

„Gibt es schon etwas Neues, Frau Mose?", flüsterte er.

Nora musste laut prusten.

„Bin ich so komisch?" Er lächelte verlegen.

Nora war über den ihr von Alexander verliehenen neuen Titel amüsiert. Und sie musste erkennen, dass sie emotional bereits gefangen und der Zug nicht mehr anzuhalten war. Eigentlich wollte sie sich nicht an einen Mann binden, und schon gar nicht an einen, der verheiratet war. Eigentlich. Es war zu spät.

Irritiert richtete sich Alexander auf und rieb sein Kinngrübchen unter seinem rötlichen Bart.

Er sah sie fragend an.

„Nein und nein! Du bist nicht komisch, es gibt nichts Neues, und ich werde dich nicht töten!" Während sie sprach, lächelte sie ihn an, berührte sanft seine Hand und vergaß in dem Moment, dass sie nicht alleine waren. Alexander aber schaute sie immer noch verwirrt an.

Am anderen Ende der Leitung tat sich etwas.

„Frau Kollegin, ich habe jetzt eine Verbindung zum Bundeskriminalamt. Das Warten hat sich gelohnt. Es gibt einen Treffer. Wir haben die Person identifiziert, die mit dem Opfer zuletzt Verkehr hatte."

✶✶✶

„I don't know how to love him", stimmte Lotta in den Gesang mit ein, der aus den kleinen Hightech-Boxen schallte, die sie sich von ihrem letzten Gehalt gegönnt hatte. Sie und Mone hatten sich diesen Song bis zur völligen Ermattung immer wieder gegenseitig vorgespielt. Beide kannten sie jede Phrasierung des Liedes, und irgendwie wurde es „ihr" Lied, eine Art Verlobungsliebeslied, gesungen von Maria Magdalena, die sich in Jesus verliebt hatte. Sie hatten es sogar geschafft, sich zwei der begehrten Karten für das Musical „Jesus Christ Superstar" im Theater Dortmund zu ergattern, und waren von dem Konzert beseelt.

Ich werde ohne meine geliebte Mone, ihre launigen Plappereien und Geschichten nie wieder lachen, überkam es Lotta, und der Schmerz nahm ein weiteres Mal machtvoll von ihr Besitz. Sie hatte das Gefühl, keine Luft mehr zu bekommen, und der Druck auf ihrer Brust wurde immer schwerer. Er lastete auf ihr wie eine eng geschnürte Korsage aus Ziegelsteinen. Sie weinte so lange, bis sie keine Tränen mehr hatte und die Beklemmungen in der Brust nachließen.

Nach einem Moment der Besinnung schloss sie verärgert ihre Playlist in ihrem Handy. Das verdammte Lied brachte Verzweiflung, keinen Trost.

Gerade jetzt brauchte sie aber einen klaren Kopf. Eine wichtige Verabredung wartete heute Abend auf sie. Sie würde jemanden treffen, und sie wollte dieser Person heute Abend einen besonderen Moment schenken. So etwas hatte sie bisher noch nie getan, aber sie wusste, dass sie es tun musste und genau jetzt der richtige Zeitpunkt dafür gekommen war.

Wie verabredet hatte sie sich à la Marilyn Monroe gestylt. Bis zum finalen Fertigstellungszeitpunkt dauerte es etwas länger, weil Lottas Augen erst abschwellen mussten. Sie schimpfte im Stillen mit sich, dass sie ausgerechnet an diesem Tag „ihr Lied" abgespielt hatte.

Aber dann gefiel ihr die Verwandlung. Eine ausgesprochen reizvolle, allerdings sehr stark geschminkte Marilyn flirtete sie an. Lotta küsste ihre Fingerspitzen, hauchte mit gespitztem Schmollmund über ihre ausgestreckte Hand und blies den Kuss zum Spiegelbild. Sie lächelte und rückte ein letztes Mal ihre blonde Perücke zurecht, strich sich über das weit ausgeschnittene Chiffonkleid und befüllte ihre Handtasche mit den Dingen, die eine Frau unterwegs benötigen könnte. Zahnseide, Parfum, Handy, Kaugummi, Slipeinlage, Lippenstift. Schließlich griff Lotta noch in einen der vielen Pumps-Kartons und kramte nach einer kleinen silbernen Pistole, die sie sich mal über einen Freier des „Flow" beschafft hatte. Dieser hatte ihr auch gleich gezeigt, wie man sie benutzte.

Kapitel 2
Brobdingnag

Nora wiederholte leise den Namen, den ihr die gutmütige Stimme am Telefon übermittelt hatte.

„Albert Berend."

Der renommierte Stararchitekt Hamburgs, dessen Bauplanung im Fokus der nicht immer wohlgesonnenen Presseberichterstattung stand, hatte eine Affäre mit der PUA-Vorsitzenden, die die Unregelmäßigkeiten beim Bau der Elbphilharmonie zu untersuchen hatte.

„Mir scheint dies ein interessanter Ermittlungsansatz zu sein", murmelte Nora und verabredete sich am Nachmittag mit ihrem Kollegen Pieter Struck für einen Spontanbesuch im Büro des Zeugen Berend, der versichert hatte, für eine Vernehmung zur Verfügung zu stehen und keinen Anwalt zu benötigen.

Als Nora und Pieter die Eingangshalle des vom Sonnenlicht durchfluteten Bürogebäudes betraten, in dem auch die Firma von Albert Berend ansässig war, erschien es Nora, als würden die vielen umhereilenden Menschen immer größer und mächtiger und sie immer kleiner werden. Sie fühlte sich wie Gulliver auf seiner Reise nach Brobdingnag, dem Land der Riesen, wo er in einem zwölf Meter hohen Gerstenfeld einem Koloss mit einer Sense begegnet war und fast erschlagen worden wäre. In den Füßen den Anfang nehmend, breitete sich eine beunruhigende Welle aus, die in immer schnelleren Wogen ihren Körper gefangen nahm. Nora begann schneller zu atmen, und während sie noch verzweifelt flehte, dass diese Attacken doch mal aufhören müssten, begann sie, auf dem Weg zu Albert Berends Büro die Treppenstufen zu zählen.

Nachdem die Empfangsdame Albert Berend telefonisch den Besuch angekündigt hatte, kam er zum Eingangsbereich und begrüßte seinen Besuch. Mit einem Kopfschütteln verdeutlichte er seiner Sekretärin, dass er nicht gestört werden wollte, und bat seinen Besuch in sein Arbeitszimmer. Dort nahmen Nora und Pieter Platz, während sich Albert Berend in seinen großen, cognacfarbenen Ledersessel setzte.

„Was kann ich für die Polizei tun?"

Er gefiel sich in seiner jovialen Rolle des gönnerhaften Geschäftsmannes und fixierte Nora.

Sie antwortete nicht.

„Frau Kommissarin?"

Nora war mitten in ihrem Ritual und flüsterte kaum hörbar ihren Vers. „Aller guten Dinge sind drei, sagte ein kleiner ...", na, und so weiter. Sie bekreuzigte sich verstohlen.

„Oh, haben Sie eine schwarze Katze gesehen?", fragte Albert Berend, nachdem annähernd eine Minute vergangen war, die sich für Pieter jedoch wie eine Ewigkeit anfühlte.

Keine Antwort. Stattdessen zählte sie bis dreißig. Albert Berend schaute gespannt zu Pieter, so als würde er sich daran ergötzen, wie Noras Kollege in dieser peinlichen

Situation unterging. Verwirrt und hilflos beobachtete Pieter seine neue Kollegin und klopfte verlegen mit seinem Kugelschreiber auf seinen Notizblock. Er hatte die Aufgabe, Notizen zu machen, aber es gab nichts zu notieren. Keine Fragen. Keine Antworten. Keine Vernehmung. Nichts. Quälende Stille.

Alle schwiegen, und Albert Berend fixierte Nora durchdringend, während er seine Hand gelegentlich auf die Armlehne herunterfallen ließ. Er machte keine Witze mehr und schien begierig darauf zu warten, wie Nora die Situation auflösen würde. Pieter atmete schneller und überlegte, wie er die stehen gebliebene Zeit wieder anschieben könnte. Ihm fiel nichts ein.

Endlich. Erleichterung bei Pieter. Als wäre nichts gewesen, belehrte Nora Albert Berend ausführlich als Zeuge und kam gleich zur Sache.

„Wir ermitteln in einer Mordserie, kennen Sie Anne Fliege-Schulz und Denis Berend?", fragte sie etwas hektisch und unkonzentriert, als gelte es, die verlorene Zeit aufzuholen.

Albert Berend lachte verächtlich auf.

„Sie haben Ihre Hausaufgaben nicht gemacht, Frau Kommissarin, Denis Berend war mein Sohn."

In seinem Blick lag Eiseskälte, die Nora erschaudern ließ, als sie ihn ansah. Ihr wurde heiß, und sie musste schlucken. Was für ein beschissener Einstieg. Wie ein Pennäler kramte sie verlegen in ihrem Notizbuch und sah Hilfe suchend zu Pieter, der zu glauben schien, dass sie ihr persönliches Problem gelöst hatte, und sie mit einem Lächeln aufmuntern wollte.

„Ach ja, natürlich, entschuldigen Sie. Und Frau Fliege-Schulz?"

„Was meinen Sie?" Er lächelte überlegen.

„Na, ob Sie Frau Fliege-Schulz gekannt haben?", wiederholte Nora.

„Ja."

„Woher?"

„Sie leitet, ich korrigiere mich, leitete den Parlamentarischen Untersuchungsausschuss."

„Und gibt es weitere Verbindungen?"

„Welcher Art?"

„Privater Art. Waren Sie persönlich mit ihr bekannt?"

Die Befragung verlief zäh, und Nora realisierte, dass Albert Berend keineswegs unvorbereitet war.

„Nein, eine nähere Verbindung hatten wir nicht", log er und konzentrierte sich.

Auf keinen Fall wollte er, dass die Affäre bekannt würde und der Eindruck entstehen könnte, als habe er dadurch ein objektives Untersuchungsverfahren beeinflussen wollen. Und jetzt, wo Anne tot war, sah es ja sogar wieder gut aus für ihn. Er hatte nicht mehr zu befürchten, dass das Ergebnis des Parlamentarischen Untersuchungsausschusses zu seinen Ungunsten ausfallen könnte. Jedenfalls nicht, weil irgendein Senator dies von einer Karrieristin verlangt hatte. Außerdem wäre er einer der Top-Verdächtigen, wenn die Affäre bekannt würde.

Nora unterbrach seine Gedankengänge.

„Ich habe die Protokolle des Untersuchungsausschusses eingesehen", setzte sie ihre Vernehmung fort, als hätte sie telepathische Fähigkeiten.

„Sie haben sich in der Anhörung gut in Position bringen können. Die Vorsitzende hat Ihnen nicht viel entgegengesetzt."

„Ich versuche natürlich immer, gute Arbeit abzuliefern." Albert Berend nahm einen tiefen Zug von seiner Zigarette.

Nora fixierte ihr Gegenüber. Er machte Anstalten aufzustehen.

„Haben Sie noch Fragen? Wie Sie wissen, bin ich sehr beschäftigt. Wir haben derzeit wieder ein Problem auf der Baustelle."

„Wann haben Sie die Vorsitzende das letzte Mal gesehen?"

Berend setzte sich widerwillig wieder hin.

„Das war während meiner Vernehmung, die Anhörung wurde verlegt, weil meine Mutter verstorben war. Wegen des genauen Datums müsste ich aber in meinem Kalender nachschauen und würde Ihnen das Ergebnis telefonisch durchgeben ..."

Er stand erneut auf und deutete in Richtung Tür.

„Wir haben beim Opfer Spermaspuren gesichert", sagte Nora.

Sie machte eine kleine Pause und schaute in Berends hin und her flackernde Augen. Für einen kleinen Moment glaubte sie, dass er seine Fassung verlieren könnte, und sie legte nach.

„Von Ihnen, Herr Berend!"

✳✳✳

Lotta Kardinal, alias Marilyn, betrat in den Abendstunden eine in Polizeikreisen als heruntergekommene Absteige bekannte Hotelbar in St. Georg am Hansaplatz. Sie schaute sich um und hielt auf den langen Tresen zu, vor dem mindestens acht unbesetzte Metallhocker aufgereiht waren. Am Ende des Tresens, etwas abseits, stand bereits ein ausrangierter Hochstuhl, der so aussah, als hätte jemand die Polster mit einem Messer aufgeschlitzt, weil er dort versteckte Drogen vermutet hatte und trotz intensiver Suche nicht fündig geworden war. Lotta entschied sich für einen Hocker, bei dem die Sitzpolsterung noch unversehrt zu sein schien.

Sie bestellte einen Prosecco und nippte an ihrem Glas. Immer wieder schaute sie auf die Uhr. Sie war pünktlich, aber wo blieb ihre Verabredung?

„Na, Spätzecken, in welcher Dragqueen-Show bist du denn abhandengekommen?", fragte der Barkeeper der Pension „Zum Zwicker", strich durch seine zurückgegelten, schwarzen Haare und kicherte amüsiert über seinen Witz.

Lotta setzte an, etwas zu sagen, und öffnete leicht ihre Lippen, aber er winkte ab. Die Antwort interessierte ihn nicht mehr. Er gehörte zu den Menschen, die Fragen stellten, um ungefragt ihre Geschichten erzählen zu können.

„Stell dir vor, Spätzecken, gestern dachte ich, ich hätte Olivia Jones gesehen, auf der Reeperbahn, allerdings in Zivil und total ungeschminkt ..."

Das Klingeln des Telefons unterbrach den Glanzschopf, und er nahm das Gespräch an. Lotta schaute immer wieder zur Eingangstür.

„Ja, Zimmer drei, ich sag Bescheid", hörte Lotta den Barkeeper sagen.

„Hör mal, Blondi, deine Verabredung wartet auf dich im Zimmer drei. Soll ich euch ein kühles Fläschchen Sekt hochbringen?"

Lotta kletterte von dem Hochstuhl und riss sich dabei an der Plastiknaht des Polsters eine Laufmasche in ihren Seidenstrumpf, presste einen derben Fluch durch ihre Lippen und ging zum Ausgang der Bar. Dort stützte sie ihren Arm oberhalb des Türrahmens ab und drehte sich um. Sie lächelte. „Gerne, eine Flasche Sekt und zwei Gläser, bitte. Wo ist Zimmer drei?"

„Immer geradeaus, das letzte Zimmer links. Viel Spaß." Er zwinkerte Lotta zu, die wegen seines anzüglichen und schmierigen Gesichtsausdruckes mit einem leichten Würgereiz kämpfen musste. Sie wandte sich zum Gehen und drehte sich ein letztes Mal zum Barmann.

„Ach, bevor ich es vergesse, eure Barhocker könnten eine Generalüberholung vertragen." Mit diesen Worten ließ sie den verblüfften Kellner stehen und verließ die Bar.

Lotta betrat das Zimmer Nummer drei und schaute sich um. Niemand war zu sehen. Das Bett war unberührt, und die beiden am Fenster stehenden alten Holzstühle, an denen sich schon Späne lösten, schienen ebenfalls noch nicht bewegt worden zu sein.

Lotta überlegte, ob sich der Barkeeper in der Zimmernummer geirrt haben könnte. Nervös steckte sie ihren kleinen Finger in den Mund und begann, an ihrem Plan zu zweifeln. Würde alles gut gehen? Hatte sie alles bedacht? War sie auf jede Eventualität vorbereitet? Mit ihrer anderen Hand fasste sie in ihre Handtasche und berührte den kühlen Lauf ihrer Pistole. Ihr rasendes Herz schien sie warnen und fliehen zu wollen. Aber es gab kein Zurück mehr.

Lotta erschrak, als es an der Tür klopfte. Abrupt wandte sie sich um und sah erleichtert, dass nur der Barkeeper erschienen war. Er stellte den Sekt und zwei Gläser auf das Tischchen und schloss von außen die Tür.

Wieder war es still, und Lotta ärgerte sich darüber, dass sie eben so zusammengezuckt war.

Nach weniger als zwei Minuten ging die Tür erneut auf, und Frank Meister betrat das Zimmer. Er legte seine Schirmmütze auf den Tisch und fixierte Lotta, so wie ein hungriger Löwe auf der Jagd seine Beute anvisiert, kurz bevor er zum Angriff ansetzt. Er zog sie mit seinen eng stehenden, grünen Augen aus, und sofort fühlte sich Lotta unbehaglich. Mit einem großen Satz warf Meister sich aufs Bett und öffnete den Knopf seiner Hose.

„Lotta, das macht mich richtig scharf, los, zieh dich aus! Ich will noch mehr von dir sehen. Du hast dir für mich bestimmt eine weitere Überraschung ausgedacht?" Leicht schnaufend rieb er sein Glied.

„Nun lass es uns langsam angehen, sonst ist es gleich schon vorbei", gurrte sie und spielte auf Zeit. Bedächtig füllte sie die beiden Sektgläser und drehte im Anschluss verstohlen ihren Kopf Richtung Bett. Meister checkte gerade sein Handy und war abgelenkt. In ihrer Handtasche kramend suchte sie vorsichtig nach dem kleinen Fläschchen mit den K.o.-Tropfen und setzte an, es in eines der

Gläser zu geben. Bei dem Gedanken, endlich den Mord an ihrer Geliebten rächen zu können, fing sie derart stark an zu zittern, dass sie das Gift nicht mehr in das schmale Sektglas hätte träufeln können, ohne alles zu verschütten. Sie zögerte. Erneut kamen ihr Bedenken, aber diesmal fragte sie sich nicht, ob sie erfolgreich sein würde, sondern ob es richtig war, den Mörder ihrer Geliebten zu töten. Vielleicht wäre sie gar nicht befriedigt, wenn Meister tot im Bett liegen und sie unbemerkt das Hotel verlassen würde? Irgendwann würde sie dann in der Zeitung von dem Leichenfund lesen. Und dann? Könnte sie durch den Mord auch nur annähernd ihr altes Leben zurückgewinnen?

Lotta, das hast du schon tausendmal hin und her überlegt. Es gibt keine befriedigende Antwort. Jetzt tu' endlich, was du tun musst.

Als ihre Hand ruhiger wurde, drehte sie sich absichernd um, und im selben Moment spürte sie einen heftigen Schlag gegen ihre Wange, der sie mit Wucht zu Boden gehen ließ. Meister versetzte ihr mehrere schmerzhafte Tritte gegen den Oberkörper und schlug ihr unzählige Male mit der Faust ins Gesicht. Sie spürte, dass ihr Schneidezahn aus der Verankerung brach und das Blut ihr die Kehle herabrann. Mit ihren Armen versuchte sie, ihren Kopf zu schützen, aber es war vergebens. Als seine Faust erneut mit voller Wucht in ihr Gesicht traf, hörte sie ihr Nasenbein knacken, und sie stöhnte auf. Die starken Schmerzen schossen ihr unter die Schädeldecke, und ihr ganzes Gesicht brannte. Sie wollte schreien, aber er packte sie mit einer Hand an den Haaren und schlug mit der anderen so lange zu, bis sie das Bewusstsein verlor.

Nach einer kurzen Ohnmacht erwachte Lotta, und die Schmerzen loderten durch ihren Körper, als würde sie in Flammen stehen. Sobald sie sich nur etwas bewegte, ließen die Prellungen sie zusammenzucken. Aber was war mit ihren Armen? Sie konnte sie nicht bewegen! Mit Schrecken erkannte sie, woran das lag. Sie war bäuchlings nackt mit den Händen und Füßen an die jeweiligen Enden des Bettrahmens gefesselt. Panisch zerrte sie an den Schnüren, die eng gebunden waren und sich schmerzhaft in ihre Haut einschnürten. Lotta drehte ihren Kopf hektisch hin und her, um zu sehen, was sich hinter ihrem Rücken abspielte. Aus dem Augenwinkel erkannte sie, wie Meister hinter ihr auf dem Bett kniete. Zuvor hatte er sich die Hose ausgezogen und manipulierte für sein grauenhaftes Vorhaben stolz an seinem ekelhaften Schwanz. Lotta wollte schreien und stellte fest, dass sie es nicht konnte. Sie war geknebelt.

Haben solche Scheißschweine eigentlich immer alle nötigen Fesselutensilien dabei, wenn sie das Haus verlassen, fragte sie sich, und in derselben Sekunde wich ihr Zynismus der Angst vor dem, was ihr Peiniger mit ihr vorhaben würde. Schnell und flach atmete Lotta die Luft in ihre Lungenflügel, und ein Schwindel überfiel sie, den sie noch nie erlebt hatte. Sie erschrak bis ins Mark, als sie erkannte, was Meister vorhatte. Er hatte zur Seite gegriffen und die auf dem Bett liegende Pistole in die Hand genommen. Sie fühlte das kalte Metall an ihren heißen, wunden Innenschenkeln. Furcht und Grauen packten sie. Es gab keine Rettung! Was hatte sie sich nur gedacht? Mit letzter Kraft wand sie ihren Unterleib hin und her, um sein Vorhaben zu verhindern. Sie hatte keine Chance. Schmerzhaft rammte er ihr die Pistole mit dem langen Schalldämpfer in ihren geschundenen Körper. Sie krampfte vor Schmerzen.

„Hältst du jetzt die Schnauze, du Miststück, sonst schieß ich und zerreiß deine Fotze. Wolltest du Dreckstück mich vergiften?"

Da Lotta sich weiter hin und her drehte, zog er die Pistole aus ihrem Unterleib und schlug ihr damit mit voller Wucht auf den Hinterkopf. Die Wucht des Schlages ließ sie zusammensacken, und ihre Beine zitterten so stark, dass sie glaubte, einem Muskelkrampf zu erliegen. Übelkeit überfiel sie. Ihr Mageninhalt drängte nach oben, und Lotta versuchte, trotz Knebel durch tiefes Atmen ein Erbrechen zu verhindern. Ein letztes Aufbäumen. Sie spürte an ihren Innenschenkeln, wie Meister versuchte, seinen dreckigen, harten Scheißschwanz in sie zu stoßen. Abermals wand sie sich mit letzter Kraft, panisch und in der Hoffnung, das Fürchterliche verhindern zu können. Immer wieder riss sie an den Fesseln.

Vielleicht komme ich doch noch hier raus, flehte sie innerlich. Ein Knall peitschte durch den Raum, und sie spürte, wie warmes Blut an ihrem Gesicht herunterrann. Dann wurde es schwarz.

Kapitel 3
Maria Magdalena

Albert Berend blickte Nora direkt in die Augen, wandte sich dann aber von ihr ab und schritt majestätisch zu dem übergroßen, in Gold gerahmten Gemälde an seiner Bürowand. Er betrachtete die riesigen beiden Katzen, Des und Troy, die er in Öl hatte malen lassen und die keck zu ihm herunterschauten.

„Spermaspuren?", wiederholte er. „Was vermuten Sie nun, Frau Kommissarin?"

„Sagen Sie es mir."

„Dass ich Sex mit ihr hatte?"

In Berends Kopf sprangen seine Gedanken wild hin und her.

Nun holte die Vergangenheit ihn ein, und seine zurückliegende Drogenkarriere fiel ihm vor die Füße. Als er vor rund fünfzehn Jahren wegen Handeltreibens mit Kokain zu einer Bewährungsstrafe verurteilt worden war, wurde seine DNA in der Datenbank des Bundeskriminalamtes erfasst.

Mist, er hätte die Affäre einfach einräumen sollen. Es hätte zwar das PUA-Verfahren weniger objektiv erscheinen lassen, aber da hätte er sich herausreden können, vielleicht, irgendwie.

Die Spurenlage belegte eine Affäre, die er eben bestritten hatte. Nun stand er als Lügner da und war einer der

Hauptverdächtigen. Beim Tod einer verheirateten Frau gerieten immer Ehemann und Geliebter in den Fokus der Ermittler. Er schaute zu den beiden Katern an der Wand, und nach wenigen Sekunden legte sich der Wirbelsturm in seinem Kopf, und er wusste, was zu tun war.

Berend drehte sich zu Nora um.

„Was empfehlen Sie mir? Brauche ich jetzt einen Anwalt, Frau Kommissarin?"

„Sie sind Zeuge, Herr Berend, und ich habe Sie bereits belehrt, aber Sie müssen sich nicht selbst belasten", ergänzte sie.

Berend behielt die Fassung, obwohl ihm klar war, dass er jetzt bereits in den Kreis der Verdächtigen eingeordnet worden war.

Nora spürte in ihrer Hosentasche das Brummen ihres Handys. Geschickt zog sie es heraus, als Berend ihr den Rücken zukehrte und zu seinem Schreibtisch ging. Sie las die Nachricht von ihrer Kollegin Tanja.

DNA auch unter den Fingernägeln des Opfers und am Hals gefunden und in „Mrs. Rapid" eingegeben. In wenigen Minuten wissen wir mehr. Melde mich.

„Haben Sie Geschwister?", fragte Berend.

Nora antwortete nicht.

„Ich schon ..."

Nora unterbrach ihn, aber Berend hob den Arm, um weitersprechen zu können.

„Ich war gestern auf der Beerdigung meiner Mutter. Sie starb vor circa zwei Wochen."

„Das tut mir leid, mein Beileid", kondolierte Nora.

„Meine Mutter war ein Pflegefall, nervenkrank und gegen Ende auch dement", fuhr Berend fort.

Pieter Struck schrieb mit, und der Kugelschreiber flog über sein endlich nicht mehr leeres Merkbuch.

Berend zündete sich eine weitere Zigarette an, was Nora zu stören begann. Sie hustete auffallend laut, wedelte ausladend mit der Hand und hätte ihm zu gerne die Zigarette verboten.

Er fuhr fort: „Sie war damals bemüht um uns Kinder, so gut sie es konnte. Aber nicht zu gleichen Teilen. Verstehen Sie?"

Nora nickte bejahend, verstand aber nichts. Sie begriff nicht, warum er ihr das erzählte, aber sie wollte seinen Redefluss nicht unterbrechen und so eine entspannte Vernehmungsatmosphäre schaffen.

„Sie waren das vernachlässigte Kind? Wollen Sie mir das sagen?", fragte sie.

Berend strich über seinen braunen Kaschmirpullover, wie über das Fell einer schnurrenden Katze, und fuhr fort: „Nicht nur ich, Frau Kommissarin, wir alle. Mein Bruder Karsten und meine Schwester Karla waren auch mehr oder weniger auf sich alleine gestellt. Unser Vater ist früh verstorben, und meine Mutter musste den ganzen Tag arbeiten."

Erneut brummte Noras Handy in ihrer Hose und unterbrach ihre Aufmerksamkeit für Berends Ausführungen. Sie starrte auf Tanjas Nachricht, die sie tief Luft holen ließ.

Diese Notiz würde in der Hamburger Gesellschaft einschlagen wie eine Eisplatte eines schmelzenden Glet-

187

schers, die sich gelöst hatte und mit voller Wucht in die Fluten schlug.

Berend erzählte weiter unermüdlich seine Geschichte.

„Bei strahlendem Sonnenschein stand ich neben meiner Schwester am Grab meiner Mutter. Nur Karsten, mein Bruder, und Denis, mein Sohn, fehlten."

Berend machte eine Pause, und Nora verlor langsam die Geduld, während sie an ihrem Handy fingerte.

Sie konnte nicht erkennen, ob Berends Ausführungen relevante Informationen waren und sie ihnen konzentriert folgen müsste oder ob er sie mit belanglosem Zeug müde reden wollte.

„Wir weinten um unsere Mutter und Großmutter, die zum Ende hin niemanden mehr von uns erkannt hatte."

Nora verdrehte innerlich die Augen und beschloss, zum Angriff überzugehen.

„Herr Berend, beim Opfer sind nicht nur Ihre Spermaspuren sichergestellt worden. Wir fanden Ihre DNA auch am Hals und unter den Fingernägeln des Opfers ... Das macht Sie zu einem Hauptverdächtigen. Vielleicht möchten Sie jetzt doch einen Anwalt anrufen?", fragte sie.

Berend hielt ihrem Blick stand und erzwang eine längere Pause.

„Ich brauche keinen Anwalt, Frau Kommissarin. Diese Beweise belegen nichts."

Berend blickte zu Struck, der aufgehört hatte zu schreiben und ihn verwundert ansah.

Für eine Weile genoss Berend die schreiende Stille und blickte wieder zu Nora.

„Karsten Berend ist mein eineiiger Zwillingsbruder und hat dieselbe DNA wie ich!"

Er blickte Nora herausfordernd an und zog die rechte Augenbraue hoch, als er sie sagen hörte: „Herr Berend, ich darf Sie bitten, uns zu begleiten. Was die aktenkundigen Beweise belegen, entscheidet der Haftrichter, nicht Sie. Herr Berend, Sie sind vorläufig festgenommen."

✳✳✳

Nachdem alle Formalitäten erledigt und Berend nach der erkennungsdienstlichen Behandlung in der Untersuchungshaftanstalt in einer Zelle untergebracht worden war, bereitete Nora ihren Zuführbericht vor. Die Vorführung war für den nächsten Tag geplant, da die Aktenerstellung noch so viel Zeit in Anspruch nehmen würde. Dem diensthabenden Haftrichter Markus Hirsch fiel jede Ungenauigkeit in der Aktenführung und Ermittlung auf, darauf hatte Pieter Struck sie bereits hingewiesen. Hirsch war in Missstimmung gewesen, als sie ihm mitteilen musste, dass sie die Akten am nächsten Tag nicht vor einundzwanzig Uhr würde bringen können.

Nora hatte die Unterbringung der Katzen Des und Troy über den Tierschutzverein regeln können und starrte in ihrem Büro nun auf den Zuführbericht. Sie konnte sich nicht konzentrieren. Wenn sie so weitertrödelte, würde sie es nicht schaffen, den Bericht bis einundzwanzig Uhr fertigzustellen.

Sie war aufgedreht, und in ihren Synapsen hüpften die Gedanken hin und her wie in einer Teilchenbeschleunigeranlage des DESY.

Und dann gelangte plötzlich ein Fakt in ihr Bewusstsein, der alles veränderte und sie erst zum Schwitzen und dann zum Frieren brachte. Der beschuldigte Stararchitekt, den sie würde zuführen müssen, war der Vater von Alexander Berend. Dem Mann, dem sie sich – obwohl ihr das nicht recht war – bereits so nah fühlte. Wie würde Alexander es aufnehmen, wenn er von dieser Entwicklung erführe?

Ein weiterer Gedanke, der ihr Sorgen machte, sprang dazu.

Das letzte Telefonat mit Lotta. Sie hatte es abrupt beendet, und seitdem hatte sie Lotta nicht mehr erreicht. Nora hatte mehrfach versucht, ihre Schwester anzurufen, auch um an den illegalen Gesprächsmitschnitt von Meister und Melzer zu gelangen.

Sie beschlich ein ungutes Gefühl, und sie begriff, dass sie zuerst klären musste, was mit Lotta war. Sie beschloss, Alexander noch nicht über die neuen Erkenntnisse über seinen Vater zu informieren, sondern ihn zunächst um Hilfe zu bitten.

Sie ging zu Alexanders Büro, der sich durch die Akten wühlte und sich gerade mit den Einzelheiten des Ausschreibungsverfahrens für das Konzerthaus beschäftigte. Sie blieb eine ganze Weile im Türrahmen stehen und traute sich nicht, ihn anzusprechen. Erst wurde sein Bruder getötet, und dann geriet sein Vater, der Architekt des Bauvorhabens Elbphilharmonie, in den Fokus der Ermittlungen und stand nun für die Mordserie unter dringendem Tatverdacht. Das würde ihn aus den Schuhen hauen. War es fair, ihm dies jetzt nicht zu sagen? Kurz überlegte sie umzukehren, dann aber schob sie ihre Bedenken beiseite.

„Alexander, könntest du Meister und Melzer observieren? Nimm Tanja Richter oder Andreas Schmid mit! Ich mache mir Sorgen um Lotta. Ich habe sie bereits mehrfach vergeblich zu erreichen versucht."

Alexander drehte sich zu ihr um und lächelte, wurde aber gleich ernst, als er ihr besorgtes Gesicht sah. Er sagte ihr die Observation zu, fragte sich aber sofort, wie er dieses Versprechen umsetzen sollte, nachdem Nora das Zimmer wieder verlassen hatte. Er wusste um die illegalen Aufnahmen, die Lotta auf ihrem Handy gespeichert hatte, und teilte Noras Sorgen, dass Lotta unüberlegt in die Ermittlungen eingreifen könnte. Wenn man es genau nahm, hatte sie es bereits getan.

Aber wo sollte er Meister oder Melzer finden und aufnehmen?

***

Nachdem Alexander Berend und Andreas Schmid die Pension „Zum Zwicker" am Hansaplatz über rund eine Dreiviertelstunde observiert hatten, beschlossen sie, die ihnen aus ihrer dienstlichen Tätigkeit eher als schäbiges Stundenhotel bekannt gewordene Absteige zu betreten.

Vor geraumer Zeit hatten sie Lotta, die in ihrer Marilyn-Verkleidung wirklich umwerfend aussah, wie beide feststellten, hineingehen sehen, und seitdem war keine Bewegung mehr gewesen.

Alexander hatte zwar keine Idee gehabt, wo sie Meister und Melzer aufnehmen sollten, aber sie konnten Lotta observieren. Sie hatten sich vergewissert, dass sie zu Hause war, und vor ihrer Wohnung postiert.

Als ihnen der Gel-Barmann gezeigt hatte, wo sich Marilyn aufhielt, begaben sich beide zum Hotelzimmer Nummer drei.

Ruhig war es vor der Tür und auch drinnen rein gar nichts zu hören. Stille. Niemand schien da zu sein.

Beide gaben sich gegenseitig Zeichen, und Alexander führte den Zeigefinger vor seine geschlossenen Lippen.

Plötzlich überlegte er es sich anders und bedeutete seinem Kollegen, nichts zu unternehmen. Er ging zum Gel-Barmann zurück.

„Hören Sie, aus dem Zimmer kommt kein Laut. Sind Sie sicher, dass Marilyn im Zimmer drei ist?", fragte Alexander. Er wollte keine wertvolle Zeit verlieren und sichergehen, das richtige Zimmer zu stürmen und nicht versehentlich das Stelldichein eines anderen Paares zu stören und es zu Tode zu erschrecken.

„Ja, Zimmer drei, bin sicher. Die Flasche Sekt ist schon bezahlt und ... warten Sie ...", sagte „Geli" und blätterte in seinem Registraturbuch.

„Wie ich gerade sehe, ist das Zimmer ebenfalls bezahlt. Keine Ahnung. Schauen Sie doch nach. Neu vermietet ist es jedenfalls nicht."

Alexander lief zu Andreas zurück, der vor der Zimmertür gewartet und ihm bedeutet hatte, nichts Auffälliges bemerkt zu haben.

Geräuschlos drückte Alexander die Türklinke nach unten und öffnete leise die Tür. In Bruchteil von Sekunden verarbeitete sein Gehirn den schrecklichen Anblick. Lotta lag regungslos, gefesselt und geknebelt auf dem Bauch, während ein halb nackter Mann, in der erhobenen Hand eine Waffe führend, vor ihr auf dem Bett kniete. Bevor Alexander eingreifen konnte, gab Andreas einen gezielten Schuss in die Stille ab und Meister fiel, von dem Kopfschuss getroffen, wie eine frisch gefällte Blutbuche auf sein Opfer.

Alexander stürmte zum Bett und legte seine Finger an Lottas Hals. Sie lebte. Erleichtert kramte er nach seinem Handy und rief einen Notarzt und seine Kollegen von der Spurensicherung an. Dann spulte er in seinem Kopf die gerade erlebte Szene immer wieder durch. Andreas hatte gerade Meister niedergestreckt. So weit so gut. Aber war die finale Tötung wirklich erforderlich gewesen? Auf Anhieb hatte er keine Antwort. Die Untersuchung über den Waffeneinsatz würde später eingeleitet werden. Jetzt waren andere Dinge wichtig.

Als Nora von den sich überschlagenden Ereignissen und Lottas Martyrium erfahren hatte, ließ sie im Büro alles stehen und liegen, schwang sich auf ihr Rennrad und raste in Höchstgeschwindigkeit – unter Missachtung einiger Rotlicht zeigender Lichtzeichenanlagen – ins Universitätskrankenhaus Eppendorf.

Nora war nervös, als sie die graue, dicke Krankenhaustür öffnete. Leise betrat sie das Krankenzimmer, das aussah, wie ein Krankenzimmer eben so aussieht, nämlich so, dass man sich vornimmt, ganz schnell gesund zu werden, um es alsbald wieder verlassen zu können.

Jetzt vermassel es bloß nicht wieder, dachte sie, nahm sich einen dieser hellgrauen Plastikstühle und stellte ihn an Lottas Bett, die beim Fernsehen eingedöst war und ihren Besuch zunächst nicht bemerkt hatte. Als sie ihre Schwester erblickte, lächelte sie und verzog dabei gleich wieder schmerzerfüllt das Gesicht.

„Aua, scheiße, ich darf nicht lachen. Mir tut das ganze Gesicht weh."

Nora setzte sich, nahm behutsam Lottas Hand in die ihrige und schaute ihre Schwester an.

„Dann lache eben nicht", sagte sie, und Lotta blickte in Augen voller Mitgefühl.

„Ihr seid gerade noch rechtzeitig gekommen", flüsterte Lotta.

„Du hast recht. Ich will mir nicht ausmalen, was passiert wäre, wenn Alexander noch länger vor dem Hotel gewartet hätte. Aber er hat niemanden reingehen sehen. Meister muss die Pension über einen uns unbekannten Seiteneingang betreten haben."

Lotta hatte Angst, das unvorstellbare Verbrechen, dem sie um ein Haar gänzlich zum Opfer gefallen wäre, auszusprechen, und sie tat es auch nicht. Sie war einfach nur unendlich dankbar, dieser Hölle einigermaßen glimpflich entkommen zu sein.

„Wie konntest du nur auf diese dumme Idee ...?" Nora unterbrach sich, als sie Lottas zusammengekniffene Augen sah, und drückte ihre Hand.

„Entschuldige bitte, was ist passiert, Lotta?"

Und dann erzählte Lotta ihre Geschichte. Und erzählte. Von dem Song „I don't know how to love him", ihren Tränen, der Verzweiflung und ihren Plänen.

Jäh hielt sie inne. Nicht nur, weil es nicht besonders klug war, einer Kommissarin – Schwester hin oder her – von den eigenen deliktischen Racheplänen zu erzählen, sondern auch, weil die Schmerzen ihr Einhalt geboten.

Auf einmal wurde Lottas Miene starr vor Schreck, so als hätte sie ein Ungeheuer gesehen. Sie hatte gerade zum Fernseher geschaut, in dem über die Mediathek immer noch die Sendung „DAS!-Gäste auf dem roten Sofa", lief. Ein kunterbunter Strauß Hamburger Geschichten. Lotta liebte sie. Hektisch suchte sie die Fernbedienung und drückte auf den Lautsprecherbutton. Nun konnten beide die Stimme der Moderatorin hören, die den auf dem roten Sofa sitzenden Wohltäter Melzer und sein neu gegründetes Heim auf Sylt präsentierte. Angewidert verfolgten Nora und Lotta über mehrere Minuten das Interview. Die Moderatorin befragte Melzer, der sich und seine Stiftung gekonnt in Szene setzte, über das neue Heim.

Nora nahm die Gelegenheit beim Schopf.

„Lotta, hast du das Handy mit dem Gespräch zwischen Meister und Melzer noch?"

Lotta stellte mit der Fernbedienung den Ton aus, griff kraftlos zu ihrer Handtasche unter ihrem Nachttisch, kramte darin herum und übergab ihr Handy.

„Hier, Nora, nimm es, aber ich brauche es schnell zurück. Reicht ja, wenn ihr die kleine Audioaufnahme kopiert, oder?"

Nora versprach, sich zu beeilen, und steckte das Handy ein.

Unglücklicherweise entstand eine Stille zwischen den beiden, die Nora Rätsel aufgab und die sie nicht aushielt und unterbrechen musste. Egal mit welchem Thema.

„Sag mal, woher kennst du den Song ‚I don't know how to love him'?", fragte sie. Sie konnte dieses religiöse Musical von Andrew Lloyd Webber eigentlich nicht ausstehen, aber es schien ihr ein passender Einstieg zu sein.

„Habe ich dir doch vorhin erzählt", wunderte sich Lotta über Noras Vergesslichkeit. „Weißt du, es ist so eine verrückte Ähnlichkeit, weil Mone ja auch angeschafft hat, so wie die Prostituierte Maria Magdalena, die sich in Jesus verliebt hatte."

Eigentlich wollte Nora es nicht, schaute dann aber doch wie eine Studienrätin, die ihrer Schülerin Ungenauigkeiten unter die Nase rieb. Einfach, weil sie nicht anders konnte und sie im Rahmen ihrer Bibelrecherche nun einmal auch auf dieses Thema gestoßen war.

„Wieso Prostituierte, wie kommst du darauf?"

Lotta hob verwundert den Kopf und ließ sich von einem neuen tonlosen Beitrag ihrer Lieblingssendung ablenken, während Nora in belehrendem Tonfall ihre Schwester darüber aufklärte, dass es keine Hinweise in der Bibel darauf geben würde, dass Maria Magdalena eine Prostituierte gewesen sei.

„In der Bibel ist Maria Magdalena lediglich als eine von sieben Geistern und Dämonen befallene Sünderin bezeichnet worden, die von Jesus geheilt worden ist."

Lotta gähnte ausgiebig und fragte sich, worin jetzt der entscheidende Unterschied liegen könnte. Maria, die Hure, oder Maria, die Sünderin? Gequält schaute sie Nora an und schien zu bereuen, über „ihr" Lied gesprochen zu haben.

„Weißt du, Lotta, wahrscheinlich war Maria Magdalena einfach nur Jesus' Frau. So ein Mann reist ja nicht alleine durch die Wüste."

Lotta schaute auf die Uhr, und ihr Blick verdunkelte sich.

„Ich bin müde, Nora, und ich muss schlafen."

„Na klar." Nora nahm ihre Hand, küsste sie und verließ das Krankenzimmer. Sie war überglücklich, obwohl ihr nicht entgangen war, dass sich Lotta über ihre Belehrungen geärgert hatte. Aber sie schaffte es einfach nicht, ihre spitzfindigen Bemerkungen für sich zu behalten. Auf der einen Seite gab es ihr irgendwie Halt, Dinge geradezurücken, die schief oder falsch waren. Auf der anderen Seite musste sie für dieses Korsett gelegentlich einen hohen Preis bezahlen. Heute war der Obolus Lottas erneute Abkehr von ihr, und sie wünschte sich, sie hätte geschwiegen.

***

Zu Hause angekommen, klingelte das Telefon und Alexander war am Apparat. Nora hörte an seiner Stimme, dass er die neueste Entwicklung des Falles inzwischen kannte.

„Mein Chef hat gesagt, dass mein Vater unter dringendem Tatverdacht steht und jetzt festgenommen worden ist. Außerdem will er mich auch noch von dem Mordfall ‚Flow' abziehen, weil der Hintergrund des Falles der Bau der Elbphilharmonie ist und ... Ach, alles scheiße."

Er machte eine Pause.

„Derzeit darf ich den Kollegen in anderen Fällen helfen oder alte Cold-Case-Fälle und Vermisstenanzeigen bearbeiten. Bin jetzt ‚Ausputzer', so wie du, und da angekommen, wo du angefangen hast." Alexander lächelte schief in den Hörer und schwieg.

Er durfte sich nicht aus den Ermittlungen heraushalten. Er musste ihr noch schonend beibringen, dass sie sich irrte. Alexander versuchte, sich sämtliche Geschwister seines Vaters in Erinnerung zu rufen. Sein Vater hatte nie viel über Karsten und seine Schwester Karla geredet. Um seinen Bruder Karsten hatte er fast ein kleines Geheimnis gemacht. Sein Vater war vielleicht nicht der Liebevollste gewesen, aber er war sicher kein Mörder!

Nora lag auf dem Sofa und schwieg ebenfalls. Sie wollte Alexander trösten, wusste aber nicht, was sie sagen sollte. Zumal sie das Glück hatte, dass ihr Chef sie nicht von der Soko „Mose" abgezogen hatte, obwohl ihre Schwester die Lebensgefährtin der getöteten Prostituierten war. Sie hatte ihn überzeugen können, dass sie trotz allem unbefangen war. Aber Alexander gegenüber empfand sie es nun als ungerecht.

Während Nora Isa, die ihr zu Füßen lag, liebevoll kraulte, war es Alexander, der die Stille unterbrach.

„Ich glaube nicht an die Schuld meines Vaters. Die DNA kann auch auf seinen Bruder Karsten hinweisen. Du solltest dem Hinweis auf seinen verschollenen Zwillingsbruder nachgehen."

„Aber, Alexander, nicht dein Onkel Karsten, sondern dein Vater lebt hier in Hamburg und hatte Kontakt zum Opfer Fliege-Schulz. Und sie war es, die die Pleiten und Pannen des Bauprojektes, an dem dein Vater maßgeblich beteiligt ist, untersuchte. Es liegt nahe, dass es seine DNA ist, die bei ihr gefunden worden ist. Das macht ihn zum dringend Tatverdächtigen."

Nora bereute schon, sich mit Alexander auf ein Gespräch über den Fall eingelassen zu haben.

„Ach, und wieso sollte er Denis auf diese ekelhafte Art und Weise töten? Er ist sein Sohn!"

Nora wusste es nicht. Noch nicht. Aber sie hatte eine Vermutung. Seine ehemalige Frau, Sevinc Berend, würde etwas dazu sagen können.

„Wir stehen am Anfang der Ermittlungen, wir werden jetzt alles durchsuchen, Handys und Konten prüfen, Zeugen befragen und ..."

„Nora?"

„Ja?"

„Such Karsten Berend!"

IV. Ost-Berlin, 1988

„Heilige vier Könige"

„Dies könnte Ihr Meisterstück werden, ‚IM Beton'. Sind Sie mutig?"

Führungsoffizier Oberstleutnant Werner Koch, hochrangiger Mitarbeiter und Erster Sekretär der Hauptverwaltung Aufklärung (HVA) des Auslandsgeheimdienstes der DDR, hatte das sogenannte „Treffgespräch" mit dem inoffiziellen Mitarbeiter (IM) generalstabsmäßig vorbereitet und schob einen Briefumschlag mit 50.000 DM über den wackeligen Campingtisch. Sein Gegenüber musste nicht lange überlegen.

„Ja, bin ich."

Schon seit einigen Jahren spionierte „IM Beton" für Oberstleutnant Koch. Er lebte in West-Berlin und gab als Angestellter der West-Berliner Baufirma Rosenthal Informationen über deren staatliche Bauprojekte und die neuesten technischen Entwicklungen weiter. Im Laufe der Zeit war es für ihn zu einem lukrativen Nebengeschäft geworden. Heute schien es nun um einen besonderen Auftrag zu gehen.

„IM Beton" blickte auf den auf dem Tisch liegenden Briefumschlag, hob die nur angelehnte dreieckige Verschlussklappe an und zählte überschlägig das Geld.

„Meisterstück?", wiederholte der Inoffizielle.

Immer wenn Koch sich bei ihm gemeldet hatte, vereinbarten sie einen Termin und trafen sich in der Oderberger

Straße 4 im Prenzlauer Berg. Dort verwaltete die Stasi eine Einraumwohnung im Erdgeschoss, die klein und spartanisch eingerichtet war, aber ihren Zweck erfüllte.

Sobald ein „Treffgespräch" vereinbart worden war, liefen die heimlichen Begegnungen ausnahmslos gleich ab. Erst passierte „IM Beton" den Grenzübergang Bornholmer Straße, dann gelangte er über das Gleimviertel zur Oderberger Straße. Er drückte den untersten Klingelknopf, auf dem *Schmidt* zu lesen war, und Werner Koch öffnete die Tür. Gelegentlich tranken sie im Sommer gemeinsam ein feinperliges Berliner Pilsener, welches Koch im Kühlschrank gelagert hatte. So ging das nun schon seit Jahren. Die einzige Veränderung, die „IM Beton" im Laufe der Zusammenarbeit aufgefallen war, betraf das Wohnungsinventar. Es sammelte sich in der kleinen Wohnung immer mehr an. Ob es alte Zeitungsstapel waren, die in der einen Ecke des Zimmers lagen und versuchten, die Decke zu erklimmen, oder Dekostücke, die um den besten Platz wetteiferten.

Zu diesen Informationsgesprächen war er stets pünktlich erschienen, bis auf einmal.

Das war im Januar 1985, als die Versöhnungskirche in der Bernauer Straße 4 im Todesstreifen gesprengt worden war. „IM Beton" war ideologisch völlig desinteressiert und ohne jeglichen Skrupel, aber er hatte eine besondere Beziehung zu Gott und lebte seinen Glauben auf etwas sonderbare Art und Weise. Nicht im Ansatz interessierte es ihn, dass sich sein Glaube zu Gott und das damit einhergehende Bestreben, die zehn Gebote zu beachten, mit dem Ausspionieren und Belügen seiner Mitmenschen schwer vereinbaren ließen.

Die Sprengung hatte ihn jedenfalls damals in eine Art Schockstarre versetzt und mit Entsetzen erfüllt. Dieser beispiellose Zerstörungsvorgang war für „IM Beton" ein an allen Gläubigen der DDR begangenes Verbrechen, das seinesgleichen suchte. Hätten sie keine andere Alternative zur Perfektionierung der Grenzsicherung finden können? Immerhin wurde im Rahmen der Entspannungspolitik sogar die Selbstschussanlage abgebaut. Warum also ein Gotteshaus stürzen? Er verstand die Funktionäre nicht, die das offenbar anders gesehen hatten. Die Kirche der Versöhnung war dem Schießbefehl im Weg.

Der Anblick des einstürzenden Kirchturmes, der beim Herabfallen mit der Spitze noch Teile der Hinterlandmauer zerstört hatte, ließ „IM Beton" bestürzt und erschüttert eine gefühlte Unendlichkeit am Sprengort verweilen. Später hatte er nicht mehr sagen können, wie lange er dort wie versteinert stehen geblieben war. Irgendwann hatte er seinen Weg fortgesetzt und sich beim Gehen immer wieder den feinen Staub aus seiner Jacke klopfen müssen. Mit Koch hatte er über den Anlass seiner Verspätung nie gesprochen, obwohl über die Jahre das Verhältnis zwischen den beiden fast freundschaftlich geworden war, soweit ein informeller Mitarbeiter und ein Stasifunktionär wahrhaftige Freundschaften haben konnten.

Koch, der an Leitungsbesprechungen der HVA-Chefs teilnahm und als ausgewiesen linientreu galt, einer von Erich Mielkes Lieblingen sozusagen, war sehr zufrieden mit der Zuarbeit von „IM Beton". Nur einmal war er ihm negativ aufgefallen, als er ihn ohne Ankündigung über eine Stunde hatte warten lassen. Das war aber nie wieder vorgekommen und floss daher auch nicht in die Beurteilung mit ein.

Nun war es an der Zeit, ihm den in dieser Zusammenarbeit schwierigsten Auftrag näherzubringen. Heute sollte er erfahren, aus welchem Grunde man damals überhaupt an ihn herangetreten war und ihn rekrutiert hatte.

Koch räusperte sich.

„Sie könnten, ach, wir kennen uns lange genug, du könntest uns bei der Stärkung unseres Landes gegen den Klassenfeind Nummer eins, einen gefährlichen Republikfluchthelfer, einen finalen Dienst erweisen."

Während er das sagte, stellte Koch feierlich ein kleines Fläschchen Thallium auf den Tisch. Ein überaus tückisches Gift.

„Geruchs- und geschmacklos, und körperliche Symptome treten erst nach einigen Tagen auf. Eigentlich eine ganz sichere Sache", bewarb Koch die gefährliche Flüssigkeit und fixierte seinen Auftragnehmer.

„IM Beton" überlegte nicht lange. Er wollte sich seit Längerem selbstständig machen, und das Geld würde sich als einträgliche Starthilfe erweisen. Er wollte nicht sein Leben lang bei seinem Chef Rosenthal versauern. Hoch hinaus wollte er. Macht, Erfolg, Anerkennung und Geld, das waren seine heiligen vier Könige. Ihnen strebte er nach. Für sie war er bereit, alles zu tun.

„Um wen geht es?"

Koch erhob sich, ging wenige Schritte zum Kühlschrank, stieß eine auf dem Boden stehende Vase um und fluchte leise, während er mit dem Fuß das entzweigebrochene Gefäß neben den Kühlschrank schob und achtlos liegen ließ. Er entnahm zwei Flaschen Berliner Pilsener aus dem Kühlschrank und warf die schwere Tür mit einem dumpfen Knall zu. Die Flaschen stellte er auf den Campingtisch und öffnete mit einem Zischen die beiden Kronkorken. Während er um den Tisch ging und sich setzte, beantwortete er die Frage des Informellen.

„Dein Kollege und Chef, Mose Rosenthal, ist sehr aktiv in der Flüchtlingshilfe und eine große Gefahr für unser Land. Wir benötigen eine abschließende Lösung."

Koch nahm einen tiefen Schluck aus der Flasche und beobachtete jede Bewegung seines Gegenübers.

„IM Beton" hatte von der Fluchthilfe seines Chefs nichts gewusst und lächelte innerlich. Hätte ich dem Alten gar nicht zugetraut, dachte er und überlegte, ob er den Auftrag annehmen sollte. Nur wenige Sekunden musste er in sich hineinhorchen, um beruhigt festzustellen, dass sich sein Gewissen nicht regte. Hatte er überhaupt eines? Wie auch immer. Der Weg war frei für einen neuen Lebensabschnitt, und er kam seinen vier Königen immer näher.

Koch zuprostend, hob er die Bierflasche in die Luft und trank. Er steckte den Briefumschlag ein, stand auf und streckte seine Hand aus, um die Vereinbarung zu besiegeln.

„Einverstanden, Werner."

Werner Koch schlug ein.

„Herr Berend ...", Koch unterbrach sich, „ähhh, Karsten, wollte ich sagen. Ich wusste, du bist mutig! Einzelheiten über deinen Einsatz kommen zu gegebener Zeit. Ich melde mich, wie immer."

Später würde Koch im „Treffbericht" notieren:

„IM Beton" nahm trotz seines ideologischen Desinteresses und der Nähe zur Zielperson seine Rolle im neuen Operationsbereich ohne Zögern an. Hier zeigte sich seine Stärke. Er ist hemmungslos, ohne jegliche Moral und auf seinen persönlichen Vorteil bedacht. Er ist genau der Richtige für die Aufgabe. Sein Operationsort wird vermutlich Israel sein.

V. Kalenderwoche 51/52 2015
2. Teil

Kapitel 4
Der Prinz und der Prügelknabe

Auf dem messingfarbenen Inhaberschild stand in schwarzen Buchstaben *Karla Berend*. Der Esoterikshop am Rande der Stadt hatte den klangvollen Namen „Lichterchakra". Nora drückte die Klinke herunter, und augenblicklich strömte Jasminaroma in ihre Nase, während die herausdrängende Raumluft des Geschäftes ihre Haut erwärmte. Leises, klangvolles Meeresrauschen im Hintergrund versetzte ihr Trommelfell in regelmäßige Schwingungen und hatte eine beruhigende Wirkung auf sie.

Neugierig betrat sie den Shop, aber ihr brummendes Handy holte sie aus der meditativen Stimmung. Sie zog es heraus und las Tanjas Nachricht:

Haftrichter Hirsch hat Haftbefehl gegen Albert Berend erlassen, und zwar wegen <u>beider</u> Fälle! Fliege-Schulz <u>und</u> Denis Berend.

Tanja hatte die beiden entscheidenden Wörter mit einem Unterstrich versehen. Sie wollte damit zum Ausdruck bringen, dass diese Haftentscheidung kein Selbstgänger war.

Nora war zufrieden. Darüber, dass sie die Ermittlungsakten entgegen ihrer Ankündigung doch noch im Laufe des Dienstagvormittages hatte bringen können und dass gegen Berend ein Haftbefehl erlassen worden war.

Sie steckte ihr Handy ein, und ihr Blick fiel auf eine große aufgestellte Schiefertafel, wie sie früher von den Schulkindern des 19. Jahrhunderts bekritzelt wurden.

Machen Sie Hausputz für Ihre Chakren!
Neue Energie zum Heiligabend durch Auraöl!,

las Nora auf der Tafel und lauschte interessiert dem sich anbahnenden Verkaufsgespräch.

„Ich kann Ihnen das Auraöl empfehlen. Sie dürfen es aber auf keinen Fall auf die Haut auftragen, sondern nur Ihre Aura benetzen."

Die Verkäuferin beträufelte mit der kostbaren Ingredienz anmutig ihre Handinnenflächen. Gleich einer Zeremonie rieb sie zunächst energisch und schnell ihre Handinnenflächen aneinander, um dann mit großen, ausladenden Bewegungen und weitem Abstand zur Silhouette ihrer begeisterten Kundin in der Luft herumzuwedeln.

Diese Szene wiederholte sich einige Male.

„Zur Unterstützung kann ich Ihnen noch unsere beliebte Aurabürste zeigen. Sehen Sie, hiermit können Sie die Energie zum Kronenchakra streichen, da fühlt man sich wie neugeboren, gerade jetzt, wo die Tage vor Heiligabend so dunkel und stressig sind."

Während die Verkäuferin von unten nach oben die Chakraluft tüchtig ausbürstete, um ihre Kundin für die Weihnachtsfeiertage zu rüsten, überlegte Nora, ob sie das

Betrugsdezernat informieren müsste, nahm davon jedoch wieder Abstand.

Mit Aurabürste und Auraöl für das Fest gewappnet, verließ die Kundin zufrieden das Geschäft, nicht ohne einen stolzen Kaufpreis bezahlt zu haben, der Nora beeindruckte.

„Womit kann ich Ihnen eine Freude machen?", fragte die Verkäuferin, die ein weiteres gutes Weihnachtsgeschäft witterte.

„Ich suche Karla Berend", beantwortete Nora die Frage.

„Und wer sucht sie?"

Die kühle Stimme ließ erkennen, dass die Verkäuferin erkannt hatte, dass Geschäftstüchtigkeit jetzt nicht mehr gefragt war.

„Nora Kardinal sucht sie. LKA Hamburg, Morddezernat."

„Sie steht vor Ihnen."

„Ich ermittle in einer Mordserie, und Ihr Bruder ist der Hauptverdächtige. Sie müssen nichts sagen, was Sie selbst oder Ihren Bruder belasten könnte ..."

Während Nora sie belehrte, wurde Karla Berend blass wie ein Geist und schaute sie entsetzt an.

Nora betrachtete die Esoterikverkäuferin eingehend. Erst jetzt entdeckte sie, dass Karla Berend ihrem Bruder Albert sehr ähnlich war. Sie hatte die gleiche Augenform und eine ähnlich wohlgeformte Mundpartie. Ihre langen, silbrig-weißen Haare trug sie gebunden zu einem lockeren Seitenzopf.

„Wenn Sie bereit sind, sich mit mir zu unterhalten, wüsste ich gerne etwas über Ihren Bruder."

„Sehen Sie mir es nach, ich bin nicht in der Stimmung für eine Befragung. Meine Mutter habe ich vorgestern beerdigt, mein Neffe Denis ist ermordet worden, und mein Bruder wird jetzt zu allem Überfluss auch noch verdächtigt! Also, ich kann wirklich nicht ..."

Karla Berend stockte und begann unterdrückt zu weinen, da ihr bewusst zu werden schien, dass in ihrer Familie in letzter Zeit der Tod häufiger vorbeigeschaut hatte. Und bei Denis Berend sogar in seiner abscheulichsten Art und Weise. Aber Karla Berend war wohl auch neugierig.

„Was genau wird meinem Bruder denn vorgeworfen?"

Nora schilderte ihr nur einige wenige Details und weckte so ihr Interesse.

„Tja, zu meinen Brüdern habe ich keinen Kontakt mehr. Karsten lebt in Berlin, soweit ich weiß, und Albert in Hamburg. Von Karsten weiß ich nur, dass er bei einer Baufirma in Berlin gearbeitet hat. Ob er dort noch beschäftigt ist, weiß ich aber nicht."

Karla Berend nestelte fahrig ihr Handy aus der viel zu großen, regenbogenfarbenen Handtasche aus gehäkelter Baumwolle und suchte in ihren Kontakten.

„Warten Sie, hier ist sie. Die Firma heißt Rosenthal Bau GmbH, aber ich habe seit bestimmt zwanzig Jahren keinen Kontakt mehr zu ihm. Albert ist Architekt in Hamburg. Das letzte Mal habe ich ihn vor zwei Tagen auf der Beerdigung unserer Mutter getroffen. Nur Karsten war nicht da und ..."

Ihre Stimme brach.

„... und auch Denis nicht. Manchmal frage ich mich, ob Karsten überhaupt noch lebt", schloss sie ihre Ausführungen.

Nora antwortete nicht sofort, weil sie durch das Outfit ihrer Zeugin, das sie die ganze Zeit näher betrachtet hatte, abgelenkt war.

Karla Berend war mit dem hellen, knöchellangen, weiten Kleid und ihrer Holzkette mit Kristallanhänger und Traumfänger eine wahrhaft transzendente Erscheinung.

„Mich interessiert Ihr Bruder Albert Berend. Ich hatte Ihnen eben bereits von den Bibelversen berichtet. Sind Sie, insbesondere Albert, religiös aufgewachsen?"

„Religiös ...", wiederholte Karla versunken und schaute aufmerksam in Noras offenes, freundliches Gesicht, während der verdrängte Schmerz ihrer Vergangenheit ihr bedrohlich den Hals hochkroch und die Kehle zuschnürte. Karlas Mund wurde trocken, so wie nach den vielen einst genossenen Joints. Etliche Bilder fächerten sich vor ihrem inneren Auge auf. Szenen mit ihrer Mutter und ihren Brüdern wurden lebendig. Tränen. Viele Tränen. Sie wollte diese Erinnerungen nicht, wollte dieses Gespräch nicht. Karla wünschte sich, die Kommissarin würde gehen. Aber die machte keine Anstalten, die Befragung zu beenden.

Irgendetwas in Karla drängte sie, der Kommissarin Antworten auf ihre Fragen zu geben. Sei es, damit sie möglichst schnell wieder ging, sei es, um bei der Aufklärung an dem Mord ihres Neffen behilflich zu sein. Aber ihr Bruder der Mörder? Das konnte sie sich nicht vorstellen.

„Religiös, fragen Sie? Unsere Mutter war nicht religiös, aber total verrückt. Immer wenn sie in der Psychiatrie war, waren wir bei Wilma Hönschemeier. Eine alte Gemeindeschwester, bei der wir immer mal wieder untergebracht worden sind."

Karla Berend führte die Tasse mit dem eben gebrühten „Guter Atem-Tee" an den Mund und zuckte zurück. Er war viel zu heiß und brannte auf ihren Lippen. Sie stellte die Tasse wieder auf den Tresen und fuhr sich mehrmals mit dem Finger über ihre verbrannte Unterlippe.

„Wilma Hönschemeier hat uns wahrscheinlich auf ihre Weise geliebt, und alles war besser, als bei unserer Mutter zu sein, aber sie hat uns auch das Fürchten gelehrt und war gelegentlich sehr streng. Wenn wir etwas angestellt hatten, mussten wir viel knien und beten."

Karla Berends Stimme wurde dünn und brüchig, und es fiel ihr zunehmend schwerer, über ihre dunklen Erinnerungen zu sprechen. Sie führte abermals die Tasse zum Mund und trank einen wohltuenden Schluck Tee, der inzwischen wohl etwas abgekühlt war. Sie fasste sich wieder.

„Wir mussten viel knien und beten, aber für was? Für etwas, was diese Gemeindeschwester für bußwürdig gehalten hat."

Der zynische Unterton in ihrer Stimme war unüberhörbar.

„Zum Ausgleich unserer Schuld mussten wir etwas leisten, eine Art Opfer bringen. Buße tun. Meistens waren es auswendig gelernte Bibelverse, die wir immer wieder vorbeten mussten, während wir draußen auf steinigem

Boden auf Knien kauerten, manchmal so lange, bis sie bluteten. Irgendwann war nach ihrer Meinung die Schuld gesühnt, und wir durften aufhören. Aber Wilma war nicht das Schlimmste ..."

Karla Berend schaute in die Ferne, und ihr Mienenspiel mutete zunächst geheimnisvoll an, und dann auf einmal war da nur noch Traurigkeit in ihren Augen. Sie kämpfte gegen die Tränen, als sie von ihren Brüdern sprach.

„Meine Mutter hatte meinen Bruder Karsten für die Fehltritte seines Bruders Albert büßen lassen. Für alles gab sie ihm die Schuld und verhöhnte und erniedrigte ihn."

Nora nickte ihr aufmunternd zu und reichte ihr vorsorglich ein Taschentuch, welches sie aus der Jackentasche kramte.

„Unsere Mutter – die wahre Antichristin – hat alles dafür getan, dass wir in unserer Kindheit verloren gehen mussten." Eine Eiseskälte mischte sich in Karlas Stimme, was Nora zwang, ihre Jacke zuzuknöpfen.

Während Karla Berend über den Tod ihrer Mutter und ihre Vergangenheit sprach, waren keinerlei Trauer und Kummer zu spüren, obwohl sie erst vor wenigen Tagen auf der Beerdigung ihrer Mutter gewesen war. Mit ihrer verrückten Mutter war sie fertig. Oder war das nur eine Illusion? Machte sie sich etwas vor? Konnte man denn glauben, jemals damit abschließen zu können, dass die eigene Mutter ausschließlich mit sich selbst beschäftigt, gemein und ungerecht war?

Karla hatte ihr Leben lang mit ihrer Mutter gehadert und lange versucht, irgendwie mit ihr Frieden zu schließen. Aber sie wollte sich auch nicht von schlechter Energie vergiften lassen. Gerade deswegen hatte sie ihre Mutter nicht mehr im Heim besucht. Das letzte Mal war sie vor vielen Jahren dort gewesen. Erst hatten sie gemeinsam im Garten des leicht maroden, muffig riechenden Heims ein paar Kekse gegessen, und dann hatte ihre Mutter auch schon losgekeift.

„Warum kommen diese undankbaren Teufelskinder nicht zu mir?", hatte sie immer wieder geschrien. Immer lauter schwadronierte sie, wie sehr sie ihre Jungs lieben würde und wie undankbar sie seien. Karla Berend hatte dann wiederholt gesagt, dass sie, Karla, doch jetzt da sei. Aber davon hatte die Mutter nichts wissen wollen und ihre Hand abwehrend durch die Luft geschlagen.

Nach dieser letzten Begegnung hatte Karla beschlossen, sie nicht mehr zu besuchen, und schloss einen Pakt mit ihrer verletzten Kinderseele: Intuitiv hatte sie damals gespürt, dass sie mit dem Schmerz ihrer Kindheit erst würde abschließen können, wenn sie ihrer Mutter für Kränkungen keinen Platz mehr einräumte und wenn ihre Kinderseele einen tröstlichen Platz in ihrem Leben bekam. Bisher hatte Karla nur den ersten Teil der Vereinbarung eingelöst. Den tröstlichen Platz für ihre Kinderseele suchte sie noch. Ob sie ihn jemals finden würde, wusste Karla nicht, aber vielleicht konnte es ein Anfang sein, sich von Ballast zu befreien.

„Frau Kommissarin, ich glaube, ich habe etwas, was Sie interessieren dürfte."

Karla Berend ging in ihr Büro und kramte dort im hintersten Regal nach einem alten, rot-gelb karierten Tagebuch, welches sie bewusst nicht zu Hause verwahrte. Sie wollte die ganzen traurigen Erinnerungen nicht in ihrer privaten Umgebung haben. Dieses Tagebuch hatte sie schon lange vernichten wollen, aber ein innerer Widerstand hatte dies bisher verhindert. Dies war der richtige Zeitpunkt, sich des schrecklichen Tagebuches und damit vielleicht auch der Vergangenheit zu entledigen.

Als sie aus dem Büro herauskam, streckte sie Nora, die sich zwischenzeitlich den aufgereihten Ölfläschchen zugewandt und die unterschiedlichen Aromen erschnuppert hatte, ihr Tagebuch entgegen.

„Hier, Frau Kommissarin, das sind meine Aufzeichnungen. Über meine Kindheit und die meiner Brüder. Vielleicht können Sie sie gebrauchen. Genau jetzt ist der richtige Moment, sich von diesem Tagebuch zu verabschieden. Ich werde mich darin nicht mehr vergraben!"

Nora nahm das Buch an sich und schaute Karla Berend erwartungsvoll an.

„Wissen Sie, unsere psychisch kranke Mutter war mit uns komplett überfordert. Obwohl ihr immer mal wieder alle Kinder weggenommen wurden, hat sie nicht aufgehört, dafür zu kämpfen, dass wenigstens Albert zu ihr zurückkommt. So kam es dann, dass Albert bei ihr aufwuchs. Karsten blieb bei Wilma Hönschemeier, und ich kam in einem Mädchenwohnheim unter ..."

Karla schluckte und sprach plötzlich nicht weiter, so als hätte sie ihre Fähigkeit zu sprechen unerwartet verloren.

„Wissen Sie, wie Albert mit alldem klar gekommen ist?"

Karla antwortete nicht.

„Frau Berend? Wo finde ich diese Wilma?"

Karla Berend nahm ihr Handy und scrollte versunken auf ihrem Display, während Nora die Perlen des Traumfängers an ihrem Hals zählte.

Anschließend machte Nora einen letzten Anlauf.

„Frau Berend, eine wichtige Frage hätte ich noch."

Karla schaute gequält von ihrem Handy auf, notierte Wilma Hönschemeiers Anschrift auf einem Zettel und überreichte ihn Nora. Die bedankte sich und fixierte Karlas Augen, so als könnte sie darin die Antwort auf ihre Frage finden.

„Frau Berend, war Denis der leibliche Sohn von Ihrem Bruder Albert?"

Überrascht blickte Karla Berend Nora an. Damit schien sie nicht gerechnet zu haben. Ihre Sprache kehrte jedenfalls zurück.

„Das müssen Sie schon seine Ex-Frau fragen. Ich weiß darüber nichts. Ähnlichkeit hatte er jedenfalls nicht mit seinem Vater. Und der Stolz der Familie war er auch nicht gerade."

Nora hatte sich Notizen gemacht und schrieb Tanja eine Mail. In Windeseile flogen ihre Daumen über die Tastatur.

Tanja, bitte befrage Sevinc Berend. War Albert der leibliche Vater von Denis? Könnte hierin Alberts Motiv begründet sein, Denis Berend zu töten? Hat Denis ihn erpresst und womit? Zur Not müsste eine DNA-Untersuchung Klarheit schaffen.

Nora drückte auf Senden, ließ Karla Berend aufgewühlt zurück und machte sich auf den Heimweg. Das gelb-rote

Tagebuch hatte sie eingesteckt und schrieb ihrer Schwester Lotta eine Mail.

Ich denke an dich und besuche dich morgen.
LG Nora

Kapitel 5
Die Ungläubige

Einen Tag vor Heiligabend stand Julia Yilmaz, geborene Berend, kaum merklich weinend vor ihrem Spiegel in ihrer Wohnung, die sie noch gemeinsam mit ihrem Mann Ercan Yilmaz sowie ihrem Sohn Gürel bewohnte. Gerade eben hatte sie von der Festnahme ihres Vaters erfahren, und sie konnte es nicht fassen. Erst wurden ihr Bruder Denis und die Vorsitzende des PUA-Ausschusses getötet, und jetzt wurde ihr Vater wegen dieser Morde verdächtigt und in Haft genommen. So musste es sich anfühlen, wenn die eigene Welt gänzlich aus den Fugen geriet. Und nun hatte sie auch noch diesen unsäglichen Termin mit dem Imam.

Sie hielt ein großes, schwarzes Tuch in der Hand. Der Stoff fühlte sich in ihrer Hand behaglich an, und trotzdem spürte sie einen geradezu körperlichen Widerwillen, der ihren Rücken hochlief. Sie traute sich nicht, für die Besprechung der muslimischen Beerdigung ihres Bruders Denis in der Al-Kaperna-Moschee ohne den Hijab zu erscheinen. Einmal noch musste sie das inzwischen verhasste Kopftuch anziehen. Dazu war sie verpflichtet, aber ihr fehlte schlicht der Mut, die Moschee ohne Kopftuch zu betreten. In ihrem Schlafzimmer kramte sie gedankenversunken in ihrer Nachttischschublade nach ihren Haarnadeln, dem Untertuch und ihrem Hijab-Volumizer. Eine Art Haargummi mit fest angebrachten großen Stoffpompons, welcher dem Hinterkopf besonders viel Volumen gab. Damals, als Julia das Kopftuch noch mit Überzeugung getragen hatte, empfand sie dieses Frisur- und Binderitual nicht als Widerspruch. Aber heute war es anders. Dieser Volumizer war eine Illusion. Einerseits sollte man das Haar vor dem Mann verbergen, um ihn sexuell nicht zu reizen, andererseits wiegte man ihn in dem Irrglauben, eine mit besonders viel Haar beschenkte Frau zu sein. Ein Täuschungsmanöver, das durchaus auch bei westeuropäischen Frauen bekannt war, die ihre Verehrer mit ähnlichen Augenwischereien, wie dem Verwenden von Extensions, Eyelashes, der alles in Form haltenden „Bauch-und-Po-weg-Strumpfhose" und dem „Push-up"-Büstenhalter, an der Nase herumführten. Ja, inzwischen konnte sie es so betrachten und mit Humor nehmen, obwohl ihr Kopftuch einmal eine bedeutende Rolle in ihrem Leben gespielt hatte und sie damals keine Witzeleien darüber geduldet hätte.

Gerade jetzt kam ihr dieser Volumizer unter dem Kopftuch besonders sinnlos vor, sodass sie nicht anders konnte: Im hohen Bogen warf sie trotzig die „Fake-Haarspange" auf ihr gemeinsames Noch-Ehebett und beließ es bei dem Tuch.

Das muss reichen, dachte sie und band es sich mit routinierten Handgriffen um, modellierte eine kleine Spitze am Kopf und führte das Tuch locker um ihr Gesicht. Immer wieder strich sie sich mit zwei Fingern einer Hand über die geformte Spitze, die wie ein winziges Dach ihren Kopf krönte. Das hatte sie bisher immer beruhigt. Aber Ruhe wollte sich jetzt einfach nicht einstellen. Erneut kam ein mulmiges Gefühl in ihr auf und diesmal nicht wegen des Hijab. Das spürte sie. Etwas anderes ließ sie innerlich erstarren, und sie fühlte sich, als hätte sie gasförmigen Stickstoff eingeatmet, der sie langsam gefrieren ließ. Regungslos stand sie da. Niemand konnte in der Wohnung sein, Gürel war in der Schule und Ercan im Büro. Aber auch diese Erklärungsversuche konnten sie nicht beruhigen. Sie betrachtete sich im Spiegel und sah eine traurige, kleine, in schwarzer Hose und dunklem Oberteil gekleidete, inzwischen festgefrorene Gestalt. Immer schwerer fiel es ihr, sich zu bewegen, und es kostete sie alle Kraft, ihren Blick kreisen zu lassen. Die Angst hatte sie gefangen. Und dann sah sie ihn. Im Spiegel. Ercan, der sie mit kaltem, durchdringendem Blick von hinten musterte. Zutiefst erschrocken wich sie zurück, als er mit schnellen Schritten auf sie zukam und sie an ihren Schultern packte.

„Du hast die Scheidung eingereicht, du Miststück, wie kannst du das tun? Wie stehe ich da vor meiner Familie? Ich entscheide, wie es weitergeht, nicht du. Und ich sage dir, du bleibst!"

Ercan holte mit seinem rechten Arm aus und schlug mit einem heftigen Faustschlag gegen Julias Ohr. Ihr Kopf schlug zur Seite, sie verlor das Gleichgewicht und versuchte sich erfolglos am Stuhl festzuhalten, der neben dem Spiegel stand und den sie polternd mit zu Boden riss. Dort liegend schützte sie ihr Gesicht mit ihren Händen und krümmte sich zur Seite. Als sie realisierte, dass er vor allem ihre Hände treffen wollte, weil er auf ihr Klavierspiel und ihren Erfolg eifersüchtig war, drehte sie sich auf den

Bauch und zog ihre Hände unter ihre Brust, damit seine heftigen Tritte und Faustschläge sie nicht zu sehr verletzen konnten.

„Nicht meine Hände!", schrie sie immer wieder.

Ihr Stimme zitterte vor Wut und Hilflosigkeit.

In blindem Hass trat Ercan immer wieder gegen ihren Rücken und Oberkörper, aber es gelang ihm nicht, ihre Hände zu treffen, so sehr er auch versuchte, ihre Arme unter ihrem Körper hervorzuziehen. Julia wusste nicht, wie lange er auf sie eintrat, wie lange sie die wuchtigen Schläge und Tritte ertragen musste, die schmerzhaft in ihren Körper stießen und ihr vor Augen führten, dass sie mit ihrer Ehe einen unwiederbringlichen Fehler gemacht hatte. Plötzlich hielt Ercan inne, ohne dass sie den Grund dafür erkannte. Und dann begriff sie, dass sich ihre Ehe nicht gänzlich als falsch erwiesen hatte.

„Papa, hör auf, lass Mama in Ruhe, du tust ihr weh", brach es aus Gürel hervor, der gerade nach Hause gekommen war. Verzweifelt trommelte er mit den Fäusten auf den Rücken seines Vaters. Ercan drehte sich ruckartig nach hinten, und mit einem heftigen, kurzen Stoß gegen die Schulter seines Sohnes schmetterte er Gürel zu Boden. Er schlug aber nicht weiter auf Julia ein, sondern ließ sich rückwärts auf einen Sessel fallen.

„Julia, ich hoffe, du hast begriffen, wer hier im Haus das Sagen hat, und jetzt hol mir etwas Tee, ich verspüre Durst."

Langsam bewegte Julia ihre Extremitäten und horchte in ihren Körper, ob sie schwerwiegende Verletzungen davongetragen haben könnte. Das schien nicht der Fall zu sein. Sie rappelte sich zögerlich hoch, aber jede ihrer

Bewegungen war von einem brennenden Schmerz begleitet. Als sie vorgab, in die Küche gehen zu wollen, forderte sie Gürel heimlich auf, ihr zu folgen. Während Ercan in seinem Sessel thronte und darauf wartete, Tee gereicht zu bekommen, packte sie in aller Eile für sich und Gürel ein paar Kleidungsstücke zusammen, griff ihren Mantel, der an der Garderobe hing, und steckte ihre Noten in ihren Rucksack. Wie in Trance vernahm sie ihre Umwelt nur noch von ferne, als würde sie in der Badewanne unter Wasser liegen, so wie sie es früher als Kind immer getan hatte, wenn sie in ihre eigene Welt eingetaucht war. Meistens hatte sie sich vorgestellt, sie sei eine Nixe, die bei Poseidon im Meer lebte und komplizierte Rätsel lösen musste, um eines Tages ein Mensch werden und auf der Erde leben zu können.

Julia aber lebte im Augenblick nicht auf der Erde, sondern in der Hölle. So nahm sie die bebende Hand ihres Sohnes und flüsterte ihm zu: „Komm, wir fahren zu Oma." Leise verließen sie die gemeinsame Wohnung, und Julia beschloss, dass sie dieses Gefängnis nie wieder betreten würde. Das nahm sie sich zumindest ganz fest vor und schloss von außen vorsichtig und geräuschlos die Wohnungstür.

In der Wohnung ihrer Mutter Sevinc angekommen, erlaubte sie Gürel, mit seinem Handy zu spielen, und ging in die Küche, wo Sevinc gerade einen Tee zubereitete. Unter Tränen erzählte sie ihr, was geschehen war. Sevinc nahm Julia vorsichtig in den Arm, da sie ihr nicht noch mehr wehtun wollte. Zu dem Scheusal Ercan war alles gesagt, und sie waren entschlossen, alles Erforderliche zu tun, um Ercan aus Julias Leben zu verbannen.

Nachdem sich Julia etwas beruhigt hatte und das Organisatorische für Gürel geklärt war, verabschiedete sie sich. Sie hatte einen Termin, den sie unter keinen Umständen verpassen wollte, so erschöpft sie auch war.

Die Beerdigung ihres Bruders Denis musste so schnell wie möglich organisiert werden. Nach den traditionellen islamischen Riten war eine Beerdigung am Tag des Todes vorzunehmen. Das war in Deutschland nicht möglich, aber zumindest wollte sie ihren Bruder beerdigen, so schnell es eben ging. Schon vor einer Woche war Denis' Leichnam freigegeben worden, und die Bestattung musste endlich organisiert werden. Den Termin mit dem Imam durfte sie unter keinen Umständen versäumen.

„Willst du wirklich jetzt noch los? Du kannst bestimmt noch einen anderen Termin bekommen."

„Mama, morgen ist Weihnachten, dann kommen die Feiertage. Das dauert alles zu lange. Du weißt, wie wichtig es mir ist, Denis möglichst schnell beerdigen zu können. Ich schaff' das schon, bin ein großes Mädchen."

Augenzwinkernd schaute sie ihre Mutter an.

„Wir treffen uns später im Café im Hanseviertel, dort hole ich Gürel ab. Bis dahin weiß ich, ob wir bei dir schlafen, bei Alexander unterkommen können oder ob wir in ein Frauenhaus gehen müssen." Mit diesen Worten machte Julia sich auf den Weg zur Al-Kaperna-Moschee.

Ursprünglich hatte sie vorgehabt, sich im Anschluss an das Gespräch mit dem Imam noch an der Musikakademie in der Milchstraße mit ihren Musikerkollegen zu treffen. Julia gehörte als Pianistin einem kleinen Jazzensemble an, das sich für den geplanten Fertigstellungstermin der Plaza der Elbphilharmonie am 30. September 2016 bewerben wollte, um dort musizieren zu dürfen. Es war unrealistisch, bei der großen Eröffnungsfeier berücksichtigt zu werden, da waren hochkarätige Musiker vorgesehen, aber bei dem Gedanken, zum Fertigstellungstermin der Plaza ein kleines Minikonzert geben zu dürfen, wurde Julia ganz heiß, und sie vergaß für einen kurzen Moment, was ihr gerade Schreckliches widerfahren war. Es bewarben sich noch viele andere Jazzmusiker, und die Konkurrenz war groß. Bald würde die Ausschreibung anlaufen, und sie hatten noch viel vorzubereiten. Diese Überraschung wollte sie eigentlich ihrem Vater kundtun, spätestens, wenn sie den Wettbewerb gewonnen hätte. Aber nun war alles anders gekommen. Ihr Vater befand sich in Untersuchungshaft wegen des Verdachtes, die PUA-Vorsitzende und seinen eigenen Sohn getötet zu haben. Absurd. Was würde nun aus dem Jahrhundertbau des auf der ganzen Welt beachteten, einmaligen Konzerthauses werden? Sie war verzweifelt, einerseits, aber von ihren Plänen wollte sie sich durch nichts und niemanden, auch nicht durch die Misshandlungen ihres Ehemannes, abbringen lassen. Dennoch musste sie heute noch für Gürel und sich eine vorübergehende Herberge finden. Sie durfte nicht aufgeben, auch wenn sie sich entmutigt fragte, wie sie das alles schaffen sollte. Eins nach dem anderen. Schritt für Schritt. Den Termin mit den Musikern musste sie nun allerdings verschieben. Sie würden es später sicher verstehen. Es war schließlich noch etwas

Zeit bis zum Wettbewerb. Julia versuchte, den Saxofonisten zu erreichen, der jedoch nicht an sein Handy ging. Also schrieb sie ihm eine WhatsApp und sagte das Treffen ab.

Als Julia die noch im Umbau befindliche Moschee betrachtete, legte sie ihren Kopf weit in den Nacken. Ihr Blick fiel auf den von der Sonne beschienenen Turm, dessen Steine so tiefrot leuchteten, als würden sie in einem überhitzten Hochofen jeden Moment verglühen. Sie betrat die Moschee und suchte das Büro des Imam. Dort angekommen, hob Julia ihren Arm, zögerte kurz, atmete tief durch und klopfte gegen die Holztür. Als sie eine Stimme hörte, die bat einzutreten, öffnete sie vorsichtig die Tür und trat in das schmucklose kleine Zimmer. Ihr war unwohl, und sie hatte kein gutes Gefühl. Aber die freundlichen Augen des Imam lächelten ihr zu, und mit dem Arm auf den gegenüberstehenden Stuhl deutend, lud er sie ein, Platz zu nehmen. Noch während Julia sich setzte, drückte der Imam ihr sein Beileid aus und erkundigte sich, ob es Neuigkeiten hinsichtlich des Mordes an ihrem Bruder Denis gab. Er schaute sie näher an, und so entgingen ihm nicht die Rötungen und Schwellungen in ihrem Gesicht. Er fragte sie väterlich und mit sanfter Stimme, ob sie ihrem Mann nicht gehorsam war oder welchen Grund sie ihm gegeben hätte, sie schlagen zu müssen.

Julia glaubte, nicht richtig gehört zu haben, und musste gegen die aufkommende Wut ankämpfen, damit sie keine unbedachten Äußerungen machte.

„Mein Mann darf mich schlagen?" Sie erhob sich von dem Stuhl und stützte ihre Hände auf den zwischen ihnen stehenden Bürotisch, aber der Imam bedeutete ihr mit einer Geste, wieder Platz zu nehmen.

„Meine Schwester, er darf dich nur in Ausnahmefällen bei Ungehorsam schlagen, aber du darfst ihn nicht provozieren. Bist du vielleicht zu weit gegangen?"

„Was meinen Sie?"

„Ich habe von Ercan von dem Vorfall gehört, und er erzählte mir, dass du den Hijab nicht mehr tragen willst?"

„Ich wäre nicht die erste gläubige Muslima, die das Kopftuch ablegt."

„Du willst doch eine gute gläubige Muslima sein. Mohammed hat in Sure 24, Vers 31 gesagt, die Frau soll die Augen niederschlagen, den Mann sexuell nicht reizen und sittsam und schamhaft sein."

„Aber es steht dort nichts davon, dass sie ein Kopftuch tragen soll, dort steht, dass sie ihren Schmuck nicht offen zeigen soll."

Julia erhob sich erneut vom Stuhl und lief zum Fenster. Sie drehte den Anhänger ihrer Goldkette, die Hand der Fatima, welche sie und ihre Brüder von ihrer Mutter geschenkt bekommen hatten. Sie überlegte, ob die Hand der Fatima, die den Träger vor dem Bösen schützen soll, versagt hatte.

An den Imam gewandt, sagte sie: „Haare sind kein Schmuck!"

Der Imam hob den Kopf und schaute Julia mit gekräuselter Stirn an. Er wusste, dass sie Islamwissenschaften lehrte, und er wusste auch, dass er nicht annähernd so gebildet war wie sie.

„Auch steht dort nur, dass die Frau ihren Himär über den Schlitz ihres Kleides ziehen soll. Im Rahmen meines Studiums bin ich auf interessante Schriften gestoßen. Ehrwürdiger Imam, die Frauen im Zeitalter Mohammeds trugen weite, lange Hemdkleider, die einen Schlitz bis zur Taille hatten. Unterwäsche gab es nicht, und so sollten sie ihr großes Umschlagtuch, den Himär, über den Schlitz des Kleides ziehen, damit sie bei bestimmten Bewegungen nicht bloß standen."

Die Stimme des Imam wurde streng und die Stimmung rau.

„Aber die Hadithen und die islamischen Gelehrten sind maßgeblich, mein Kind, und die besagen nun mal, dass sich die Frau mit Ausnahme des Gesichtes und der Hände zu bedecken hat und mit dem Verhüllen des Brustschlitzes des Kleides mit dem Himär zwingend auch die Pflicht verbunden ist, diesen selbst auf dem Kopf zu tragen und ..."

Julia unterbrach ihn, gestikulierte mit den Armen und schoppte dabei die Pulloverärmel nach oben, sodass die Prellungen auf ihren Armen ebenfalls zum Vorschein kamen. Aber daran dachte sie gerade nicht.

„Ich kann doch eine züchtige Bedeckung des Dekolletés auch durch ein geschlossenes Shirt oder Pullover erreichen. Mohammed wollte die weibliche Schamhaftigkeit sicherstellen. Dazu benötige ich aber kein Kopftuch, ehrwürdiger Imam."

Der Imam rollte sich mit seinem Schreibtischstuhl zu einem hinter seinem Schreibtisch stehenden Regal, nahm den Koran und las:

„Liebe Schwester, das Gebot ergibt sich auch aus Sure 33, Vers 53. ‚Und wenn ihr die Gattinnen des Propheten um etwas bittet, dann tut das hinter einem Hijab hervor. Auf diese Weise bleibt ihr und euer Herz rein.'"

Julia war dankbar für die vielen Gespräche mit ihrer muslimischen Professorin für Islamwissenschaften und konterte: „Ja, aber zu Zeiten des Korans war der Hijab keine Standardbezeichnung für den Kopfschleier. In seiner Grundbedeutung übersetzt, heißt Hijab Absperrung, Verhüllung vor jemandes Blicken oder Vorhang."

Der Imam stellte den Koran wieder zurück in das Regal und betrachtete Julia mit einer Mischung aus Entsetzen und Ekel, wobei der Ekel überwog.

Sie ließ sich nicht beirren und sprach weiter.

„Die Gäste Mohammeds durften mit seinen Gattinnen nur geschützt durch einen Vorhang sprechen. Außerdem gehörte es zur Entstehungszeit des Islam zur damaligen Etikette auf Königshöfen, die Frau des Herrschers hinter einem Vorhang zu verbergen. Kunsthistoriker vermuten, dass dieser Koranvers eine Übernahme dieser Hofetikette in den Islam bedeuten könnte ..."

„Schwester, wo hast du das alles nur her, eine gute gläubige Muslima unterwirft sich den islamischen Gelehrten, und die sagen, Mohammed will, dass du dein Haar verbirgst, damit du den Mann nicht sexuell reizt."

„Aber ehrwürdiger Imam, wir leben im 21. Jahrhundert, und diese Interpretation widerspricht der gottgewollten Gleichheit der Geschlechter und der Würde der Frau und des Mannes. Weder ist die heutige Frau unfähig, sich ohne Schleier vor männlichen sexuell motivierten

Übergriffen zu schützen, noch ist der Mann in der heutigen Zeit für die Frau eine permanente Bedrohung, der, quasi hinter einem Busch lauernd, jederzeit bereit ist, sie ihrer körperlichen Unversehrtheit zu berauben ... Die Männer, die eine Bedrohung sind und sexuelle Übergriffe begehen, werden dafür zur Verantwortung gezogen und schwer bestraft!"

Zur Bekräftigung ihrer Argumente schlug Julia mit der Faust auf den Tisch, und durch die erlittenen Schläge schoss der Schmerz durch ihren Arm. Sie unterdrückte den Impuls, ihr Gesicht schmerzhaft zu verziehen. Dem Iman gegenüber wollte Julia sich nichts anmerken lassen.

Der Imam erschrak und befahl ihr mit erhobener Hand, ruhig zu sein. Mit leiser, schneidender Stimme wandte er sich ihr zu. „Julia, langsam verstehe ich die Verzweiflung deines Mannes. Du bist eine Ungläubige geworden. Wie kannst du unseren Propheten so beleidigen? Sieh doch, auch in Sure 33, Vers 59 steht geschrieben, dass die Frauen sich etwas von ihrem Gewand herunterziehen sollen, so ist gewährleistet, dass sie erkannt und daraufhin nicht belästigt werden."

Julia versuchte, seinen Tonfall und die von ihm erhobenen Vorwürfe zu ignorieren.

„Ehrwürdiger Imam, ich beleidige unseren Propheten nicht. Sie haben keine Argumente, außer das Wort der Rechtsgelehrten. Es sind aber nur die Worte der Rechtsgelehrten und nicht die des Propheten. Außerdem war das dort erwähnte Tuch ein solches, was nur die freie muslimische Frau, aber nicht die Sklavin tragen durfte. Dieses

Gewand diente also der Unterscheidung, ob es sich um eine freie oder nicht freie Muslima handelt. Es war lediglich ein Merkmal des Standes ..."

Der Imam stand auf und machte deutlich, dass für ihn das Gespräch beendet war, aber Julia unternahm einen letzten Versuch. „Und auch wenn ich in Zukunft kein Kopftuch mehr tragen werde, ehrwürdiger Imam, bin ich eine gläubige, stolze Muslima, die im Sinne der friedlichen Lehre des Propheten ihr Leben zu leben versucht."

Julia kämpfte mit den Tränen, sie war wütend und traurig darüber, dass sie mit ihren Gedanken und ihrem Glauben nicht ernst genommen wurde.

„Frau Yilmaz, ich ziehe es vor, die Besprechung der Beerdigung von Denis mit Ihrer Mutter oder Ihrem Bruder durchzuführen. Sie sind für mich nicht mehr der richtige Ansprechpartner. Sie müssen erst einmal mit sich ins Reine kommen."

Julia wandte sich wütend zur Tür, und ohne ein Wort der Verabschiedung verließ sie das Büro.

Unmittelbar nachdem Julia laut die Tür geschlossen hatte, griff der Imam zum Telefonhörer und wählte Ercans Nummer.

„Deine Frau war hier, und ich bin entsetzt über ihre Entwicklung! Wir müssen sie zur Vernunft bringen! So eine ungläubige Frau an deiner Seite kannst du dir nicht leisten in deiner Stellung und mit den Aufgaben, die du für Allah erfüllen musst. Löse das Problem und gib mir Bescheid!", beendete der Imam das knappe Telefonat, ohne auf die Antwort seines Gesprächspartners zu warten.

Draußen setzte sich Julia auf eine Parkbank und betastete mit ihren kurz geschnittenen Fingernägeln ihren Kopf, bis sie alle Nadeln gefunden und herausgelöst hatte. Sie nahm langsam das Tuch vom Kopf und faltete es sorgfältig zusammen. Sie hatte es das letzte Mal getragen. Ja, es war richtig, wie sie handelte, das wusste sie. Sie steckte ihren Hijab in ihre Tasche, reckte sich und streckte dabei beide Arme und Hände nach oben, als würde sie sich auf diese Weise für den neuen Lebensabschnitt bereitmachen. Mit neuem Mut rief sie ihre Mutter an und fuhr wie verabredet in das Café im Hanseviertel.

✶✶✶

Mit einem lauten Donnern sprang Gürel von der Rolltreppe auf die metallene Übergangsbefestigung zum Fußboden und unterbrach sein Spiel, als er seine Mutter durch die Eingangstür des Einkaufszentrums kommen sah. Etwas erschöpft nahm Julia im Café neben ihrer Mutter Platz und verzog schmerzverzerrt das Gesicht. Sie fasste sich an ihre unzähligen Prellungen, als könnte sie so ihre Schmerzen lindern, bestellte sich eine Limonade und berichtete ihrer Mutter von der Begegnung mit dem Imam. Sevinc konnte kaum glauben, was sie hörte, und streichelte vorsichtig Julias verweintes Gesicht, während diese wieder und wieder von Ercans Misshandlungen berichtete. Dabei achtete sie peinlichst genau darauf, dass Gürel ihre Klagen über seinen Vater nicht hörte.

„Es ist richtig, dass du Ercan verlässt, du solltest ihn aber auch anzeigen! Er ist ein brutaler Schläger und liebt dich nicht!", schimpfte Sevinc, aber sie wusste, dass Julia ihren eigenen Kopf hatte.

„Ich weiß nicht, Mama, ob ich ihn anzeigen soll, dann habe ich noch ein Problem ..."

Gedankenversunken schaute sie zu Gürel, der genüsslich ein Stück Kuchen aß und sich dabei ausschließlich dem Schokoladenguss widmete.

„Vielleicht habe ich auch selber schuld. Ercan hat immer häufiger den Koran zitiert und gesagt, dass ich zu Hause bleiben und weniger westlich rumlaufen soll. Mit dem neuen Imam der Al-Kaperna-Moschee hockte er auch viel zusammen. Ich hätte ihn viel eher verlassen sollen. Ach, Mama, er ist mir so fremd geworden, und ich habe Angst vor dem, was kommt ..."

Tränen unterbrachen ihren Redefluss, und Sevinc nahm ihre Tochter in den Arm.

„Julia, mein Engel, wir müssen uns jetzt überlegen, was zu tun ist. Seine Misshandlungen könnten erhebliche Auswirkungen auf euer Scheidungsverfahren haben, wenn du das zur Anzeige bringst. Für eine entsprechende Sorgerechtsentscheidung kann es überaus wichtig sein, ob Ercan dich in Gegenwart deines Sohnes geschlagen hat. Und wenn du keine Anzeige erstatten willst, dann lass wenigstens deine Verletzungen fotografieren. Ich weiß aus dem Internet, dass die beim UKE irgendwo so eine Stelle haben, wo sie dich untersuchen auch ohne Anzeige. Lass mich gleich mal die Telefonnummer suchen."

Während Sevinc in ihrer Handtasche nach ihrem Handy suchte, schaute Julia mit leerem Blick auf die vorbeigehenden Passanten und fühlte sich matt und schlaff, wie ein vergessener Luftballon eines Kindergeburtstages, der luftleer an einer Leine hängen geblieben war. Immer wieder rieb sie mit dem Zeigefinger über ihre Nasenkuppe. Dann sah sie auf dem Display ihres lautlos gestellten Handys, dass ein Anruf ihres Bruders Alexander einging. Sofort nahm sie das Gespräch an. Die warme, beruhigende Stimme ihres Bruders war wie ein Schlüssel, der ihren Tränen den Weg frei machte, damit sie über ihr Gesicht laufen konnten.

„Julia, es ist kein Problem, ich habe mit Katja gesprochen, du kannst mit Gürel die ersten Nächte bei uns schlafen, bis du etwas anderes gefunden hast. Ich mache dir unser Gästezimmer fertig und lege noch eine Matratze rein, dann habt ihr beide Platz."

Sevinc steckte Julia, die das Telefonat beendet hatte, um zu ihrem Bruder zu fahren, noch die Telefonnummer des Instituts für Rechtsmedizin zu. Sie nahm ihre Tochter und ihren Enkel Gürel fest in den Arm, dann küsste sie Julia auf die Stirn, ohne zu ahnen, dass sie die nach Rosenwasser duftende Haut ihrer Tochter nie mehr würde berühren können.

KAPITEL 6
LOLLO ROSSO

Einladend hatten Katja und Alexander Berend das Gästezimmer für Julia und ihren Sohn Gürel hergerichtet. Auf beiden Kopfkissen des Bettes thronten sogar jeweils zwei Kugeln Adventsschokolade, weswegen Gürel dem Drang nachgab und sofort auf das Bett sprang, sich den Willkommensgruß schnappte, das Papier herunterfriemelte und den Gruß genüsslich in den Mund steckte. Wie er da so im Schneidersitz auf dem Bett saß und sich die Schokolade in einem durchaus flott zu nennenden Tempo einverleibte, musste Julia sofort an Ercan denken, der, wenn es um Schokolade ging, genauso rasant vorging. Schmerzlich wurde ihr klar, dass Ercan immer ein Teil ihres Lebens bleiben würde. Übelkeit stieg in ihr hoch, während sie ihre wenigen Sachen auspackte, die sie in der Eile für sich und Gürel zusammengerafft hatte.

Später, beim gemeinsamen Abendbrot, beschäftigte sich Gürel mit den vier roten Kerzen auf dem Adventskranz, und es schien, als habe er sein traumatisches Erlebnis bereits vergessen. Während er alle vier Kerzen anzündete, ehrfurchtsvoll das flackernde Licht beobachtete und in seine Fantasiewelt abtauchte, begann Julia von ihrem Job im „Birdland" und von der neuen Sängerin zu erzählen. Sie musste sich jetzt ein wenig ablenken.

„Ich mag Nora, sie ist ein bisschen ‚crazy', aber so herrlich direkt."

Gerade als sie das ausgesprochen hatte, fiel ihr ein, dass sie Alexander und Nora vor knapp einer Woche im „Birdland" getroffen hatte. Nora hatte „Summertime" gesungen, und beide waren irgendwie vertraut miteinander umgegangen.

„Sag mal, Alex, woher kennst du Nora eigentlich?"

Betont beiläufig beantwortete Alexander Julias Frage und erzählte ihr, dass Nora seine neue Kollegin sei. An Katja gerichtet, die gerade den Tisch abräumte, sagte er: „Nora ist eine neue Kollegin von mir. Sie kommt aus München und singt gelegentlich im ‚Birdland'. Wir waren kürzlich nach dem Büro im ‚Birdland' und haben dort Julia getroffen. Hatte ich das nicht erzählt?"

Katja murmelte so etwas wie: „Kann sein, dass du es erzählt hast", und schaute auf die Uhr.

„Ich gehe gleich zur Yogastunde, ihr kommt ohne mich zurecht? Danach gehe ich noch mit einer Freundin etwas trinken", sagte sie, ohne auf ihre Frage eine Antwort erwartet zu haben oder auf ein „Nein" vorbereitet gewesen zu sein. Die Tür klappte, und Katja hatte die Wohnung verlassen. Einen Moment war es still.

Alexander wirkte bedrückt auf Julia, machte aber keine Anstalten, ihren Blick und das Gespräch mit ihr zu suchen. Gedankenversunken rieb er sich seine Hände und blickte ins Leere.

Julia hatte das Gefühl, dass es vollkommen egal war, ob und was Alexander Katja erzählte. Auch heute war ihr aufgefallen, wie unbeteiligt und desinteressiert Katja war. Offensichtlich hatte Katja nicht bemerkt, wie sehr Alexander darauf bedacht war, belanglos zu klingen, aber Julia war das nicht verborgen geblieben. Früher hatten Katja und Alexander von dem jeweils anderen immer gewusst, was dieser empfand, was ihn beschäftigte und wo er stand. Gelegentlich war Julia richtig neidisch auf dieses Glück gewesen. Heute war sie es nicht. Es gab kein Glück mehr. Julia fragte sich, wann dieser Moment gekommen und die Ehe ihres Bruders in ihre letzte Phase eingetreten war. Ihr Blick blieb an einer Fotografie von Katja und Alexander haften, welche auf der Kommode stand und von Julia in ihrer Wohnung aufgenommen worden war. Es war der Tag, an dem sie Katja das erste Mal begegnet war. Alexander hatte Julia damals besucht, weil sie zusammen essen und quatschen wollten, und hatte überraschenderweise Katja mitgebracht. Jungenhaft und schelmisch hatte er an ihrer Tür gestanden, freundschaftlich seinen Arm um Katjas Schultern gelegt und entschuldigend gegrinst.

„Darf ich dir Katja vorstellen, meine neue Nachbarin? Sie hat sich ausgeschlossen und benötigt vorübergehend Asyl."

Im Verlaufe des Abends tauschten die beiden zwar vielsagende Blicke aus, trotzdem fühlte sich Julia nicht ausgeschlossen, sondern lachte gemeinsam mit ihnen über alles Mögliche. Am meisten lachte sie aber über Alexanders Missgeschick, als er bei den Kochvorbereitungen die mit geschnittenen Paprika, Tomaten und Lollo

Rosso gefüllte Salatschüssel umstieß. Bei dem Versuch zu retten, was zu retten war, drehte er seinen Körper akrobatisch nach hinten, hechtete zur Schüssel, um sie aufzufangen, verlor jedoch das Gleichgewicht, stieß dabei die Schüssel versehentlich in die Höhe und stürzte selbst zu Boden. So landete das Gefäß mit dem Gemüse direkt auf seinem Kopf, während über seinem linken Auge keck ein Salatblatt schaukelte. Nach wenigen Sekunden rappelte er sich zum Sitzen hoch, blieb mit erhobenem Zeigefinger auf dem Küchenboden sitzen und zitierte mit einem Lächeln die „Drei-Sekunden-Regel". Gleichzeitig klappte er das über dem Auge hängende Salatblatt hoch und klaubte sich mit der anderen einige Gemüsestücke von seinem Hemd.

„Wenn ich den Salat in drei Sekunden von meinem Gesicht und Boden aufgesammelt habe, können wir ihn bedenkenlos essen." Julia erinnerte sich noch an Katjas ungläubiges Gesicht und ihren fragenden Blick, ob Alexander das ernst meinen könnte. An diesem besagten Abend hatte es zwischen den beiden gefunkt, und von da an waren sie unzertrennlich.

Wenn Julia so zurückblickte, glaubte sie zu wissen, wann diese innigliche Nähe Risse bekommen hatte. Kinder sind es, die Klarheit in eine Partnerschaft bringen. Egal, ob sie schon da sind oder noch herbeigesehnt werden. In diesem Punkt war der Gleichklang das Fundament, den beide nicht gefunden hatten. Diese Herausforderung hatten sie nicht bestanden. Katja wollte unter keinen Umständen von Kindern fremdbestimmt sein. Das hatte sie Julia mehr als einmal erzählt. Alexander hingegen sehnte sich danach, die Welt mit Kinderaugen neu zu entdecken, sich irgendwie vollständig und komplett zu fühlen.

„Gürel, hör auf damit!", rief Julia ihren Sohn zur Ordnung, der sie aus ihren Gedankengängen herausriss, weil er in der Zwischenzeit die Adventskerzen zu einer roten, unschönen Wachsskulptur umgestaltet hatte.

Sie drehte sich zu Alexander, der sich breit grinsend über seinen Neffen amüsierte, und warf ihm einen „Über deine neue Kollegin sprechen wir später noch"-Blick zu, um sich dann ihrem brummenden Handy auf dem Tisch zuzuwenden. Alexander nickte lächelnd in sich hinein und ging in die Küche, um sich ein Bier zu holen.

Julia öffnete die eingegangene Nachricht und las die Nachricht ihrer Mutter.

Ercan ist hier! Mist!

Zusätzlich vervollständigte Sevinc ihre Nachricht mit einem Panik-Emoji.
Julia nahm ihr Handy und tippte mit beiden Daumen.

Wo? Bei dir zu Hause?

Sie drückte auf Senden und sah, dass auf dem Display prompt die beiden blauen Haken erschienen. Sevinc hatte Julias Antwort bereits gelesen und schrieb zurück.

Nein, er steht vor der Tür. Er will mit dir sprechen. Er sagt, es tue ihm leid.

Dahinter fügte Sevinc ein Emoji ein, das keinen Zweifel aufkommen ließ, dass sie kein Wort glaubte.

Ich geh runter und rede mit ihm!

„Was ist los?", fragte Alexander, der mit einer Flasche Bier in der Hand zurückgekommen war und in das gestresste Gesicht seiner Schwester blickte.

„Ercan ist bei Mama, was soll ich tun? Ich habe Angst, dass er ihr etwas antut."

„Ich fahre hin und werde ihn beruhigen", entschied Alexander und zog sich an.

„Ich komme besser mit!", sagte Julia und küsste ihren Sohn auf die Stirn.

„Ich bin gleich wieder da, Gürel. Mach dir ein Video an. Du weißt ja, wo die Kinderfilme stehen. Wenn was ist, ruf mich an!"

Eine Weile fuhren sie schweigend durch die Stadt, und Julia schrieb Nachrichten an ihre Mutter, erhielt aber keine Antwort mehr.

„Alexander, Nora ist hübsch!" Julia drehte sich zu ihrem Bruder, der sich auf den Verkehr konzentrierte.

„Mmmhm."

„Du gefällst ihr auch!"

„Auch?" Alexander lächelte über Julias Versuch, ihn zum Reden zu bringen. „Was meinst du, Frau Hobbykommissarin?"

„Ich meine, Katja und du, ihr wart mal ein wirklich schönes Paar!"

Der Satz überraschte ihn und traf ihn in der Magengrube.

„Schönes Paar", wiederholte Alexander verächtlich und schwieg.

„Alexander, bevor du Katja mit Nora betrügst, gib Katja und dir eine Chance, etwas zu ändern, etwas anders zu machen."

Alexander schwieg und schaute auf die Straße, so als schien er über etwas nachzudenken, aber Julia wurde aus ihm nicht schlau. Sonst hatten sie ein sehr offenes Verhältnis und konnten über fast alles sprechen. Aber jetzt ließ er sie nicht an sich heran. Julia wuschelte mit ihren Fingern über ihren Pony und schaute ihn fragend an.

„Alexander, du musst mit Katja reden und sagen, was dir fehlt, du musst ..."

Alexander unterbrach sie. „Gib dir keine Mühe. Katja ist mir zuvorgekommen!"

„Verstehe ich nicht."

Julia sah ihren Bruder erwartungsvoll an, aber Alexander antwortete nicht. Langsam bog er in die Rellinger Straße ein, wo Sevinc sich eine kleine Eigentumswohnung im Erdgeschoss gekauft hatte. Julia registrierte, wie er seinen schlanken Zeigefinger gegen die Windschutzscheibe richtete, als würde er etwas suchen. Ihr kam in den Sinn, wie oft sie ihm vorgeschwärmt hatte, dass er die feingliedrigen Hände eines Klaviervirtuosen hätte. Immer hatte Alexander abgewunken und verlegen gelächelt.

Alexander beugte seinen Kopf nach vorne an die Windschutzscheibe und kniff die Augen zusammen, um trotz des Regens und der Dunkelheit etwas erkennen zu können.

Plötzlich legte er seine Hand auf Julias Arm.

„Schau mal, siehst du den Typen, der gerade direkt vor Mamas Wohnung die Kofferraumtür schließt? Da! Siehst du den weißen Van? Ist das Ercan?"

Julia lehnte sich nach vorne und kniff ihre Augen zusammen, um das Auto besser erkennen zu können.

„Ich habe ihn nicht einsteigen sehen, und ich kenne nicht alle seine Firmenfahrzeuge", flüsterte sie und fragte sich im gleichen Moment, wieso sie ihre Stimme gesenkt hatte.

Der weiße Van setzte sich in Bewegung und fuhr langsam die Rellinger Straße in ihre Richtung. Julia starrte in das Fahrzeuginnere. Der Fahrer, der ein Basecap tief in sein Gesicht gezogen hatte, blickte konzentriert geradeaus auf die Straße und schien Alexander und Julia nicht zu bemerken. Weil es dunkel und die Rellinger Straße nur sehr unzureichend mit Laternen ausgeleuchtet war, konnte Julia den Fahrer nur schemenhaft ausmachen.

„Nein, das ist nicht Ercan! Ich habe zwar nicht viel erkennen können, aber er war es jedenfalls nicht."

Julia hinterfragte ihre Überzeugung nicht. Obwohl es dunkel war und sie fast nichts hatte sehen können, war sie sich sicher. Ercan war ihr so vertraut, dass sie jede seiner Bewegungen, seine Haltung und Gesten immer würde erkennen können. Auch im Dunkeln. Und sie bedauerte das nicht zum ersten Mal.

Endlich hatte Alexander in der Nähe der Wohnung einen Parkplatz gefunden. Eilig liefen sie durch den starken Regen, der sie trotz der kurzen Strecke vollständig durchnässte. Mit dem Hausschlüssel, den Alexanders

Mutter ihm für alle Fälle übergeben hatte, öffnete er die Haustür, während Julia das unverschlossene Holztor des Eckhauses aufschob, um auf die Terrasse zu gelangen. Über die feuchte Wiese drang die Nässe nun auch in ihre Ballerinaschuhe, die sie nur unzureichend gegen die Winternässe schützten. Julia schimpfte über sich, ihre nassen Füße, ihr klatschnasses Haar, das ihr im Gesicht klebte, und drückte ihre Nase an die kalte Terrassentür. Sie kniff die Augen zusammen und versuchte, im dunklen Wohnzimmer etwas zu erkennen. Die elektrischen Kerzen des kleinen an der hinteren Wand aufgestellten Weihnachtsbaumes gaben etwas Licht, aber sie konnte ihre Mama nicht sehen. Wo war sie? Eben hatte sie ihr doch noch eine Nachricht geschrieben.

Auf einmal gab die Terrassentür nach, und Julia schreckte reflexartig zurück, hielt einen Moment inne und drückte dann vorsichtig gegen den Holzrahmen. Jäh spürte sie, dass jemand hinter ihr stand. Ihr Blut gefror, sie drehte sich um und sah nur noch den herunterfallenden Arm, der sie ohne zu zögern mit einer undefinierbaren Schlagwaffe niederstreckte. Julia wurde schwarz vor Augen, sank wie eine Blutbuche zu Boden und schlug derart heftig mit dem Kopf auf die Waschbetonfliesen, dass Alexander, der die Wohnung zwischenzeitlich aufgeschlossen und nach Sevinc gerufen hatte, glaubte, auf der Terrasse würden Eichenspalten gehackt.

Kapitel 7
Die Hand der Fatima

Der weiße Van bog langsam in die kurvenreiche Rellinger Straße ein und kam an der Kreuzung Methfesselstraße in einer Bucht zum Stehen. Die Scheibenwischer schoben sich noch wenige Male schwerfällig über die Frontscheibe, bis Karsten Berend den Zündschlüssel gezogen und das Licht gelöscht hatte. Er stand nun in unmittelbarer Nähe ihrer Wohnung und blieb im Wagen sitzen. Die prallen Regentropfen schlugen unablässig auf das Autodach und bereiteten ihm wohliges Unbehagen. Er lehnte sich in seinen Fahrersitz zurück und gab sich für eine Weile der Stimmung des prasselnden Regens hin, konzentrierte sich dann aber auf sein Vorhaben. Hatte er nichts vergessen? Hatte er an alles gedacht? Mit der rechten Hand fasste er in seine Jackentasche, umschloss mit der Hand die kleine Ätherflasche und drückte fest zu. Mit den Fingern ertastete er das Baumwolltuch, welches er ebenfalls in seine Tasche gesteckt hatte. Ein Schauer glitt über seinen Rücken. Beruhigt zog er seine leicht verschwitzte Hand aus der Jacke und wischte sie an seinem Hosenbein ab.

Es kann losgehen. Es ist wieder so weit. Ich werde sie immer wieder zum Schweigen bringen.

Als er den Türgriff zu sich ziehen wollte, zögerte er. Aus den Augenwinkeln sah er, wie eine ihm unbekannte männliche Person aus der Seitenstraße kommend am Van vorbeiging und zielstrebig Sevincs Haustür ansteuerte. Der Besucher drückte mehrfach hektisch die Klingel und trat ein paar Schritte zurück. Ein Fenster wurde geöffnet, und Sevinc schrie: „Ercan? Was willst du?" In ihrer Stimme schwang das Geräusch einer Kreissäge mit und spiegelte nichts als Verachtung wider.

„Was glaubst du? Mit meiner Frau, deiner Tochter, reden!"

„Sie aber nicht mit dir! Verschwinde!"

Sevinc hantierte mit etwas in ihrer Hand, was ein Handy sein könnte, wandte sich dann aber gleich wieder dem unerwünschten Besuch zu. „Hau ab! Ich rufe die Polizei, wenn du nicht verschwindest!" Mit einem dumpfen Knall schloss sie das Fenster und zog die Gardinen zu. Der türkische Schreihals wartete, und Karsten Berend tat es ihm gleich.

Mit diesem Störer hatte er nicht gerechnet, und er überlegte, was zu tun war. Sollte gleich die Polizei erscheinen, wäre das für sein Vorhaben wenig förderlich. Bei der Vorstellung, die Sache abbrechen und verschieben zu müssen, regte sich unbändiger Widerwille. Er hatte seine Mission, die er zu Ende bringen wollte. Die Zeit war reif für Vergeltung. Davon wollte er sich nicht abbringen lassen, und von diesem schreienden Idioten schon mal gar nicht. Karsten Berend hatte seine Reise angetreten, und kurz vor ihrem Ende würde Albert Berend vor dem Nichts stehen. Für das krönende Finale wollte er sich etwas ganz Besonderes einfallen lassen. Er war bereit. Er fühlte sich gut. Er würde für irdische und, wie brillant, gleichzeitig für himmlische

Gerechtigkeit sorgen. Karsten Berend lächelte versonnen und richtete sich stolz auf, beseelt von seiner alle herausfordernden Challenge. Die ersten Früchte seiner Arbeit hatte er schon ernten können, als er jüngst die Schlagzeile las:

Architekt der Elbphilharmonie wegen Mordverdachts in Untersuchungshaft.

Dass Albert derzeit für den Mord an Denis in Haft saß, hatte er natürlich nicht geplant oder gar vorhersehen können. Dieser überraschende Etappensieg bereitete ihm aber eine Genugtuung, die er nicht beschreiben konnte. Ein kaum gekanntes Gefühl. Albert, jetzt wirst du bestraft für etwas, was ich getan habe, sann er mit einem friedlichen Lächeln im Gesicht. Alles fügte sich perfekt in seinen Plan.

In der Vergangenheit war er es gewesen, der immerzu für die Fehltritte und Gemeinheiten seines Bruders hatte geradestehen und die Strafen seiner Mutter ertragen müssen. Nun hatte sich das Blatt gewendet.

Zunächst, kaum merklich, umfingen Karsten Berend die Erinnerungen an die Vergangenheit, bis er plötzlich das Gefühl hatte, er führe in einem alten, ruckeligen Lastenaufzug in einem rasenden Tempo in die Dunkelheit seiner Kindheit hinab, die ihn nur so mit Bildern bombardierte. Bilder von seiner Mutter, die es wagte, ihn als Verlierer zu feiern. Karsten glaubte, den Geruch ihres Körpers riechen zu können, so real, so nah, als säße sie neben ihm. Die wie Blitze an seinem inneren Auge vorbeifahrenden

Erlebnisse blieben stehen. Es war der letzte Geburtstag seiner Mutter. Den letzten, den er mit ihr und Albert gefeiert hatte, bevor er dauerhaft bei Wilma Hönschemeier leben musste, weil für ihn kein Platz war. Es war die Zeit, in der er häufiger die Schule schwänzte, ohne dass seine Mutter dies überhaupt bemerkt hatte. Einen Tag vor ihrem Geburtstag war Albert in ihr gemeinsames Zimmer gekommen, um ihm seine Idee zu offenbaren. Dort hatte Karsten *Micky Maus* lesend auf seinem Bett gelegen, statt Hausaufgaben zu machen. Karsten hörte Alberts Stimme.

„Ich weiß, wie du Mama eine Freude machen kannst, das gefällt ihr sicher."

Aufgeregt zog Albert Karsten am Arm in die Küche und präsentierte ihm stolz seine Vorbereitungen. Dort standen mehrere Schüsseln mit Mehl, Zucker, Butter, Eiern und weiteren Zutaten.

„Karla hat mir gezeigt, wie es geht, und mir beim Abwiegen geholfen. Ich rühre den Kuchen zusammen, und wir sagen dann, du hast ihn für sie gebacken."

Alberts Stimme überschlug sich vor Eifer, und er begann den Teig zusammenzurühren. Karsten schaute zu, durfte nur nicht probieren, was ihn ärgerte. Weil Albert aber auch nicht naschte, konnte er es ihm nicht übel nehmen. Zunächst war er misstrauisch, aber als der Kuchen im Ofen stand, war er überglücklich, dass Albert ihm helfen wollte.

Am Geburtstagsmorgen steckte Karsten eine Kerze auf den Gugelhupf, zündete sie an und brachte ihn singend an das Bett seiner schlafenden, immer noch betrunkenen Mutter. Erwartungsvoll stellte er ihn auf den Nachttisch und schnitt ihn vorsichtig an. Den nach billigem Schnaps riechenden Atem seiner Mutter ignorierte er und betrachtete sie. Schräg hinter ihm standen Albert und Karla. Er stupste seine Mutter vorsichtig am Arm, bis sie endlich müde die Augen öffnete. Vielleicht würde sie ihn loben oder gar in den Arm nehmen?, hoffte Karsten voller Vorfreude.

„Schau einmal, Mama. Karsten hat für dich gebacken", sagte Albert, während Karsten aufgeregt seine Finger knackte, eine Angewohnheit, die seine Mutter reizte.

„Ich mag keinen Kuchen!", motzte sie.

„Den hat Karsten extra für dich gebacken! Probier ihn wenigstens!", bettelte Albert. Unwillig richtete sie sich etwas auf und biss in das vorgeschnittene safrangelbe Kuchenstück, das Albert ihr gereicht hatte.

Karsten ließ sie nicht aus den Augen. Er bebte innerlich. Was er dann sah, brach völlig unerwartet über ihn herein. Ihr ganzes Gesicht verschwamm zu einer Fratze, die Augen verengten sich zu Schlitzen, sie zog die Mundwinkel so breit, als wollte sie diese am Hinterkopf zusammenführen. Während Albert sich krümmte vor Lachen, sprang sie aus dem Bett, spuckte den versalzenen Kuchen auf den Boden und stieß den verdutzten Karsten aufs Bett. Sie warf sich auf ihn und fixierte ihn, indem sie ihre Beine auf seine Arme drückte. Sie befahl Albert, seine Beine festzuhalten, was der sofort befolgte. Wütend schlug sie Karsten mehrmals ins Gesicht.

„Du unnützes Miststück. Ich werde dich lehren, mich zu vergiften."

Mit diesen Worten drückte sie mit ihrer Hand seine Nase zu, während sie mit der anderen zu dem Kuchen griff. Ihre ungezügelte Wut spürte Karsten schließlich, als sie ihm den Kuchen auf seinen zusammengepressten Mund drückte.

„Iss! Du Scheißkerl! Iss, bis du kotzt! Wenn du den verdammten Kuchen nicht schluckst, werde ich dich ersticken!"

Seinen Kopf hin und her windend, versuchte er, ihrer stopfenden Hand zu entkommen.

Inzwischen fühlten sich seine Lungen an, als wäre aus ihnen der letzte Sauerstoff herausgesogen worden. Als wenn sie jeden Moment explodieren könnten, um dann augenblicklich, wie funktionslose tote Lappen, wieder in sich zusammenzufallen. Gleichsam von seinem Überlebensinstinkt gedrängt, öffnete Karsten den Mund. Wie eine lauernde Schlange, die auf diesen Moment gewartet hatte, presste seine Mutter den Kuchen blitzschnell in seinen Mund. Er schluckte das von Albert hergestellte versalzene Backwerk herunter, immer mehr, immer mehr. Statt dass sich seine Lunge mit lebensnotwendigem Sauerstoff füllen konnte, sog er salzigen, klebrigen Kuchenteig in seine Luftröhre. Er würgte, hustete und drehte seinen Kopf hin und her, aber er hatte keine Chance gegen sie. Es dauerte nicht lange, bis er sich erbrechen musste, was sein Glück war.

Und irgendwann, irgendwann hatte sie endlich von ihm abgelassen und ihm dabei angewidert zugeschaut, wie er sich auf ihrem Bett erbrochen hatte.

Von den Schritten des Schreihalses, der nicht mehr länger warten zu wollen schien, wurde Karsten Berend aus seinem dunklen Leben gerissen. Eine Weile wartete er noch.

Als er sicher war, dass ihn niemand beobachtete, stieg er aus, ging einige Schritte um die Ecke des Hauses und stellte sich neben das kleine Holztor, welches in Sevincs Garten führte. Karsten Berend horchte in die Stille, dann lächelte er. Der türkische Schreihals hatte ihm die Arbeit erleichtert, denn er hörte, wie Sevinc das zart quietschende Holztor öffnete, wahrscheinlich um sich zu vergewissern, ob ihr ungebetener Gast verschwunden war. Mit schnellem Schritt trat er aus seinem Versteck, legte mit einer routinierten Bewegung der von dem Angriff überraschten zierlichen Frau von hinten das Taschentuch auf die Nase und trug in Windeseile den nur kurz zappelnden und sodann erschlafften Körper in den weißen Sharan. Er schloss die Kofferraumtür, stieg in den Wagen und startete den Motor. Zufrieden über den reibungslosen Ablauf fuhr Karsten Berend langsam an einem Kleinwagen vorbei. Im Rückspiegel sah er, wie der Wagen vor Sevincs Wohnung anhielt. Das war knapp, überlegte er. Auch wenn der weiße Van nicht auf seinen Namen zugelassen war und er über einen schmierigen Autohändler ein Dublettenkennzeichen hatte anbringen lassen, musste er noch vorsichtiger werden. Er verlangsamte sein Tempo und beobachtete, wie zwei Personen ausstiegen, die er erkannte. Natürlich. *Sieh mal an, ihr kommt zu spät. Aber jeder zu seiner Zeit.*

Der weiße Van verließ das Hamburger Stadtgebiet, fuhr auf die A7, dann über die Bundesstraße bis Niebüll, stellte sich auf den Parkplatz und wartete, bis der erste Autozug um 4.30 Uhr planmäßig nach Sylt startete.

✱✱✱

Stechende Kopfschmerzen waren das Erste, was Sevinc wahrnahm. Vorsichtig öffnete sie ihre Augen. Es war dunkel, aber schemenhaft konnte sie ihre Umgebung erkennen. Sie horchte in sich hinein und versuchte, ihren Körper zu spüren. Gott sei Dank, Arme und Beine konnte sie bewegen, aber die Muskeln schmerzten. Sie lag auf sehr hartem Boden, und ein sonores Geräusch, welches sie zunächst nicht zuordnen konnte, durchrüttelte ihre Knochen. Wo war sie? Sie bewegte Hände und Füße und stellte erleichtert fest, dass sie nicht gefesselt war. Aber was war geschehen? Wer hatte sie entführt? Ercan? Sie konnte keinen klaren Gedanken fassen. Verdammt, konzentriere dich, rief sie sich im Stillen zur Ordnung. Mit ihrer Hand hielt sie sich den schmerzenden Schädel. Dann bemerkte sie einen härteren, flachen Gegenstand unter sich. Sie hob ihr Gesäß an und nestelte hektisch an ihrer Jeanshose. Sie hatte ihr Handy dabei. Ein großes Hoffnungstor weitete sich in ihrem Inneren. Was für ein Glück, dass ich mein Handy immer bei mir habe, dachte sie.

Fluch und Segen zugleich. Heute war es ein Segen. Und was für einer. Ganz vorsichtig schob sie sich bis zu einer Wand und erkannte, dass sie sich im Stauraum eines Vans befand. Langsam hob sie ihren Kopf über die Lehne der Rückbank. Es saß eine Person mit nach vorne geneigtem Kopf am Steuer. Als sie ihren Atem anhielt und genau hinhörte, stellte sie fest, dass die Person schnarchte. Noch ein weiteres Geräusch nahm sie wahr. Für einen Moment war sie konfus, dann aber begriff sie, dass das sonore Geräusch darauf zurückzuführen war, dass sie sich auf einem Autozug befinden musste. Sevinc überlegte, ob sie vorsichtig über die Einzelsitze im Auto klettern sollte, um ihren Entführer von hinten mit einem Schlag auf den Kopf außer Gefecht zu setzen. Aber womit?

Auf keinen Fall durfte sie ihn aufwecken. Ercan war es nicht, so viel konnte sie sehen. Aber wer war er? Sie bemerkte, wie sich eine Panikwelle breitmachen wollte, die sie aber bezwingen und zurückdrängen konnte. Sevinc ließ sich an der Autowand geräuschlos heruntergleiten und machte sich ganz klein, als könnte sie so verhindern, dass der Entführer sie fand. Dann schoss ihr eine Idee durch den Kopf, woraufhin sie alle Töne ihres Handys ausstellte und Alexander eine WhatsApp schrieb.

SOS, bin entführt. Kenne ihn nicht. Bin in einem Auto auf einem Zug. Mehr weiß ich nicht. Hol mich raus.

Ihren Notruf hatte sie abgesetzt. Und nun? Sie starrte auf das Display, um zu sehen, ob Alexander die Nachricht erhalten und gelesen hatte. Nichts tat sich. Sie schickte die gleichlautende Nachricht auch an Julia und Matthias.

Nichts. Keine blauen Haken. Nur zwei graue Haken waren zu erkennen. Jetzt schaute Sevinc auf die Uhr. *Oh, nein! Es ist früh am Morgen. Sie schlafen und können meine Nachricht nicht lesen.*

Ihr Unterlippe fing an zu zittern, die Angst ergriff von ihr Besitz, und ihr Herz hämmerte immer rasender gegen ihre Brust. Sevinc wusste jetzt, dass ihre einzige Chance war, sich selbst zu helfen. Vorsichtig suchte sie unter den Sitzen nach einem Schlaggegenstand und leuchtete mit ihrem Handy die Dunkelheit aus. Das Display des Handys warf einen bläulichen Lichtschein in die Ecke der hinteren Rückbank. Unter dem Sitz war schemenhaft etwas Glitzerndes zu erkennen. Sevinc horchte in den Vorderraum des Autos. Ihr Entführer schnarchte immer noch. Sie streckte und drehte ihren Arm vorsichtig unter den Autositz, bis ihre Hand etwas Metallartiges fassen konnte. Sie zog den länglichen, feingliedrigen Gegenstand vorsichtig zu sich, konzentriert darauf bedacht, keinerlei Geräusche zu verursachen. Es war kein Schlaggegenstand, das fühlte sie sofort. Mithilfe ihres Handys beleuchtete sie ihren Fund und erkannte eine silberfarbene Kette mit einem Anhänger. Nur langsam schwante ihr, was der Fund zu bedeuten hatte, den sie zitternd in ihrer Hand hielt, besser gesagt, wessen Kette sie gefunden hatte. Es war ein Halsschmuck, den sie liebte, so wie die Menschen, denen sie diese Kette geschenkt hatte. Ein Schmuckstück, dem sie unendlich viel Wirkungskraft beimaß. Die Hand Fatimas. Sie drehte den Anhänger in ihrer Hand, traute sich aber nicht, genau hinzuschauen. Aber dann tat sie es doch und las auf der Rückseite die Initialen D.B., in deren Vertiefung teilweise rotes Sekret angetrocknet war. Denis! Es war seine Kette! Sein Blut! In diesem Auto musste er gelegen haben. Panisch presste Sevinc ihre Hand vor den Mund, so als könnte sie sich auf diese Weise Halt verschaffen, obwohl sie verzweifelt erkannte, was ihr Peiniger mit ihr vorhatte. Sie wollte schreien, aber es kam kein Ton aus ihrer trockenen Kehle. Während sie Denis mit seinem geschächteten Hals vor ihrem geistigen Auge sah, sank sie völlig in sich zusammen. Es gab kein Entkommen. Sie bekam keine Luft mehr, und die Angst setzte sich in ihrem Kopf fest, ihrem Hals, ihren Gliedern. Alles war Angst. Sie war Angst. Aber etwas in ihr zwang sie, nicht aufzugeben. Ein nie gekannter Überlebenswille, der sich seinen Platz schaffte. Gab es wirklich kein Entkommen? Sie hatte zwar kein Schlagwerkzeug gefunden, aber es musste doch einen anderen Weg geben. Sevinc, du musst hier raus, ergib dich nicht kampflos, egal wie, du musst aus diesem Auto fliehen, dachte sie. Sie setzte sich vorsichtig auf die Knie und wandte sich zur Kofferraumtür, um sie von innen zu öffnen. Vom Instinkt geleitet, drehte sie sich noch einmal um, aber es war zu spät. Ihr Entführer, der aufgewacht und unbemerkt in den Fußraum der Rückbank gestiegen war, packte sie an den Haaren, zerrte sie zu sich und setzte sie mit einem heftigen, harten Schlag außer Gefecht. Sie fühlte noch, wie sie seitlich zu Boden fiel, sich schwarzer, dichter Nebel in ihrem Kopf ausbreitete und sie schließlich in die Ohnmacht zwang.

Kapitel 8
Sorry seems to be the hardest word

„Wieso dauert das so unendlich lange?"

„Es dauert eben."

„Kannst du das nicht schneller machen?"

„Nein."

Schweigen.

„Ich halte das nicht aus."

„Noch einen Moment."

Der Mann vor dem Monitor hatte das IMSI-Catcher-Programm geöffnet und klickte mit der Maus auf einen der vielen Reiter auf der Bildschirmoberfläche, vergab einige Befehle und wartete.

Nüchtern und hell war der Raum des LKA 53 eingerichtet und mit einer Vielzahl an Monitoren und Computern ausgestattet. Es sah aus wie in einer großen Überwachungszentrale. Vor einem der vielen Monitore saß ein Beamter. Der IT-Techniker des LKA, der gehofft hatte, dass seine Schicht am Heiligabend ruhig verlaufen würde. Ohne Aufregung, einfach um dreizehn Uhr gehen, den Kollegen die Hand geben oder ihnen auf die Schulter klopfen und Frohe Weihnachten wünschen.

Es war anders gekommen. Wartend schaute der Techniker auf den Monitor, bis der Computer alle Informationen verarbeitet hatte und die alles entscheidende Frage beantworten konnte.

Nora und Alexander standen hinter seinem Rücken und ließen den Bildschirm nicht aus den Augen. Nichts war zu hören. Nur das leise Surren des Computers und das Klicken der Maus. Klick. Klick. Klick.

Alexander verschränkte die Arme vor seinem Oberkörper und knetete mit der rechten Hand seinen Oberarm. So als könnte er dadurch seine Sorge und Anspannung aus seinem Inneren verbannen. Dabei vermied er es, Nora anzusehen, die seine Angst wahrnahm, aber auch eine beklemmende Distanz, die zwischen ihnen zu entstehen begann. Eine Kühle, die gestern undenkbar gewesen wäre. Gestern, als sich zwischen ihnen alles verändert hatte. Für Nora war es eine kaum auszuhaltende Vorstellung, dass Alexanders Mutter ausgerechnet in der Nacht entführt worden war, in der sie das erste Mal miteinander geschlafen hatten. Und gleichzeitig fürchtete sie, dass jetzt alles anders werden und diese Nacht keine Rolle mehr spielen würde. Eine Nacht, in der seine zärtlichen und fordernden Berührungen und Küsse sie aufgewühlt hatten und sie eine Leidenschaft entdecken ließen, die ihr zuvor unbekannt gewesen war.

Unwillkürlich dachte sie daran, wie es überhaupt dazu hatte kommen können, dass sie gemeinsam zum IT-Raum des LKA 53 gefahren waren. Gestern Nacht hatte überraschend Alexander an ihrer Wohnungstür gestanden.

„Störe ich? Es ist schon ganz schön spät." Er sprach dabei unerwartet leise und strich sich über seinen rötlichen Bart, was er tat, weil er verlegen war.

„Nein, komm rein, ist etwas passiert?", fragte sie; nahm seine Hand und zog ihn sanft in ihre Wohnung.

Während Nora die Tür zuzog erzählte Alexander ihr von Ercans Besuch bei Sevinc, wie er Julia niedergestreckt auf der Terrasse fand und sie zu sich nach Hause brachte. Schon zu Beginn seiner Erzählung schoben sich Noras Augenbrauen immer mehr zusammen und vertieften die beiden bereits in einer Andeutung vorhandenen Glabellafalten.

„Und wo ist deine Mutter jetzt?", wollte Nora wissen.

„Sie ist bei Matthias, ihrem Freund. Irgendwann hatte sie sich wieder gemeldet und in den Familienchat geschrieben, dass sie glaubt, dass Ercan weg sei und zu Matthias, ihrem neuen Freund, fahren würde."

„Komische Performance von Ercan. Ist euch in der Wohnung irgendetwas außergewöhnliches aufgefallen?"

„Nein, die Wohnung war ordnungsgemäß verschlossen, als ich sie öffnete, und die Terrassentür vergisst Mama andauernd zu verriegeln."

„Und Julia? Wer hat sie niedergeschlagen? War das Ercan?"

„Wir wissen es nicht. Julia hat den Angreifer nicht gesehen. Ich vermute aber, dass Ercan sich versteckt und Mama gedacht hat, er sei weg, sie zu Matthias gefahren ist und dann, als Julia die Terrasse betreten hat ..." Alexander mimte eine ruckartige Schlagbewegung und rief: „Bähm ...", sodass Nora überrascht ihre frisch gezupften Augenbrauen hochzog. Dann sagte er: „Direkt auf den Hinterkopf. Dieser Drecksack. Kein anderer außer Ercan hätte einen Grund, Julia zu schlagen. So ein feiges Schwein!"

„Und wie geht es Julia?"

„Sie hatte starke Kopfschmerzen und hat sich mit ihrem Sohn Gürel ins Bett gelegt. Sie wollte nur noch schlafen und ..." Alexander holte tief Luft „...und ich wollte dich sehen."

Lächelnd sah er Nora erwartungsvoll an, während er sich erneut über seinen Bart strich.

Mit einer Handbewegung in Richtung Sofa bedeutete Nora ihm Platz zu nehmen und quetschte sich in die andere Ecke der Couch. Einerseits war sie in freudiger Erwartung unfassbar glücklich, dass Alexander hier bei ihr war, andererseits fürchtete sich vor dem, was unweigerlich kommen würde.

Im weiteren Verlauf des Abends redeten sie über alles, was in diesem Moment bedeutsam war, tranken Rotwein und hörten Diana Kralls „Sorry seems to be the hardest word". Als beide gleichzeitig ihr Glas auf dem Tisch abgestellt hatten, berührte er wie zufällig ihre Hand, suchte ihren Blick und fand ihn. Nora versank in seinen Augen, und in ihrem Bauch flirrte ein Schwarm junger Schmetterlinge. Er zog sie zu sich, und natürlich blitzte kurz der Gedanke auf, dass er immer noch verheiratet war und sie bei diesem Spiel verlieren würde. Aber das war in diesem Moment egal. Mit Herzklopfen ließ sie es geschehen.

Am nächsten Morgen erwachte Nora von der Morgensonne, die sich wärmend über ihr Bett gelegt hatte. Sie drehte sich, den Kopf aufgestützt, auf die Seite und strich Alexander eine Strähne aus der Stirn. Dieser Moment fühlte sich richtig und ungeahnt vertraut an.

„Bist du schon lange wach?", fragte Nora.

„Bestimmt schon eine Stunde, aber ich wollte zusehen, wie auch du die Augen öffnest", flüsterte er, küsste sie flüchtig auf die Nase und sprang schwungvoll aus dem Bett.

„Jetzt muss ich aber was essen und werde uns ein Rührei brutzeln oder bist du Veganerin?" Seine Stimme verriet Besorgnis, und er hielt inne.

Bei dem Wort „Veganerin" schnitt Nora verächtlich eine Grimasse, und Alexander ging erleichtert in die Küche. Nora folgte ihm, blieb im Türrahmen stehen und beobachtete, wie er sich klappernd die Zutaten und Gerätschaften zusammensuchte.

Nachdem er das beste Rühreifrühstück gezaubert hatte, das Nora jemals gegessen hatte, saß er ihr zufrieden gegenüber.

Ihrem Begehren folgend, stand Nora vom Tisch auf, strich beim Herumgehen mit ihrem Zeigefinger über die Tischkante und setzte sich breitbeinig, ausschließlich mit einem T-Shirt bekleidet, auf seinen Schoß. Verlangend küsste sie ihn auf seine wunderbaren Lippen, presste sanft ihr Becken gegen seinen Schoß und sog seinen ganz besonderen Geruch in sich ein.

Unweigerlich fanden sich beide alsbald wieder im Bett.

Als Alexander irgendwann auf sein Handy schaute, las er den Hilferuf seiner Mutter, und eine panische, alles auf den Kopf stellende Hektik brach aus.

Sie fuhren ins Büro, Nora schrieb im Handumdrehen für den Aktenvorgang einen kurzen Vermerk und brachte ihn zur Staatsanwaltschaft, wo der zuständige Vertreter einen Eilantrag bei Gericht stellte, um die Handystandortbestimmung durch das Gericht zu erwirken. Während Alexander zurück ins LKA fuhr, eilte Nora mit dem Antrag zum Gericht, betrat das Büro des zuständigen Ermittlungsrichters Hirsch und händigte mit einem kurzen Einführungsvortrag und dem Hinweis, bis zur Entscheidung warten zu können, den Antrag und die Akte aus. Während Ermittlungsrichter Hirsch, über seine Nickelbrille blickend, sich konzentriert dem Vermerk zuwandte, schaute sich Nora in seiner Amtsstube um, und für einen kleinen Moment blieb ihre wirbelnde Ermittlungswelt stehen.

Sie entdeckte in dem sehr eigenwillig eingerichteten Büro auf wirklich jeder Ablagefläche einen Dekorationsgegenstand. Vier riesige, an überbordender Geschmacklosigkeit nicht zu überbietende Adventskranzkerzen aus einem roten, fadenähnlichen Material, das auch für die Pompons amerikanischer Cheerleader verwendet wurde, fingen auf dem ansonsten schmucklosen, grauen Büroschrank den Staub. Gelegentlich kam diese Devotionalie auf Weihnachtsfeiern des Haftdezernats zum Einsatz, würde ihr Hirsch später bei einer anderen Gelegenheit auf Nachfrage verraten. Bilderrahmen mit Fotografien von mutmaßlich sehr geschätzten Kollegen standen auf dem Boden, da sie es noch nicht an die Wand geschafft hatten, wahrscheinlich, weil es an einem Nagel fehlte. Möglicherweise konnte sich Hirsch aber auch einfach nur nicht entscheiden, an welcher Stelle der Wand er die Bilder hinhängen wollte. Eine scheinbar in Vergessenheit geratene Spieluhr wartete auf dem niedrigen Schubladenrollcontainer unter dem Schreibtisch auf ihren Einsatz. Die inzwischen deckenhoch kunstvoll gestapelten Eierpappschachteln auf dem Regal hinter dem Drehstuhl des Ermittlungsrichters neigten sich gefährlich nach vorne und drohten jeden Moment auf ihn einzustürzen. Hirsch ging einem sehr speziellen Hobby nach, was er Nora ebenfalls später verraten würde. Er hielt und züchtete eine Schar immigrierter Hühner aus Südamerika und anderen entfernten Kontinenten, die von seinen Kollegen – ohne Einschränkung – als die glücklichsten Hühner Deutschlands gekürt wurden. Die Kollegen nahmen ihm mit großer Begeisterung die frisch gelegten Eier ab. Diese glücklichen Hühner legten Eier, wann sie wollten, paarten sich, wann sie wollten, und fraßen in der verbleibenden Zeit saftiges Gras, auch wann sie wollten. Ihr einziger Feind war der Fuchs.

Die von seiner eigenwilligen kleinen Hühnertruppe gelegten Eier verkaufte Hirsch zu einem Spottpreis an seine Kollegen, die, nach genussvollem Verzehr, vorbildhaft die leeren Schachteln zurückbrachten, welche, wie bereits erwähnt, den Kampf um die Balance zu verlieren schienen.

Nachdem Markus Hirsch den Antrag studiert hatte, erließ er den begehrten Beschluss, und Nora fuhr samt Akte wieder zurück ins Landeskriminalamt, wo sie und Alexander seitdem in der technischen Abteilung im Rücken des IT-Beamten standen und auf den Monitor starrten.

Endlich erschien das erlösende Zeichen auf dem Bildschirm, aber der IT-Beamte wusste sofort, dass seine Auskunft eine große Enttäuschung hervorrufen würde.

„Das Handy ist aus. Wir können deine Mutter nicht orten."

Alexander nahm die Information äußerlich gefasst entgegen, aber in seinem Inneren tobte ein emotionales Chaos. Als seine Mutter ihm ihren Hilferuf geschickt hatte, hatte er geschlafen. Und jetzt war das Handy aus. Wie sollten sie jetzt herausbekommen, wo sie sich befand?

„Das werde ich mir nie verzeihen", wiederholte Alexander mehrfach und lief wie ein Getriebener vor dem Computer hin und her.

„Du hast dir nichts vorzuwerfen", versuchte Nora ihn zu beruhigen, aber Alexander wiegelte mit einer Handbewegung ab. Er wollte sich nicht trösten lassen.

„Wenn sie doch bloß angerufen hätte, ich wäre sicher wach geworden."

„Hör auf damit, lass uns lieber darüber reden, was wir jetzt tun können", sagte Nora und fuhr fort: „Wir müssen zu Ercan, er war vermutlich der Letzte, mit dem sie gesprochen, der sie vielleicht entführt hat."

„Ich glaube nicht, dass Ercan was damit zu tun hat. Er kann uns nicht helfen", wehrte Alexander ab.

„Und was glaubst du?", fragte Nora.

Alexander antwortete nicht.

Inzwischen war es dreizehn Uhr geworden, und der IT-Beamte konnte endlich seine Schicht beenden. Er brachte Alexander gegenüber sein Bedauern zum Ausdruck, nahm seinen Mantel vom Garderobenhaken, wünschte für die Ermittlungen gutes Gelingen und verließ den Raum, um seinen Kollegen endlich besinnliche Feiertage wünschen zu können. Die Tür klappte, und Nora und Alexander waren alleine.

„Was glaubst du?", wiederholte sie.

„Es gibt eine Verbindung!"

„Zu was?"

„Überlege doch mal, mein Bruder Denis ist entführt und ermordet worden, und jetzt ist meine Mutter …" Er schluckte, und die Stimme brach ihm weg. Die Vorstellung, seine Mutter könnte dasselbe grausige Schicksal erleiden wie Denis, ließ ihn verstummen.

„Jemand hat es auf meine Familie abgesehen! Erst Denis und nun meine Mutter. Und mein Vater ist in Haft. Begreife doch, mein Vater ist unschuldig!"

Alexander geriet in immer stärken Stress, und es zerriss ihn, dass die Frau, die ihm gestern so nah gewesen war, sich gerade in einer rasenden Geschwindigkeit von ihm wegbewegte. In diesem Moment war ihm Nora fremd, und sie zu erleben fühlte sich an wie ein Besuch der eigenen Geburtsstadt, in der man seine Kindheit verlebt hatte und die man nach zwanzig Jahren der Abwesenheit erstmalig wieder besuchte. Das intensive Empfinden von Noras Nähe, vergleichbar dem Gefühl, nach einer langen Reise endlich nach Hause gekommen zu sein, war plötzlich untrennbar verbunden mit einer Fremdartigkeit, von der Alexander befürchtete, dass sie bleiben würde.

„Das sehe ich anders", sagte Nora und legte vorsichtig ihre Hand auf seinen Arm. „Wir befragen zunächst Ercan, und dann schauen wir weiter. Vielleicht gibt es bereits eine Lösegeldforderung. Immerhin sind sowohl dein Vater als auch der jetzige Lebensgefährte deiner Mutter recht vermögend."

„Und wo soll der Entführer die Lösegeldforderung hinschicken? Ins Gefängnis?", höhnte Alexander, aber Nora ignorierte seinen Seitenhieb.

„Ich glaube nicht, dass es zwischen der Entführung deiner Mutter und der Mordserie eine Verbindung gibt. Dein Vater ist durch die DNA für die Mordserie überführt und kommt als Sevincs Entführer nicht in Betracht. Es muss ein anderer Täter sein."

Wut sammelte sich in Alexanders Bauch und brach sich ihren Weg. „Mann, siehst du nicht, dass du auf dem Holzweg bist?", schrie er und hetzte außer sich vor Wut und Verzweiflung aus dem Büro des Landeskriminalamts.

Nora blickte ihm nach. Es darf nicht sein, dachte sie, dass derselbe Fall, der uns zusammengeführt hat, uns jetzt entzweit.

Sie zwang sich, sich auf die Möglichkeiten zu konzentrieren, die sie hatten. Julia hatte in dem Telefonat vorhin von einem weißen Van gesprochen, dem sie begegnet waren und von dem Nora glaubte, dass es sich um Ercans Wagen gehandelt haben könnte.

Nora hatte eine Idee und rief Martina Mann an, die heute am Heiligabend Bereitschaftsdienst hatte.

„Martina, hör bitte genau zu! Es ist wirklich wichtig. Alexanders Mutter ist entführt worden. Bitte ruf bei der Verkehrsüberwachungszentrale an und kläre, an welchen Stellen des Eimsbütteler Marktplatzes und der Kieler Straße Videokameras installiert sind. Auch auf sämtlichen Tankstellen musst du die Videoaufnahmen sichern lassen. Schau die Videoaufzeichnungen durch. Vielleicht haben wir Glück, und der weiße Van ist zur fraglichen Zeit von der Kamera aufgenommen worden. Dann hätten wir ein Kennzeichen."

„Alles klar."

Martina Mann legte auf und rief sofort in der Überwachungszentrale an, die ihr umgehend die fraglichen Videoaufzeichnungen übersandte.

In weiser Voraussicht rief sie noch ihren Freund an und brachte ihm vorsichtig bei, dass es später werden könnte, da sie dringend arbeiten müsse, Heiligabend hin oder her. Er war zwar nicht begeistert, doch da er bei der Feuerwehr arbeitete, hatte er für diese unvorhergesehene Verspätung und die Unaufschiebbarkeit solcher Einsätze Verständnis.

Dann stellte sie sich eine Flasche Wasser neben den Computer, kochte sich eine Kanne Kaffee, machte sich über ihr Handy Musik an und sichtete mit Unterstützung von Bob Dylan und Joan Baez die Videos. Sie wusste um die relevante Zeit, zu der der weiße Van vor Sevincs Wohnung gesehen worden war, da Julia wenige Momente vorher mit Sevinc WhatsApp-Nachrichten ausgetauscht hatte. Das war ein zeitlicher Orientierungspunkt.

Nach fast zwei Stunden machte Martina Mann eine Entdeckung und schlug mit der flachen Hand auf den Tisch. Tatsächlich fuhr ein weißer Van von der Rellinger Straße auf die große Kreuzung des Eimsbütteler Marktplatzes. Wieder rief sie die Kollegen der Überwachungszentrale an und teilte ihnen den genauen Zeitpunkt mit, sodass diese die entscheidende Szene ausmachen und parallel das Kennzeichen vergrößern konnten.

Bingo, dachte Mann. Das Gesicht konnte man zwar nicht erkennen, aber das Kennzeichen. Sofort recherchierte sie nach dem Halter.

Das Auto war zugelassen auf einen Malermeisterbetrieb, aber es war ein sehr altes Modell, und Martina Mann war sich sicher, dass der Fahrer des Vans auf dem Video ein deutlich neueres Modell fuhr.

Ihr schwante, dass die Spur ins Leere führen würde, und ein paar Telefonate brachten Gewissheit. Der Fahrer des weißen Vans hatte eine Kennzeichendublette an seinem Fahrzeug angebracht. Der Täter nutzte dasselbe Kennzeichen, das Malermeister Schulze für seinen alten Wagen von der Zulassungsstelle erhalten hatte.

Nora hatte in der Zwischenzeit Ercan Yilmaz in seiner Wohnung aufgesucht, um ihn zu vernehmen. Jede Minute war kostbar.

Als hätte er sich auf ihren Besuch vorbereitet, gab er bereitwillig Auskunft. Während der Vernehmung gestand Ercan Yilmaz zwar, dass er bei Sevinc Berend gewesen war und Julia niedergeschlagen hatte, er bestritt jedoch vehement, etwas mit der Entführung von Sevinc Berend zu tun zu haben. Irgendwie glaubte Nora ihm, zumal er keinen Grund hatte, seine Schwiegermutter zu entführen.

Auf dem Weg ins Büro fuhr Nora bei Sevinc Berends Lebensgefährten vorbei und erkundigte sich, ob sich der Entführer bei ihm gemeldet und eine Lösegeldforderung gestellt hätte. Matthias Schmitz verneinte und versicherte Nora, sie sofort zu informieren, sollte er etwas von dem Entführer hören. Am Ende des Gesprächs überreichte sie ihm ihre Handynummer und machte sich auf den Weg zum Präsidium.

Als Nora durch die kreisrunden Flure in Richtung ihres Büros ging, kam ihr die Nachricht von Sevinc Berend in den Sinn.

Bin in einem Auto, auf einem Zug.

Ihrem Instinkt folgend, griff sie zum Telefonhörer und führte ein Telefonat mit einem Angestellten der Deutschen Bundesbahn, um zu klären, welche Autozüge am heutigen Tag am Bahnhof Altona abgefertigt worden waren. Sie erfuhr, dass ein Autozug in Richtung Süden nach Lörrach ging, und erfragte noch die Abfahrtszeiten des Autozuges nach Sylt, hörte jedoch die Stimme am anderen Ende enttäuschender Weise sagen, dass beide Autozüge schon lange abgefertigt und die Züge bereits an ihren Bestimmungsorten angekommen waren.

Entmutigt erbat Nora noch eine Liste sämtlicher Kraftfahrzeuge, die in den Zügen abgefertigt worden waren, und bedankte sich bei ihrem Gesprächspartner.

Eine Überprüfung sämtlicher Autos durch die Kollegen der Bundespolizei erübrigte sich also. Selbst wenn sich Sevinc heute früh auf dem Reisezug nach Sylt oder Lörrach befunden haben sollte, könnte sie jetzt sonst wo sein.

Nora war – was die Entführung anging – in einer Sackgasse angelangt. Als sie von Martina Mann erfuhr, dass zwar der Van des mutmaßlichen Täters auf Video aufgezeichnet worden war, dieser aber an seinem Auto eine Kennzeichendublette angebracht hatte, erkannte sie müde, dass sie fürs Erste über die Weihnachtstage nichts mehr würde ausrichten können, und sie beschloss, ihre freien Urlaubstage trotz allem anzutreten, und ihre Eltern in Süddeutschland zu besuchen. Alexander, Pieter und Martina waren über die Feiertage für den Bereitschaftsdienst eingeteilt und würden sie anrufen, sollte etwas außergewöhnliches passieren. Dann würde sie immer noch zurückfahren können.

Mit dem Intercity fuhr Nora am späten Nachmittag erst bis München und dann weiter nach Röhrmoos, einem Vorort von München im oberbayrischen Landkreis Dachau. Spät am Abend war sie endlich angekommen und ließ sich durch den roten Herrnhuter Stern, der von Weitem aus dem Wohnzimmerfenster ihres Elternhauses in die dunkle Nacht leuchtete, den Weg weisen. Sofort spürte sie ein wohliges Heimatgefühl in sich aufsteigen, das sich – wie ein flauschiger Kaschmirschal – wärmend um ihr Herz legte. Sie betrat über einen weißen Kieselweg den einladend mit Kerzen geschmückten Vorgarten des weiß verputzten Einfamilienhauses ihrer Eltern. Sie klingelte dreimal, wie sie es immer tat. Fröstelnd wartete sie vor der Tür und trat auf der Stelle hin und her, um ihre durchgefrorenen Füße aufzuwärmen, die auch heute nur in einem Paar Turnschuhen steckten.

Als sich die mit einem grünen Kranz geschmückte weiße Tür öffnete, erschrak Nora, blieb wie angewurzelt stehen und konnte nicht glauben, wer ihr gerade die Tür geöffnet hatte. Damit hatte sie nicht gerechnet.

Kapitel 9
Karlchens Foto

Das rubinrote Licht des Herrnhuter Sterns brach sich in den silberfarbenen Weihnachtskugeln, die schwer an den dichten, grünen Zweigen der Nordmanntanne hingen, welche Heinrich Kardinal geschmückt hatte. Lotta hatte ihn dabei tatkräftig unterstützt, ließ sich jedoch erschöpft auf das Wohnzimmersofa fallen und verweigerte jegliche weitere Zusammenarbeit, als Heinrich die Weihnachtsbaumspitze aufsetzen wollte. Er hatte die oberste Stufe der Leiter erklommen und reckte seinen Arm weit nach oben, um den in weißem Fell gewandeten Engel mit dem goldenen Lamettahaar und den glänzenden Flügeln auf die Spitze der Tanne zu setzen.

„Pass auf, dass du nicht mit dem Kitschengel herunterfliegst. Er wird dich nicht retten!", spottete Lotta und pustete andächtig in ihren heißen Punschbecher, während sie ihre Füße auf den Tisch legte.

Als es klingelte, sprang sie vom Sofa auf und ging zur Tür. „Wer ist das so spät? Erwartet ihr noch jemanden?", fragte sie an ihren Vater gewandt, der noch mit dem Engel beschäftigt war und nicht antwortete.

Lotta war zwar noch von den Misshandlungen gezeichnet, aber sie hatte beschlossen, das Geschehene schnell zu vergessen. Sie öffnete die Tür.

Nora stand im Türrahmen, und im ersten Moment erschrak Lotta, führte dann aber verschwörerisch ihren Zeigefinger zum Mund, um Nora zum Schweigen anzuhalten.

Nora schaute ihre Schwester mit zusammengezogenen Brauen an und ließ ihr Kinn Richtung Brust fallen.

„Ich habe Mama und Papa gesagt, dass ich auf der Straße überfallen und ausgeraubt worden bin. Bitte verrate mich nicht", bat Lotta.

Mit einem vertraulichen Blick und einem verschwörerischen Nicken bedeutete Nora ihrer Schwester, dass sie sich keine Sorgen machen müsse, und schloss sie fest in ihre Arme, was Lotta geschehen ließ.

Bis zu dem alles verändernden Eklat verbrachte Lotta mit ihrer Familie eine besinnliche Weihnachtszeit, wie sie sie schon seit Jahren nicht mehr erlebt hatte.

Anfänglich wirkten ihre Eltern auf sie noch etwas unbeholfen, weil sie überraschend über Weihnachten zu Besuch gekommen war. Einfach so, ohne Anmeldung. Nach so vielen Jahren. Dieser Unsicherheit folgte jedoch alsbald eine tiefe Dankbarkeit, die Lotta spürte, sodass sie entspannt gemeinsam aßen, tranken und über alte Zeiten plauderten.

Wie früher redeten sie ständig durcheinander, in der sicheren Überzeugung, die lustigste Geschichte von allen aufbieten zu können. Wer sich durchgesetzt hatte, durfte zu Ende erzählen. Am Ende wurde abgestimmt, wer die beste Story zum Besten gegeben hatte. Meist redeten dann wieder alle durcheinander.

Es freute Lotta, ihren Vater so ausgelassen und glücklich zu sehen, dass er seine beiden Kinder nach so langer Zeit wieder bei sich hatte. Heinrich konnte nicht aufhören, dieses Geschenk zu feiern. Nora hatte anlässlich dieses Abends ihr rosafarbenes St.-Pauli-Shirt mit dem Aufdruck *Weltpokalsiegerbesieger* angezogen, welches sie 2002 erworben hatte und traditionell zu Weihnachten trug. Lotta erfuhr an diesem Abend, dass Nora ihren Vater, der schon immer ein glühender Fan des FC Bayern München gewesen war, jedes Jahr mit diesem Shirt an diesen schmerzlichen Moment erinnerte, als St. Pauli das Punktspiel gegen den FC Bayern München gewann. Mit Genuss sah Lotta, wie Nora sich an seiner brummigen Reaktion erfreute, aber auch, dass ihr Vater im Wissen um Noras Erwartung sie nicht enttäuschen wollte, mitspielte und brummte.

An diesem besagten Abend des zweiten Weihnachtsfeiertages wollte Heinrich nach dem reichhaltigen Essen mit ihnen anstoßen. Aus dem Keller holte er eine kostbare Flasche Nussschnaps für besondere Gelegenheiten und stellte sie auf den runden, zart gemaserten Mahagonitisch mitten im Wohnzimmer. Der Tisch war für das kleine Wohnzimmer viel zu groß, aber es handelte sich um das Gesellenstück seines Vaters, einem ehemaligen Tischler, der ihm dieses besondere Möbelstück überlassen hatte. Also fand das Vermächtnis seinen Platz mitten im Wohnzimmer.

Heinrich ging zu der hierzu passend gefertigten Kommode und ruckelte roh mit dem Schlüssel an der Glastür hin und her.

„Diese verdammte Tür klemmt jedes Mal", schimpfte er.

„Du hast als Pensionär Zeit, es zu ändern", entgegnete Yasemine Kardinal mit bayrischem Akzent.

Äußerlich war Heinrichs Frau Yasemine, die in Bayern als Tochter tunesischer Eltern aufgewachsen war, eine Mischung aus Lotta und Nora. Als sie und der Ur-Bayer Heinrich sich damals kennengelernt und ineinander verliebt hatten, kämpften beide mutig gegen die Widerstände des Dorfes und ihrer Familien, was ihnen wahrhaftig gelungen war. Auch heute noch verband sie eine innige Liebe, obwohl sie grundverschieden waren. Während Heinrich als katholischer Dorfpolizist trotz seiner Pensionierung in der Eckkneipe gerne für Ordnung sorgte, lebte Yasemine ihren muslimischen Glauben, und es funktionierte – möglicherweise aber nur in dieser Kombination. Ob es auch noch tolerant zugegangen wäre, wenn Heinrich den muslimischen Part gehabt hätte, bezweifelte Lotta.

Yasemine, Lotta und Nora beobachteten belustigt Heinrichs immer rabiater werdende Versuche, an die Schnapsgläser im Schrank zu gelangen. Mittlerweile wackelten die auf der Kommode stehenden gerahmten Bilder immer bedrohlicher.

Die unzähligen, weiß gerahmten Fotografien zeigten Lotta und ihre Schwester in unterschiedlichen Entwicklungsstufen. Auch wenn man intensiv hin und her geräumt hätte, noch ein weiteres Bild wäre auf der Kommode wegen Platzmangels nicht unterzubringen gewesen.

Lediglich von einem Kind gab es nur ein einziges Bild. Ein zweijähriger kleiner Junge stand in Lederhosen vor einem Ochsen, die Arme selbstbewusst in die Hüften gestemmt, während er dem Fotografen keck die Zunge herausstreckte. Es war Karl, der von seinen Eltern auch liebevoll Karlchen genannt wurde. Karlchens Fotografie stand etwas abseits am Rand, fast versteckt hinter den Kinderbildern der beiden Schwestern. Wenn man den kleinen Bub entdecken wollte, musste man schon sehr genau hinschauen. Es schien, als sei er im Verlauf des Lebens in Vergessenheit geraten und man habe lediglich versäumt, das Bild wegzuräumen.

Und dann passierte es.

„Pass auf!", schrie Lotta und rannte zur Kommode, um die Bilder aufzufangen, die herabzustürzen drohten. Aber sie kam zu spät. Sie konnte das einzige wackelnde Bild, das nicht mehr zurück ins Gleichgewicht kam, nicht mehr retten. Karlchen stürzte zu Boden, und mit hellem Klirren zersplitterte der Glasrahmen des Bildes auf dem Holzboden.

Für einen langen Moment war es still.

Lotta duckte sich zu Boden, drehte den Bilderrahmen um und hielt den kleinen Karl in ihren Händen. Eine Weile betrachtete sie das Foto und erhob sich mit Tränen in den Augen. Ohne irgendjemanden anzuschauen, trottete sie mit dem Bild in der Hand zum Tisch ihres Großvaters und setzte sich, so als wäre sie alleine im Raum. Unaufhörlich flossen ihre Tränen, so als dürften sie endlich sein.

Niemand sprach.

Yasemine, die den Unfall hatte kommen sehen, hatte schon ein Kehrblech aus der Küche geholt, mit dem sie geschäftig die Scherben zusammenfegte, gleichsam bemüht, die Stimmung zu retten, die zwischen ihnen zu kippen drohte. Vorsichtig wagte sie einen Blick zu Lotta, die sich etwas beruhigt hatte und ihre Nase schnäuzte. Yasemine legte das Kehrblech zur Seite und ging auf Lotta zu.

„Ich habe noch irgendwo einen Rahmen und werde den kleinen Karl dort reinsetzen", sagte Yasemine, die gehofft hatte, dass ihre Stimme fester und tröstlicher klingen würde.

„Dann ist er wieder an seinem Platz, und alles ist gut."

Wenn Yasemine geahnt hätte, dass sie Lotta mit diesen Sätzen derart aufbringen würde, hätte sie sicher geschwiegen. Aber es war zu spät.

Lotta war trotz ihrer Fassungslosigkeit nicht entgangen, dass ihre Eltern immer wieder verstohlene Blicke zu Nora geworfen hatten, als hätten sie vor irgendetwas Angst.

Lotta konnte nicht erklären, warum sie plötzlich so wütend wurde, aber etwas löste sich in ihr. Etwas, mit dem sie ihr gesamtes Leben fest verbunden gewesen war. Lotta verlor ihre Beherrschung, die sie bis zu dem heutigen Tag geglaubt hatte, für ihre Eltern bewahren zu müssen. Nicht für eine Sekunde war sie mehr bereit, für Nora den Schein zu wahren.

„Scheiße noch mal", schrie Lotta in Richtung ihrer Eltern. „Wovor fürchtet ihr euch eigentlich? Wieso glaubt ihr, Nora verträgt die Wahrheit nicht?"

„Was für eine Wahrheit?", fragte Nora irritiert, während sie sich erhob und um den Tisch ging, um sich das Bild näher anzuschauen. Lotta hielt es jedoch fest und wollte es nicht hergeben. Trotzdem konnte Nora einen kurzen Blick auf die Fotografie werfen und erkannte ihren Bruder.

„Ach, Karlchen!", sagte Nora und betrachtete den Kleinen, der sie frech anschaute. Sie schaute abwechselnd zwischen ihren Eltern und Lotta hin und her.

„Was für eine Wahrheit?", wiederholte sie. „Was verschweigt ihr mir?"

„Nichts, es ist nur so traurig, dass wir ihn verloren haben", sagte Heinrich, den jetzt tiefe Traurigkeit umgab und der anfing, am ganzen Körper zu zittern.

Als Lotta ihren starken Vater so beben sah, drängten sich, anfänglich noch blass, Bilder von ihrem Vater in ihr Bewusstsein, der genauso wie jetzt am ganzen Körper gezittert hatte. Genauso wie jetzt, hatte auch damals seine Verzweiflung in seinem Körper die Führung übernommen, als er vor vielen Jahren am Chiemsee voller Angst und Panik durch den See gewatet war, um nach dem kleinen Körper zu greifen, der im Wasser auf dem Bauch liegend abgetrieben war. Ihr Vater schrie so laut und aus tiefster Seele, wie sie es nie wieder bei ihm gehört hatte. Sobald er ihren kleinen Bruder, dessen Köpfchen erschlafft über seinem Unterarm hing, ans Ufer getragen hatte, legte er den leblosen, nassen Kinderkörper ab und drückte immer wieder mit beiden Handballen rhythmisch auf dessen zarten Brustkorb.

„Karlchen, komm zurück. Gott, hilf mir! Nimm mir nicht meinen Jungen", flehte er mit Zittern in seiner Stimme, aber es sollte nicht helfen. Erst als der am Unglücksort erschienene Notarzt versuchte, das Leben von Karlchen zu retten, ließ er von ihm ab. Nur noch den Tod hatte der Arzt jedoch feststellen können und wandte sich mit einem bedeutungsvollen Kopfschütteln, das unmissverständlich das Ende von Karlchens kurzem Leben bekanntgab, ihrem Vater zu.

Genau dasselbe beklemmende Vibrieren in Heinrichs Stimme ließ Lotta aufhorchen. „Wir sind müde und gehen zu Bett", sagte er leise, ohne seine immer wieder brechende Stimme im Zaum halten zu können. Gleichzeitig nahm er Yasemine, die beim Hinausgehen liebevoll ihren Arm um ihn legte und sich noch einmal zu ihren Kindern umdrehte, an die Hand.

„Lasst uns morgen reden."

Der Schmerz ihres Vaters stürzte Lotta in tiefe Verwirrung und Hilflosigkeit, und sie bereute ihren Wutausbruch. Vielleicht war es falsch gewesen, diese alten Wunden aufzureißen. Vielleicht musste sie akzeptieren, dass manche Dinge nicht würden heilen können.

Andererseits hatte Nora ein Recht und vielleicht sogar die Pflicht zu erfahren, was damals wirklich passiert war. Und hatte sie selbst nicht auch einen Anspruch darauf, von ihrer vermeintlichen Schuld befreit zu werden? Lotta fand keine Antwort und beschloss, ihre verbale Entgleisung irgendwie zu korrigieren. Aber wie sollte ihr gelingen, den Geist wieder einzufangen, den sie aus der Flasche gelassen hatte?

Mit dem Bild in der Hand erhob sie sich vom Tisch und setzte sich mit verschränkten Armen auf das Sofa. Sie schaute zu dem direkt neben ihr stehenden Weihnachtsbaum hoch, auf dem der von ihr verabscheute Engel hell leuchtete. Während ihr Kopf überstreckt in ihrem Nacken lag, wurde ihr schwindelig. Heute solltest du vor allem nichts mehr trinken, das wäre vielleicht ein Anfang, dachte sie, hielt ihre Stirn und lehnte sich behutsam zurück.

Nora beobachtete Lotta, wie diese sich mit verschränkten Armen gegen die Rückenlehne des Sofas fallen ließ und ins Leere schaute.

Ihren Ellenbogen hatte Nora auf den schweren, rötlich glänzenden Holztisch ihres Großvaters gestützt und schaute mit dem Kinn in der Hand zur Tür, durch die vor wenigen Minuten ihre Eltern verschwunden waren. Natürlich vermissten ihre Eltern ihren Bruder Karlchen und trauerten über seinen tragischen Badeunfall, das tat sie schließlich auch, aber da war noch etwas anderes. Etwas, was ihre Familie vor ihr verbarg.

Obwohl ihre Eltern vermutlich schon zu Bett gegangen waren, war für Nora die Bedrückung immer noch allgegenwärtig, die Lotta jetzt jäh durchbrach.

„Ist es nicht unendlich beruhigend, ein Heim zu haben und nach Hause kommen zu können? Auch noch nach so langer Zeit? Ich bin so froh, dass ich es geschafft habe, meinen Stolz zu überwinden", sagte sie und betrachtete Nora erwartungsvoll.

Nora antwortete nicht. Wahrscheinlich wollte Lotta auch gar keine Reaktion. Nora fühlte sich ausgegrenzt. Alle schienen das Geheimnis zu kennen, nur sie nicht. Offenbar traute ihr niemand. Sie fragte sich, ob sie wirklich daheim war. Ihren Besuch bei ihren Eltern hatte sie sich ganz anders vorgestellt. Die Ermittlungen, die nicht vorangingen, bedrückten sie, und bei ihrem Vater hatte sie sich etwas Ablenkung und Aufmunterung erhofft.

Mit Lotta hatte sie jedoch nicht gerechnet. Einerseits freute sie sich, sie zu sehen, aber das Familientreffen stand die ganzen Tage nur im Zeichen der Anwesenheit ihrer älteren Schwester. Alles drehte sich um sie. Ihre Mutter kochte Lottas Lieblingsessen, Apfelreis mit Rouladen und brauner Sauce, und ihr Vater hatte nur Augen für sie. Lotta erzählte von ihrer neuen Wohnung und ihrem Job als Kellnerin, wobei sie in ihren Geschichten feige ein wichtiges Detail unterschlug. Nämlich, in was für einem Lokal sie beschäftigt war. Das war doch verlogen!

Immer wieder hörte sie ihren Vater sagen, wie sehr er sich darüber freute, dass Lotta hier war und dass er hoffte, dass sie sich zukünftig häufiger sehen würden. Er wünschte sich, irgendwann nach Hamburg kommen zu können, damit seine Töchter ihm ihre Stadt zeigten.

Verdammt, dachte Nora, jetzt ist der Abend, der so stimmungsvoll begonnen hat, zu Ende, weil Lotta wegen eines zersprungenen Bilderrahmens geheult und Mama und Papa angeschrien hat.

Sie verzog das Gesicht, als habe sie gerade ein Glas Essig trinken müssen. Die Enttäuschung über den Verlauf des Abends legte sich wie eine Matrix über ihr Gesicht. Ihre Augenbrauen zogen sich zusammen, und sie rümpfte die Nase. Etwas in ihrem Inneren ging zum Angriff über.

„Es ist ja schön für dich, wenn du deinen Stolz überwunden hast, aber muss das zu meinen Lasten gehen? Es ist nämlich total scheiße, wenn einem ein anderer das Elternhaus streitig macht", erwiderte Nora.

Lotta erhob sich umständlich vom Sofa und hielt auf Nora zu. Leicht schwankend blieb sie vor ihr stehen und baute sich auf. Hierbei hielt sie immer noch Karlchens Bild in ihrer rechten Hand.

„Ey, Nora, was meinst du damit?", fragte Lotta leicht verwaschen. Es standen mehr als eine Flasche Rotwein auf dem Tisch. Alle Flaschen waren leer, und Lottas Zunge lag schwer in ihrem Mund.

„Das ist keine Frage der Meinung!", antwortete Nora, während sie sich an Lotta vorbeidrängelte.

Als sie mit einer weiteren Rotweinflasche unter dem Arm aus dem Keller zurückkam, konnte sie mit letzter Kraft den Korken ziehen. Nora schenkte das Glas randvoll und nahm einen großen Schluck.

Lotta trat einen Schritt zurück, wobei sie leicht ins Straucheln geriet, es aber schaffte, sich am Tisch festzuhalten. Sie sah verloren aus.

„Scheißegal, was du tust, Lotta, ob du jahrelang nichts von dir hören lässt oder plötzlich auf der Bildfläche erscheinst: Immer geht es nur um dich. Obwohl du nichts Vernünftiges auf die Reihe gekriegt hast!"

Lottas Mundwinkel zuckten, eine unbezähmbare Wutwelle überspülte sie, und sie spürte, dass sie kurz davor war, zum großen Schlag auszuholen. Und dann brach es auch schon aus ihr heraus. „Du bist es doch, die durchs Leben rast und Unheil verbreitet. Deine Eifersucht und dein bescheuertes Versteckspielen haben ins Verderben und zu Karlchens Tod geführt. Er hätte nicht ertrinken müssen. Du bist an diesem Elend schuld. Sonst niemand!", ließ sie die Bombe platzen.

Wie ein Kugelhagel schossen Lottas Worte in Noras vom Alkohol vernebelten Kopf, während sich in ihrem Magen ein noch nie gefühlter Schmerz ausbreitete. Ihr Atem wurde immer schneller, und ein Druckgefühl legte sich beklemmend auf ihre Brust. Nora trank den Rotwein in ihrem Glas in einem Zug aus, als sei es Wasser, sprang auf und begann, die Glasvitrine zu durchsuchen.

„Wo sind denn alle Stamperl geblieben?", nuschelte sie im weinerlichen Ton. Trotz verzweifelter Suche fand sie kein Schnapsglas und füllte sich eine ordentliche Menge Nussschnaps in ihr noch rot verfärbtes Weinglas. Im Stehen kippte sie, wie eine Verdurstende, den Brand herunter und begann, die Bilderrahmen zu zählen, die der Ausgangspunkt des jähen Endes des Abends gewesen waren. Sie zählte und trank, zählte, trank und zählte ... und begann zu murmeln.

„Drei kleine Dreikäsehochs ..."

Mit letzter Kraft schwankte sie zum Sofa, kraulte ihre davorliegende treue Begleiterin Isa am Kopf und ließ sich, benebelt vom Nusserl, auf die Couch fallen, wobei sie gegen die scharfe Ecke der Tischkante stieß und liegen blieb.

VI. Kalenderwoche 52 2015
1. Teil

Kapitel 1
Verirrung

Mit großen, schlaksigen Schritten betrat Oberstaatsanwalt Robert Back die Büroräume der Staatsanwaltschaft im Dragonerstall und ignorierte – wie jedes Mal – den freundlich grüßenden Pförtner am Eingang. Vielleicht hatte er ihn nicht gesehen, was allerdings schwer nachzuvollziehen wäre, weil der dort seit zwanzig Jahren saß und freundlich seinen Dienst versah. Der Pförtner, der trotz seines offenen Wesens in dieser Geschichte namenlos bleibt, war es gewohnt, dass Back ihn ignorierte. Trotzdem begrüßte er – und das war das eigentlich Bewundernswerte – jeden Tag neu alle Menschen, die sein von ihm bewachtes Bürogebäude betraten, und dazu gehörte nun mal auch Oberstaatsanwalt Back. Für die Karriere von Oberstaatsanwalt Back konnte der Pförtner allerdings nichts tun. Das war sein Schicksal. Für Oberstaatsanwalt Back war er unsichtbar.

Wie jeden Montag stand Robert Back vor dem Paternoster, einer in die Jahre gekommene Personenbeförderungsaufzugsanlage der Hamburger Staatsanwaltschaft, welche sich permanent in Bewegung befand und von ihren Gästen abverlangte, während laufender Fahrt in die Kabine ein- und auch wieder auszusteigen.

Unternehmungslustig fuhr Back einen Umweg.

So sprang er von der rechten Seite in den Aufzug, aus dem für gewöhnlich die von oben kommenden Fahrgäste ausstiegen, und trat seine Rundreise in die Unterwelt an. Immer noch legte das Knarren der hin und her rüttelnden Kabine einen Schauer über seinen Rücken, und eine leichte Anspannung machte sich breit. Jedes Mal fragte sich Back dasselbe: Würde die Beamtengondel sich dieses Mal um 180 Grad drehen, sodass er unweigerlich würde stürzen müssen?

Natürlich wusste er, dass das nicht passieren konnte, aber es war ihm ein zur Gewohnheit gewordenes Spiel geworden, seine Arbeitswoche mit diesem Ritual zu beginnen. Ihm würde etwas fehlen, sollte dieser Paternoster eines Tages seinen Geist aufgeben. Schmerzlich vermissen würde er dieses „Grusel-Weh-Gefühl", wenn sich langsam die Dunkelheit in der Kabine breitmachte und er an der holzvertäfelten, teilweise beschmierten Wand vorbeifuhr, die die Fahrzelle vollständig umschloss, fast so wie in einem fahrenden Sarg.

Kollegen, die bereits im Erdgeschoss standen, um in den Aufzug zu steigen, waren dann gelegentlich doch noch verdutzt, wenn die von unten kommende normalerweise freie Kabine schon mit Oberstaatsanwalt Back besetzt war. Der Moment, in dem der mit Back besetzte Abteilwagen langsam die Bodenschwelle des Erdgeschosses passierte, erinnerte an einen sich langsam hebenden Theatervorhang, der jedoch nicht Backs Füße, sondern zuerst seinen Kopf mit den zurückgegelten, längeren Haaren und dann nach und nach den Rest seiner selbstzufriedenen Erscheinung freigab.

Heute trug er einen gut sitzenden Anzug, der seine Schlaksigkeit und seine zu langen Beine, bis auf seine stark ausgestellten Füße, perfekt kaschierte.

Pfeifend ging er in das Großraumbüro seiner Geschäftsstelle und stellte sich neben seine sitzende Mitarbeiterin, die mit einer Mischung aus Bewunderung und Verliebtheit zu ihm aufschaute. Übrigens, wie eine von vielen. Back genoss es und strich sich durch sein Pomadenhaar. Mit einem Stapel Akten, den er sich unter den Arm geklemmt hatte, betrat er sein nebenan liegendes Büro. Er ließ den Computer hochfahren, streckte seine Beine lang aus und checkte seine Mails. Als das Telefon klingelte, nahm er den Hörer ab und hielt ihn an sein fleischiges Ohr, während er die Mails weiterlas.

„Back, guten Tag."

Während der Gesprächsteilnehmer am anderen Ende der Leitung längere Ausführungen machte, löste Back seinen Blick von den Mails und hörte konzentriert zu. Gelegentlich machte er sich mit seinem Kugelschreiber, den er von seiner Frau zur Ernennung zum Oberstaatsanwalt geschenkt bekommen hatte, Notizen und schaute dann und wann aus dem Fenster. Er hatte einen direkten Blick auf das Brahms Kontor.

„Wo gefunden, sagten Sie?"

Sein wohliges Lächeln gefror.

Er schrieb mit und wiederholte leise: „Am Sonntag, bei der St.-Nikolai-Kirche, Moorfleet, gefunden? Sie war abgelegt vor dem weißen Eingangstor, sagen Sie? Mit einem Bibelvers auf einem Notenblatt … an der Tür befestigt …" Sein Kuli jagte über seinen weißen Stoß Papier.

„Das ändert alles!", sagte Back und beendete das Gespräch, ohne die Antwort seines Gesprächsteilnehmers abzuwarten.

In professioneller Umsetzung der alles auf den Kopf stellenden neuen Information führte er weitere Telefonate und stimmte einen Anhörungstermin mit Richter Hirsch und dem Verteidiger ab. Mit den unter seinen linken Arm geklemmten roten Akten, auf denen der Name des Beschuldigten Albert Berend geschrieben stand, verließ er das Büro, griff geschickt den Mantel vom Garderobenhaken und zog ihn umständlich mit einem Arm an. Zügig ging er die Wendeltreppe zum Ausgang hinunter und rauschte, ohne einen Gruß, an dem Pförtner vorbei, der ihn – wie aus den bereits erwähnten Gründen – auch jetzt freundlich verabschiedete.

Für einen Moment blieb Back auf dem Platz an der Musikhalle stehen, um sich eine Zigarette anzuzünden. Ein wenig Zeit verblieb ihm nämlich noch, und er blies den Rauch genussvoll aus. Sein Blick wanderte zum mächtigen Brahms Kontor.

Ein Backsteinkoloss, welcher, wie Back von seinem Kollegen Lerchenbrot erfahren hatte, zu Beginn des 20. Jahrhunderts durch den DHV, den Deutschnationalen Handlungsgehilfen-Verband, als Bauherr errichtet worden war. Der DHV war ein im Kaiserreich gegründeter reaktionärer Berufsverband kaufmännischer Angestellter, der weder Juden noch Frauen aufnahm. All dies hatte ihm sein geschichtlich interessierter Kollege Lerchenbrot erzählt, damals zuständig für die Aufklärung von nationalsozialistischen Verbrechen. Bei einem der regelmäßigen Mittagessen hatte er berichtet, dass die Sturmabteilung der NSDAP damals, am 2. Mai 1933, in Umsetzung der sogenannten Gleichschaltung gegen die Freien Gewerkschaften im gesamten Deutschen Reich marodierend durch die Gewerkschaftshäuser stürmte. Sie verwüsteten Büros und entrollten aus den Fenstern der Gebäude Hakenkreuzfahnen. Nur das Gewerkschaftsgebäude des DHV sollte von diesen Überfällen unbehelligt geblieben sein, vielleicht als so eine Art Respekt vor dem antisemitischen Bauherren, der aber 1934 aufgelöst wurde.

In dem klangvollen Namen Brahms Kontor konnte man diese antisemitische Vergangenheit nicht wiederfinden, aber wessen Interesse sollte es auch sein? Back war dessen ungeachtet froh, dass er seinen Mut und sein Gewissen in dieser Zeit nicht hatte unter Beweis stellen müssen. Er schaute auf die Uhr und sputete sich. „Immer wieder sonntags kommt die Erinnerung, Dibbidibbidibbdipp", zwitscherten Cindy und Bert in Backs große Ohren, und er fragte sich, ob es geschmacklos war, dass ihm dieses Lied angesichts der neuesten Entwicklung in seinem Mordfall eingefallen war. Back liebte nun mal Schlager. Da er aber vor allem sich selbst liebte, beendete er seine kritische Selbstbefragung und hetzte zum Strafjustizgebäude.

„Eh, ihr Wichser, macht die Scheißtür auf!", schrie Erich Wittke. Dieser Name stand jedenfalls auf der für ihn angelegten roten Haftakte. Erich war ein verwahrloster, in die Jahre gekommener Junkie. Es war nicht nur seine Kleidung, die übel riechend und zerschlissen war, auch seine Haut war in keinem guten Zustand: übersät mit verkrustetem Schorf, den er immer wieder blutig aufkratzte.

Vermutlich entstammten diese unzähligen Verletzungen massenhaften Auseinandersetzungen mit Leidensgenossen. Das süße teuflische Gift. Es war überall. Und überall umkämpft.

Albert Berend beobachtete seinen Nachbarn, der unkontrolliert gegen die Zellentür schlug.

„Es wird dir nicht gefallen, aber das wird dir vermutlich nichts bringen", klärte Albert Berend, der nicht wusste, wieso er in der Sammelzelle saß und zum Richter gebracht werden sollte, den Junkie auf.

Erich hämmerte weiter.

Entnervt schaute Berend sich um. Er befand sich in einer komplett gekachelten, größeren Zelle, die Ähnlichkeit mit einem Dampfbad hatte, nur ohne stimmungsvolles Licht. Berend fühlte sich äußerst unwohl. Er überlegte, wie viele Häftlinge hier wohl gesessen und geschrien hatten und sich ihrem justiziellen Schicksal ergeben mussten. Die Ausbrüche des Junkies nervten ihn, zumal dieser sich jetzt auch noch eingenässt hatte. Der Uringeruch verfing sich erst in Berends Nasenhaaren und drang dann rasend schnell in sein Gehirn. Unwillkürlich drückte er sich mehrfach die Nasenflügel zu und nahm sich vor, sich darüber zu beschweren, dass er mit diesem Junkie in derselben Zelle eingepfercht worden war.

Dann, endlich! Von draußen hörte er ein dröhnendes Lachen. Die Tür ging auf, und im Rahmen stand Ermittlungsrichter Hirsch. Wittke trat einen Schritt zurück, während er Halt suchend auf seinen Beinen hin und her schwankte. Als der Junkie begriff, dass er noch nicht an der Reihe war, trollte er sich und setzte sich schimpfend auf die Kachelbank.

„Herr Berend, kommen Sie bitte mit?", forderte Markus Hirsch seinen Kunden freundlich auf, ihm zu folgen.

Die gedrungene, enge Wendeltreppe des Untersuchungsgefängnisses, die zu den richterlichen Anhörungsräumen führte, war schnell erklommen, und der schmale Gang, der sonst mit Dolmetschern, Häftlingen, Rechtsanwälten und Mitarbeitern der Ausländerbehörde versperrt war, war jetzt zur Mittagszeit leer. Der Geruch von Kohlrouladen hing noch im Gang und machte hungrig, jedenfalls wenn man Kohl mochte. Albert Berend musterte Ermittlungsrichter Hirsch von oben bis unten, während dieser vor ihm her ging und ihn in den Zuführraum geleitete. *So, da ist er wieder, der Mann, der über mein Schicksal entscheidet, wilde, rote Wikingerlocken, Turnschuhe, Jeans, maritimes, blau-weiß gestreiftes T-Shirt und freundliches Lächeln.*

Albert Berend folgte Hirsch in den Anhörungsraum, dessen Wände in beigefarbenen Tönen gehalten waren. Er konnte diesen freundlichen Haftrichter, der gerade hinter dem erhöhten, bis zum Boden verkleideten Holztresen Platz genommen hatte, nicht einordnen. Berend stellte sich vor den Richtertresen, der den gesamten Raum teilte und nur mittels einer Klappvorrichtung geöffnet werden konnte, die mit einer kleinen Tür kombiniert war.

Während Hirsch den Beschuldigten Berend über seine Rechte aufklärte, hetzte Oberstaatsanwalt Back in die Räumlichkeiten und presste eine Entschuldigung hervor. Mit einem lauten Knall ließ er die Tischklappe auf die Trägervorrichtung fallen und nahm neben Hirsch Platz. Die Protokollführerin erschrak derart, dass sie sich an den alten, abstehenden Holzsplittern ein Loch in ihren neu erworbenen Pulli riss. Leise schimpfte sie vor sich hin. Sie war neu und noch nicht mit den Besonderheiten in diesen Räumen vertraut.

Ermittlungsrichter Hirsch klärte Albert Berend darüber auf, dass sein Verteidiger verhindert sei, aber neue Entwicklungen in dem Fall eine kurzfristige Anhörung dringlich erforderten.

Während der Präliminarien des Vorsitzenden sichtete Back sein Handy, legte es aber bereitwillig zur Seite, als ihm das Wort erteilt wurde.

Er informierte den Beschuldigten über den Fund der Leiche, bei der es sich um die Vermisste Sevinc Berend handeln würde, die an einem Kirchentor abgelegt aufgefunden worden sei. Mutmaßlich wie die anderen beiden Opfer sei sie ebenfalls durch scharfe Gewaltanwendung gegen den Hals zu Tode gekommen. Back erwähnte noch den Bibelvers auf dem Notenblatt und las:

„Wird wohl der Herr Gefallen haben an viel Tausend Widdern oder soll ich meinen ersten Sohn für meine Übertretung geben, meines Leibes Frucht für die Sünde meiner Seele?
Micha 6/7."

Er machte eine kurze Pause und schaute aus dem mit Eisengittern versehenen Fenster. Dann wandte er sich wieder dem Beschuldigten zu.

„Betrachtet man den Modus Operandi dieses neueren Falles, für den Sie aufgrund Ihrer Inhaftierung nicht in Betracht kommen können", wobei Back die beiden Wörter „kommen können" stakkatoartig und in derselben Stimmlage betonte, „so sind doch starke Parallelen mit den Ihnen vorgeworfenen Taten zu konstatieren. Wir haben ermittelt, dass Sie tatsächlich einen Zwillingsbruder haben, und so wie es aussieht, kommen nicht mehr Sie alleine für die Morde als Täter in Betracht. Die Sie erheblich belastende DNA-Spur und der Umstand, dass …"

„Herr Staatsanwalt, was heißt das?", unterbrach ihn Berend, der den Bericht des Staatsanwalts über den Tod seiner ehemaligen Frau und Mutter seiner Kinder regungslos entgegengenommen hatte. In seinem Gesicht war nichts zu erkennen. Keine Trauer, kein Schreck, keine Verzweiflung, nichts.

„Es fehlt am dringenden Tatverdacht", antwortete Back, und an Haftrichter Hirsch gerichtet: „Ich beantrage daher, den Haftbefehl aufzuheben."

Ich beantrage, den Haftbefehl aufzuheben, ich beantrage, den Haftbefehl aufzuheben, ich beantrage, den Haftbefehl aufzuheben.

Dieser Satz drehte sich in Albert Berends Kopf wie ein immer wiederkehrender Radiojingle, und er klang wie Musik in seinen Ohren.

Berend begriff, und er konnte seine Freude darüber nicht mehr verbergen. Sein Plan war aufgegangen. Er hatte erfolgreich den Verdacht auf seinen Bruder gelenkt. Für einen angemessenen Abgang wandte er sich noch mit jovialen Worten an Ermittlungsrichter Hirsch.

„Sehen Sie, Herr Richter, ich darf Sie doch so nennen? Ich habe zwar auch aus dem Gefängnis versucht zu arbeiten, aber möglicherweise können Sie sich vorstellen, dass dies mit erheblichen Reibungsverlusten verbunden war. Ich bin eben, anders als Sie, die technische Ausstattung eines modernen Büros gewohnt." In Erwartung einer Reaktion lächelte Berend Ermittlungsrichter Hirsch süffisant an, der sich aber für solche Eitelkeiten nicht interessierte, die Anhörung beendete und Berend alles Gute wünschte.

✶✶✶

Niemals würde Nora den Moment vergessen, als sie, mit einer Beule an der Stirn gezeichnet, am Montag im Büro erschien und von Martina Mann erfuhr, dass Robert Back die Aufhebung des Haftbefehls beantragt hatte. Sie war immer noch von ihrer Alkoholvergiftung und ihrem Sturz angeschlagen und schaute müde in die Runde.

„Wo warst du, Nora, als wir dich am Sonntag versucht haben anzurufen? Du bist nicht an dein Handy gegangen", stellte Martina mit einem leicht vorwurfsvollen Unterton in der Stimme fest und fuhr fort: „Am Sonntag ist Sevinc Berends Leiche von einem der ersten Kirchgänger vor der Kirche entdeckt worden. Hier war der Teufel los!"

Martina Mann schaute Nora erwartungsvoll an, aber diese schwieg.

Sollte sie Martina erzählen, dass sie am Sonntag fast mit einer Alkoholvergiftung ins Krankenhaus gekommen wäre?

Im letzten Moment hatte sie es abwenden und ihre Eltern überzeugen können, dass sie sich auf der Rückfahrt nach Hamburg ausreichend erholen würde.

Mit hämmernden Kopfschmerzen und einem starken Übelkeitsgefühl machte sie sich auf den Heimweg, obwohl sie sich die ganze Nacht übergeben hatte.

Während ihrer Rückfahrt hatte sie viel Zeit, um über die Geschehnisse zu Hause nachzudenken. Sie überlegte, wie es zu diesem Eklat und dem Streit mit Lotta gekommen war. Was wusste Lotta über Karlchens Badeunfall, was sie nicht wusste? Und wie konnte Lotta behaupten, sie sei schuld an Karlchens Unfall? Ihr Blick verdunkelte sich.

Aufgrund ihrer Amnesie konnte sie sich an den Unfall fast gar nicht erinnern.

Nur Lottas damaligen Schrei würde sie nicht vergessen. Er war unerträglich und qualvoll und hatte sie gezwungen, zum Rad zu rennen und loszufahren. Nur weg. Irgendwohin. Kopflos, ohne Plan.

„Ich hole Hilfe, Mama und Papa, wo seid ihr?", rief sie und raste geradewegs in ein fahrendes Auto. Peng. Quietschende Autoreifen. Alles wurde schwarz. Nora konnte nicht mehr helfen.

Schwer verletzt, mit unzähligen Knochenbrüchen, lag Nora mehrere Wochen im Krankenhaus. Obwohl ihre Mutter sie regelmäßig besuchte, überkam sie kaum auszuhaltendes Heimweh. Jeden Abend schluchzte Nora in ihr Kissen, und die Krankenschwestern vermochten sie kaum zu trösten.

An einem besonders traurigen Abend setzte sich eine besonders junge Schwester mit einer besonders winzigen, kleinen Stupsnase zu Nora aufs Bett.

Sie flüsterte, während sie das aufgelöste Kindergesicht in ihre Hände nahm: „Weißt du, Nörchen, was mein Opa immer in solchen Momenten zu mir gesagt hat? Am scheensten is', wenns schee is'. Auch wenn ich traurig war."

Nora schaute die Schwester mit wachen, aber immer noch traurigen Augen an.

„Und dann sagte mein Opa immer: Auch wenn du traurig bist, wirst du sehen, dass es morgen schon ein klitzekleines bisschen schöner ist. Ja, Nörchen, und dann fing mein Opa an zu singen."

Die junge Krankenschwester stellte sich neben Noras Bett und sang nach der Melodie von „Alle meine Entchen" mit einer tief aus dem Bauch kommenden Bassstimme:

„Was hat denn nur mein Schätzchen,
was hast du denn für Sorgen,
was hast du denn für Sorgen,
vertreibe deinen Kummer,
und pu-pupse ihn in den Morgen."

Dabei nahm sie Noras Hand und blies auf ihren weichen Handrücken, sodass es nur so knatterte und klangvolle Flatulenzgeräusche den Raum erfüllten.

Nora hatte herzhaft geprustet, und die junge Schwester war glücklich, dass sie ihre kleine Patientin aufheitern konnte, obwohl es eine erfundene Geschichte war und sie in Wirklichkeit ihren Großvater nie kennengelernt hatte.

Martina Mann war verwirrt über Noras versonnenen Gesichtsausdruck. Ein Lächeln war über ihr Gesicht geglitten, als sie die letzten Zeilen „…pu-pupse ihn in den Morgen" still vor sich hin sang und der liebevollen Schwester gedachte. Am scheensten is', wenns schee is', ging es Nora durch den Kopf, und sie ahnte, dass sie Lotta nur würde näherkommen können, wenn sie sich dem Vergangenen stellte. Welcher Art ihre Schuld auch sein mochte.

Nora schaute in Martina Manns erwartungsvolles Gesicht, die immer noch wissen wollte, warum Nora nicht an ihr Handy gegangen war.

„Ich hatte einen Totalabsturz und lag nach meiner Heimreise den Rest des Sonntags ‚in Sauer'", sagte Nora, und Martina Mann akzeptierte ihre Entschuldigung. Sofort kamen sie auf die neue Entwicklung in dem Serienmordfall zu sprechen.

Der Mörder hieß nicht mehr Albert Berend. Er war gerade mangels dringenden Tatverdachtes entlassen worden. So richtig glauben mochte Nora noch nicht daran, dass Berend unschuldig war, aber die Beweislage gab Oberstaatsanwalt Back recht. Albert Berend kam für den Mord an seiner Ex-Ehefrau Sevinc Berend nicht in Betracht. Er hatte das beste Alibi. Er war inhaftiert und hatte weder die Möglichkeit noch einen Grund gehabt, sie zu töten. Auch fehlte es bis jetzt an einem Motiv, Denis zu töten, und die einzige Frau, die zu Noras Verdacht etwas hätte sagen können, war nun tot.

Der Serienkiller, der in der Presse bereits als der „Bibelschächter" betitelt wurde, war also noch auf freiem Fuß. Ihre Intuition hatte sie verlassen gehabt. Albert Berend war unschuldig. Wie konnte das passieren?

Nora haderte mit sich, aber sie durfte keine Zeit mehr vertrödeln. Der Mörder lief draußen noch frei herum, und sie mussten ihn finden.

Im Rahmen der um elf Uhr anberaumten Dienstbesprechung mit ihren Teamkollegen Michael Kloss, Pieter Struck, Martina Mann und Tanja Richter besprachen sie die weitere Vorgehensweise.

„Wir müssen alle Videoaufzeichnungen der Tankstellen und Privathäuser in der Nähe der Fundorte noch einmal durchgehen. Vielleicht haben wir Glück und entdecken einen weißen Van. Tanja, du solltest die Gefährdungslage von Alexander und Julia analysieren. Wir wissen nicht, ob der Täter sie ins Visier nehmen wird. Sie gehören immerhin zu Alberts Familie, wie Denis und Sevinc. Klärt, ob Albert Berend eine aktuelle Freundin hat. Sie könnte auch gefährdet sein. Ich versuche, alles über den Aufenthaltsort von Karsten Berend herauszufinden."

Kapitel 2
Der Freund der Gemeinde

„Ich muss sofort den Bürgermeister sprechen. Mein Anliegen duldet keinen Aufschub!"

Ein Baum von einem Mann rollte in die freundlich und hell gestaltete Eingangshalle und trug einen für seinen Kopf zu großen, türkisfarbenen Schutzhelm, den er sich hin und wieder mit ausgestreckten Fingern zurechtrückte. Der sitzende Koloss trug sachlich, aber bestimmt, einer älteren Dame sein Anliegen vor. Sie zählte vermutlich fünfundsechsig Jahre, hatte sich vor einigen Tagen ihre grau melierten Haare zu einem flotten Kurzhaarschnitt schneiden lassen und war dezent geschminkt. Geduldig stand sie an der Rezeption und hörte ihm zu.

„Der Bürgermeister hat seine Büros im Rathaus, aber derzeit gibt es dort nur eine Notbesetzung. Sie sind hier in der Seniorenresidenz ‚Abendsonne'. Kann ich Ihnen vielleicht helfen?", fragte sie.

„Ich kenne meine Rechte und lass mich nicht für dumm verkaufen. In meinem Zimmer sind überall Wanzen, im Telefon, hinter den Gardinen, sogar in meinem Badezimmer. Das geht zu weit!"

Der Koloss weitete entrüstet die Augen und wurde zunehmend unruhiger. Schweißperlen sammelten sich unter seinem Helm und rannen die Schläfen herab.

„Die Angestellten hier machen gute Arbeit, aber die Führung ist das Problem. Die Tschetschenen sind hier, auf die muss man ein Auge haben."

Während die Angestellte der Seniorenresidenz routiniert einer weiteren Heimbewohnerin Taschengeld auszahlte, wandte sie sich wieder dem Beschwerdeführer zu, der nun ein anderes Zimmer verlangte.

Die attraktive Rezeptionistin ging um den Tresen der Anmeldung herum und fasste den Beschwerdeführer am Arm.

„Herr Sutkowski, gehen Sie mal nach oben in Ihr Zimmer und besprechen Sie Ihr Anliegen mit unserem Hausmeister. Der kann Ihnen behilflich sein, die Wanzen zu entfernen. Mit einem Umzug werden Sie nicht rechnen können."

Der Koloss trollte sich und schob mit seinem Fuß den Rollstuhl in Richtung Fahrstuhl.

„Wie kann ich Ihnen weiterhelfen?", fragte sie und wandte sich einer hübschen, südländisch anmutenden Frau zu, die bereits eine Weile am Empfang gestanden und das Gespräch verfolgt hatte.

„Ich suche Wilma Hönschemeier. Nach meinen Recherchen wohnt sie hier. Ich muss sie sprechen."

Nora hob leicht ihren Kopf, schaute freundlich durch ihre Brille und hielt der älteren Dame ihre Polizeimarke vor.

„Sie finden die Dame im zweiten Stock. Frau Hönschemeier wohnt erst seit wenigen Tagen bei uns."

Nora bedankte sich und fuhr mit dem Fahrstuhl in den zweiten Stock. Während der Fahrt sprach der Aufzug unaufhörlich mit ihr und kündigte mit einer blechernen weiblichen Stimme sämtliche Stationen in der falschen Reihenfolge an. Im Zielstockwerk angekommen, begab sich Nora in den Gemeinschaftsraum, wartete auf einem der braun gepolsterten Stühle und sah sich um.

Schweigend saßen die Bewohner der Residenz „Abendsonne" um den weihnachtlich dekorierten Tisch. Niemand sprach, keiner erzählte eine Anekdote, obwohl sich die Sozialarbeiterin redlich bemühte. Ohne Erfolg. Schweigen. Der schleichende Tod hatte auch Platz genommen. Und dann passierte doch noch etwas. Nora hörte hinter sich ein schnelles Klopfen. Sie drehte sich zu einer gebrechlichen Heimbewohnerin herum, die stark humpelnd an einem rotgesichtigen, penetrant laut auf den Tisch hämmernden, männlichen Bewohner vorbeiging. Dem Klopfer sah man seine Alkoholsucht an, der er manches Mal unterlag, wenn er sich bei seinem Nachbarn eine Flasche Wein „auslieh".

„Ey, du, geh anständig", rief er der Frau zu und schlug mit seinen Fingern weiter auf den Tisch.

Nora erschrak über so viel Boshaftigkeit, die gebrechliche Frau reagierte jedoch nicht. Sie hörte nicht gut, was für sie ein Glück war, jedenfalls in diesem Moment.

Sie drängelte sich an Wilma Hönschemeier vorbei, die gerade in den Saal hineingerollt wurde.

Nora stellte sich vor und versuchte, eine vertrauensvolle Gesprächsatmosphäre zu schaffen.

„Schön haben Sie es hier. Ich hörte, Sie sind neu eingezogen?"

Die Alte musterte sie neugierig. Sie hatte einen offenen Gesichtsausdruck, als wäre Noras Besuch eine willkommene Ablenkung.

„Ja, ein Freund meiner Gemeinde hat mir diesen Platz beschafft. Ich lag über einen längeren Zeitraum bewusstlos in meiner Wohnung, während meine Pflegekraft sich um nichts gekümmert hat. Ich habe nun ein neues Zuhause, und meine polnische Pflegerin ist ihren Job los. So schnell kann es gehen." Die Alte grinste.

„Ich hoffe, es geht Ihnen so weit wieder gut?", fragte Nora.

„Jaja. Ich hatte nur zu wenig getrunken. Immer das Gleiche." Die Alte winkte mit ihrer runzeligen Hand gleichgültig ab.

„Ich bin auf der Suche nach Karsten Berend. Können Sie mir sagen, wo ich ihn finde?"

Die kleinen, wässrigen Augen blitzten auf und wurden hellwach.

„Was ist mit ihm?", fragte die Alte.

„Wir suchen ihn."

„Bei mir? Hier finden Sie ihn nicht." Die Alte lachte laut auf.

„Ich habe ihn schon ewig nicht mehr gesehen. Gelegentlich schreibt er mir noch."

Da Nora die Briefe gerne sehen wollte, rollte die Pflegerin Frau Hönschemeier in ihr Zimmer, und Nora folgte ihnen.

„Ich verwahre alle Briefe von ihm in einer Holzkiste in meinem Kleiderschrank auf", log die Alte.

Feierlich überreichte sie ihre Schatztruhe.

„Kann ich die mitnehmen?", fragte Nora.

„Nein, natürlich nicht, das sind meine Erinnerungen an meinen Sohn."

„Ihr Sohn?"

„Ja, ich habe ihn aufgezogen, wie mein eigenes Kind. Seine Mutter war dazu nicht in der Lage."

Hönschemeier bekam einen lang anhaltenden Hustenanfall, der ihren eingefallenen, schmächtigen Körper heftig durchschüttelte. Als er abgeklungen war, putzte sie sich die Nase und wischte sich die Tränen aus den Augenwinkeln. Nachdenklich schaute sie aus dem Fenster, lauschte dem aus dem Garten kommenden Kindergeschrei und sprach weiter.

„Sie trank zu viel Alkohol, wissen Sie, und kümmerte sich nicht um Karsten. Das ist in unserer Glaubensgemeinschaft nicht unentdeckt geblieben, und so lebte er, ab und dann auch mal sein Bruder und seine Schwester, immer häufiger bei mir im Gemeindehaus. Seine Mutter war mit allem einverstanden."

Die Alte neigte ihren Kopf und schaute Nora eindringlich an, während sie sich über die Warze an ihrer Wange strich.

„Sehen Sie, seine Mutter hatte nur Augen für Albert, Karstens Zwillingsbruder, und hat Karsten auf scheußliche Art und Weise gedemütigt."

Die Alte stockte, da ihr Mund plötzlich so trocken wurde, dass sie nicht weitersprechen konnte. Sie nahm einen Schluck Wasser.

„Hilflos war er, ohne jeglichen Halt, den habe ich ihm zum Ausgleich geben können."

„Wie?"

Die Alte schwieg, so als ob sie das Geheimnis nicht lüften dürfte, so als würde sie ein schweres Gelübde tragen.

Sie schien mit sich zu ringen. Dann aber schaute sie Nora direkt an, und ihre Blicke trafen sich.

„Mit Gott!"

„Mit Gott?"

Obwohl die Alte erschöpft wirkte, hielt sie Noras kritischem Blick stand, und Nora entdeckte plötzlich in ihren Augen etwas Triumphierendes. Etwas, was der Alten die Sicherheit gegeben haben musste, das Richtige zu tun. Mit lauter, kraftvoller Stimme sprach sie weiter.

„Gott war der Schlüssel."

Nora wusste nicht, was sie sagen sollte.

„Gott gibt dir Kraft, wenn du dich ihm hingibst, wenn du für ihn Opfer bringst. Karsten hat von mir gelernt, Opfer zu bringen, und ist rein geworden."

Ein längerer Hustenanfall unterbrach die Alte in ihrer Erzählung. Die Pflegerin füllte Wilma Hönschemeier frisches Wasser in ihr Glas.

„Sie haben heute noch nicht genug getrunken, Frau Hönschemeier", sagte sie, und zu Nora gewandt: „Ich glaube, es strengt sie sehr an …"

Nora hob die Hand, als wollte sie der Pflegerin bedeuten, dass sie noch einen Moment warten solle.

Langsam sprach die Alte weiter. „Ich war Gemeindeschwester in einer kleinen Kirche am Rande der Stadt in Finkenwerder. Dort habe ich ihn aufgezogen, dort haben wir gelebt. Karsten hat das Gemeindeleben geliebt. Die Sonntagsschule, die Gemeindefreizeiten. Seine Mutter hatte er nicht mehr gesehen. Sie hatte ihn nicht mehr besucht. Ich glaube, sie war froh, ihn los zu sein, und hat ihn aus ihrem Leben verdrängt."

Sie schaute Nora entsetzt an. „Ja, man kann sagen, sie hat ihn ausgelöscht."

Der Alten fielen die Augen erschöpft zu, und Nora sah sich in dem Zimmer um.

Über dem Schreibtisch hingen einige Fotografien, Kinderbilder, bei denen es sich nach Noras Einschätzung um Albert, Karla und Karsten handeln dürfte. Auf dem Bild waren ein älteres Mädchen und zwei identisch aussehende Jungs in unterschiedlicher Kleidung abgebildet. Eine weitere Fotografie fiel Nora auf, ein Bild von einem der Jungs, entweder Albert oder Karsten, der vor einer Schlachterei posierte. Er sah zufrieden aus. In seinen Händen hielt er ein Schlachtermesser und schaute mit flackernden Augen in die Kamera des Fotografen. Für einen kurzen, surrealen Moment wurde der Junge auf dem Bild lebendig und schien sie anzulächeln. Nora schüttelte die Vorstellung ab und zückte ihr Handy, während sie sich verstohlen zu der Alten umdrehte, da sie mit dem Gedanken spielte, ein Foto zu machen, ohne die Alte zu fragen. Nora erschrak, denn sie blickte in weit aufgerissene Augen, die sie streng fixierten. Ertappt wollte sie wenigstens jetzt um Erlaubnis fragen, aber Wilma Hönschemeier kam ihr zuvor.

„Sie können gerne Fotos machen. Karsten ist ein guter Junge."

„Ach, das ist also Karsten?", fragte Nora. Die Alte nickte zustimmend, und Nora fotografierte den Jungen vor der Schlachterei.

Ihr Blick glitt weiter über die Fotografien, und sie blieb irritiert an einem Gruppenfoto hängen. Es war ein Bild aus älterer Zeit, das erkannte Nora an der unmodernen Kleidung. Im Hintergrund war die Gemeindekirche zu sehen, während im Vordergrund mehrere Personen im Gemeindegarten standen und in die Kamera lächelten. Neben Wilma Hönschemeier, die auf dem Bild bestimmt zwanzig Jahre jünger war, stand ein Mann. Nora beugte sich nah an das Bild, denn sie glaubte, ihn zu kennen, ihn schon mal gesehen zu haben. Er hatte Ähnlichkeit mit ... verdammt, mit wem?

„Wer ist das?", fragte Nora und fotografierte auch dieses Bild.

Die Alte antwortete nicht. Sie schnarchte leise, was die fürsorgliche Pflegerin veranlasste, Nora aufzufordern, ein anderes Mal wiederzukommen.

Die Schatztruhe, die auf dem Tisch stand, nahm Nora an sich und klaubte den obenauf liegenden Brief von Karsten Berend heraus, während die Pflegerin ihre Patientin versorgte.

„Ich nehme an, ich darf den Brief mitnehmen, oder benötigen Sie einen richterlichen Beschluss?", murmelte Nora und schaute in die Augen der Alten, die wieder erwacht war und eine zustimmende Handbewegung machte. Der Brief, der keinen Absender enthielt, verschwand in Noras Tasche.

„Aber wiederbringen", krächzte sie, als Nora das Zimmer verließ. An der Tür drehte sich Nora noch einmal zu ihr um.

„Frau Hönschemeier, wer ist das auf dem Gruppenfoto?"

„Wer denn genau?"

Um keine Zeit zu verlieren und die Geduld der Pflegerin nicht überzustrapazieren, nahm Nora schnell ihr Handy, zoomte das jüngst gemachte Foto heran und zeigte mit ihrem Finger auf den Mann.

„Ich brauche meine Brille …" Suchend drehte die alte Frau ihren Kopf, und die Pflegerin setzte ihr die Brille auf die Nase.

„Ach, der, das ist der Freund unserer Gemeinde, von dem ich vorhin sprach. Er hat mir den Pflegeplatz hier besorgt und besucht gelegentlich unseren Gottesdienst."

„Wie heißt er?"

„Das ist Bruder Michael Koslowski."

Nora bedankte sich bei der Alten und wandte sich endgültig zum Gehen.

Als sie die Zimmertür geschlossen hatte, erbat sich die Alte bei der Pflegerin ihr Stofftier, welches auf dem Bett seinen Stammplatz hatte. Bevor die Pflegerin das Zimmer verließ, reichte sie ihrer Patientin den Stoffhasen, der wie ein Briefträger aussah und eine Posttasche trug. Wilma Hönschemeier öffnete die Lasche des Postbeutels und entnahm den Brief, den sie zuletzt von Karsten Berend bekommen hatte. Sie faltete das Papier mit fahrigen Bewegungen auf und las ihn erneut.

Meine geliebte Wilma,
Die Schuldigen werden nun Gott ein Stück näherkommen, so wie du es mich gelehrt hast.

„Denn das Leben des Fleisches ist im Blut und ich habe es euch für den Altar gegeben. Denn das Blut ist es, das

durch Leben Versöhnung erwirkt. Im Blut war die Seele und Gott beansprucht die Seele.
3. Mose. 17/11.

Karsten.

Lächelnd faltete sie den Brief zusammen und schob ihn wieder zurück in den kleinen Postranzen. Keiner sollte ihn haben. Er war der Beweis, dass Karsten Berend gerettet und auf dem richtigen Weg war.

An der Rezeption war die Empfangsdame mit einem weiteren Hausbewohner beschäftigt, und Nora wartete, bis sie Zeit für sie hatte.

„Na, haben Sie Frau Hönschemeier gefunden?"

„Ja, ich konnte mit ihr sprechen. Sagen Sie, wer hat ihr den Platz besorgt?"

Noras Gegenüber wurde misstrauisch, blieb aber freundlich.

„Ich weiß nicht, ob ich Ihnen das sagen darf. Sehen Sie, Datenschutz ... ", dabei rollte sie mit den Augen, als wäre sie keine Hüterin der informationellen Selbstbestimmung.

„Wer hat denn die Verträge unterschrieben? Ich ermittle in einer Mordserie, wissen Sie, da geht es um jeden Tag."

Nora hatte etwas Drängendes in ihrer Stimme, als sie fortfuhr.

„Frau Hönschemeier sagte, ein Herr Koslowski habe sich darum gekümmert. Können Sie das bestätigen?"

Die freundliche Dame betrachtete Nora genau, zögerte noch einen Moment und zuckte dann mit den Schultern.

„Na, Sie sind ja von der Polizei, und den Beschluss werden Sie eh kriegen, schätze ich. Ich schau mal in meinen Unterlagen nach."

Nach einer Weile kam sie wieder.

„Diese Telefonnummer hat uns der Herr übermittelt. Aber ich habe mit ihm bisher nur telefoniert, gesehen habe ich ihn noch nicht. Die Generalvollmacht hat er per Post geschickt. Sein Name ist Michael Koslowski, wie Frau Hönschemeier es gesagt hat."

Nora nahm die Telefonnummer entgegen und bedankte sich. Vor der Tür des Heimes führte sie noch ein Telefonat und schrieb Tanja eine Nachricht.

Fahre nach Berlin zur Rosenthal Bau GmbH. Die erwarten mich. Dort soll Karsten Berend laut seiner Schwester gearbeitet haben. Bitte überprüfe Michael Koslowski. Der kümmert sich um Wilma Hönschemeier. Melde mich.

Nora drückte auf Senden, setzte sich in ihren Dienstwagen und fuhr nach Berlin. Die Zeit drängte. Der neue Verdächtige war Karsten Berend, und Nora musste ihn unbedingt finden. Wahrscheinlich hatte er sich bereits das nächste Opfer ausgesucht. Jäh durchfuhr es Nora: Jetzt, wo Albert Berend nicht der Täter war, konnte er selbst ein Opfer werden!

So schrieb Nora Tanja noch eine weitere Nachricht und forderte sie auf, bitte auch Albert Berend im Rahmen der

Gefährdungsanalyse und Schutzmaßnahmen miteinzubeziehen.

KAPITEL 3
„GUTE REISE"

Am Potsdamer Platz in Berlin fand Nora das Bauingenieursbüro Rosenthal, in dem eine junge Mitarbeiterin ihren Arbeitsplatz inmitten der lichtdurchfluteten Eingangshalle hatte. Nora steuerte auf sie zu, stützte mit gefalteten Händen ihre Unterarme auf den Empfangstisch und meldete ihren Termin bei Mose Rosenthal an.

Die junge Frau, deren rot geschminkte Lippen einen grellen Akzent in ihrem sonst blassen Gesicht setzten, hob ihren Arm und wies in Richtung des Fahrstuhles.

„Bitte fahren Sie bis zum zehnten Stock. Herrn Rosenthal finden Sie im Büro mit der Zimmernummer 10.1. Er erwartet Sie."

Die junge Frau schenkte Nora noch ein süßes Lächeln und wandte sich dann wieder den Zahlen auf ihrem Monitor zu.

Nora stieg in den Aufzug, kontrollierte ihr Äußeres im Spiegel, leckte an ihrem Finger und strich dreimal über ihre Brauen. Gleich zu Beginn der Fahrt bemerkte sie, wie sich ihr Magen zusammenzog, sich aber bereits nach wenigen Sekunden wieder erholte, als der Aufzug anhielt. Sie staunte nicht schlecht, als sich die Tür zum zehnten Stock öffnete.

Direkt an der Tür stand ein großer, schlanker, ungefähr fünfundachtzig Jahre alter Mann, mit vollem, weißem Haar und dunkelbraunen, wachen Augen. Er begrüßte sie.

„Frau Kardinal?"

Der alte Mann schaute in Noras ungläubig dreinschauendes Gesicht und lächelte.

„Sie sind nicht die Erste, die verwirrt aus diesem Fahrstuhl aussteigt. Sie sind mit einem Hochgeschwindigkeitsaufzug transportiert worden. Er schafft achtzehn Meter pro Sekunde. Das ist doppelt so schnell, wie Usain Bolt bei seinem Hundert-Meter-Lauf war."

Mose Rosenthal lachte hell auf und zwinkerte Nora mit seinem rechten Auge zu, sodass seine weiße, dichte Braue, aus der insgesamt drei lange, glänzende Haare wie Antennen in den Himmel ragten, seiner insgesamt weisen Erscheinung etwas Komisches gab.

Er streckte seine schlanke Hand aus. „Mose Rosenthal, Sie sind vom LKA Hamburg und wollten mich sprechen?"

Mit seinem Arm bedeutete er Nora, ihm in sein Büro zu folgen.

„Wir suchen Karsten Berend. Soweit wir wissen, hat er hier gearbeitet."

„Das stimmt, aber er hat unser Büro schon lange verlassen."

„Wissen Sie, wann?"

„1989 glaube ich, das müsste ich nachsehen."

„Wissen Sie, wo ich ihn finden kann?"

„Wo er jetzt ist, kann ich Ihnen leider nicht sagen. Er kündigte überraschend das Arbeitsverhältnis und war dann schnell weg. Ein guter Mann. Voller Ideen und so innovativ. Wir haben seinen Weggang sehr bedauert."

Nora betrachtete den stolzen, älteren Herrn, der vor ihr stand.

„Möchten Sie nicht Platz nehmen?", fragte er.

Nora nickte, schaute sich in dem modern eingerichteten Büro um, nahm aus den Augenwinkeln die beeindruckend hohe Bücherwand wahr und setzte sich auf einen der gemütlich aussehenden Sessel. Sie fiel in die Tiefe des Polsterstuhls und fürchtete für eine Sekunde, für immer in ihm versinken zu müssen.

Mose Rosenthal ließ durch seine Chefsekretärin Kaffee bringen, die zusätzlich noch eine Silberschale mit Keksen servierte.

„Herr Rosenthal, wann war Ihre letzte Begegnung mit Karsten Berend?"

Er schaute Nora mit glänzenden Augen an, als hätte er sein ganzes Leben darauf gewartet, endlich seine Geschichte erzählen zu dürfen.

„Im Oktober 1989 fuhr ich mit Karsten Berend nach Israel. Meine Firma war dort an einigen Siedlungsbauprojekten beteiligt, zuletzt sollten wir am Bau weiterer Siedlungshäuser in Beit Hagai, südlich von Hebron, mitwirken. Aber es kam anders."

Nora arbeitete sich aus dem cognacfarbenen Sessel, der sie zu fressen schien, nahm sich einen Schokoladenkeks und biss hinein. Abermals musste sie feststellen, dass sie den ganzen Tag noch nichts gegessen hatte und sehr hungrig war. Interessiert ließ sie sich mit dem Keks in der Hand in die weiche Sitzfläche zurückfallen. Während

Rosenthal eine längere Pause machte, betrachtete Nora den Mann, der sie schon jetzt tief berührte, ohne dass sie sagen konnte, woran es lag. Seine innere Ruhe und Klugheit beeindruckten sie, und sie fühlte sich auf unerklärliche Weise in seinen Bann gezogen.

„Was war passiert?", fragte sie.

„Wie viel Zeit haben Sie mitgebracht?" Er lächelte, und seine immer noch weißen, gepflegten Zähne strahlten.

„Sehen Sie, Frau Kardinal, ich liebe Israel, auch wenn ich mich entschieden habe, in Deutschland zu leben. Ich bin damals mit meiner Familie vor dem Mauerbau nach West-Berlin geflohen. Ich habe hier studiert, war in der Studentenbewegung aktiv und organisierte nach Erleichterung des Transitverkehrs Flüchtlingshilfe. Von wem ich dafür finanzielle Unterstützung bekam, lasse ich hier mal offen."

Rosenthal zuckte mit den Schultern und tat wissend.

Nora reagierte nicht darauf. Das war nicht ihr Thema.

„Hauptsächlich qualifizierte Flüchtlinge haben wir aus der DDR nach West-Berlin gebracht."

„Warum haben Sie sich da engagiert?"

„Sehen Sie, als Jude, der einem über die Jahrhunderte verfolgten Volk angehört, fing ich damit aus ideellen Gründen an. Später wurde ich von bestimmten politischen Kreisen unterstützt und finanziert. Was einmal einem ideellen Ausgangspunkt entsprungen war, entwickelte sich zu einer lukrativen Einnahmequelle."

Rosenthal trank einen Schluck Kaffee. Er war heiß und tat ihm sichtlich gut.

„Wie sah Ihre Arbeit aus? Wie haben Sie die Menschen in die BRD gebracht? Und was hat das alles mit Ihrem

Bauvorhaben in Israel und mit Karsten Berend zu tun?", fragte Nora ungeduldig und aß einen weiteren Keks.

„Frau Kardinal, ich sagte ja, für meine Geschichte benötigen Sie Zeit. Vielleicht kommen Sie lieber wieder, wenn Sie weniger unter Druck sind?"

Er neigte seinen Kopf und schien sich nicht sicher zu sein.

„Herr Rosenthal, ich bin sehr unter Druck, aber auch sehr gespannt."

Rosenthal trank den letzten Schluck seines Kaffees.

„Wie wir die Menschen in die BRD gebracht haben? Wir haben mit westlichen Zubringer-PKWs, die für einen Tag aus West-Berlin eingereist waren, die jeweiligen Flüchtlinge zu einem genau verabredeten Zeitpunkt in einer Oststadt abgeholt, Leipzig, Magdeburg oder Halle. Von dort brachten wir sie auf die Transitstrecke nach West-Berlin. Der heikelste Moment war der Autowechsel auf dieser Strecke, denn diese wurde regelmäßig durch die Staatssicherheit kontrolliert. An einem vorher verabredeten Ort irgendwo auf der Transitstrecke trafen sich dann die beiden PKWs, die Flüchtlinge stiegen aus den Zubringerautos aus und versteckten sich, ohne viel Gerede mit dem wartenden Fahrer, im Kofferraum des Transitfahrzeuges, welches an der Grenze nicht mehr kontrolliert werden durfte. Die Hoffnung auf ein freies Leben begann. Obwohl die Staatssicherheit die Transitstrecke regelmäßig patrouillierte, konnten wir trotzdem viele mit der Organisation ‚Gute Reise' nach West-Berlin bringen."

Nora war inzwischen schlecht geworden von den vielen Keksen und erbat sich etwas Wasser.

Rosenthal stellte ihr Wasser auf den Tisch, und Nora nahm einen großen Schluck. Ihr Glas stellte sie auf dem Beistelltisch ab und richtete sich auf.

„Herr Rosenthal, was früher Flüchtlingshilfe hieß, nennt man heute kriminelle Schlepperbanden, je nach politischem Willen", kommentierte sie und lächelte Rosenthal provozierend an.

Rosenthals Augen weiteten sich, dann aber lächelte er verlegen.

„Sie haben recht, wer entscheidet darüber, was ein legaler und was ein illegaler Grenzübertritt ist?"

Nora erhob sich aus den Tiefen des Sessels, da ihr die Kekse derartiges Magendrücken beschert hatten, dass sie dringend etwas Bewegung benötigte. Sie hielt auf das imposante Bücherregal zu, und ihr Blick verfing sich an einer tiefschwarzen Dampflok aus dem Zweiten Weltkrieg, deren korallfarbenes Fahrgestell und Radsatzlager mit dem ebenso roten Bücherbord eine Einheit bildeten, so als sei die Miniaturmodellbahn festgeklebt. Nora konnte nicht anders und schob mit ihrem Zeigefinger sachte die Lok etwas nach vorne.

„Hey, wie es aussieht, lieben Sie Modelleisenbahnen. Das gefällt mir." Noch während sie es aussprach, wunderte sie sich über ihre sehr private Bemerkung.

„Kindheitsträume …", wiederholte Rosenthal und betrachtete die Lok. „Ja, ich liebe … nein, ich habe die Zugmaschine geliebt, aber der Zauber wurde im Krieg mit einem mörderischen Schatten belegt."

In diesem Moment erkannte Nora nicht die Bedeutung seiner Antwort und drehte sich zu der neben der Bücherwand hängenden Fotocollage, die durch einen goldfarbenen Glasrahmen gefasst war. Sie drehte sich zu Rosenthal um. „Darf ich?"

Er nickte ihr aufmunternd zu, und Nora erkannte ein großes Bild von Anne Frank. Daneben hingen Fotos von einem stillgelegten Bahnhof, zwischen dessen Gleisen das Unkraut bestimmt einen Meter hoch gewachsen war. Auf der Stationstafel, die an einem rot geklinkerten Bahnhofshäuschen angebracht war, stand der Name des Bahnhofes: Weener. Nora beugte ihren Kopf ganz nah an die Collage, um die Bilder genauer betrachten zu können. Nun erkannte sie Fotografien von sogenannten Bahnmarkierungen. Es waren Mahnmale, auf denen Bilder von deportierten jüdischen Frauen, Männern und Kindern zu sehen waren. Auch waren dort Postkarten abgedruckt, die die gequälten, in Zügen zusammengepferchten Menschen aus ihren Gleisgefängnissen geworfen hatten. Das Mahnmal trug die Aufschrift *Deportationszüge von Kamp Westerbork über … Weener … 1942 bis 1944.*

Nora schluckte und fühlte sich plötzlich sehr unwohl. Verlegen schaute sie Rosenthal an und bereute, an die Lok und die Bilder herangetreten zu sein, aber er schien ihre Befangenheit zu spüren.

„Fragen Sie, Frau Kommissarin. Fragen Sie, was zu fragen ist."

Nora schwieg einen Moment, nahm dann aber ihren Mut zusammen.

„Was verbindet Sie mit Anne Frank?"

„Ein fast identischer Deportationsweg über Kamp Westerbork nach Auschwitz."

Wie eine Bombe schlugen diese Worte ein, und schlagartig war ihre Übelkeit vergessen. Sie schaute betreten auf die Bilder und schwieg.

Rosenthal erkannte Noras Dilemma und rettete sie aus ihrer Unsicherheit.

„Aber wir sind vom Thema abgekommen. Was war Ihre Frage?"

Dankbar nahm Nora seine Hilfe an.

„Herr Rosenthal, ähm, was hat Ihre Fluchthelfergeschichte mit Ihrer Reise nach Israel und Karsten Berend zu tun?"

Seine klugen, wachen Augen verengten sich und wurden matt. Auch seine Stimme wurde leiser.

„Mein Sohn ist nach Israel ausgewandert und musste, wie alle, auch zum Militär. Er wollte unser gelobtes Land schützen und seine Einwohner. Er wollte für die Sicherheit und das Wohlergehen des Staates Israels einstehen. Auch als Reservist, auch mit seinem Leben."

Rosenthal nahm den auf seinem Schreibtisch liegenden Davidstern zwischen Zeigefinger und Daumen und drehte ihn andächtig. In der Mitte war das Bildnis seines Sohnes eingefasst.

„Aber mein Sohn wollte nicht in den besetzten Gebieten im Westjordanland oder am Gazastreifen auf palästinensische Kinder schießen, die Steine auf israelische Soldaten warfen. Er trat der Organisation ‚Jesch Gvul' bei, die sich für die Umsetzung des Teilungsplanes für Palästina einsetzte und Israels Verhalten in den besetzten Gebieten bekämpfte."

„Und deswegen fuhren Sie nach Israel?"

„Ja, mehrmals, mein Sohn ging in Israel in Haft, weil er nicht mehr im Westjordanland, jenseits des israelischen

Kernstaates, dienen wollte. Weil er das Gefühl hatte, ein Dieb zu sein, jemand anderem sein Land zu stehlen. Dafür musste er ins Gefängnis. Ich habe ihn damals dort besucht."

Rosenthal strich mit seinen Fingern über das Bild seines Sohnes und legte den Davidstern wieder zurück auf seinen Schreibtisch.

„Mein Sohn hatte mir die Augen geöffnet. Er überzeugte mich, dass die organisierte Ansiedlung der israelischen Zivilbevölkerung in den besetzten Gebieten völkerrechtswidrig ist, und ich wollte nicht mehr am Bau der Siedlungen in den besetzten Gebieten mitwirken und verdienen. Mein letzter Aufenthalt in Tel Aviv diente der Beendigung dieses Projektes, aber auch der Generierung neuer Bauprojekte."

Nora hatte fasziniert zugehört. Sie hatte den Nahost-Konflikt seit Längerem nicht mehr verfolgt, aber sie wusste, wie konfliktbeladen dieses Thema war. Wie teilte man ein Land, das beide Seiten nicht teilen wollen? Wie eine Stadt mit ihren muslimischen und jüdischen Schätzen, die an demselben Platz liegen?

„Herr Rosenthal, was geschah bei Ihrem letzten Besuch in Israel?"

Rosenthals Lächeln verschwand aus seinem Gesicht, und er wurde ernst.

„Was glauben Sie, wie lange schaut ein Staat wie die DDR zu, wenn man eine Vielzahl an hoch qualifizierten, studierten Leistungsträgern aus dem Land stiehlt?"

„Ich weiß es nicht."

„Nicht lange. Die Stasi hat meinem Treiben in Israel auf perfide Weise ein Ende gesetzt!"

VII. Israel Oktober 1989

Maccabee

„Haben Sie Ihren Koffer selbst gepackt? Warum fliegen Sie nach Israel?", fragte die auffallend junge, gut aussehende Israelin, als Karsten Berend in Berlin für den El Al Flug 8912 nach Tel Aviv eincheckte. Sie verzog keine Miene. Die Israelin trug eine strenge Uniform und schaute Berend durchdringend an. Er lächelte. Sie nicht. Israel zu schützen, war eine ernste Angelegenheit.

„Geschäftlich, ich reise geschäftlich nach Israel." Karsten Berend wurde nervös, was ihn am meisten ärgerte. Er transportierte das von Leutnant Koch in einem Fläschchen übergebene Thallium in seinem Koffer, welches mit dem homöopathischen Etikett „Bachblüten" versehen war. Sein ganzer Körper spannte sich an. Er wusste, dass die Angestellten des Flugsicherheitsdienstes besonders geschult waren, jede auch noch so unverdächtige Waffe im Koffer aufzuspüren, indem sie die Besitzer einer inquisitorischen Befragung unterzogen.

„Wie lange bleiben Sie in Israel?"

Frechheit siegt, dachte Berend.

„Wenn Sie mich begleiten, könnte ich mir einen längeren Aufenthalt vorstellen."

Mit einem Augenzwinkern betrachtete Berend erwartungsvoll sein Gegenüber.

Die junge Frau schaute von ihrem Monitor hoch und blickte ihn streng an.

„Noch so eine Frechheit, und ich werde einen Kollegen hinzuziehen."

Die Stimme der Schönen war auf dem Gefrierpunkt.

„Wo werden Sie wohnen?"

„Im Hotel."

„Haben Sie den Koffer alleine gepackt?"

„Ja."

„Reisen Sie alleine?"

„Ja."

Berend hatte sich entschlossen, alle weiteren Fragen ohne Zudringlichkeit zu beantworten, und durfte nach guten zehn Minuten passieren.

Geschafft, das war hoffentlich das Schwierigste meiner Mission, dachte Berend und betrat über die Fluggastbrücke die Boeing 737 nach Tel Aviv.

Nach einem ruhigen Flug, einer sanften Landung auf dem Ben Gurion Airport und einer erstaunlich unkomplizierten Einreise betrat Karsten Berend israelischen Boden und checkte in seinem Hotel in der Nähe des Rothschild Boulevards und des Sarona Centers ein. Der Hotelier empfing ihn routiniert.

„Hatten Sie einen guten Flug?"

Er wartete Berends Antwort nicht ab.

„Morgen ist Jom Kippur, der größte Feiertag Israels. Da hat alles geschlossen, sogar die Toilettenhäuschen am Strand."

Als würde dem Hotelier zum ersten Mal die Absurdität dieser Tatsache auffallen, kicherte er nach innen und machte dabei ein fast außerirdisches Geräusch, das Berend so noch nie gehört hatte.

Er nahm seinen Gesprächspartner angewidert in Augenschein, bedankte sich mit einer Mischung aus Herablassung und Hastigkeit, nahm den Zimmerschlüssel entgegen und betrat die Hotelbar.

Mit seinem Klapphandy, für die damalige Zeit hochmodern, rief er Mose Rosenthal an, der bereits einige Tage in Israel weilte.

„Ich bin angekommen und jetzt im Hotel. Wann wollen wir uns treffen?"

Der Barmann stellte Berend einen Drink hin. Dieser bedankte sich mit einem kaum sichtbaren Kopfnicken bei ihm.

„Schön, dass du gut angekommen bist. Morgen ist Jom Kippur, da kann man nur an den Strand. Unser Treffen mit unseren Kooperationspartnern wird am Dienstag sein. Vielleicht magst du auch an den Strand kommen?"

Berend verabredete sich mit Rosenthal für den nächsten Tag und verbrachte die verbliebene Zeit in seinem Hotelzimmer, um sich mental auf das vorzubereiten, was am nächsten Tag geschehen sollte.

Am nächsten Morgen frühstückte er spät, kaufte sich im Hotel vier Bierflaschen Maccabee mit Drehverschluss und steckte sie in eine kleine, vom Hotel geborgte Kühltasche. Zuvor hatte er die mit Thallium versetzten Flaschen unauffällig gekennzeichnet und machte sich zu Fuß auf den Weg. Da er bis zu seinem Termin mit Rosenthal noch Zeit hatte, schlenderte er ziellos durch die Gassen.

Stille. Ruhe. Das Leben schien in der sonst so lauten, lebhaft pulsierenden Stadt stillzustehen. Auf der Allenby Street fuhr nicht ein Auto. Tel Aviv, eine verlassene Stadt. Gespenstisch, als hätten alle Bewohner fluchtartig ihr Heim aufgegeben.

Berend streifte durch die menschenleeren Straßen. Gelegentlich traf er einen Jogger mit seinem Hund oder es hetzte ein Gläubiger mit einem um die Schulter geschwungenen, beige-blauen Gebetsschal an ihm vorbei, um noch pünktlich in die Synagoge zu kommen. Dann wieder Stille. Jom Kippur. Nichts geht, außer Beten.

Durch die Gassen von Neve Tzedek spazierte Berend in die Altstadt von Jaffa und fand dann doch noch ein geöffnetes, arabisch betriebenes Shakshuka-Lokal. Was für ein verdammtes Glück ich doch habe, dachte er, denn sein knurrender Magen bereitete ihm Unbehagen.

Als Karsten Berend am frühen Nachmittag Banana Beach erreichte, war der Strand total überfüllt. Er hatte den Eindruck, alle Bewohner Tel Avivs wären aus der erstarrten Stadt zum Meeresrauschen an den Strand geflüchtet. Selbst das permanente „Klack Klack Klack" der vielzähligen Matkot-Spieler, die die israelische Variante des Beachballs ausfochten, erlöste Karsten Berend von der zuvor erlebten beunruhigenden Stille.

„Karsten, hier bin ich!", rief Mose Rosenthal und winkte ihm mit seinem gebräunten Arm zu.

„Komm, setz dich. Wie war dein Tag bisher?"

Berend breitete seine Decke aus und setzte sich.

„Ruhig. Hast du deinen Sohn im Gefängnis besucht?"

„Ja, noch zwanzig Tage, dann wird er entlassen."
Rosenthal schaute Berend mit offenem Blick an.
Aber Karsten Berend schwieg. Er hatte keine Lust, darüber zu reden. Der Konflikt zwischen Israel und Palästina war inzwischen für Rosenthal zum Dauerthema geworden, und das nervte ihn.
„Ich habe uns Bier mitgebracht."
Berend hielt Rosenthal eine der präparierten Bierflaschen entgegen.
„Herrlich, in der immer noch wärmenden Oktobersonne ein kühles Bier zu trinken. Prost, mein Lieber", sagte Berend, hob in seiner Hand haltend sein Maccabee-Bier und prostete Rosenthal zu.
„Eigentlich wollte ich heute nichts trinken", scherzte Rosenthal, führte die Flasche zum Mund und trank sie fast in einem Zug aus.

✳✳✳

Am nächsten Tag stand Berend vor dem Bürohochhaus, in dessen großflächiger Fensterfront sich der nur leicht bewölkte Himmel des teilweise wiedererwachten Tel Avivs spiegelte. Er betrachtete den überwiegend in Türkis- und Blautönen gehaltenen Nahum Gutman Mosaikbrunnen, der mit seinen Bildergeschichten die jahrtausendalte Vergangenheit Israels bis zu seiner Unabhängigkeitserklärung erzählte. Berend ließ seinen Blick in das Foyer des Bürohochhauses schweifen und entdeckte Rosenthal. Er betrat das imposante Glasgebäude und begrüßte Rosenthal, der gleich zur Sache kam.

„Karsten, aus dem Siedlungsbauprojekt in der Nähe von Hebron sind wir raus, aber ich kann für unsere Firma vielleicht ein anderes Projekt entwickeln."

Karsten Berend betrachtete Rosenthal kritisch. Sein Blick durchbohrte die schmale Silhouette seines Chefs.

„Du hast das Siedlungsprojekt aufgegeben? Bist du verrückt?"

„Erstens ist der Rückzug noch früh genug, denn wir sind erst in einem frühen Stadium der Vertragsverhandlungen, und zweitens ist es falsch, dort zu bauen. Versteh doch, es ist Unrecht!"

Karsten Berend war überrascht und verdrehte innerlich die Augen, denn er wollte jeglichen Konflikt vermeiden. Außerdem würde er sich mit Rosenthal in Zukunft eh nicht mehr auseinandersetzen müssen. Rosenthal würde in den nächsten Tagen die ersten Symptome bekommen und alsbald sterben. Berend schauderte es bei dem Gedanken, endlich seiner neuen Selbstständigkeit entgegenfiebern zu können. Nur noch wenige Tage, dachte er. Obwohl es Berend nicht interessierte, erkundigte er sich bei seinem Chef nach dem neuen Bauprojekt und beobachtete ihn genau, als würde er den Eintritt der ersten Vergiftungserscheinungen nicht abwarten können.

„Wir treffen uns gleich mit einem Bauträger. Die wollen ein neues Einkaufszentrum bauen. Wenn wir da den Fuß in die Tür bekommen …"

Mit Begeisterung in seiner Stimme berichtete Rosenthal über das neue Vorhaben und zeigte keinerlei Ausfallerscheinungen, was Berend bedauerte.

Aber sie würden kommen, das wusste er, und Rosenthal mit Macht umhauen. Ein Grinsen breitete sich auf seinem Gesicht aus, was Rosenthal bemerkte.

„Du lachst, mein Lieber. Das freut mich. Ich wusste, du würdest mich verstehen."

VIII. Kalenderwoche 52 2015
2. Teil

Kapitel 4
Rosenholzdateien

„Herr Rosenthal, was ist geschehen in Israel?", fragte Nora.
„Ich wusste lange nicht, dass in Israel ein Attentat auf mich verübt wurde, aber heute habe ich Gewissheit."
„Haben Sie Belege?"
„Ja."
„Welche?"
„Thallium!"
„Thallium?"
„Anfänglich fühlte ich mich nur krank, mir war übel, und ich hatte Durchfall. Nach und nach ging es mir besser, und ich widmete mich wieder dem Geschäft. Mein Glück war, dass ich wegen eines Problems auf einer Berliner Baustelle dringend zurück nach Berlin musste. Ich unterbrach die Geschäftsreise und flog zurück nach Deutschland."
Rosenthal wischte über seine Manschettenknöpfe, und sein Gesicht verzog sich, so als würde er die Schmerzen und die Angst ein weiteres Mal durchleben.
„Zu Hause litt ich dann unter massiven Brechkrämpfen und bekam Lähmungserscheinungen. Im Krankenhaus stellten sie mich auf den Kopf. Nachdem nach zehn Tagen meine Haare ausfielen und ich dem Arzt, einer Intuition folgend, von meiner Fluchthelferorganisation berichtet hatte, untersuchte er, engagiert wie er war, mein Haar auf

Thallium und wurde fündig. Der Mann war meine Rettung und behandelte die Intoxikation erfolgreich mit Berliner Blau, einem mineralischen Pigment, welches das Gift im Körper bindet."

Nora rieb sich mit dem Zeigefinger ihren kurzen Nasenrücken, während sie seine Geschichte verfolgte.

„Und wieso glauben Sie, dass die Stasi für dieses Attentat verantwortlich war?"

Rosenthal neigte seinen Kopf nach links und rechts, wie ein Boxer, der vor dem Kampf seinen Nacken lockern will. Er hob den Zeigefinger.

„Die Stasi-Schergen sind die Einzigen, die einen Grund hatten, mich zu töten. Sie wollten mein Leben in Israel beenden. Wäre ich nicht nach Hause gefahren, sondern, wie eigentlich geplant, in Tel Aviv geblieben, hätte dort wahrscheinlich niemand bemerkt, dass ich vergiftet worden bin. Ich wäre in Israel elendig verreckt. Niemand hätte nach dem Thallium geforscht. Perfide geplant von meinem Vollstrecker, ‚Mr. Nobody knows him'."

„Unbekannt?"

„Ich weiß nicht, wer mich vergiftet hat. In Israel gab es hierfür viele Gelegenheiten. In Berlin nicht."

Nora überlegte und äußerte ihren Verdacht.

„Was ist mit Karsten Berend? Hatte er die Gelegenheit?"

„Berend? Mein bester Mann?"

Rosenthal erinnerte sich an den warmen Strandnachmittag in Israel, den er zu Jom Kippur gemeinsam mit Berend verbracht und an dem er Bier getrunken hatte.

Er lachte abwehrend.

„Nein, nein. Das schließe ich aus."

„Gab es ein offizielles Ermittlungsverfahren?"

„Das weiß ich nicht. Ich habe nichts gehört."

Rosenthal stand auf, lief zum Fenster und schaute zum Funkturm seiner Stadt, den er kaum erkennen konnte, weil der Regen, der schon seit Stunden über Berlin hereingebrochen war, unzählige glitzernde Tropfen am Fenster hinterlassen hatte.

„Ich habe nur einmal über die Birthler-, Gauck-, Jahn- oder ,Wie auch immer'-Behörde einen Antrag auf Einsicht in die Stasiakten gestellt, aber es gab keine Hinweise, dass ich bespitzelt worden bin."

„Haben Sie ein weiteres Mal nachgehakt?"

Rosenthal blickte Nora lange in die Augen. Er schien zu überlegen, ob eine Polizistin es verstehen würde.

„Am Anfang wollte ich unbedingt wissen, wer mich bespitzelt und wer versucht hat, mich umzubringen ... "

„Und jetzt wollen Sie es nicht mehr?" Nora schaute ihn zweifelnd an.

Rosenthal drückte auf die Sprechanlage auf seinem Schreibtisch und rief seine Sekretärin zu sich.

Diesmal betrat sie ohne Kaffee und Kekse das Büro und schaute ihren Chef fragend an.

„Ruth, erzählen Sie uns Ihre Geschichte über Ihren Großvater! Sie wissen schon, diese besondere Sache."

Ruth stand etwas verlegen im Büro und schaute zwischen ihrem Chef und seinem Gast hin und her. Er nickte ihr auffordernd zu.

„Erzählen Sie, Ruth!"

„Mein Großvater hat vor einigen Jahren bei der Gauck-Behörde einen Antrag gestellt und erfahren, dass seine Nachbarn und Teile seiner Familie ihn bespitzelt haben. Das hat ihn aus den Schuhen gerissen, insbesondere als er erfuhr, dass seine jüngste Lieblingsschwester Informationen an die Stasi weitergegeben haben soll."

Ruth schaute Nora an, die ihr zunickte.

„Seine Schwester hat es bestritten, und die Unterlagen waren nicht eindeutig. Es gab nur eine Karteikarte, die F 16, die den Namen seiner Schwester enthielt. Aber ob sie ein IM war oder ohne ihr Wissen abgeschöpft worden ist, konnte nicht geklärt werden. Er bereute es sehr, den Antrag gestellt zu haben. Mit seiner Schwester redet er kein Wort mehr, und das Schlimmste ist, dass er nicht weiß, ob er ihr Unrecht tut. Er vermisst sie unendlich."

Rosenthal richtete sich auf seinem Schreibtischstuhl auf.

„Frau Kardinal, ich hatte damals kein Glück, und jetzt bin ich froh, kein näheres Detailwissen zu haben. Unwissenheit lässt einen manchmal sorgloser durchs Leben ziehen."

Er stütze seine Hände auf die Sessellehne, stand auf und trat auf Nora zu, die sich ebenfalls erhob. Er streckte seine Hand aus.

„Nora Kardinal, so war doch Ihr vollständiger Name? Sollten Sie im Rahmen Ihrer Recherchen über Karsten Berend auch auf meinen Mörder stoßen, versprechen Sie mir, mir zu sagen, wer mich umbringen wollte? Aber nur, wenn Sie sich wirklich sicher sind!"

Er zwinkerte ihr zu, als würde er nicht ernsthaft erwarten, dass sie seinen Mörder fand. Nora erwiderte seinen Händedruck und nickte, um ihm zu bedeuten, dass sie seine Bitte beherzigen würde.

„Herr Rosenthal, eins interessiert mich noch persönlich: Haben Sie eigentlich noch Kontakt zu einem Ihrer DDR-Flüchtlinge?"

Rosenthal lächelte erst versonnen und wurde dann sehr nachdenklich.

„Von einer Kleinfamilie bekommen ich auch heute noch regelmäßig E-Mails. Wir brachten einen iranischen Physiker mit seiner kleinen Tochter über die DDR-Grenze."

Rosenthal machte eine Pause. Nora wartete und drehte dabei ihren Pferdeschwanz.

„Herr Ahmadi schrieb mir regelmäßig über seinen Werdegang und den seiner Tochter. In jüngerer Zeit kamen aber keine so gute Nachrichten mehr. Er berichtete, dass seine Tochter sich verändert hätte und ihm in letzter Zeit stark religiös gefärbte Mails geschickt hatte."

Rosenthal betrachtete Nora belustigt, während sie mit ihrem Haar spielte.

„Sie lebt in Hamburg und studiert Architektur. Ihr Name ist Anoush Ahmadi."

Nora horchte auf, den Namen hatte sie schon mal irgendwo gelesen, aber sie wusste nicht, wo und in welchem Zusammenhang.

„Herr Ahmadi hatte damals seiner Tochter Anoush eine ordentliche Dosis Schlaftabletten gegeben, damit sie nicht bei der Flucht und auf der Transitstrecke eine Gefahr werden konnte. Sie wäre fast daran gestorben."

Anoush Ahmadi, Anoush Ahmadi. In Gedanken wiederholte Nora den Namen immer wieder, aber es fiel ihr niemand Bekanntes ein.

„Frau Kardinal!" Rosenthal schaute Nora an, als habe er ihre Gedanken erraten.

„Kennen Sie Anoush Ahmadi?"

„Nein, ich weiß nicht, ich glaube nicht."

Nora stand auf und machte Anstalten zu gehen, da fasste Rosenthal sie am Arm.

„Schauen Sie nach bei den Rosenholzdateien. Dort könnten Sie fündig werden."

„Rosenholzdateien? Was sind das für Dateien?"

„In der Rosenholzdatenbank im Archiv der Stasiunterlagen-Behörde könnten Sie über meinen Namen oder über den Namen des Agenten Hinweise finden. Da finden Sie vielleicht meinen Mörder." Rosenthal lachte und streckte ihr die Hand zum Abschied hin.

„Ich höre bestimmt von Ihnen", sagte er und begleitete Nora zum Usain-Bolt-Fahrstuhl.

✷✷✷

„Wenn ein muslimisches Land angegriffen wird, wenn der muslimische Glaube bedroht ist, ja dann müssen auch Frauen und Kinder in den Krieg ziehen."

Im typischen Singsang ertönte die Stimme eines Online-Predigers.

Im Zimmer war es dunkel. Auf dem Tisch stand Anoush Ahmadis Laptop. Sie war allein und schaute sich ihr Lieblingsvideo des verstorbenen Predigers Anwar al-wlaki an. Sie konnte es nicht oft genug sehen.

Anoush Ahmadi wollte keine Schals nähen und nicht die in Camouflage-Uniformen versinkenden Kleinkinder der IS-Krieger aufziehen und später Ausreden erfinden müssen. So etwas wie: „Ich habe nur Essen gekocht und nicht gewusst, was mein Mann macht."

Sie wollte selbst in den Krieg ziehen. Sie wollte für die Sache sterben. Sie wollte keine Spenden sammeln. Ahmadi wollte mit eigener Kraft den Ungläubigen ihren billigen Zeitvertreib, ihre Musik, nehmen. Sie war entschlossen, den Hamburgern das neue Konzerthaus zu nehmen.

„Anoush!", hörte sie die Stimme ihres neuen Freundes rufen. Sie hatte nicht bemerkt, dass er die Wohnungstür geöffnet hatte. Erschrocken schloss sie die Anwendungssoftware YouTube, klappte den Monitor des Laptops zusammen, drehte sich um und schaute unschuldig, wie sie es schon in frühen Kindertagen bei ihrem Vater getan hatte, wenn sie etwas angestellt hatte.

„Gleich kommen doch Alexander und Julia zum Essen, hast du schon den Tisch gedeckt?" Als ihr Partner das Wohnzimmer betrat, war er freudig überrascht. Sein Blick richtete sich auf den bereits geschmackvoll gedeckten Tisch. Er drehte sich zu ihr um und zog die rechte Augenbraue nach oben.

„Wie hast du es uns schön gemacht!"

Anoush Ahmadi stand auf, ging auf ihren Freund zu und küsste ihn auf den Mund.

„Ja, wir müssen doch deine Haftentlassung feiern, Albertchen."

Kapitel 5
Pocahontas

Am nächsten Morgen stand Nora pünktlich um neun Uhr vor dem Büro der Behörde des Bundesbeauftragten für die Unterlagen des Staatssicherheitsdienstes der ehemaligen Deutschen Demokratischen Republik, kurz BstU, in der Karl-Liebknecht-Straße. Ein Hochhauskomplex, welcher optisch einem Vergleich mit einem Großkrankenhaus standhielt, nur eben ohne Betten.

Nora zitterte innerlich vor Aufregung, denn sie war sich sicher, ohne dass sie dafür eine Erklärung hatte, dass es Karsten Berend war, der versucht hatte, in Israel seinen damaligen Chef Rosenthal zu vergiften. Immerhin war er jetzt auch ihr Verdächtiger in der Hamburger Mordserie. Es wäre ihm also durchaus zuzutrauen, für die Stasi zu arbeiten und für sie einen Mord zu begehen. Wahrscheinlich gegen Bezahlung. Wenn sie also den Attentäter von Rosenthal in den Rosenholzdateien fand, würde sie vielleicht auch einen Hinweis auf Karsten Berends Aufenthaltsort finden. Außerdem hatte sie im Moment sowieso keine andere Spur.

Nora orientierte sich an dem Organigramm, welches an dem schwarzen, überdimensionierten Schild angebracht war. Sie kämpfte sich durch die Zuständigkeiten, fuhr in den dritten Stock des Archivs und näherte sich der Rezeption und einer braun gebrannten, dicklichen Archivarin. Ihre schwarz gefärbten Haare hatte diese zu zwei Zöpfen geflochten, die sie älter aussehen ließen, als sie vermutlich war. Sie steckte in einer viel zu engen braunen Uniform und sah mit der braun gebrannten, bereits in einem Gerbzustand angekommenen Haut und der unmodernen Frisur aus wie eine Mischung aus Häuptlingstochter und Polizistin. Sie war gewissermaßen die Pocahontas der Stasibehörde. Nora ging beherzt auf die Bezopfte zu.

„Kriminalpolizei Hamburg, ich benötige Unterstützung bei der Recherche nach einem ehemaligen Stasimitarbeiter."

Die Dicke verdrehte die Augen und kaute Kaugummi.

„Danach suchen die meisten", schmatzte sie.

Gelangweilt wandte sie sich ab, widmete sich den Daten in ihrem Computer und tippte ein paar Informationen ein. Nach einer Minute legte sie dann ein Antragsformular auf den Tisch und schaute streng über ihre Lesebrille.

„Hier können Sie Ihr Begehren eintragen, den Namen des Spitzels oder Opfers und so weiter, und wir werden uns dann um den Antrag bemühen."

Nora schaute sie irritiert an.

„Was heißt das?"

„Bearbeitungszeit für entsprechende Anträge sind bis auf sechs Monate zu veranschlagen."

Dabei verzog die Dicke keine Miene und wandte sich wieder ihrer Arbeit zu, um dann frostig wieder hochzusehen, weil Nora immer noch verwundert vor ihrem Tisch stand.

„Sie können sich da hinten hinsetzen, während Sie den Antrag ausfüllen", dabei deutete sie mit dem Kopf in Richtung der grauen Sitzgarnitur, die verzweifelt versuchte, dem Behördenbüro ein modernes Ambiente zu verleihen.

Nora holte tief Luft, bekam kleine Augen und schmale Lippen. Ihre Stimme würde sich jeden Moment überschlagen, das spürte sie.

„Sie sind gut beraten, mir sofort Auskunft zu geben, sonst lege ich Ihre ganze Behörde lahm! Alle Server werden gespiegelt, und alle Akten landen im Hamburger Landeskriminalamt. Wollen Sie das?"

Pocahontas wollte es nicht und holte ihren Chef.

Nachdem einige Phrasen über Missverständnisse, den bevorstehenden Jahreswechsel und die knappen Personalressourcen ausgetauscht worden waren, saß Nora vor dem Computer, gab den Namen „Mose Rosenthal" ein, drückte auf „Suchen" und wartete.

Der Computer informierte:

Kein Eintrag unter den eingegebenen Daten.

Jetzt gab sie „Karsten Berend" ein.

Kein Eintrag unter den eingegebenen Daten.

Nora zog die Augenbrauen zusammen und stutzte. Wieso gab es keinen Treffer? Sie war sich mit ihrem Verdacht so sicher gewesen. Oder war Albert Berend doch der Täter, und er hatte aus dem Gefängnis jemanden beauftragt, seine Ex-Frau zu töten? Aber aus welchem Grund? Warum sollte er seine Familie auslöschen? Das machte doch alles keinen Sinn. Sie wandte ihren Kopf und schaute sich suchend nach Pocahontas um, ihre neue, rechte Hand für den heutigen Tag, die sich gerade an einem Regal zu schaffen machte.

„Könnten Sie mir bitte helfen?"

„Ick tu meen Bestes", scherzte die Dicke, die über einen Reiter Anschauungsmaterial des Karteikartensystems aufrief. Nora begann schon jetzt, sie in ihr Herz zu schließen.

„Kieck' ma, Liebchen, es gibt das Formblatt F 16, da findest du sowohl den Klarnamen des Spitzels oder Namen von Leuten, die im Umfeld des Spitzels waren, oder aber auch Personen, die ohne ihr Wissen ausspioniert worden sind. Der Führungsoffizier ist dort oben rechts notiert." Dabei tippte Noras neue Mitarbeiterin mit dem Finger auf den Monitor des Computers, wo *Mustermann* stand.

„Wichtig ist die Registriernummer, mit der findest du die andere Karteikarte, das Formblatt F 22, und den Statistikbogen. Wie eine kleine Schnitzeljagd. Verstehste? Die Stasi hatte schon ein ausgeklügeltes Überwachungssystem." Pocahontas grunzte verächtlich.

„Und was steht auf der Karteikarte F 22 und dem Statistikbogen?", wollte Nora wissen.

„Die F 22 enthält keinen Klarnamen mehr, sondern ausschließlich den Decknamen, die Vorgangsart und die Einordnung des inoffiziellen Mitarbeiters. Zum Beispiel steht IMB für ‚Inoffizieller Bedeutender Mitarbeiter' und so weiter." Sie kräuselte ihre Nase und bückte sich zu Nora herab, die Pocahontas auf ihr braunes Hemd schaute. Beeindruckt von ihrem üppigen Brustumfang, der das Hemd fast zum Bersten brachte, las sie auf ihrem Namensschild *Maria Frentow*.

„Maria, ich darf doch Maria sagen?" Nora lächelte freundlich, und Maria bedeutete ihr, dass es in Ordnung sei.

„Gibt es noch etwas zu beachten beim Eingeben der Suchbegriffe?"

„Ja, die Rosenholzdateien sind teilweise fehlerhaft. Die Daten befanden sich auf einer CD ROM der CIA. Die Amerikaner haben damals aber nur die Daten herausgegeben, die deutsche Bürger betrafen. Daher hatten sie eine Grafikdatei entwickelt, in der sich ohne jegliche Suchfunktion nur die die Deutschen betreffenden Karteikarten befunden haben. Um aber in den Karteikarten suchen zu können, haben sie eine Datenbank entwickelt, hierbei aber sehr viele Fehlerquellen eingebaut."

Maria verdrehte die Augen und zog abfällig die rechte Oberlippe nach oben.

„Sie schrieben die Namen falsch oder verwechselten den Geburtsort mit dem Nachnamen und so weiter"

Während Maria das System erklärte, kramte Nora in ihrer Jacke und schrieb Tanja eine WhatsApp.

Benötige sofort die genauen Personalien von Karsten Berend.

Nora drückte auf Senden und legte das Handy zur Seite. Maria legte ihre Hand auf Noras Schulter und verabschiedete sich in die Mittagspause.

„Viel Glück, Liebchen."

Das Handy brummte nach einer Weile, und Nora las.

Karsten Berend, geb. 12.3.1960 in Hamburg.

Nora gab die Daten in die Suchmaske ein und drückte auf Enter. Warten. Sie spürte ihren Magen. Sie hatte noch nichts gegessen, mal wieder vergessen. Er knurrte so laut, dass sich ein Besucher zu Nora umdrehte. Sie lächelte verlegen, zuckte mit den Schultern und nahm sich vor, gleich eine Laugenbrezel und einen Cappuccino zu verdrücken.

Auf dem Monitor erschien ein Hinweis.

Kein Eintrag unter den eingegebenen Daten.

Verdammt, dachte Nora. Sie starrte enttäuscht auf den Monitor. Sie war sich so sicher, dass Berend das Attentat auf Rosenthal verübt hatte. Er musste der IM sein. Wie sollte sie Berend sonst finden? Sie hatte keine andere Spur. Alle bisherigen Versuche, ihn in den öffentlichen Meldesystemen zu finden, hatten zu nichts geführt. Die Spuren endeten in Berlin. Er war unauffindbar. Enttäuscht setzte sie den Cursor wieder in die Eingabemaske und schaute auf den blinkenden Strich.

Dann gab sie die Variante *Karsten Hamburg, geb. 12.3.1960 in Berend* und weitere Abwandlungen des Namens ein. Die Hoffnung wuchs, und die Enttäuschung folgte.

Kein Eintrag unter den eingegebenen Daten.

Nora zählte, wie oft der Cursor in der Minute blinkte, bis sie die Summe jeder einzelnen Zahl ihres Geburtsdatums 6.8.1983 erreicht hatte.

Als sie schon aufgeben wollte, schoss ihr eine Idee durch den Kopf. Natürlich! Das Geburtsdatum! Die Amerikaner hatten doch eine abweichende Schreibweise des Datums! Sie führte den Cursor in das Suchfeld und setzte den Geburtsmonat nach vorne.

Karsten Berend, geb. 3.12.1960. Enter-Taste. Nora ließ den Monitor nicht eine Sekunde aus den Augen und konnte ihr Glück nach gefühlten Stunden der Wartezeit kaum fassen. Sie hatte einen Treffer, und vor ihr baute sich auf dem Monitor die eingescannte Karteikarte F 16 auf. Sie las.

Karsten Berend, Albert Berend, Führungsoffizier: Werner Koch, und seine Unterschrift. Dann sah sie auf der rechten Seite die Registriernummer: 8642/83.

Nora machte ein Foto von dem Monitor und schrieb Tanja eine weitere WhatsApp.

Suche bitte alle in Berlin oder im Umkreis lebenden Werner Koch, Jahrgang um 1940 herum. Es ist dringend. Berend hat für den MFS gearbeitet, und Werner Koch war sein Führungsoffizier.

Dann gab sie in das Suchfeld die Registriernummer 8642/83 ein und wartete.

Kein Eintrag unter den eingegebenen Daten.

Nora schlug mit der flachen Hand auf den Computertisch.

Maria, die aus der Pause zurückgekommen war, ging zu Noras Tisch und tätschelte ihr die Hand.

„Wat haste, Liebchen?"

„Ich habe die erste Karteikarte gefunden, aber unter der Registriernummer gibt es keinen weiteren Eintrag. Ich komm nicht weiter."

Maria schaute über Noras Schulter, las die Nummer 8642/83 und schüttelte voller Verachtung den Kopf. Ein Fan der US-Amerikaner war Maria offenkundig nicht und würde es wahrscheinlich auch nicht mehr werden.

„Das sind ja nur vier Ziffern, die Stasi hatte zu der Zeit aber eine fünfstellige Registriernummer verwendet! Liebchen, die Amis haben durch das fehlerhafte Einscannen die Zahlenreihen verfälscht."

Nora richtete sich auf und probierte weitere Kombinationen. Sie begann bei der Eins und setzte sie jeweils vor und hinter die Zahlenreihe. Ohne Erfolg. Es folgte die Zwei.

Dann fügte sie eine Drei ein.
38642/83.
Enter.

Kein Eintrag unter den eingegebenen Daten.

Na gut, dann kommt die Drei ans Ende.
Sie tippte: 86423/83.
Enter.

Nora starrte auf den Monitor und rieb nervös ihre beiden Handinnenflächen an ihrer Jeanshose. Sie hoffte, ihre Lieblingszahl drei würde ihr Glück bringen. Maria drehte sich im Gehen zu ihr um und blieb stehen. Es war still in dem Archiv, nur das Surren des arbeitenden Computers war leise zu hören.

Nora hörte auf zu atmen, und dann passierte es.

Die Karteikarte F22 erschien auf dem Monitor.

Die Anspannung wich, sie schnaufte aus und las.

IM Beton.

Noras lautes Lachen durchbrach die Stille und weckte Marias Interesse, die daraufhin zu Noras Computerplatz ging.

„Maria, haben Sie das gelesen? Einen Bauingenieur ‚IM Beton' zu nennen … Das war kein Deckname, das war ein Aufdeckname!"

Maria gluckste freudig über Noras Fund und wandte sich wieder ihrer Arbeit zu.

Eigentlich hätte ich auch selbst drauf kommen können und gleich „IM Beton" in die Suchmaske eingeben sollen, dachte Nora und las weiter. Sie atmete einmal tief in den Bauch, ließ aber die Luft nicht entweichen und rief jetzt den Statistikbogen auf. Dort erfuhr sie, dass Berend seit 1983 als IMB, als Bedeutender Inoffizieller Mitarbeiter und Wirtschaftsspion in der Baufirma Rosenthal eingesetzt gewesen war. Sein Führungsoffizier Koch hatte einzelne Einsätze notiert, Zeitpunkt und Ort der konspirativen Treffen sowie Einzelheiten über Berends Persönlichkeit.

Nora pustete die angehaltene Luft aus und fand folgende Notiz.

Karsten Berend ist zuverlässig, politisch uninteressiert, geldgierig und auch für heikle Sonderaufgaben geeignet.

Dann ging es nicht mehr weiter. Sie konnte nicht weiterscrollen. Nora schaute skeptisch auf den Monitor. Was bedeutete, er war geeignet für heikle Sonderaufgaben? Und wieso endete der Eintrag? Jedes Treffen wurde fein säuberlich dokumentiert, aber ab dem 7.1.1988 gab es keine weiteren Notizen mehr.

Verdammt, Rosenthal war erst 1989 zusammen mit Berend in Tel Aviv. Wieso ist das hier nicht notiert? Die HAA hatte doch regelmäßig Mikrofilme hergestellt. Wieso nach Januar 1988 nicht mehr?

Das Brummen ihres Handys riss Nora aus ihren Überlegungen.

Tanja schrieb:

Werner Koch, geb. 1940, wohnhaft Falkensee, Falkenseer Chaussee 53 ... Der Einzige, den ich gefunden habe. Halt dich fest! Führungsoffizier Koch hat nach der Wende für die Gauck-Behörde gearbeitet! Der Bock wurde zum Gärtner befördert.

Hinter die Nachricht setzte Tanja ein Panik-Emoji.

Kapitel 6
Das Gleichnis von Himmel und Hölle

Einen Spalt war der weinrote Fenstervorhang geöffnet, der einen Ausschnitt vom Inneren eines weißen Siedlungshauses freigab. In der Ecke des überraschend geräumigen Wohnzimmers stand eine große Schaufensterpuppe in einer DDR-Uniform. Die Jacke war verziert mit einer Held der Arbeit-Medaille. An der Wand hing die Republik-Fahne mit Hammer, Zirkel und Ährenkranz. Ein altes grellgelbes Grenzschild mit der Aufschrift *Halt Staatsgrenze! Passieren verboten!* schmückte die vom Nikotin stark vergilbte Wand, die vermutlich mal weiß gewesen war. Soweit man es sehen konnte, lagen überall auf dem Boden Elektromüll und alte Aktenledertaschen verteilt. Zwischen Verpackungsmaterial, Post und Papierkram stapelten sich ungeöffnete Spreewaldgurkengläser und andere haltbare Lebensmitteldosen. In der Mitte des Raumes verlief eine Art Schneise, wie in einem Nagetierbau, die in den Raum hineinführte und das Erreichen eines durchgesessenen ockerfarbenen Sessels ermöglichte, auf dem ein müder, alter Mann in einem bordeauxfarbenen Bademantel saß. Er schaute eine Talkshow im Fernsehen. Mit der Hand klopfte er langsam und rhythmisch auf die Lehne.

Als Nora an der Tür der Falkenseer Chaussee 53 klingelte, schreckte der alte Mann auf und fuhr sich mit beiden runzligen Händen durch das Gesicht.

Erneut drückte Nora dreimal kräftig den verwitterten Klingelknopf.

Nach einer Weile hörte sie ein Rascheln und Husten.

Nora drehte ihren Zopf und baute sich vor der Tür auf, während sie wartete.

Gebückt schlurfte der Pensionär durch sein Messie-Museum und erreichte endlich die Haustür.

Ein metallenes Geräusch war zu hören, und das Schloss rastete in den Sperrbügel, der einen begrenzten Blick in die Wohnung freigab.

Misstrauisch blickte der alte Mann durch die kleine Öffnung in die ihm fremd gewordene Welt und sagte nichts. Der warme Geruch muffiger Möbel drang durch den Spalt und zog in Noras Nase.

„Ähm, guten Tag. Sind Sie Werner Koch? Mein Name ist Nora Kardinal, ich bin vom LKA Hamburg und muss mit Ihnen sprechen."

Koch schaute Nora aus seinen trüben, grauen Augen fragend an und begann, den kleinen und die beiden Finger daneben in die Handinnenflächen zu schlagen. Noras Blick wanderte zu seiner Hand, und sie bemerkte, dass er an seinem Ringfinger einen aus Blutstein hergestellten Siegelring mit der heraldischen Lilie trug. Drei umgürtete Blätter, dachte Nora. Sie werden mir Glück bringen.

„Herr Koch, ich ermittele in einer Mordserie und suche Karsten Berend, den ehemaligen Stasimitarbeiter von Ihnen."

Die Finger schlugen noch schneller gegen die Handballen.

„Ich muss nicht mit Ihnen reden."

„Sie müssen nicht, aber Sie wollen."

Kochs Augen blitzten auf.

„Ich will?", murmelte er, als müsse er sich über diese Möglichkeit Klarheit verschaffen. Er schaute neugierig durch den Spalt.

„Frau Kommissarin, was ist mit Berend? Verdächtigen Sie ihn irgendeines Vergehens?"

„Darf ich hereinkommen?", fragte Nora.

„Ach nein, das wäre mir nicht recht, es ist nicht aufgeräumt und … "

„Das macht nichts, bei mir sieht es auch oft unordentlich aus", log Nora.

„Gehen Sie", rief er. „Ich habe Ihnen nichts zu sagen." Koch machte Anstalten, den Türspalt zu schließen, und wandte sich ab zum Gehen.

„Herr Koch!" Nora erhob ihre Stimme.

„Herr Berend war für Sie tätig, das weiß ich, ich habe die Rosenholzdateien gefunden."

Koch zog beide Augenbrauen nach oben, als er sich Nora wieder zuwandte.

Sie holte ihr Handy hervor und hielt Koch ein Foto vor, welches die Karteikarte F16 mit seiner Unterschrift zeigte.

„Das haben Sie unterschrieben, richtig?"

Koch schaute aufmerksam auf das Handyfoto.

„Die Technik von heute ist beeindruckend", bemerkte er. „Solche Geräte hätten wir früher auch gerne gehabt. Aber alles hat seine Zeit." Koch wurde etwas nostalgisch zumute, und er schaute über Noras Kopf hinweg in die Ferne.

„Herr Koch, Sie waren sicher ein sehr guter und treuer Mitarbeiter, aber Ihr Land existiert nicht mehr. Loyalität ist nicht mehr gefragt."

Jetzt schaute er Nora angriffslustig an.

„Ich habe nach der Einheit bei der Gauck-Behörde gearbeitet, um mein Wissen bei dem Aufbau dieser neuen Behörde einzubringen. Erzählen Sie mir also nichts von Loyalität."

„Herr Koch, lassen Sie uns drinnen weiterreden, bitte."

Noras furioses Lächeln strahlte über ihr Gesicht. „Sehen Sie, es beginnt zu schneien, und mir ist wirklich sehr kalt."

Sie trat von einem Fuß auf den anderen und stand fröstelnd vor Oberstleutnant Koch, der trotz seines zurückgezogenen Lebens immer noch erkannte, wenn eine Frau hübsch war. Und für anziehende Frauen hatte er trotz seines rüstigen Alters immer noch etwas übrig. Er konnte nicht anders, schlug die Tür zu, löste den schon leicht aus der Verankerung rutschenden Sperrbügel und öffnete die Tür wieder. Aber nicht nur, weil Nora attraktiv war. Koch war vor allem neugierig, was sein ehemaliger Mitarbeiter Karsten Berend mit einer Mordserie zu tun haben könnte.

„Loyalität ist nicht mehr vonnöten", wiederholte er gedankenversunken Noras Äußerung, während er noch in der Tür stand. „Ich habe mein Land bereits verraten, treten Sie ein!"

Als sie in den Vorflur trat, von dem aus sie auch einen Blick in das Wohnzimmer hatte, erfasste Nora in wenigen Sekunden Kochs Wohnsituation. Die Wegschneisen führten durch die gesamte Wohnung. Wo sie auch hinschaute, überall lag etwas herum. Zeitungen und Gerümpel stapelten sich bis unter die Decke. Trotz ihres Entsetzens darüber, wie man so leben konnte, überwand Nora den Impuls stehen zu bleiben und folgte dem alten Mann in seine Höhle. Ohne sich etwas anmerken zu lassen, suchte sie sich einen Stuhl, befreite ihn von Papier und allerlei Gerümpel und stellte ihn neben Kochs Sessel.

„Erzählen Sie mir von Berend!", forderte Koch nun Nora auf und ergänzte: „Der Junge war etwas Besonderes."

„Inwiefern?"

„Er hatte klare Ziele, war diszipliniert und …" Koch unterbrach sich selbst.

„Und … was?", fragte Nora.

„Was macht er denn jetzt? Was ist aus ihm geworden?", wollte Koch jetzt wissen.

„Wie soll ich Ihnen etwas von Berend erzählen? Ich kenne ihn nicht. Ich weiß nur, dass er für Sie Wirtschaftsspionage betrieben hat."

Nora kämpfte gegen ihre Ungeduld. Sie verstand Koch nicht. Er kannte Berend schließlich besser, als sie es tat. Sie versuchte, sich der Sache auf andere Weise zu nähern.

„Herr Koch, wie gelangten die Rosenholzdateien in die Hände der CIA?"

Nora stand auf und machte den Fernseher aus. „Ich darf doch?"

Ihre Augen fielen auf eine Vielzahl an Medikamentenverpackungen, welche zwischen den anderen Kartons und Umverpackungen lagen, und dann begriff sie.

„Herr Koch, ich habe Sie gefragt, ob Sie wissen, wie die Daten in die Hände der Amerikaner gerieten und aus welchem Grund die Dateien ab dem 7.1.1988 nicht weitergeführt worden sind? Ab diesem Zeitpunkt gibt es keine weiteren Einträge mehr."

„Warum sollte ich Ihnen das verraten?"

„Weil Sie sterben werden, Herr Koch."

Koch hob irritiert seinen weißen Schopf, und seine Augen verkleinerten sich zu winzigen Schießscharten.

„Es macht keinen Sinn, dass Sie Ihr Wissen mit ins Grab nehmen. Helfen Sie mir, Berend zu finden!"

Koch schwieg.

„Was war so besonders an Karsten Berend, dass Sie ihn schützen wollen?", insistierte Nora.

„Er wanderte über Leichen! Das hat mir imponiert."

„Aber das ist doch keine Gabe!"

Koch schaute ein letztes Mal auf die Flagge, die ihm einmal so viel bedeutet hatte. In Gedanken stand er vor der Fahne, salutierte mit einer Hand an seiner Uniformmütze und hörte die „Internationale".

„Sie haben recht, Frau ... Wie war Ihr Name?"

„Kardinal."

„Tatsächlich werde ich sterben, und zwar sehr bald. Der Krebs frisst mich innerlich auf. Wenn die Schmerzen unerträglich werden, nehme ich Morphium."

Nora drehte ihren Zopf. Sie wollte nicht zu viel Mitgefühl für Oberstleutnant Koch empfinden. Verantwortlichkeiten bleiben, auch wenn die Täter alt und schwach geworden sind. Gefährlichkeit und Bosheit waren nun einmal keine Frage des Alters.

„Herr Koch, welchen Sinn hat Ihr Schweigen? Sie haben doch nichts zu befürchten!"

„Was ist mit Anstiftung zum Mord? Das verjährt nicht!", entgegnete Koch.

Nora verstand. Ihre Vermutung schien sich zu bestätigen.

„Herr Koch, verzeihen Sie mir meine Offenheit, aber bevor die Justizmühlen sich drehen, werden Sie längst tot sein. Sie haben nichts zu befürchten. Reden Sie endlich!"

Koch machte ein nachdenkliches Gesicht. Ihm wurde klar, dass es selbst, wenn er entgegen aller Prognosen noch länger als vier Monate lebte, keine Hauptverhandlung mehr gegen ihn geben würde.

Er beschloss, seinen Widerstand aufzugeben. Jemanden für ein politisches Attentat zu gewinnen, war das eine, aber einen Serienmörder zu schützen, war doch etwas anderes.

„Ich habe Berend damit beauftragt, den Flüchtlingshelfer Rosenthal zu ermorden. Möglicherweise gab ich ihm zu wenig Gift, vielleicht hatte er auch nicht alles verabreicht. Rosenthal jedenfalls hatte das Attentat überlebt."

Nora regte sich nicht, sie konnte es kaum fassen. Sie hatte mit ihrer irrationalen Vermutung recht behalten. Berend war tatsächlich der Täter und hatte versucht, Rosenthal im Auftrag der Stasi zu vergiften. Um Koch nicht bei seinen Ausführungen zu stören, hatte sie ihn ursprünglich nicht unterbrechen wollen, entschied dann aber anders.

„Herr Koch, Sie müssen keine Angaben machen, die Sie selbst belasten könnten."

Koch machte eine abwehrende Handbewegung.

„Ach, hören Sie auf. Sie haben es doch selbst gesagt. Ich werde sterben und brauche keine Belehrung!"

„Warum haben Sie Ihre letzten Begegnungen mit Berend nicht mehr dokumentiert?"

„Das habe ich, sogar auch mikroverfilmt."

„Ja, aber wo sind die Mikrofilme?"

„Vernichtet. Als der Zusammenbruch der DDR mit Händen zu greifen war, wurden die Filme durch die HVA und die Abwehrdiensteinheit des Ministeriums für Staatssicherheit alle vernichtet. Beweise über die Arbeit der Stasi sollte es nicht geben!"

„Aber es gibt doch auch die Rosenholzdateien!", widersprach Nora. „Sind die Rosenholzdateien entgegen des politischen Willens der DDR-Machthaber erstellt und außer Landes gebracht worden?"

Stolz reckte Koch seine Brust und erhob sich, als wollte er etwas holen oder zeigen. Dabei gab er ächzendes Gestöhne von sich, so wie es gebrechliche ältere Menschen dann und wann eben tun. Und dann sprach er es feierlich aus.

„Ich habe die Rosenholzdateien erstellt!"

Nora schaute ihn an, und ihre Herzfrequenz steigerte sich.

„Sie?"

Koch schien es sich anders überlegt zu haben, setzte sich wieder hin, lehnte sich in den Sessel zurück und schaute an die Decke.

„Kennen Sie das Gleichnis von Himmel und Hölle?"

„Nein", entgegnete Nora entnervt, weil ihr die biblischen Gleichnisse langsam zu viel wurden.

„Wer mit dem Teufel tafelt, braucht einen langen Löffel?"

Nora antwortete nicht, aber sie hoffte, Koch würde das Geheimnis um die Rosenholzdateien lüften.

„Gott führte den Mann zu einer Tür, und sie betraten einen trostlosen Raum. In der Mitte ein großer Topf mit einem dampfenden, köstlich riechenden Eintopf. Trotzdem sahen die Menschen um den Topf krank und abgemagert aus. Der Grund dafür waren die Löffel, die mehr als einen Meter maßen. Immer wenn sie den langen Löffel in den Eintopf tauchten und ihn zum Mund führen wollten, versagten sie. Sie verschütteten das Essen oder verbrühten und bekleckerten sich. Gott sprach: Hier ist die Hölle."

Koch unterbrach sich und fixierte Nora.

„Wollen Sie wissen, wie es im Himmel ist?"

„Ja, erzählen Sie weiter!" Nora war überrascht, wie wenig ihrer Ungeduld in ihrer Stimme zu hören war.

„Im zweiten Raum war es hell und freundlich. Auch hier hatten die Menschen einen langen Löffel, aber sie waren bester Dinge und wohlgenährt. Sie verhungerten nicht, sondern erfreuten sich guter Gesundheit, weil sie sich mit dem langen Löffel gegenseitig fütterten. Keiner dachte nur an sich, sondern an den anderen. Keiner musste Hunger leiden, weil die Menschen gegenseitig auf sich achteten. Hier ist der Himmel!"

Nora betrachtete den Müll um sich herum und fragte sich, ob Koch bemerkt hatte, dass er in einer Hölle auf Erden lebte, sie fragte sich aber auch, worauf die Sache hinauslaufen würde.

„Ich habe oft mit dem Teufel gegessen, und am Ende des Tages habe ich verloren. Die Wahrheit ist, wer sich auf den Teufel einlässt, wird verhungern."

„Was wollen Sie mir sagen?"

„Ich habe Anfang 1988 die Rosenholzdateien erstellt, weil ich verdächtigt worden war, ein Überläufer zu sein. Absurd!"

Koch prustete verächtlich.

„Aber zu meiner Sicherheit und zur Verbesserung meiner Verhandlungsposition habe ich mir als eine Art ‚Versicherung' von meinen und den Unterlagen der anderen Stasimitarbeiter Mikrofilme erstellt. Jedoch wurde der Widersacher, dem ich die zu meinen Lasten gehenden Spekulationen zu verdanken hatte, selbst Opfer einer Intrige, und der Verdacht gegen mich entfiel. Meine Position hatte sich wieder stabilisiert."

Koch klopfte mit den Fingern gegen seine Handinnenfläche und hob den rechten Zeigefinger.

„Aber die damals von mir erstellten Filme, die auf dem Stand Januar 1988 waren, habe ich trotzdem aufbewahrt."

Nora nickte mit dem Kopf und bedeutete ihm fortzufahren.

„Als es mit der DDR zu Ende ging, habe ich mir, zur Ergänzung meiner Mikrodateien, von den danach angelegten Vorgangsakten weitere Auszüge gemacht, die mir für etwaige Erpressungen interessant erschienen. Ich hatte viele ehemalige IM-Spitzel im Westen und habe mir nach der Wende ein schönes Zubrot verdient. Einige Westpolitiker, ich werde aber keine Namen nennen, Frau Kardinal, konnten von mir überzeugt werden, mir lohnende Beträge zu überweisen, um sich so meines Schweigens zu versichern."

Koch machte eine Pause, aber der sonst empfundene Stolz über seine raffinierte Geschäftstätigkeit wollte sich nicht mehr so recht einstellen. Sein Blick verdüsterte sich, und sein schiefes Lächeln zeigte seine tiefgelben Zähne.

„Heißt das, die vollständigen Originalrosenholzdateien sind bei Ihnen, Herr Koch?" Eine unbeschreibliche Hoffnungswelle breitete sich in Noras Herzen aus.

„Nicht mehr." Koch schloss die Augen.

Nora sank enttäuscht zusammen.

„Was wissen Sie denn noch von Ihrer Zusammenarbeit mit Berend?"

„Nicht mehr viel." Koch hustete und zitterte unerwartet. Kalter Schweiß bildete sich auf seiner Stirn.

„Ich hole Ihnen Wasser!" Nora lief, so schnell es die „Nagetierschneisen" zuließen, in die Küche, in der sie sich aufgrund des Chaos kaum zurechtfand. In einem der Schränke fand sie ein Glas, füllte es mit Leitungswasser und brachte es dem alten Mann.

„Herr Koch, haben Sie Schmerzen?"

Koch antwortete nicht.

„Frau Kardinal?"

„Ja?"

„Sie haben eine entscheidende Frage nicht gestellt."

„Welche?"

„Na, Sie haben nur gefragt, ob ich noch die vollständigen Rosenholzdateien besitze. Das habe ich verneint."

Koch lächelte, als würden alle Geheimnisse dieser Welt bei ihm zusammenlaufen.

Nora verstand nicht und fragte ins Blaue hinein: „Okay, welche Unterlagen besitzen Sie denn noch?"

„Ich hatte Besuch", leitete Koch seine Antwort ein.

Nora kräuselte die Stirn und reichte Koch erneut das Glas. Er trank einen Schluck und ließ das erfrischende Wasser die Kehle heruntergleiten.

„Danke, das tut gut ... Frau Kardinal, ich habe übertrieben mit meiner Gier. Eines Tages standen ein paar Herren in meiner Wohnung, welche die Herausgabe der ihre Auftraggeber kompromittierenden Daten verlangten."

Koch erlitt einen erneuten Hustenanfall und fuhr sich mit seiner zitternden Hand über die feuchte Stirn, in deren Falten sich die Schweißtröpfchen zu kleinen Pfützen gesammelt hatten.

„Die Männer hatten überzeugende Argumente und hielten mir eine Waffe vor die Nase. Ich erzählte ihnen also, wo sie die Mikrofilme finden können, und sie nahmen sie mit."

Koch schaute sich verlegen in seinem Wohnzimmer um und deutete auf den herumliegenden Müll.

„War denen vielleicht zu mühsam, meine Wohnung zu durchsuchen, außerdem hatten sie das, was sie gesucht haben. Wie auch immer ..."

„Und die CIA? Wieso hatte die später die Dateien?"

„Wie danach die Dateien an die Amis gelangten, können Ihnen nur die unbekannten Erpresser sagen."

Koch machte eine kunstvolle Pause. „Verstehen Sie?"

Nora schaute Koch fragend an.

„Nein, Herr Koch. Ich weiß nicht, worauf Sie hinauswollen!"

„Die kopierten Akten sind noch in meinem Besitz, sind hier bei mir. Vielleicht finden Sie ja etwas Brauchbares darin."

Koch erhob sich und drehte sich zu Nora.

„Kommen Sie mit, ich möchte Ihnen etwas zeigen."

Koch führte Nora über die Gangschneisen an die Kellertür. Die Tür klemmte und war wegen des Müllchaos nicht zu öffnen, die Treppe nicht begehbar.

Koch verharrte vor der Kellertür, ließ seine Hand langsam von der Türklinke herabsinken und schien zu bedauern, Nora hierhergeführt zu haben. Er schämte sich seiner Sammelleidenschaft, die außer Kontrolle geraten war. Das sah Nora ihm an.

„Ich glaube, irgendwo da unten finden Sie die Aktenkopien."

Obwohl seine Stimme kaum mehr zu hören war, schrie sein Schamgefühl unüberhörbar durch das Siedlungshaus.

✦✦✦

Am nächsten Tag, es war der Silvestertag, saß Koch mit gesenktem Kopf und erschlafftem Körper auf seinem Sessel und klopfte gelegentlich mit drei Fingern in die Handinnenflächen. An ihm vorbei trugen die Mitarbeiter des Unternehmens „Rümpelfix" in blauen Anzügen und mit Mundschutz und Handschuhen ausgestattet, Kiste für Kiste und Mülltüte für Mülltüte mit alten Dosen, Zeitungen, Müll sowie reparaturbedürftigen Küchengeräten aus seinem Siedlungsheim. Ab und an war der Plunder in Begleitung von Kakerlaken und anderen Kriechtieren, denen auch gerade ihr Zuhause tüchtig durcheinandergebracht worden war.

In den allermeisten Fällen schaute Koch in die Kisten, die herausgetragen wurden, und winkte tapfer die Kisten und Tüten durch, bis sein Blick auf mehrere Papierstapel in einem roten Pappeinband fiel, die er in seine Hand nahm.

„Frau Kardinal, hier, das sind die Aktenkopien, die ich mir für meine Versicherung gemacht habe. Die Akte ‚IM Beton' müsste dort auch zu finden sein. Vielleicht finden Sie dort Antworten auf Ihre Fragen."

Koch hielt die Aktenbände noch eine Weile in seinen runzeligen Händen, dann übergab er sie an Nora.

„Sie haben mein Zuhause auf den Kopf gestellt, und Sie haben, was Sie benötigen. Bitte gehen Sie!"

Am frühen Nachmittag fuhr Nora zurück nach Hamburg und holte ihre schwanzwedelnde Isa aus der Wohnung ihres Vermieters ab. Zusammen liefen sie die Treppe nach unten, und Nora öffnete ihre Wohnungstür. Wie sie es immer tat, legte sie den gesamten Schlüsselanhänger traditionell auf den Tisch und präparierte ihn, indem sie den einzelnen Wohnungsschlüssel über den einzelnen Haustürschlüssel legte. Schließlich kontrollierte sie die Jacken an der Garderobe, ob sie den richtigen Abstand zueinander hatten.

Endlich konnte sie die „IM Beton"-Akte studieren, die sie bei Koch gefunden hatte, und goss sich ein Glas rubinfarbenen Rotwein ein.

Vorsichtig blätterte sie in den vergilbten, teilweise eingerissenen, alten Papieren.

Im Statistikbogen fand sie den Hinweis „Dokument" und folgende Notiz:

IM Beton äußert Bedenken hinsichtlich der missglückten Rosenthal-Aktion. Benötigt Legende. Papiere, Gesichtschirurgie.

Nora blätterte weiter und suchte nach einem neuen Namen, fand aber keinen. Sie ging Trennblatt für Trennblatt durch und fand hinter dem letzten Hinweise über die Einzelheiten der Gesichtsoperation. Und dann ein Foto.

Nora fixierte das Bild.

Es zeigte offenbar Karsten Berend nach der chirurgischen Veränderung, noch etwas geschwollene Gesichtszüge, aber gut erkennbar. Noras Kehlkopf schnürte sich zu. *Konnte es sein, dass ...*

Sie kramte nach ihrem Handy und suchte nach dem Foto, welches sie bei Wilma Hönschemeier von der Wand abfotografiert hatte.

Was hatte Wilma gesagt zu dem Bild und dem jungen Mann? Er sei ein Freund der Gemeinde, einer, der sich um sie kümmerte?

Die Person auf dem Bild in der Stasiakte hatte verdammt viel Ähnlichkeit mit diesem Gemeindefreund. Beide waren auf dem Foto etwa fünfundzwanzig Jahre alt und hatten die gleiche Gesichtsform und Haarfarbe.

Hatte Karsten Berend auf diese Weise in der Nähe seiner Ziehmutter sein können, ohne seinen Identitätswechsel verraten zu müssen? Mit einem anderen Gesicht? Sie musste diesen Gemeindefreund finden.

Noras Handy brummte und unterbrach sie in ihren Überlegungen.

Wo warst du? Ich vermisse dich. Alex.

Ein Kuss-Emoji beendete die Nachricht.

Noras Herz hüpfte. Sie drückte auf die Tastatur und schrieb:

In Berlin. Hat Tanja nichts erzählt? Habe viel erfahren. Bin zu Hause und ermittle. Komm doch! Am scheensten is' wenns schee is'.

Am Ende schickte sie ein Kuss-Emoji.

Sie legte das Handy zur Seite und nahm die Stasiakten wieder auf ihren Schoß, verschränkte beide Beine zu einem Schneidersitz und streichelte Isas Kopf, die wohlig und dankbar tief aus ihrem Bauch schnaufte. Ihre warme Schnauze beruhigte Nora.

Wieder der Akte zugewandt, betrachtete Nora erneut das „Nachher-Foto" des jungen Karsten Berend. Insbesondere die Mundpartie weckte ihr Interesse. Die Unterlippe war leicht geschürzt, die Oberlippe angeschwollen. Nora nahm die Akte in beide Hände und streckte ihre Arme nach vorne, sodass sie einen besseren Gesamteindruck des Gesichtes bekam. Nunmehr schien es so, als sei die Lippe nicht von der Operation geschwollen, sondern als habe sich Berend etwas unter die Oberlippe geschoben, ein Bonbon oder was war es? Verdammt, wo und bei wem hatte sie das schon mal gesehen? Sie kramte vergeblich in ihrem Hirn.

Ihr Handy brummte ein weiteres Mal. Eine Nachricht von Lotta.

Ich denke, es ist Zeit zu reden, über unseren Streit bei Mama und Papa und über Karlchen. Wir sollten uns Zeit für die Vergangenheit nehmen. LG Lotta.

Nora tippte in ihr Handy.

Heute Abend singe ich bei der Silvestervocalsession im „Birdland". Vielleicht hast du Lust zu kommen, und wir können reden?

Nora setzte ein Smiley mit einem fliegenden Herzkuss und drückte auf Senden.

In ihrem Kopf tummelten sich die Bilder von Lottas Krankenhausaufenthalt vor zwei Wochen, und sie sah plötzlich, wie Lottas Gesicht zu Eis gefror, als sie im Fernsehen den Bericht über … Nora schlug ihre gekrümmte Hand auf den Mund, riss ihre Augen weit auf und schüttelte den Kopf. Sie konnte es nicht glauben, aber natürlich:

Er war es. Jetzt wusste sie, bei wem sie diese Geste schon einmal gesehen hatte.

Nora sprang auf, fuhr ins Büro und sichtete die Verfahrensakten aus dem Komplex Elbphilharmonie, die bei Pieter auf dem Tisch lagen. Als sie im Sicherstellungsverzeichnis gefunden hatte, was sie suchte, eilte sie in den benachbarten Raum, in dem die Beweismittel und Unterlagen lagerten, die im Rahmen der in diesem Verfahrenskomplex durchgeführten Durchsuchungsaktion in amtlichen Gewahrsam genommen worden waren. Sie blätterte hektisch die Leitzordner durch und fand endlich den Kontoauszug mit folgendem Verwendungszweck: „Beitrag 12/15, Empfänger Abendsonne". Kontoinhaber war Michael Koslowski.

Und dann war es endgültig klar, ohne jeden Zweifel. Sie wusste jetzt, wer und wo Karsten Berend war. Er lebte unter ihnen, hier in Hamburg, nur unter einem anderen Namen.

Sie musste es nur noch beweisen, bevor er ihr zuvorkam. Nora rannte zurück in ihr Büro und wählte Julias und Alexanders Nummer an. Sie musste sie unbedingt warnen. Ohne Erfolg.

Keiner nahm ab. Sie schrieb beiden eine WhatsApp, informierte sie in aller Kürze über ihre Entdeckung. Julia schickte sie zudem noch einen Screenshot eines Fotos, welches sie aus dem Netz hatte. Dann beorderte sie alle Teamkollegen, die am heutigen Silvestertag Bereitschaft hatten, ins Büro.

Kapitel 7
Der Vermieter I

Am späten Vormittag des letzten Tages im Jahr stellte sich Julia in ihren schwarzen Winterboots auf die Zehenspitzen und befestigte einen Pin-Zettel mit einer Heftzwecke an das schwarze Brett ihrer Universität. Sie trat einen Schritt zurück, stemmte ihre Fäuste in die Hüfte und begutachtete ihr Werk.

Alleinerziehende Mutter und ihr 10-jähriger Sohn suchen 2-Zimmer-Wohnung oder 2 WG-Zimmer in Uni-Nähe. Keine Haustiere. Bis 1000 €. Bitte melden unter unten angegebener Nummer.

Zwei von den insgesamt zehn von der Annonce zum Abreißen vorbereiteten Zettel mit aufgedruckter Telefonnummer riss Julia vorsichtig ab und stopfte sie verstohlen in ihre Hosentasche. Erhöht den Marktwert, dachte sie, verwuschelte mit ihren Fingern ihren aus der Form geratenen Pony, strich eine unfolgsame Strähne aus ihrem Auge, begab sich zum linken Bereich derselben Tafel und suchte unter der Rubrik „Biete" ein passendes Wohnungsangebot.

„Sie sind wohl Ihr bester Kunde?", hörte sie eine männliche, leicht erhöhte Stimme hinter sich sagen. Sie drehte sich um, legte ihren Kopf in den Nacken und blickte in eisblaue Augen. Sie betrachtete den ihr unbekannten, groß gewachsenen Mann mit dem Cap näher, der zur pantomimischen Erläuterung seiner Bemerkung mit einem leichten Kopfnicken auf die Abrisskante ihrer Annonce und die fehlenden zwei Telefonnummern hinwies. Julia machte keine Anstalten zu antworten, was er mit einem schiefen Lächeln quittierte. Gleichzeitig schob er seine Zunge unter die Oberlippe und ließ sie dort für wenige Sekunden verweilen. Julia hielt dies für einen unbeholfenen Flirtversuch und wies diesen mit einem standhaften Blick und einem kompromisslosen Lächeln zurück.

„Nein, bin ich nicht", sagte sie und hatte etwas Unterkühltes in der Stimme. Der Mann mit dem Cap ließ sich aber nicht abwimmeln.

„Ich habe die passende Wohnung für Sie. In unmittelbarer Uni-Nähe und sehr günstig. Sie hätten nicht nur ein Zimmer, sondern eine Wohnung nur für sich und Ihren Sohn. Hier, lesen Sie!", sagte der Mann, der Julias Annonce zuvor gelesen hatte und ihr eine Ausgabe seines schriftlich verfassten Wohnungsangebotes für das schwarze Brett überreichte. Mit Begeisterung studierte Julia die Anzeige und war hocherfreut über ihren Irrtum. Der Mann suchte keinen Anschluss, sondern wollte ihr Vermieter werden. Mit Schmelz in ihrer Stimme wandte sie sich ihm zu.

„Hey, das klingt echt toll."

„Wollen Sie sich die Wohnung ansehen?"

„Gerne, wann?"

„Heute Nachmittag um siebzehn Uhr?"

„Alle Achtung, das ist schnell. Ist Musizieren ein Problem? Ich spiele häufiger Klavier."

„Kein Problem", informierte der Mann mit dem Cap, kritzelte die Anschrift auf ein Stück Papier und streckte ihr die Notiz entgegen.

Manchmal muss man auch einfach mal Glück haben, dachte Julia und steckte den Zettel in ihre Börse.

„Bis später", verabschiedete sich der Mann mit dem Cap und steuerte seinen weißen Van an, der auf dem Universitätsparkplatz abgestellt war.

Aus ihrer Hosentasche holte Julia ihr Handy und tippte auf die Oberfläche.

Huhu, ich habe vielleicht eine Wohnung, entscheidet sich heute Nachmittag. Vorher habe ich ein Treffen mit meiner Jazzband. Heute Abend habe ich im „Birdland" noch einen Job, Silvestervocalsession. Könntest du oder Katja nach Gürel sehen und ihn zum Abend hin zu seinem besten Freund bringen? Er wollte unbedingt mit ihm Silvester feiern.

Nachdem sie die Nachricht losgeschickt hatte, zeigte ihr Handy mit zwei grauen Haken an, dass sie angekommen war. Nachdenklich verharrte sie am schwarzen Brett.

Obwohl sich die Ereignisse bei ihr überschlagen hatten und in diesen Tagen tiefe Trauer ihr hartnäckiger Schatten war, freute sie sich, endlich Musik machen zu können. Musik, die ihr in dieser schweren Zeit wenigstens etwas Energie zu schenken vermochte. Wegen ihres prügelnden Ehemannes und des Termins bei dem Imam hatte sie das

Treffen mit ihrer Jazzgruppe absagen müssen und war nun froh, so schnell einen Ausweichtermin gefunden zu haben. Für den Bewerbungsfilm ihres Jazzensembles hatte sie auch schon ein paar Ideen, die sie ihren Kollegen vorstellen wollte. Ihrem tiefgehegten Wunsch, zur Eröffnung der Plaza der Elbphilharmonie spielen zu können, kam sie immer näher. Es wäre ein kaum beschreibbarer Triumph, sollte ihre Jazzband die Ausschreibung für das Elbphilharmonie-Konzert gewinnen.

Plötzlich stellte sich eine Frau neben sie, welche das schwarze Brett studierte und Julia einen Schock versetzte. Im Profil glich diese Frau ihrer Mutter derart, dass Julias Freude, die sich gerade noch vor einer Sekunde in ihrem Gesicht widergespiegelt hatte, einer bleiernen Traurigkeit wich, welche sich wie ein schwarzer, schwerer Samtumhang um ihre Schultern legte und sie übermächtig zu Boden drückte.

Ihre Mutter und ihr Bruder waren umgebracht und sie von ihrem Mann verprügelt worden. Der einzige Lichtblick in dieser düsteren Schicksalsserie war die Entlassung ihres Vaters aus der Untersuchungshaft.

Allerdings hatte sie sich den gestrigen Abend anders vorgestellt, als sie zusammen mit Alexander bei ihm zum Essen eingeladen gewesen war.

Als Anoush Ahmadi Julia die Tür öffnete und fröhlich ankündigte, dass Alexander schon da sei, verfinsterte sich Julias Gesicht. Mit ihr hatte Julia nun gar nicht gerechnet. Sie fand, dass der Zeitpunkt denkbar ungeeignet war und es viel zu früh war, die neue Freundin ihres Vaters schon jetzt kennenzulernen. Wer weiß, wie lange diese junge Beziehung andauern würde? Außerdem hatten sie viele intime Dinge zu besprechen. Die Beerdigung ihrer Mutter und ihres Bruders, die sie nicht mehr organisieren durfte, weil sie mit dem Imam in einen unversöhnlichen Streit geraten war.

Als sie nach dem Essen im Wohnzimmer alle zusammen Tee tranken und Julia erneut von ihrem Disput mit dem Imam berichtete, entging es ihr nicht, dass Ahmadi sie streng und ohne jegliches Verständnis fixierte. Es verwirrte Julia, denn es hatte den Anschein, als hätte Ahmadi für Julias Haltung kein Verständnis. Dabei war es doch Ahmadi, die ebenfalls kein Kopftuch trug.

Alexander war es letztlich, der sie tröstete und die Organisation der Beerdigung übernahm.

„Ich denke, Denis hätte keine religiöse Beerdigung gewollt, und für Mamas Beerdigung werde ich den Imam ansprechen, versprochen", sagte Alexander.

Julia war darüber sehr erleichtert, und obwohl sie sich vorgenommen hatte, von ihrer Bewerbung für das Eröffnungskonzert erst zu erzählen, wenn sie es gewonnen hätte, konnte sie nicht anders und überraschte ihren Vater und ihren Bruder mit dieser Neuigkeit. Begeistert nahm ihr Vater sie in den Arm, und auch Alexander drückte sie brüderlich an seine Brust. Er hob sie hoch und drehte sich mit ihr einmal um sich selbst.

„Glückwunsch, Schwesterherz", sagte er und hauchte ihr einen Kuss auf die Stirn, während sie ihn mit ihren Armen umschlang.

Nur Ahmadi schien sich der Freude über Julias Bewerbung nicht so recht anschließen zu wollen, aber Julia beschloss, die Teilnahmslosigkeit von Mrs. Frost zu ignorieren, und so war es dann doch noch ein harmonischer Abend geworden.

Julias Handy brummte in ihrer Tasche und riss sie aus ihren Gedanken. Sie schaute auf das Display und las eine WhatsApp von Alex.

Hab heute nur Bereitschaft, ich pass auf, viel Glück für die Besichtigung.

Julia schrieb Alexander eine Dankesnotiz und machte sich auf, ihre letzten Besorgungen in der Mönckebergstraße zu erledigen.

Von ihrem Stadtbummel war sie erschöpft. Was für eine beschissene Idee, am Silvestertag einkaufen zu gehen. Die Stadt war proppenvoll und die Raketen und Böller zündende Jugend außer Rand und Band. Gerade zischte wieder eine verdammte Rakete fast in ihren Nacken. Am frühen Nachmittag konnte sie endlich in der Mönckebergstraße in den rettenden Bus der Linie 19 einsteigen, in Richtung Mittelweg fahren und an der Bushaltestelle direkt vor ihrem Lieblingscafé aussteigen.

Da sie bis zum Probenbeginn noch etwas Zeit hatte, entschloss sie sich, dort etwas zu trinken, und wandte sich dem Eckeingang zu, über dessen schmaler Tür in pinkfarbenen Neonlettern „La Strada" angebracht war, was nicht nur auf den Namen des Lokales hinwies, sondern auch auf die Vorlieben des Inhabers. An den Wänden waren leicht vergilbte, Schwarz-Weiß-Fotografien, unter anderem von Federico Fellini, seiner Frau Giulietta Masina und Anthony Quinn aufgehängt. Auch weitere Accessoires wiesen den Inhaber als sattelfesten Kenner der Filmlandschaft aus. Julia war alleine im Laden, der mutmaßlich bald schließen würde, und ließ sich auf einen der vielen ausrangierten weinroten Kinosessel fallen, die sich als passendes Inventar harmonisch in das Gesamtkonzept des Cineastentreffpunktes einfügten. Julia bestellte bei der Bedienung, die neu sein musste, weil sie sie noch nie gesehen hatte, einen Cappuccino. Die Kellnerin verrichtete ihren Job eher lustlos und stellte die weiße Porzellantasse gelangweilt auf den Tisch, um sich gleich im Anschluss draußen vor der Tür eine Zigarette anzustecken und auf den ersehnten Feierabend einzustimmen. Julia betrachtete das mit Kakaopulver aufgebrachte Herz auf dem Milchschaum, der langsam in sich zusammenzufallen begann. In genau dem Moment, als sie den Löffel in ihre Hand nahm, sich jedoch nicht überwinden konnte, die Verzierung zu zerstören, schrieb ihr Alexander eine weitere Nachricht, die Julias Handy durch ein Brummen ankündigte.

Würde gerne Nora besuchen, sie ist zurück aus Berlin. Kommst du vor 17 Uhr noch nach Hause?

Julias Daumen flogen über die Tastatur.

Leider nein, wir proben bis 16.30 Uhr, und dann fahre ich zur Besichtigung. Danke. Schmatzi.

Jetzt bekam Julia ein schlechtes Gewissen, weil sie Alexander den kompletten Tag für die Kinderbetreuung eingespannt hatte. Sie schob ihre Zweifel jedoch beiseite, schließlich war es eine besondere Zeit. Julia schickte ihrer Nachricht drei Kuss-Smileys hinterher und fühlte sich schon etwas besser. Zu einem ordentlichen Trinkgeld fühlte sie sich angesichts der uninspirierten Bedienung nicht aufgerufen. Daher legte sie lediglich vier Euro auf den Tisch, registrierte mit einem Blick zur Uhr, dass sie sich verspäten würde, nahm ihre Tasche und hetzte zu der lang ersehnten Probe.

✷✷✷

Das Hupen, der Autolärm und der Benzingestank schreckten Julia ab. Konnte dies eine gute Wohngegend für sie und Gürel sein? Aber hatte sie in ihrer Situation überhaupt eine Wahl? Sie hielt ihr Handy, welches sie zu der Anschrift navigiert hatte, direkt vor ihr Gesicht und wäre fast von einem Radfahrer überfahren worden, als sie seinen Weg querte. Erschrocken blieb sie mit nach vorne gestrecktem Brustkorb stehen und verfolgte die Rennstrecke des rasenden Fahrradrüpels, dessen Fahrtwind zuvor kühl an ihrem Ohr vorbeigestrichen war.

Fruchtallee 83, Ecke Doormannsweg 22 las sie erneut die Anschrift auf ihrem Zettel, den ihr der Vermieter übergeben hatte. Sie hatte ihr Ziel erreicht, und ihren Blick nach oben gerichtet, wuchs ein riesiges Hochhaus über ihrem

Kopf empor und erschlug sie fast. Unwillkürlich zog sie die Schultern hoch, und ihr Hals verschwand in ihrem roten Schal. Die Fassade wirkte auf sie, als blickte sie auf eine zwanzig Meter hohe Wand aus weißen Schuhkartons. Passenderweise befand sich im Erdgeschoss ein Schuhgeschäft. Irgendwie ein durchdachtes Konzept, stellte Julia für sich fest. Mit nur einem Blick in die grellbunte Verkaufsauslage verschaffte sie sich jedoch Gewissheit, dass bei einem Einzug in dieses Haus ihr keine finanziellen Einbußen in Sachen Schuhanschaffung drohten.

Noch im Vorbeigehen rümpfte sie die Nase, klingelte einmal bei Weise, wie es auf ihrem Zettel vermerkt war, und wartete. In ihrer Tasche brummte das Handy ein weiteres Mal. Was für ein Traffic bei mir, dachte Julia und zwang sich, nicht schon wieder auf ihr Gerät zu schauen. Es war endlich an der Zeit, dieses permanente Schauen auf neue, auch noch so unwichtige Nachrichten zu reduzieren. Julia nahm sich diese neue Handygelassenheit als einen der vielen Neujahrsvorsätze für das nächste Jahr vor.

Im vierten Stock des Schuhkartonhauses stand Karsten Berend hinter der Tür, hielt sein Fläschchen mit der Narkoselösung in der linken Hand und tränkte mit kurzen Schüttelbewegungen den mehrlagigen Wattebausch in seiner Rechten, als es ein weiteres Mal klingelte. Er öffnete vorsichtig die Tür und verbarg dabei seinen mit Äther getränkten Tupfer.

✶✶✶

Gegen 18.30 Uhr stopfte sich Nora das letzte Stück Laugenbrezel gedankenlos in den Mund, während sie noch einige Notizen am Laptop durchsah. Gleichzeitig füllte sich der Besprechungsraum des Landeskriminalamtes. Nach und nach betraten Tanja, Martina, Pieter, Michael und Andreas das nüchtern und funktional eingerichtete Meetingbüro. Graue Tische, graue Stühle, grau melierter Veloursteppich und graue Lamellenvorhänge, es roch sogar grau. Auch Alexander war durch die neuen Entwicklungen und die Haftentlassung seines Vaters wieder aktiv im Team dabei, hatte allerdings seinen Neffen Gürel im Schlepptau, als er das Büro betrat.

Achselzuckend schob Alexander Gürel durch den Raum, während Nora ihm irritiert nachschaute. Ihren intensiven Blick im Rücken spürend, drehte er sich um.

„Julia brauchte einen Betreuer für Gürel und wollte nicht, dass er alleine zu Hause bleibt. Meine Frau ist nicht da", entschuldigte er sich. Noras Blick geriet vorwurfsvoll. Es war ein: „Du musst doch wissen, dass dieser Ort kein Platz für Kinder ist"-Blick.

Alexander ignorierte Noras stumme Maßregelung, denn es gab keine andere Option. Gürel sollte nicht alleine bleiben. Das hatte er Julia in dieser besonderen Situation versprochen. Er steckte Gürel sein Handy zu und setzte ihn mit der 14 mal 7 Zentimeter großen Nanny in einen Nebenraum, während Nora über ihre Ermittlungen in Berlin und von der Begegnung mit Oberstleutnant Koch zu berichten begann.

Keiner ihrer um den langen Tisch sitzenden Kollegen bewegte sich oder gab zur allgemeinen Erheiterung kleine Witzchen zum Besten. In keiner Hand lag ein Handy, auf dessen Tasten bei Nachrichteneingang unauffällig gedrückt wurde. Kein Blick ging müde ins Leere. Alle Sinne waren bei Nora. Nur ihre Stimme klang durch den Raum. Das Team hing gebannt an ihren Lippen und war untrennbar mit ihren Ausführungen verbunden. Einzig Andreas schaute immer wieder auf das Display seines Zweithandys und tippte gelegentlich eine Nachricht.

Während Nora ihren an ihrem Laptop vorbereiteten Bericht vortrug, bemerkte sie, wie schnell sie bereits in ihrem Team angekommen war und von ihm akzeptiert wurde. Ihre Ermittlungen in Berlin hatten sich gelohnt und sie einen ganz erheblichen Schritt weiter zum Täter geführt. Jetzt war es an der Zeit, die Bombe platzen lassen. Sie hatte ihren Verdacht immer wieder überprüft und war sich inzwischen sicher, wo und wer Karsten Berend wirklich war. Über mehrere Sekunden ließ Nora ihre Augen in die Runde schweifen und nahm mit jedem Kollegen Blickkontakt auf. Dann hob sie beide Hände hoch und schaute zweifelnd, als könnte sie das, was sie zu sagen hatte, selber kaum glauben.

„Der Bruder von Albert Berend war nie verschollen. Er war die ganze Zeit unter uns. Karsten Berend hat sich durch Stimmtherapie und Kehlkopftraining eine höhere Stimme antrainiert und ..."

Skeptisch verfolgte Tanja Noras Bericht und unterbrach sie.

„Karsten Berend kann nicht unter uns gelebt haben. Wo denn? Wie denn? Er wäre doch aufgefallen, erkannt worden. Albert und Karsten sind doch eineiige Zwillinge."

Noras Handy brummte, aber sie bemerkte es nicht, und so entging ihr, dass Julia ihr eine Nachricht geschickt hatte. Nora hob ihre Augenbrauen und griff Tanjas kritische Frage auf.

„Ich hatte den Verdacht, dass Karsten Berend das Giftattentat auf Rosenthal verübt hatte, und hoffte, in den Stasiakten weiterführende Hinweise auf ihn zu finden. Als mir Oberstleutnant Koch die bei ihm gelagerte Akte über Karsten Berend aushändigte, hat es mich fast umgehauen, als ich dort einen zusammenfassenden Arztbericht eines Gesichtschirurgen fand. Der Arzt firmierte bei Koch unter ‚IM Skalpell'!"

Die letzten beiden Worte „IM Skalpell" sprach Nora betont langsam, während sie in den Gesichtern ihrer Zuhörer nach einer Resonanz Ausschau hielt.

„Na ja", sagte sie, und die Verachtung war in ihrem „Na ja" nicht zu überhören. Dann wandte sie sich einem Berg an Unterlagen zu und entnahm dem Papierstapel einen Arztbrief. Sie rückte ihre Brille zurecht und überflog das Dokument, um die gesuchte Stelle zu finden. Dabei kräuselte sie bei manchen Passagen ihre Nase. Als sie die entscheidende Stelle gefunden hatte, las sie laut vor, während Pieter wegen seines klingelnden Handys den Raum verließ.

„Die Stirn wurde an einigen Stellen flach geschliffen, sodass Karsten Berends Gesichtszüge weicher wurden. Der Kinnbereich wurde mit kleineren plastischen Eingriffen verändert, die Lippen verschmälert."

Während sie die chirurgischen Eingriffe vorlas, konnte Nora nicht verhindern, dass sich ihr Gesicht schmerzhaft verzog. In ihrem Kopf dröhnte hell kreischend das Schleifinstrument des Gesichtschirurgen.

Nun nahm Nora das vergrößerte Foto aus der Stasiakte, heftete es mit vier Magneten an die Tafel und drehte sich um, die Gesichtsausdrücke ihrer Kollegen in sich aufsaugend. An dem vielfältigen Mienenspiel hätte ein Schauspieler, immer auf der Suche nach Inspiration für seine Kunst, seine wahre Freude gehabt. Ein wahrer Schatz an gelebten Gefühlen. Ungläubigkeit, Erstaunen, Fassungslosigkeit. Alles war zu sehen. Ganz besonders einen Kollegen ließ das Foto in eine innere Erstarrung fallen. Mit leicht geöffneten Lippen starrte Alexander auf das Bild. Ab und an blickte er Nora fragend an, so als ob sie die sich exponenziell mehrenden Fragezeichen über seinem klopfenden Schädel beseitigen könnte.

„Das gibt es … das gibt es doch nicht", stammelte Alexander und drehte sich zu seinen Kollegen.

„Begreift ihr das? Gernot Melzer ist mein Onkel?"

Nora betrachtete das aufgehängte Bild von Melzer und zeigte mit ihrem roten Laserpoint auf seine hängende rechte Mundpartie.

Alexander starrte immer noch fassungslos auf das Foto seines Onkels. Sein Vater und Gernot Melzer waren Zwillingsbrüder! Erkennbar war davon rein gar nichts mehr.

„Das ist das Resultat einer kleineren Nervenverletzung während der Operation, so steht es hier im Bericht."

Sie überflog weiter das Schriftstück und hielt inne.

„Durch Unterspritzen der Augenlider verkleinerte der Arzt Melzers Augenblick."

Sie unterbrach sich für einen Moment und schaute von einem zum anderen. In den Gesichtern versuchte sie zu erkennen, ob ihr Wortspiel bemerkt worden war. Wohl nicht, dachte sie, begriff aber in demselben Moment, dass ihre Kollegen für solche Feinheiten nicht empfänglich sein konnten. Sie versuchten immer noch, den ersten Durchbruch dieses Falles zu erfassen.

„Er trägt offensichtlich farbige Kontaktlinsen, was die intensiven hellblauen Augen erklärt. Seine Haare und Augenbrauen färbt er blond."

In dem Meetingraum war es still, bis Pieter das angespannte Schweigen in der Runde durchbrach.

„Die Zielfahndung hat mich gerade kontaktiert und berichtet, dass sie Melzer bisher nicht aufnehmen konnten", sagte er. Er hatte bereits eine Weile im Türrahmen gestanden und Noras Bericht skeptisch verfolgt. Da Pieter offenbar über den Anruf der Zielfahndung verwundert war, ließ er seinen fragenden Blick auf Nora ruhen.

„Ich habe die Zielfahndung auf Melzer angesetzt, bevor ich euch informiert habe. Jede Sekunde zählt", erklärte Nora und nahm Pieters Zustimmung erleichtert zur Kenntnis.

„Außerdem hat der Kollege von der Zielfahndung gesagt, dass sie zu wenig Leute haben. Gerade heute!", schloss er und schaute in die Runde.

„Ich könnte mich gleich bei Melzer zu Hause vor die Tür stellen", schlug Andreas sofort vor.

„Ja, danke, Andreas. Weitere Vorschläge?"

„Priorität eins ist, ihn zu finden, Priorität zwei ist der Tatnachweis. Wie soll beides gelingen? Melzers Handys sind derzeit alle inaktiv", fragte Pieter.

Überarbeitet und müde war er, genauso wie Nora, die, ebenso wie er, keine Antwort auf seine Frage hatte.

„Er ist unser Tatverdächtiger Nummer eins, und wir müssen ihn finden und observieren. Alles andere wird sich ergeben."

Sie versuchte, optimistisch zu klingen, aber sie merkte, dass es ihr nicht gelungen war.

Kapitel 8
Der Vermieter II

Julia klingelte ein zweites Mal an der Tür des Schuhkartonhauses und schaute auf die Uhr ihres Handys, um sich zu vergewissern, ob sie vielleicht zu früh war. Es war bereits 17.10 Uhr. Gleichzeitig fiel ihr Blick auf ein Pop-up, welches ihr mitteilte, dass Nora versucht hatte, sie anzurufen. Da, endlich ertönte der Summer, und Julia drückte die Haustür auf, als ihr Handy erneut zu brummen begann. Ihre Neugier besiegte ihre frisch beschlossenen Vorsätze, und sie öffnete den WhatsApp-Messenger, der ihr zeigte, dass Nora ihr ein Bild geschickt hatte. Julias Interesse war geweckt, und sie blickte auf das verschwommene Foto. *Warum schickt mir Nora ein Foto meines neuen Vermieters?* Neugierig öffnete sie Noras Nachricht.

Julia, auf dem Bild siehst du den Mörder deines Bruders. Egal wo du bist. Ruf Alex oder mich sofort an.

Fassungslos schlug Julia die Hand vor den Mund. Sie atmete ein, und ein Schreck lähmte sie. Dann hörte sie schnelle, bedrohlich wirkende Schritte im Treppenhaus, die immer näher kamen. Sofort hastete sie aus der Haustür. Hektisch drehte sie ihren Kopf hin und her und suchte nach Menschen, die ihr Schutz hätten geben können. Es war niemand zu sehen. Die meisten waren jetzt bereits zu Hause und schauten „Dinner für one" und bereiteten den Silvesterabend vor. Sie rannte kopflos die Fruchtallee herunter und floh über den Eppendorfer Weg, Ecke Marthastraße in den dunklen Lindenpark, dessen sparsam angebrachte Laternen ihren weißen Lichtschein auf den grauen, gewundenen Weg warfen und die die Bäume entlang des schmalen Weges wie schwarze Riesen erscheinen ließen. An den Boulespielern am Eingang des Parkes, die sie aus den Augenwinkeln wahrgenommen hatte, preschte sie vorbei, während sie sich immer wieder umdrehte und vergewisserte, ob ihr mörderischer Vermieter sie verfolgte. Plötzlich hörte sie direkt hinter sich einen lauten Knall, der ihr durch und durch ging. Sie überlegte, ob ihr Verfolger den nächsten Schuss vielleicht in ihren Rücken abgeben würde, und blieb stehen. Langsam drehte sie sich um und blickte ins Leere. Niemand war hinter ihr. Nur vier kleine Feuerteufel amüsierten sich über ihren gelungenen Silvesterscherz. Sofort rannte sie weiter, querte die Altonaer Straße und hetzte weiter, bis ihr Herz derart hämmerte, dass es noch unter ihrem Schlüsselbein pulsierte. Aber die Angst trieb ihren Körper zu Höchstleistung an, und sie rannte weiter, bis sie in der Schanzenstraße angekommen war. Dort entdeckte sie den ein oder anderen Passanten, der zu Fuß unterwegs war, und sie verlangsamte ihren Schritt. Als sie mit Erleichterung begriff, dass sie ihrem Mörder mit knapper Not entkommen war, fingen ihre Beine an zu zittern, und plötzlich konnte sie nicht mehr weiterlaufen. Sie blieb stehen und hielt sich mit einer Hand an einer aus rotem Ziegelstein gemauerten Hauswand fest, während sie ihren Oberkörper nach vorne beugte, um Sauerstoff in ihre Lungen zu saugen. Nach und nach wurde ihr Atem ruhiger. Ihre Gedanken sortierend, realisierte sie, dass Noras WhatsApp-Warnung auf Kante genäht war und sie erst in letzter Sekunde erreicht hatte. Um ein Haar hätte sie wegen ihrer Neujahrsvorsätze die Nachricht nicht gelesen und wäre ihrem Mörder direkt in die Falle gelaufen. Voller Unruhe schüttelte sie den Kopf und schlug mit der Hand gegen die Mauer. Der Mörder hatte sie offensichtlich als nächstes Opfer auserkoren. Erst Denis, dann ihre Mutter und jetzt sie. Die Tatortbilder ihrer Mutter und ihres Bruders hatte sie natürlich nie gesehen, aber sie hatte aufgrund der bisherigen Presseberichterstattung genug Informationen erhalten, um sich den grausamen Tod bildhaft vorstellen zu können. Die einzelnen Szenen der Ermordung drehten sich in ihrem Kopf wie ein Brummkreisel, der erst ein Sammelsurium von ineinandergreifenden Farben illusionierte und dann nach und nach die Konturen eines Bildes freigab. Es war das blutrote Bild ihrer geschächteten Mutter, das vor Julias Augen stehen blieb, und sie spürte, wie der Würgereiz ihre Kehle emporklomm und jeden Moment den Kloß in ihrem Hals beseitigen würde.

War sie ihrem Mörder entkommen? Wann würde er es wieder versuchen? Julia lief in die Polizeiwache in der Stresemannstraße und fühlte sich das erste Mal seit ihrer Flucht sicher. Der Wachhabende, ein älterer Herr, begrüßte sie bürgerfreundlich, während beide Daumen in seiner Gürtelschlaufe hingen.

„Na, junge Dame, was kann ich für Sie tun? Dies hier ist bloß eine Sicherungswache. Die zuständige Polizeiwache ist in der Notkestraße und …"

In der gleichen Sekunde bemerkte er, dass Julia unter dem Eindruck eines schrecklichen Geschehens stehen musste, was sie sehr mitzunehmen schien, und er beschloss, sich der zitternden Frau anzunehmen.

✦✦✦

Im vierten Stock seiner Mietwohnung im Doormannsweg öffnete Melzer die Tür. Er erschrak und wollte die Tür sofort wieder schließen, aber sein Besuch stellte entschlossen seinen Fuß in die Tür.

„Guten Tag, ich wohne unter Ihnen, und bei Ihnen muss eine Leckage sein. Aus meiner Decke kommt Wasser, direkt aus Ihrer Wohnung."

Hierbei weitete er seine Augen, um seiner Schlussfolgerung besonders viel Überzeugungskraft zu verleihen.

„Ich habe schon den Notdienst informiert. Könnten Sie mal schauen, woher es kommt?"

Der Nachbar schaute entnervt drein. Den Silvesterabend hatte er sich anders vorgestellt. Den Kopf an Melzer vorbei zur Seite geneigt, versuchte er erfolglos, einen Blick in die Wohnung zu erhaschen.

„Nein, nein, hier ist alles in Ordnung, die Wohnung wird derzeit gar nicht bewohnt. Der ehemalige Mieter ist bereits vor einem Monat ausgezogen. Der Schaden kann nicht von einer Waschmaschine oder so herrühren. Vielleicht ist es ein Rohrbruch. Hier finden Sie jedenfalls nicht den Grund."

Mit dem letzten Wort stieß Melzer fluchend gegen den Fuß des Nachbarn, als der ihn gerade erneut in die Tür stellen wollte, und schloss die Wohnungstür. Er schaute durch den Türspion und beobachtete, wie der Beschwerdeführer kopfschüttelnd nach unten ging.

✳✳✳

Nachdem Nora Julia von der Sicherungswache in der Stresemannstraße abgeholt und mit ins Präsidium genommen hatte, nahm Pieter ihre Aussage auf. Die zeitgleich laufende Durchsuchung der Weise-Wohnung, die Nora in kürzester Zeit wegen Gefahr im Verzug organisiert und zusammen mit der Spurensicherung vollstreckt hatte, verlief jedoch ergebnislos. Melzer blieb spurlos verschwunden.

Bevor Julia nach der Vernehmung nach Hause fuhr, brachte Pieter sie zu Alexander und Gürel in den Besprechungsraum. Alexander hatte bis eben einige Vermerke verfasst und schaute nach Gürel, der inzwischen mit dem Handy zusammengewachsen war. Gürel reagierte gereizt, als Alexander das Handy an sich nahm, um Julia eine

Nachricht zu schreiben, wobei beide nicht bemerkten, dass Julia im Türrahmen stand. Alexander schrieb:

Wo bist du gerade? Noch hier im Präsidium? Ich möchte nicht, dass du allein bleibst. Wir haben Melzer in der Wohnung in der Fruchtallee nicht mehr angetroffen.

Er drückte auf Senden und sah an den blauen Haken, dass Julia online war und seine Nachricht bereits gelesen hatte. Im Türrahmen stehend, verfasste sie mit ihrem Handy in der Hand eine Nachricht, was Alexander an dem grünen Hinweis auf Julias Profilseite, *Schwesterherz schreibt*, erkannte.

Alexander wartete und las den ankommenden Nachrichteneingang.

Ich habe deinem Kollegen Pieter Struck Rede und Antwort gestanden und fahre trotz allem nachher zur Silvestervocalsession. Brauche das Geld. Kannst ja mitkommen. Stehe im Übrigen im Türrahmen deines Büros.

Julia fügte der Nachricht ein lachendes, augenzwinkerndes Smiley hinzu. Als Alexander den letzten Satz gelesen hatte, drehte er sich ruckartig um. Inzwischen stand sie schon hinter ihm und legte ihren Arm um seine Schulter. Er richtete sich auf und nahm sie in den Arm.

„Scheiße, was bin ich froh, dass du hier bist. Um ein Haar hätte der Arsch dich in seine Wohnung gelockt, und wir hätten dich nie gefunden. Wo hätten wir suchen sollen?"

Julia legte ihre Hände um Alex' Wangenknochen und hielt sein Gesicht in ihren Händen.

„Hör mal gut zu, Alex. Ich habe mich inzwischen wieder etwas gefangen. Ich weiß ja jetzt, wie das Schwein aussieht, und in Zukunft meide ich dunkle Ecken und die Abgeschiedenheit. Außerdem werdet ihr ihn ja jetzt bald finden. Das Leben geht doch schließlich weiter, und ich muss für Gürel aufkommen. Trotzdem wäre ich froh, wenn du heute Abend dazukommen könntest, Nora wird vielleicht auch da sein. Es ist doch Silvester."

Für Alexander war es keine Frage. Trotz des Ermittlungsdruckes sagte er zu, denn er freute sich auch auf den Auftritt der beiden und genoss es, wenn seine Schwester Klavier spielte und Nora dazu sang. Außerdem hatte Julia recht. Es war Silvester, und ein bisschen Ablenkung musste trotz allem sein. Und Katja hatte überdies ohne ihn den Abend geplant.

Nachdem sich seine Schwester von ihm verabschiedet hatte, ging er zu Nora in den Beratungsraum, wo sie ihre Kollegen und die Handlungsoptionen orchestrierte. Alexander unterbrach sie.

„Julia fährt jetzt kurz nach Hause und dann weiter ins ‚Birdland'. Ich werde sie dort später hinbringen oder auch nachkommen, sobald hier alles erledigt ist", sagte er und setzte sich auf einen der grauen Polsterstühle, über dessen Holzlehne er hin und her rieb.

„Wie finden wir den Scheißkerl?", fragte Pieter in die Runde.

Keiner hatte eine Idee oder sprach ein Wort.

Martina durchbrach die Stille.

„Wir observieren alle seine Anlaufstellen. Auch wenn Melzers Telekommunikationsüberwachung nichts erbracht hat, seine Standortdaten werden wir abrufen können."

„Ja, und wir benötigen so etwas wie Fingerspuren oder DNA von Melzer, um die Personenidentität zwischen ihm und Karsten Berend zu belegen", sagte Tanja, die versuchte, eine Idee zu entwickeln.

„Mit was sollen wir sie denn vergleichen? Wir haben keine DNA-Spur von Karsten Berend!" Pieter nahm ungeduldig seinen grauhaarigen Playmobilkollegen in die Hand und drehte an dessen Extremitäten.

Nora ging alle ihre bisher gewonnenen Erkenntnisse durch und fragte sich, ob Pieter recht hatte.

„Was ist mit der alten Hönschemeier? Könnten wir da was über Berend finden?", fragte Alexander.

Nora starrte durch Alexander hindurch, und ihre Gedanken wirbelten durch ihren Kopf, bis sie eine Eingebung hatte. Hastig griff sie in ihre Hosentasche und holte ihr Handy hervor. Sie rief die immer auskunftsfreudige Mitarbeiterin der kriminaltechnischen Untersuchungsstelle unter ihrer Handynummer an. Im Büro würde sie kaum noch anzutreffen sein.

„Hallo, Frau Hand, Kardinal hier. Ich muss Sie dringend sprechen. Mich interessiert, wie lange sich eine DNA-Spur an einer Briefmarke hält?"

„Ja, das hängt natürlich von der Raumumgebung ab, aber wenn der Brief oder die Karte vor allem trocken gelagert worden ist, kann sich eine DNA durchaus dreißig Jahre halten."

Nora bedankte sich, legte auf, lief aus dem Besprechungsraum in ihr Büro, fand dort in dem Beweismittelschrank, was sie suchte, und steckte ihren Fund ein.

Ihren Arm in die Luft gestreckt, betrat sie nach wenigen Minuten wieder die „Graubaracke", wie Martina den Raum gelegentlich nannte, während sie in ihrer Hand einen alten, an der oberen Kante fein säuberlich geöffneten Briefumschlag hielt und damit wedelte.

„Der ist von Karsten Berend, so hat es die alte Hönschemeier berichtet. Wenn wir hier Melzers DNA finden, sind wir einen großen Schritt weiter."

„Nora, was für eine grandiose Idee!", begeisterte sich Pieter und legte seinen Playmobilmitarbeiter achtlos auf den Tisch. „Sobald wir Melzer festnehmen, holen wir uns seine DNA. Besteht Identität zwischen seiner DNA und der DNA an der Briefmarke und der Spur bei Fliege-Schulz, dann haben wir ihn. Dann können wir beweisen, dass Karsten Berend nach der Grenzöffnung untergetaucht ist, als Melzer unerkannt in Hamburg weitergelebt hat und der gesuchte Serienmörder ist." Schlagartig verflüchtigte sich Pieters Müdigkeit, und er veranlasste über Oberstaatsanwalt Back die Eilanordnung der DNA-Maßnahme.

Dann klopfte er Andreas auf die Schulter. „Auf geht's. Wir fahren zu Melzer nach Hause. Wir kriegen ihn. Er weiß nicht, dass wir ihn am Schlafittchen haben."

Alexander schaute auf die Uhr. Es war schon spät, und er wollte doch Julia zum „Birdland" begleiten. Den Buben an der Hand, verabschiedete er sich und fuhr nach einer ruhigen Fahrt mit seinem Passat Kombi in die Tiefgarage. Als er ausstieg, bedeutete er seinem Neffen, schon mal in die derzeit gemeinsame Wohnung zu gehen, und drückte ihm den Schlüssel in die Hand. Gürel lief die Treppen zur Wohnungstür und drehte den Schlüssel ins Schloss. Er steckte seinen Kopf durch die Tür und rief nach seiner Mutter, die aber nicht antwortete.

In der Tiefgarage erlosch das Licht, und der graue Betonraum tauchte in kalte Dunkelheit. Alexander stand am Kofferraum und griff nach Julias Reisetasche. Er kniff seine Augen zusammen, um besser sehen zu können, und winkte mit beiden Armen, so als wollte er jemanden auf sich aufmerksam machen. „Diese billigen Bewegungsmelder funktionieren schon wieder nicht", schimpfte er vor sich hin.

Während er sich vornahm, nach Neujahr einen Brief an die Verwaltung zu schreiben, unterbrach ein wuchtiger Schlag auf seinen Hinterkopf seinen Plan, und er fiel zu Boden, wo er mit dem Kopf hart aufschlug.

Melzer zog sein Cap tief ins Gesicht, bückte sich, fesselte Alexanders Hände auf den Rücken und legte ihm eine Wattelage mit K.-o.-Tropfen auf die Nase. Er hievte ihn in den Laderaum seines weißen Vans, der direkt an der Tür geparkt war, und fuhr zügig die Rampe der Tiefgarage hinauf.

KAPITEL 9
BLUTSFREUNDINNEN

Billie Holidays Augen leuchteten wie zwei um die Wette strahlende Monde, die aus glänzendem Silber geschmiedet waren. Hell schien ein Lichtspot auf die Sängerin Billie, die damals mit ihrer kratzigen, einzigartigen Stimme „Strange Fruit" sang und die Lynchjustiz an den Schwarzen mit fassungslos machenden, lyrischen Worten beschrieb, welche damals direkt in Noras Herz trafen.

Nora saß unter dieser faszinierenden, aber auch von Drogenerfahrungen gebeutelten Frau und war für diesen Abend am Ende ihrer Ermittlungen angekommen. Pieter und Andreas waren für den heutigen Abend abgestellt, die Wohnung Melzers zu observieren. Vielleicht hatten sie Glück, und sie würden ihn schon heute Nacht festnehmen können. Schließlich ahnte er nicht, wie sehr der Atemhauch der Hamburger Mordkommission seinen Nacken umhüllte. Nora würde heute vielleicht singen, aber vor allem einen Blick auf Julia haben. Müde raschelte sie ohne Konzept in ihren Noten und hing ihren Gedanken nach. *Soll ich heute überhaupt singen, ich weiß nicht. Und was überhaupt? „Shape of my heart, Sorry seems to be the hardest word?"*

Die Gitarrenriffs des Intros von „Shape of my heart" ließen sie regelmäßig innehalten. Sobald die ersten warmen Töne in G-Moll erklangen, berührten sie die Hoffnungslosigkeit und die obsessive, einsame Geschichte des Pokerspielers. Das Lied, die Musik, die Karten verloren allesamt ihre Konturen, und sie vermischten sich zu etwas einzigartigen Neuem. Der Höhepunkt für Nora war die Textzeile „The numbers lead the dance". Sie hatte darüber gelesen, dass es kein Liebeslied, sondern die Geschichte eines Pokerspielers war, der die Macht und das Glück in den Karten ergründen wollte und darüber verlernt hatte, sein Pokerface abzulegen.

Nora schob ihre Gedanken beiseite, als sie Lotta erblickte, wie sie den Club betrat und in der letzten Reihe auf der Sitzbank Platz nahm. Unwillkürlich musste sie in ihre Hosentasche fassen, in der ein fünfundzwanzig Zentimeter langer Gegenstand gegen ihr Bein drückte. Sie nahm ihn heraus und hielt für eine Weile den Karton mit ihrem Geschenk in der Hand, welches sie für Lotta bestellt und gestern in der Stadt abgeholt hatte. Sie hoffte so sehr, dass es ihr gefallen würde, und schob das Präsent in ihre Notentasche.

Lotta stellte ihr eben am Tresen erworbenes Glas Weißwein ab und betrachtete die Jazzgalerie. Bei Billie Holiday stoppte sie, denn Nora saß unter dem Bild, und Lotta schaute verunsichert zur Seite. Dann, zaghaft, wandte sie sich Nora zu, schaute sie direkt an und hob zögernd ihre Hand, die Nora zuwinkte und zu sagen schien: Hallo, hier bin ich.

Keinen Moment länger musste Nora über den Song, den sie singen wollte, nachdenken, ging zu den Musikern auf die Bühne und verteilte die Noten.

„Mhm, passt nicht so recht in den Laden", nörgelte der Cellist, betrachtete Nora kritisch und ignorierte ihren erbosten Blick. Julia hingegen nahm die Notenblätter an sich, drehte sich mit einem breiten Lächeln zu ihren Kollegen, als wollte sie ihnen sagen: Hey, das Lied mag ich, und nickte den Musikern aufmunternd zu.

„Ich fang an", bestimmte sie, und die ersten Introklänge erfüllten den Raum. Sofort erkannte Lotta die Melodie. In ihrem Gesicht deutete sich erst ein Lächeln an, dann aber füllten sich ihre Augen unerwartet mit Schmerz und Finsternis, als würde sie gerade begreifen, dass ihre Geliebte nicht mehr da war, sie mit ihr keine Musik mehr würde hören und keine Küsse mehr würde austauschen können. Als Nora die ersten Zeilen von „I don't know to love him" anstimmte, bewegte sich Lotta bis zum Ende des Liedes nicht mehr. Das Glas blieb unberührt. Die Töne, die Akkordklänge, alles umfing sie und wurde eins mit ihr. In Gedanken strich sie ihrer geliebten Mone ein letztes Mal über die Wange und erinnerte sich an den letzten gemeinsamen Moment.

Abschied ist der Anfang von Erinnerungen.

Nora nahm erfüllt den rauschenden Applaus entgegen, der sich in dem Raum ausbreitete und in ihren Ohren verklang. Sie drehte sich zu den Musikern und klatschte ihnen zu. Dann wandte sie sich zur anderen Seite der Bühne und bedankte sich, wobei ihr auffiel, dass Alexander nirgendwo im Publikum saß und immer noch nicht da zu sein schien. Tonlos bewegte sie ihren Mund und schaute Julia fragend an. Wo ist Alex?, mimte sie mit den Lippen, aber Julia verstand sie nicht und zuckte mit den

Schultern. Nora griff nach ihren beiden Getränken, trat die Bühne herab, schob, in jeder Hand ein Glas in die Höhe haltend, die Gäste und andere Hobbysänger sanft zur Seite und quetschte sich zwischen den alten Stühlen vorbei, bis sie endlich bei Lotta landete. Vor ihr stehend, wusste sie nicht, was sie sagen sollte. Lotta schaute Nora an, durchdringend und irgendwie streng. Nora konnte ihren Blick nicht deuten. War sie wütend auf sie, weil sie „ihr" Lied gesungen hatte? Empfand sie es vielleicht als übergriffig? Hatte Nora hiermit das endgültige Aus zwischen ihnen besiegelt? War sie, wie so oft, vorschnell und unsensibel gewesen?

Nora nahm erst einen Schluck Wasser gegen ihren Durst, gleich darauf einen Schluck Primitivo. Dann wieder einen Schluck Wasser.

„Den Primitivo kann ich sehr empfehlen …", sagte Nora.

„Das Wasser auch?", fragte Lotta, und endlich lächelte sie.

„Verdammt, ich bin verlegen", stammelte Nora und war erleichtert.

„Ich weiß. Setz dich!" Gleichzeitig klopfte Lotta auf den gerade frei gewordenen Stuhl, und Nora tat wie ihr geheißen. Die Beine des Holzstuhls gaben unerwartet gefährlich nach, und Nora hielt sich am Tisch fest.

Über den „Faststurz" mussten beide laut lachen und waren dankbar, auf diese Weise die spannungsgeladene Situation auflösen zu können.

„Danke, Nora, das war ein besonderes Herzensgeschenk."

Lotta legte ihre Hand auf Noras immer weniger zitterndes Bein.

„Erst war ich darüber wütend, dass du das Lied gesungen hast. Ich wollte gehen, aber etwas hielt mich. Also blieb ich und durfte so noch ein letztes Mal einen wunderbaren Moment mit Mone und unseren Erinnerungen durchleben."

Erleichtert pustete Nora Lotta einen flüchtigen Handkuss zu.

„Salute, Lottchen, lass uns anstoßen auf Mone, unser Leben und dass wir uns wiedergefunden haben."

Lotta erhob ihr Glas und prostete Nora zu, die nach einer Weile einen Vorstoß wagte.

„Das Versteckspielen muss aufhören, hast du mir geschrieben, Lotta. Was meintest du damit?"

„Ich mag die Schuld nicht mehr alleine tragen."

„Schuld?"

„Ja."

Nora schwieg, sie wartete, dass Lotta weitersprach.

„Karlchen."

„Was ist mit ihm?", fragte Nora.

„Er ist beim Badeunfall ums Leben gekommen."

„Ich weiß, ich holte Hilfe und bin von einem Auto angefahren worden und ..."

„Das ist nicht die ganze Wahrheit", unterbrach Lotta.

Die Moderatorin des Abends kündigte den letzten Interpreten an. Ein Mann mit Charlie-Chaplin-Hut war mit seiner ganzen Familie gekommen und sang „Ain't no sunshine, when she's gone".

Ein Lied. Ein Gig. Gewonnene Zeit. Zeit für wen? Für welche Wahrheit? Applaus.

„Nora, ich hatte immer das Gefühl, schuld zu sein. Als Papa Karlchen aus dem Wasser geholt hatte, das Köpfchen hängend, der Körper schlaff und kalt, schaute er mich an."

Lotta schluckte, und ihre Kehle war trocken und fühlte sich an, als würde seidiger, feiner Kalksand den Rachen herunterrieseln.

„Diesen Blick werde ich nie vergessen. Er drang in mich und löschte einen Teil von mir aus. Diese Augen fragten: Wo warst du, als Karlchen dich brauchte? Sie sagten: Wie konntest du weggehen? Sie versprachen: So sehr ich es auch versuchen werde, ich werde es dir nie verzeihen können."

Nora ließ sich ablenken durch die Musiker, die ihre Instrumente einräumten, den Reißverschluss der Cellotasche schlossen und die Mikrokabel einwickelten.

Charlie Chaplin verließ mit seiner Familie und Freunden den Club, und plötzlich war das „Birdland" fast leer. So war es fast immer. Hatte ein Sänger seinen Auftritt beendet und verließ das Etablissement, nahm er sein Publikum mit, wie ein Magnet, wie eine zusammengeschweißte Reisegruppe.

Lotta und Nora waren nun, bis auf wenige Individualisten und Julia, alleine im Club.

„Lotta, du warst doch selber ein Kind, du brauchst dir keine Vorwürfe machen."

Lotta kniff ihre Augen zusammen und erhob sich. Erschrocken wich Nora zurück.

„Ich mache dir Vorwürfe."

„Mir?"

Wild gestikulierend ruderte Lotta mit den Armen.

„‚Hilfe, Hilfe, Lotta, komm schnell', hattest du gerufen." Hierbei äffte Lotta den Tonfall eines Kleinkindes nach.

Verwirrt schaute Nora auf den Tisch, als die Bedienung die beiden Gläser abräumte. Sie ahnte, dass diese Unterhaltung unangenehm werden würde, und rieb sich die Hände an ihrem Hosenbein.

„Kann ich euch noch etwas bringen?", fragte die freundliche Kellnerin.

„Nein, danke." Lotta winkte ab und wandte sich Nora zu.

„Laut geschrien hattest du, immer wieder. Voller Panik habe ich dich gesucht, Nora."

„Ich weiß es nicht mehr ...", stammelte Nora

„Ja, Papa hat auch immer zu mir gesagt, Noras Unfall hat ihre Erinnerung gelöscht. Als ich dich endlich fand, saßt du im Busch und grientest. Deine lachende Fratze bestand nur aus Milchzähnen."

„Fratze", wiederholte Nora, erschrocken über die lieblose Wortwahl. „Ich war nicht in Gefahr?"

„Nein!"

Lotta setzte sich.

„Du wolltest, dass ich mit dir spiele und weniger Zeit mit Karlchen verbringe."

Nora dachte über Lottas Worte nach und fing langsam an zu verstehen.

„Deine Eifersucht und dein Versteckspiel führten ins Verderben und in den Tod", hatte Lotta ihr zu Hause bei ihren Eltern im Streit vorgeworfen.

Nora richtete sich auf und schüttelte verständnislos den Kopf.

„Du gibst mir die Schuld für Karlchens Tod?"

„Was denkst du? Du kennst dich doch aus mit Unrecht!"

Die Schwestern schwiegen, bis die Stille unerträglich wurde.

Lotta klappte ihre Schachtel mit Zigaretten auf.

„Hier darf man auch nach dem Konzert nicht rauchen!"

Lotta legte den Stein des Anstoßes wieder zurück in die kleine rote Ledertasche.

„Nora, ich habe Mama und Papa nie gesagt, dass du es warst, die mich abgelenkt und daran gehindert hatte, auf Karlchen aufzupassen."

„Aber warum denn nicht?"

„Kannst du dir das nicht denken?"

Nora senkte den Kopf. In ihrem Kopf herrschte großes Durcheinander. Für sie war der Unfall ein nicht näher geklärter Badeunfall gewesen. Ihre Eltern hatten nach ihrem Unfall das tragische Ereignis von ihr ferngehalten. Sie hatte den Badeunfall immer für ein Ereignis gehalten, für das niemand verantwortlich war. Und nun schien es, als hätte sie Karlchens Tod zu verantworten. Nora trank den Rest ihres Rotweins, und ein Teigkloß breitete sich in ihrem Magen aus, der immer größer wurde, bis Lotta endlich weitersprach.

„Es fühlte sich für mich falsch an, ihnen das zu sagen, wo du durch deinen Unfall dem Tod so nah warst. Ich hätte mich wie ein Verräter gefühlt, der die Schuld versucht, auf jemanden abzuwälzen, der sich nicht wehren kann."

Nora nahm Lottas Hand in die ihrige, und Lotta ließ es kurz geschehen, zog aber dann ihre Hand weg.

Noras Unbedarftheit wich einer bitteren Erkenntnis. Ihre von ihr so angehimmelte, geliebte ältere Schwester

Lotta trug eine schwere Bürde. All die Jahre. Jahrzehnte. Wie hatte Lotta es geschafft, dass ihr Schweigen um den Vorfall am Badesee sie nicht zu Boden gerissen hatte? Und je mehr Nora all diese Gedanken und Gefühle zuließ, desto wuchtiger konnten all die inniglichen Erinnerungen mit Lotta an die Oberfläche kommen, als sie noch Blutsfreundinnen waren und ihre Beziehung noch nicht durch den alles verändernden Unfall zerstört worden war. Erinnerungen mit Lotta, als sie sich noch liebevoll um Nora gekümmert hatte, wie es eben nur die älteste Schwester zu tun vermochte … Wie damals, als Nora wegen einer Blinddarmentzündung im Krankenhaus gelegen und Lotta sie mit einem Besuch überrascht hatte.

Mit jeweils einem Schokokuss in beiden Händen bewaffnet, lief Lotta, ihren herunterrutschenden Kniestrümpfen keine Beachtung schenkend, durch das blasse, trostlose Krankenzimmer hin und her und machte kämpferische Wurfbewegungen.

„Hey, Krankheit, hau ab, mein Nörchen braucht dich nicht!"

Dann stolperte sie in die nächste Ecke, ohne dabei zu vergessen, einen Blick auf Nora zu werfen, deren Miene sich sichtlich aufheiterte.

„Du hast keine Chance gegen mich und meine schwarze Geheimwaffe! Warte nur, bis sie in Nörchens Mund verschwindet, dann hast du nichts mehr zu lachen!"

Dann sprang Lotta zu Nora ans Bett und fütterte sie mit der Eierschaumkugel. Sich selbst hatte Lotta auch eine mitgebracht, und genüsslich futterten die Blutsfreundinnen, zwischen die bis zu dem Badeunfall kein Blatt Papier gepasst hatte, ein ganzes Paket dieser Köstlichkeit auf.

Nora schaute auf Lottas Hand, mit der sie einen Bierdeckel drehte, und musste erkennen, dass Lotta keine andere Wahl gehabt hatte, als sich im Laufe ihrer gemeinsamen Kindheit immer mehr von ihr zurückzuziehen und zwischen ihnen eine Wand aus stahlhart gefrorenen, trüben Eisziegeln zu bauen. Unüberwindbar.

Und dann passierte etwas, das Nora nicht mehr verhindern konnte, obwohl sie es krampfhaft versuchte. Eine Träne rann die Wange herab. Als Lotta dann ihre Hand öffnete und Nora entgegenstreckte, um vorsichtig ihre Wange zu berühren, war es Nora, als würde Lotta ihr schweres Herz in beide Hände nehmen und es tragen. Erst jetzt spürte sie, wie sehr sie ihre große Schwester und ihre Zärtlichkeit vermisst hatte.

Alle Versuche, es zu verhindern, scheiterten, und Noras ganzer Körper pulsierte, ja schüttelte sich, und ihre Tränen strömten nur so aus ihr heraus.

Nora wollte fragen, wie sie es wiedergutmachen konnte, wollte fragen, wie Lotta die Schuldzuweisung ausgehalten hatte, wie sie das Leid und die unehrlichen, vorwurfsvollen Blicke der Eltern ertragen konnte, aber sie schwieg. Sie fand keine Worte. Keine passenden, fürchtete sie. Sie glaubte, dass die Offenbarung der Sprachlosigkeit in solchen Situationen mehr Nähe schaffen konnte als ausgefeilte Wortpaare, die, semantisch geschickt aneinandergereiht, so scheinbar mitfühlend klangen. Schweigend griff Nora in ihre Notentasche und legte das kleine Paket auf den Tisch.

Lotta schaute sie überrascht an, und Noras Kopfnicken bedeutete ihr, die schwarze Box zu öffnen.

Lotta öffnete sie und hielt ein Feuerzeug in der Hand, auf dessen Seite eine Gravur in Schreibschrift eingearbeitet war. *Lotti.*

Nora versuchte, in Lottas Augen zu erkennen, ob es ihr gefiel, aber Julia trat mit erhobenen Händen an den Tisch, so als wollte sie sagen, ich muss leider stören, es ist wichtig, und riss damit beide Schwestern aus ihrer emotionalen Achterbahnfahrt.

Nora putzte sich die laufende Nase und bedeutete Julia, dass sie bleiben könne.

Julia berührte sanft Noras Schulter.

„Schön gesungen hast du."

Nora lächelte und legte ihre Hand auf Lottas Arm.

„Danke, das ist übrigens meine Schwester Lotta."

Zur Begrüßung streckte Julia ihre Hand über den Tisch.

„Wo ist Alex?", fragte Nora Julia und gewann annähernd ihre Verfassung zurück.

„Keine Ahnung, er wollte mich eigentlich hierherfahren, aber als er nicht nach Hause kam, habe ich ein Taxi gerufen. Allerdings dachte ich schon noch, dass er dazustößt."

„Hat er nicht abgesagt?", fragte Nora.

Julia blickte erneut prüfend auf ihren Messenger-Dienst.

„Nein, nichts."

Nora versuchte mehrfach, Alexander zu erreichen, aber der ging nicht ans Telefon.

Gleichzeitig schrieb Julia Gürel an und fragte nach Alexander. Gürel feierte Silvester bei seinem Freund Bruno, der direkt über Alexander und Katja wohnte. Gürel war wach, noch online und antwortete prompt.

Keine Ahnung, bin doch bei Bruno. Wir sind zusammen hergefahren. Moment, ich geh runter und schaue.

Nach wenigen Minuten schrieb er die nächste Nachricht.

Es ist keiner in Onkel Alex' Wohnung. Es macht niemand auf. Keine Ahnung, wo er ist.

Er drückte auf Senden, und kurz danach schrillte sein Telefon. Julia war am Apparat.
„Ja?"
„Was heißt, ihr seid zusammen angekommen?"
Gürel stand mit dem Hörer am Ohr vor der Wohnungstür und versuchte mit dem Schlüssel, den er in der Tiefgarage von Alexander zugeworfen bekommen hatte, hineinzugelangen.
Seine Stimme kippte, denn Julias Unruhe übertrug sich auf ihn. Ziellos lief er in der dunklen Wohnung hin und her. „Ich weiß nicht, wo er ist. Onkel Alex hat gesagt, ich soll schon mal vorgehen. Ich bin vorgelaufen, in mein Zimmer, ich habe einen Film geguckt und …"
Julias Stimme wurde panisch.
„Bist du jetzt in Alex' Wohnung? Geh bitte sofort wieder hoch zu Bruno! Ich komme zu euch."
Abrupt endete für alle der Abend im „Birdland". Julia fuhr zu Gürel, Nora ins Präsidium, und Lotta schaute auf ihre Uhr. Auch sie hatte noch einen dringenden Termin.

Kapitel 10

Koordinaten 54.948300,8.346723

Nach knapp zehn Minuten war Nora im Präsidium angekommen und organisierte im Rahmen ihrer Eilkompetenz die Ortung von Alexanders Handy. In der Funkzelle im Bereich seiner Wohnung hatte sie ein Signal ausmachen können. Mit dem IMSI-Catcher, der die individuelle SIM-Kartennummer eines Handys orten konnte, und mit allerhand weiterer Technik fuhr sie in die Tiefgarage seiner Wohnung. Vielleicht würde sie ihn dort bloß bewusstlos liegend, aber ansonsten unversehrt auffinden können? Nora wurde ihrer Hoffnung beraubt, als sie sich bückte und Alexanders Handy aufhob, dessen Display blutverschmiert war. Diese IMSI-Spur war eine Sackgasse. Alexander war weg, wahrscheinlich entführt von dem Monster Melzer, und sie hatte keine Idee, wie sie ihn finden konnte. Ein heller Schmerz breitete sich in ihrem Magen aus, und es schien ihr, als würde jemand mit einem Messer flammend und schmerzhaft ihre Mageninnenwände abschaben. Mutlos wählte sie mit zitternder Hand Pieters Nummer.

„Ja?"

„Verdammt, Alexander ist verschwunden, sein Handy haben wir bei ihm in der Tiefgarage gefunden. Wir müssen ihn finden, bevor Melzer ihn tötet."

Noras mahnende Worte waren eher ein Hilfeschrei als eine Aufforderung. Wie sollte man jemanden finden, wenn man keine Idee hatte, an welchen Plätzen man suchen musste?

Trotzdem fragte Nora Pieter, ob bei ihnen irgendetwas Auffälliges passiert war.

„Nein, alles ruhig", sagte Pieter, der wahrscheinlich ahnte, dass Nora wegen dieser schlechten Nachricht in noch größere Unruhe geraten würde. Sie waren ihrem Ziel gerade ferner denn je.

Nora legte auf, plumpste auf ihren Bürosessel und fiel in sich zusammen, wie ein Erdrutsch, der nach einer sintflutartigen Überschwemmung aus seinem Gefüge bricht und in die Tiefe stürzt. Hoffnungslosigkeit lähmte sie. Sämtliche Hinweise waren ins Leere gelaufen. Die Durchsuchung von Melzers Firma und seiner Wohnung mochte steuerrechtliche Erkenntnisse erbracht haben. Auch hatte die Durchsuchung ergeben, dass Melzer unter dem Namen Michael Koslowski das Heim der alten Hönschemeier und die polnische Pflegerin finanziert hatte. Jedoch konnten keine Fotos, Briefe oder Unterlagen sichergestellt werden, die einen Hinweis auf seinen momentanen Aufenthaltsort hätten geben können. Auch die seit einiger Zeit laufende Telefonüberwachung hatte zu nichts geführt. Melzers Aufenthalt blieb im Dunkeln. Sämtliche ausgewerteten Standortdaten brachten entweder schon bekannte oder unverdächtige Aufenthaltsorte ans Tageslicht. Melzer war unauffindbar. Und vermutlich hatte er Zugriff auf Polizeiwissen. Dafür sprach einiges. Erneut zerbrach sich Nora den Kopf, wer Infos an Melzer weitergegeben haben könnte. Aktuell nutzte Melzer jedenfalls keine der immer noch aufgeschalteten Leitungen mehr. Niemand wusste, wo er sich aufhielt. Selbst seine Lebensgefährtin Sabine Spindt hatte ihn vor wenigen Stunden bei der Polizei vermisst gemeldet. Ohne eine Nachricht sei er zu ihrer gemeinsamen Verabredung nicht erschienen, und erreichen könne sie ihn ebenfalls nicht, hatte Spindt besorgt mitgeteilt.

Verdammt, wie sollte Nora Alexander finden? Ausgerechnet der Mann, in den sie sich verliebt hatte, war das vierte Opfer geworden. Wieso war sie eigentlich so sicher gewesen, dass sich Melzer weiterhin auf Julia stürzen würde? Sie war untröstlich. Sie hatte Alexander aus den Augen verloren. Er war genauso in Gefahr gewesen. Alle Menschen in Albert Berends Umfeld waren potenzielle Opfer.

Aber mit was für einem System verfolgte Melzer seinen perfiden Plan? Was waren seine Motive? Im Tagebuch seiner Schwester Karla hatte Nora gelesen, wie sehr Karsten Berend unter den Quälereien seiner Mutter gelitten hatte und dass er sich von seinem Bruder Albert im Stich gelassen fühlte. Wieso hatte er nicht seine Mutter als Erste getötet? Sie war zwar vor einigen Wochen beerdigt worden, war aber eines natürlichen Todes gestorben, wie Tanja ermittelt hatte. Warum brachte er nicht einfach Albert um? Und wie passte Anne Fliege-Schulz in diese Opferriege? Hing das mit ihrer Rolle im Untersuchungsausschuss zusammen? Melzer war dort nicht gut weggekommen, wie Martina recherchiert hatte. Ihre Fragen purzelten herum, wie klappernde Lottokugeln in ihrer gläsernen Gefängnistrommel. Nora strich sich fahrig durch ihr zusammengebundenes Haar, sodass ihre Brille von der Nase rutschte und zu Boden zu fallen drohte. Im letzten Moment griff sie reflexartig nach dem Bügel und legte die Brille auf den Tisch.

Was soll ich tun, was soll ich tun, dachte Nora.

Ich stehe an der Wand ohne Idee. Kein Plan, kein rettender Gedanke. Was ist, wenn ich Alexander blutüberströmt irgendwo aufgebahrt finde? Es darf nicht sein! Bitte nicht!

Verdammt, reiß dich zusammen, Nora, versuchte sie mit warnenden Parolen ihrem emotionalen Chaos zu entrinnen.

Sie begann zu zählen, wie sie es immer tat, um ihre Anspannung zu kompensieren. Aber irgendetwas war anders, und dann geschah etwas Ungewöhnliches. Zum ersten Mal brach sie mit ihrer Gewohnheit und hielt nicht an ihrem zwanghaften Zählritual fest.

Das Handy auf dem Tisch vibrierte, und Nora nahm ihr Smartphone in die Hand, dessen leuchtendes Display bläuliche Schatten auf ihr Gesicht warf. Verunsichert öffnete sie die Nachricht. Der Absender war unbekannt. Wer schickte ihr anonym eine Nachricht und aus welchem Grund? War es richtig, die Nachricht zu öffnen? Vielleicht war es ein Virus?

Papperlapapp, ich mach es. Intuitiv tippte sie auf das Display.

Als sie das Bild öffnete, war ein Screenshot von Google Maps zu sehen. Auf der Karte entdeckte Nora den grafischen Hinweis auf den Sylter Luftschutzbunker und die Koordinaten: 54.948300,8.346723. Sofort googelte sie die Daten und fand heraus, dass es sich bei dem Luftschutzbunker um eine historische Sehenswürdigkeit in der Nähe von Kampen handelte. Nora verstand nicht und glaubte, Opfer eines Cyberscherzes geworden zu sein. Oder einer Werbeveranstaltung. *Besuchen Sie Sylt, die schönste Insel, die Deutschland zu bieten hat.* So oder so ähnlich. Sie wollte das Handy bereits weglegen, da kam das nächste bearbeitete Google Maps-Bild. Nora betrachtete das Foto. Unweit des Luftschutzbunkers schlängelte sich von der Straße Pück Deel eine kleine Abzweigung, an deren Ende ein mit einem Computerprogramm erstelltes rotes, leuchtendes Kreuz eingezeichnet war. Daneben stand in Schreibschrift hinzugefügt *Lagerhalle*. Nora starrte gebannt auf ihren kleinen Monitor und wartete. Wahrscheinlich würde der mysteriöse Absender ein weiteres Bild schicken. Nora war gerade dankbar für die Ablenkung. Sie wusste nicht weiter, und jetzt drängte sie die Neugier.

Nun folgte ein älteres Foto, welches den Luftschutzbunker zeigte, wie Nora sich im Netz vergewissert hatte. Eine Art Leuchtturm, der rot-weiß gestrichen war. Am Fundament des Turmes waren kleine, weiße Häuschen angesiedelt. Als nächstes Foto öffnete sie eine Art Lagerhalle, in deren Hintergrund der Leuchtturm des Bunkers von dem vorangegangenen Bild zu sehen war. Es musste eine ältere Fotografie aus dem Jahre 2005 oder danach sein, was Nora an dem inzwischen veralteten Automodell erkannte, welches im Vordergrund geparkt war. Ein fabrikneuer schwarzer Mercedes Benz W 164 zierte das Bild, und der Fotograf schien sehr stolz auf seinen nagelneuen Geländewagen gewesen zu sein. Die Neuerwerbung und nicht die Lagerhalle stand im Fokus der Kameralinse.

Soweit man es sehen konnte, war das kleine Grundstück umfriedet von hohen Büschen, die neugierigen Blicken Einhalt geboten. Stand man vor dem Haus, wie es der Fotograf offenbar tat, blickte man auf eine Miniaturausgabe eines gut erhaltenen Lagerhauses, in welches winzige Fenster verbaut waren.

Noras Interesse war geweckt, und sie wartete auf das nächste Bild. Nach geraumer Weile kamen wieder zwei.

Sie öffnete beide Bilder und überflog die Fotos mehrere Sekunden, während sich im Hintergrund der weitere Eingang von Fotos klangvoll ankündigte. Nora tippte die Oberfläche an, und ihrem Handy entstieg das Grauen. Ihrem Impuls wegzuschauen konnte sie nicht folgen, obwohl sich ihr schauderhafte Szenen darboten. Der Schreck durchzog sie so intensiv, dass die ganze bisher empfundene Lähmung aus ihrem Körper verflog. Ihr Herz raste, und sie war trotz der späten Stunde wieder hellwach. Es gab keinen Zweifel. Die Fotos zeigten den von ihnen mit Hochdruck gesuchten Tatort. Die Bilder spiegelten Hilflosigkeit und Angst jenseits der Schmerzgrenze wider. Sie zeigten das eklige perfide Werk eines kranken Monsters. Die schaurigen Ablichtungen von Sevinc und Denis glichen sich. Beide waren identisch gefesselt und fixiert auf einer Liege aufgebahrt, die mit einer Vorrichtung ausgestattet war, die es dem Nutzer ermöglichte, die Liege samt Körper um 180 Grad zu drehen. Analog war das Gesicht beider Opfer dem Boden zugewandt. Der Hals war aufgeschnitten, und unter dem durch die Ohnmacht oder den zwischenzeitlich eingetretenen Tod schlaff herunterhängenden Kopf stand ein alter Metalleimer, der offenbar das Blut seiner Opfer auffing.

Gerade eben schaffte Nora den Weg zur Toilette und erbrach sich darin.

Kapitel 11
Die Hydra

Gleichmäßiges Röcheln erfüllte den kleinen Innenraum. Ansonsten war es still. Verdeckt in einer Nebenstraße der Elbchaussee stand der Dienstwagen. In dieser Gegend war es trotz des bevorstehenden Jahreswechsels ruhig, da hier überwiegend gut betuchte, ältere Herrschaften wohnten. Noch eine Stunde, dann würde das Silvesterfeuerwerk über die Hansestadt hereinbrechen. Der Klang einer Polizeisirene durchschnitt die nur durch das regelmäßige Gurgeln unterbrochene Ruhe. Hektisch und unkoordiniert nestelte Pieter, der nur langsam wach wurde, in seiner Hose und beendete durch die Annahme des Telefongesprächs das Sirenengeheul. Diesen Klingelton werde ich wieder ändern, dachte Pieter.

„Ja?"

Andreas Schmid, der neben Pieter im Auto auf der Beifahrerseite saß, erkannte an der aufgeregten Stimme der Anruferin, dass Nora am anderen Ende sprach. Während Pieter ihrem mündlichen Bericht folgte, brannten sich nach und nach immer tiefere Sorgenfalten in seine Stirn.

Zwischendurch blickte Pieter zu Andreas und raunte ihm häppchenweise die eben erfahrenen Infos zu.

„Alexander ist verschwunden", flüsterte er, „Handyortung erfolglos, nur sein Handy in der Tiefgarage gefunden!"

Wieder Nora zugewandt, sagte er: „Nein, alles ruhig. Ja, tschüss."

„Scheiße, jetzt haben wir ein richtiges Problem. Der Drecksack hat Alex entführt!", brach es aus Pieter heraus, als er aufgelegt hatte.

Hilfe suchend schaute er zu Andreas.

„Bleib ruhig, wir finden ihn", sagte der.

Dann brummte Andreas' Zweithandy, und er las verstohlen die Nachricht, während Pieter auf die Melzer-Villa schaute.

Ich muss noch mal ins Haus, bin in ca. 10 Minuten da.

Andreas antwortete:

So schnell schaff ich das nicht. Komm nicht her, warte in der Nähe deines Hauses. Melde mich.

Es war sehr kalt an diesem Silvesterabend, und die Autoheizung lief nur auf halbe Kraft. Immer wieder massierte Andreas Schmid seine steifen Finger und pumpte so Blut durch seine Adern.

Schon seit mehreren Jahren versorgte er Melzer mit polizeiinternen Informationen. Als Gegenleistung baute ihm Melzer so nach und nach sein altes Wochenendhäuschen in St. Peter-Ording am Norddeich zu einem kleinen Luxusappartement um. Er liebte diesen Ort, und seine Wünsche nach Veränderungen versiegten nicht. Im Gegenteil, wie bei der Hydra, dem vielköpfigen Schlangenungeheuer, dem zwei Köpfe nachwuchsen, wurde einer abgeschlagen, wucherten bei Schmid neue Wünsche, wenn ihm Melzer einen erfüllt hatte. Schmid glaubte nicht, dass Melzer mit den Serienmorden etwas zu tun hatte. Melzer war zwar ein korrupter Bauunternehmer, ein übler Schurke und auch einer, der zu einem Mord fähig war. Denn immerhin hatte er Andreas den Auftrag gegeben, Meister bei der Polizeiaktion zu töten, damit dieser die Schnauze hielt und Melzer nicht veriet. Aber ein Serienmörder? Und selbst wenn! Sollte Nora mit ihrem Verdacht recht haben, war es für ihn sowieso zu spät. Für moralische Erkenntnisse und einen Ausstieg war der Zeitpunkt längst verstrichen. Die Hydra lebte und wuchs in ihm. Sie war ein Teil von ihm geworden und verband ihn untrennbar mit dem Bösen. Schmid war schon lange kein Polizist mehr. Wann er die falsche Weggabelung genommen hatte, wusste er nicht.

Als er sich bei der Polizei beworben hatte, war er voller Engagement gewesen. Bei seiner Einstellung bescheinigte ihm die Behörde, dass er Verantwortungsbewusstsein, Teamfähigkeit, Flexibilität und Einfühlungsvermögen besaß. Sie attestierten ihm Gelassenheit und ein ruhiges Auftreten und gelangten zu der Einschätzung, dass er den zukünftigen Polizeialltag, in dem blitzschnell angemessene Entscheidungen getroffen werden müssen, besonders gut meistern würde. Schmid wurde schnell klar, dass ihm all diese Eigenschaften auch auf der gegenüberliegenden Seite des Rechts von Vorteil sein würden. Es dauerte nicht lange, bis er sich aufgrund einiger seinem Arbeitgeber verborgen gebliebener Charakterschwächen und moralischer Defizite aufmachte, um weitere Einnahmequellen zu generieren. Regelmäßige Aufenthalte in Kiezkneipen und eine zufällige Begegnung mit Melzer in einem Club taten ihr Übriges. Schmid, der zu idiomatischen Redewendungen neigte, plapperte unentwegt darüber, dass man auch mal ein oder gerne auch zwei Augen zudrücken können müsse oder aber auch mal fünf gerade sein lassen solle. Nachdem er dies häufig genug gesagt hatte, wagte Melzer vorsichtig einen Vorstoß, und die beiden näherten sich schnell an. So rekrutierte Melzer seinen neuen Mitarbeiter, und bis heute waren beide mit der Geschäftsbeziehung ausgesprochen zufrieden. Schmid war ein wahrhaftiger Ganove in Polizeiuniform geworden.

Gerade jetzt war es seine Aufgabe, Melzer den Rücken freizuhalten. Und er war vorbereitet.

Die Hand auf die Stirn haltend, begann er kurz zu stöhnen.

„Ausgerechnet jetzt", ächzte er.

„Was ist?"

Schmid legte dramatisch seinen Kopf auf das Armaturenbrett.

„Scheiße, ein Migräneanfall, könntest du mir aus der Apotheke was dagegen holen?"

„Jetzt?"

„Wenn ich nicht gleich eine Tablette nehmen kann, bin ich ein Totalausfall."

Schmid googelte die nächste geöffnete Apotheke.

„Schau mal, gar nicht so weit. Ich beobachte Melzers Bude, bis du wiederkommst."

Pieter hatte ein schlechtes Gewissen, in dieser angespannten Situation eingeschlafen zu sein. Da wollte er wenigstens jetzt aufpassen.

„Dann fahre du! Ich warte hier."

Er stieg aus, ging um das Auto herum und schaute zu Melzers Haus.

Sie standen verdeckt hinter einem großen Wohnwagen und hatten das Haus gut im Blick. Wenn Melzer kam, würden sie es bemerken. Diese Position wollte er eigentlich nicht aufgeben. Aber so konnte er mit Schmid auch nichts anfangen. Der Beifahrertür wieder zugewandt, öffnete er sie und forderte Schmid auf auszusteigen.

Schmid ließ sich nicht aus der Ruhe bringen und schaute Pieter mit einem Blick an, der keinen Zweifel daran ließ, dass er nicht fahren würde.

„Es ist für mich viel zu gefährlich, in diesem Zustand Auto zu fahren. Bitte fahre du!"

Missmutig stieg Pieter wieder ein, ließ Schmid aussteigen und fuhr zur Apotheke.

Ein Griff zum Handy, und die von Schmid bereits vorformulierte Nachricht erreichte ihren Empfänger.

Jeden Moment fährt mein Kollege an dir vorbei, HH-SZ 1358. Du hast ca. 20 Minuten Zeit, bis er wieder hier ist.

Langsam fuhr Melzer vor, stieg aus und kam nach etwa zehn Minuten mit einem silberfarbenen Metallkoffer aus seiner kleinen Villa. Er warf den Koffer auf den Beifahrersitz und stieg ein. Mit seinem weißen Van bog er in die Seitenstraße und verschwand mit dem bewusstlosen Alexander im Kofferraum in der Dunkelheit, während ihm im Licht des beginnenden Feuerwerkes ein Auto folgte.

Inzwischen war es vierundzwanzig Uhr, und auch in dieser Gegend verschossen einige Anwohner mit lautem Knall und Getöse zur Begrüßung des neuen Jahres ihre Raketen und Böller.

Schmid lehnte am Baum, als seine Hose brummte und er auf sein Handy schaute.

Habe alle nötigen Unterlagen zusammen. Werde abtauchen. Melde mich.

Schmid war nicht überrascht, wie gut Melzer seine Flucht organisiert hatte. Immerhin hatte er ihn dabei unterstützt. Allerdings war er nicht gefasst auf die Neuigkeit, die Pieter für ihn bereithatte, als er mit quietschenden Reifen neben Schmid zum Stehen kam und ihm befahl einzusteigen.

„Nora hat mich gebeten, mit ihr nach Sylt zu fahren. Wir haben Hinweise, dass dort der Tatort sein könnte und vielleicht auch Alexander. Eine echt heiße Spur."

Nachdem Schmid ins Auto gestiegen war, gab Pieter ihm die Tabletten.

„Macht 13,49 Euro."

Schmid schaute ihn an.

„Wo soll ich dich absetzen?", fragte Pieter.

Er fieberte danach, Alexander zu befreien.

„Soll ich nicht mitkommen?"

„Nein, Nora hat ausdrücklich mich gebeten, sie zu begleiten. Du sollst dich zu Hause in Bereitschaft halten."

KAPITEL 12
PATSCHULI

Wartend stand Nora vor dem Polizeipräsidium am Bruno-Georges-Platz und schaute ungeduldig auf die Uhr. Verdammt, wo blieb Pieter bloß? Wieso brauchte er nur so lange? Sie hatte einige Telefonate geführt, Mails verfasst, und jetzt wuchs ihre Ungeduld. Es konnte doch nicht so lange dauern, bis er Schmid abgesetzt hatte.

Als sie endlich den Dienstwagen kommen sah, vergewisserte sie sich mit einem Griff an ihre Hüfte, dass ihre Waffe im Holster hing, und stieg auf der Beifahrerseite ein. Obwohl sie bereits den Patschuligeruch ihres Kollegen Schmid unbewusst wahrgenommen hatte, war sie trotz dieser olfaktorischen Ankündigung überrascht, als sie ihn hinter dem Steuer sitzen sah.

„Wo ist Pieter?"

„Dem wurde plötzlich schlecht, und er hat sich mehrfach übergeben, da habe ich ihn nach Hause gefahren."

Nora schätzte es gar nicht, wenn von einem Plan oder einer Verabredung kurzfristig abgewichen wurde, aber hatte sie eine Wahl? Außerdem steckte sie aufgrund der Bilder des Lagerhauses auf Sylt voller Adrenalin. Sie musste Alexander finden, unbedingt. An diesen Strohhalm klammerte sie sich. Etwas anderes hatte sie nicht.

Während der Fahrt weihte Nora Andreas Schmid in die neuen Ermittlungen ein. Auch bat sie ihn, Verstärkung zu rufen, bevor sie dann auf dem Weg zum Autozug nach Niebüll einschlief. Und so entging es ihr, dass Schmid keineswegs um Unterstützung bat, sondern sich im regen mobilen Austausch mit Melzer befand. Die letzte Nachricht seines Chatpartners lautete:

Lass sie ruhig kommen. Ich bin vorbereitet.

Nora und Andreas Schmid hatten die Anschrift schnell gefunden und bogen knirschend in die mit Kies ausgelegte kleine Seitenstraße Pück Deel ein. Das in den Bildern mit den Koordinaten gekennzeichnete Lager fanden sie schnell. Etwas abseits parkten sie ihr Auto und schlichen zu dem eingefriedeten Haus.

„Wann wird die Verstärkung eintreffen?", fragte Nora.

„Sie versprachen, in zehn Minuten hier sein zu können", entgegnete Andreas.

„Wir können nicht warten, jede Minute zählt!", entschied Nora.

Beide hielten ihre Waffe in beiden Händen vorwärts zu Boden gerichtet und betraten leise über die unverschlossene Tür das Haus.

In dem Flur, den sie gerade betreten hatten, hing ein süßlich-muffiger Geruch. Nora schaute sich suchend um und machte in der Dunkelheit eine alte beschlagene Tür aus, die in einen Keller zu führen schien. Vorsichtig öffnete sie die Tür und stieg die ersten Holzstufen hinab, deren Knarren sie sofort innehalten ließ. Sie wartete, horchte in die Stille und bedeutete Andreas, ihr zu folgen. Die alten unebenen Holzabsätze führten sie zu einer Metalltür mit einem langen Eisengriff. Ganz leise im Hintergrund hörte sie klassische Musik. Nora kannte sie nicht, sie hatte nichts für Opern übrig, aber es klang wunderschön. Die schwere Metalltür war angelehnt und ließ durch den Türspalt kühle Luft und etwas Licht dringen. Sie gab Andreas Zeichen, dass er ihr Deckung geben sollte, während sie vorsichtig den nächsten Raum erkunden würde. Langsam schob sie die Tür auf und fand sich in einer Art kleinem Durchgangsraum wieder, in dem die Lautsprecherbox stand, aus der die beruhigende Musik erklang. Ein Sessel und eine diffuse Lichtquelle, sonst war weiter nichts in dem Raum. Nora entdeckte eine metallene Schallschutztür und öffnete diese vorsichtig. In diesem Raum, der ebenfalls nur durch spärliches Licht erhellt war, roch es nach Angstschweiß und Blut. Nora unterdrückte ein Würgen und begann, nach den Dingen zu suchen, die sie auf den Fotos gesehen hatte, und wurde schnell fündig. Der metallfarbene Eimer stand inmitten des bestimmt zwanzig Quadratmeter großen Raumes. Auf der Liege lag Alexander, er war ohnmächtig, auf dem Rücken liegend fixiert und mit dem ganzen Körper zum Boden gedreht. Der Anblick ließ sie zusammenschrecken, und der Schock wollte die Angst in ihren Gliedern verteilen. Tapfer schüttelte sie ihre Furcht ab. Jetzt nicht zählen, keine Panik, die Ruhe bewahren. Sie hielt die Waffe fest in ihren Händen und drehte ihren Kopf nach hinten. Wo war Andreas geblieben? Sie konnte ihn nicht entdecken. Wahrscheinlich sicherte er noch den anderen Raum, ging es Nora durch den Kopf und spürte in derselben Sekunde unerwartet einen durchdringenden, schmerzhaften Schlag auf ihren Arm.

Sie ließ ihre Waffe reflexartig fallen, erhob jedoch sofort beide Arme angewinkelt nach oben, während sie sich, die ausgestreckten Hände auf Kopfhöhe positioniert, zu ihrem Gegner drehte. Blitzschnell erfasste sie die Situation. In ihren jahrelangen „Krav Maga"-Trainingseinheiten hatte sie dies gelernt. Sie war für Kontaktkampf ausgebildet und blickte in Melzers Gesicht, der mit voller Wucht den Knauf seiner Waffe in Richtung ihres Gesichtes schlug. Sie zog ihren linken Arm schützend nach oben vor ihren Kopf, sodass der Schlag sie verfehlte. Blitzschnell schlug sie mit ihrer rechten Faust auf den Kehlkopf ihres Gegners. Er taumelte zurück, stolperte, fiel zu Boden, stand jedoch sofort wieder auf. Als Nora zu ihrer auf dem Boden liegenden Waffe greifen wollte, lief er los. Mit nach unten geneigtem Oberkörper stürzte er auf sie zu, schlang seine Arme um sie und warf sie zu Boden. Nora fühlte, wie sich der schwere Achtzig-Kilogramm-Mann auf sie setzte und ihre Arme fixierte, indem er mit seinen Knien ihre Schultern zu Boden drückte. Nora wurde von der Last des Mannes förmlich erdrückt, und seine Fäuste schlugen ihr immer wieder brutal und ungehemmt ins Gesicht. Als das warme Blut aus dem Cut ihres Auges in ihren Mund rann, war es wie ein Zeichen. Sie musste sich befreien. Durfte nicht unterliegen. Ohne zu zögern, stellte sie ihre Füße auf den Boden und drückte ihre Hüfte mit voller Wucht kraftvoll nach oben, sodass Melzer über ihren Kopf hinweg nach vorne kippte und das Gleichgewicht verlor. Ihre

Arme konnte sie nun wieder frei bewegen. Sie schob sich blitzartig nach hinten und rollte sich in mehreren Drehungen um 360 Grad von ihm weg. Sie ergriff einen auf dem Boden liegenden Spitzhammer, richtete sich auf und hob abwehrend den linken Arm. Melzer stand ihr gegenüber und zielte erneut gegen ihren Kopf, aber auch diesen Schlag wehrte sie mit hochgezogenem Ellbogen ab. Unmittelbar danach schlug sie mit dem Spitzhammer behände in Richtung von Melzers Kopf, der der Attacke durch Wegdrehen auszuweichen versuchte. Mit voller Wucht traf sie jedoch seinen Nacken. Er schrie auf und wandte sich von ihr ab. Nora hatte ihn nur mit der abgerundeten Seite getroffen. Die Spitze des Hammers konnte nicht weit genug in seine Haut und Muskeln eindringen, um ihn kampfunfähig zu machen.

In diesem Moment fiel Nora wieder ihre auf dem Boden liegende Waffe ins Auge. Sie griff nach ihr und richtete sie mit beiden Händen direkt auf Melzer. Immer noch seine Hand auf den schmerzenden Nacken haltend, zog er seine Mundwinkel nach oben und lächelte sie mit kalten Augen schief an. Melzer sah aus wie ein Käfigkämpfer, der glaubte, unbesiegbar zu sein. Als Nora Patschuligeruch wahrnahm, erkannte sie in einem Bruchteil einer Sekunde die Ursache für Melzers asymmetrisches Siegergrinsen, bevor sie aufgrund des wuchtigen, stumpfen Schlages auf ihren Hinterkopf zu Boden sackte und das Bewusstsein verlor.

Kapitel 13
Garrotte

Grölend und um Gleichgewicht kämpfend, torkelten die letzten unermüdlichen Feierbiester über die Hamburger Landungsbrücken. Vereinzelt gab es noch Trunkenbolde, die mit ihren letzten in ihren Hosentaschen vergrabenen Böllern die Geister vertrieben. Der vom Nebel der Feuerwerke verschleierte Nachthimmel erhellte sich nach und nach und brachte zum Vorschein, was die Silvesternacht noch zu verbergen imstande gewesen war. Ein Meer an leeren, achtlos auf den Boden geworfenen Flaschen überschwemmte die Straße. Darunter auch Magnumflaschen, die noch vor Stunden als stilvolle Begleiter den Silvesterabend rahmten, um später als Zündrampe mit einem Raketenstock im Hals zurückgelassen zu werden. Wenn man nicht gerade über solchen Restmüll stolperte, verhinderten quaderförmige Böllerapparaturen oder auf dem Trottoir schlafende Betrunkene den sicheren Tritt auf dem Bürgersteig.

In einer holzvertäfelten Eckkneipe, deren Eingangstür mit einer tristen Bierlichtreklame auf sich aufmerksam zu machen versuchte, wischte eine Frau mit schwarz gefärbten, strähnigen Haaren müde den Tresen. Die Inneneinrichtung der Seefahrerpinte vermittelte maritimes Flair, woran eine barbusige Galionsfigur ohne Unterleib, ein knallroter Rettungsring mit der Aufschrift *Zu den Toilet-*

ten und anderer an den Wänden hängender Schiffstinnef beteiligt waren.

Die Bedienung hatte ihr Leben in vollen Zügen gelebt, und ihre grau-gelben Nikotinfalten ließen sie deutlich älter aussehen, als sie es vermutlich war. Nur noch zwei Pilsener standen unter dem Zapfhahn, die sie mit einem letzten Schuss Bier krönte und den beiden Männern an den einzigen noch besetzten Tisch brachte. Den überquellenden Aschenbecher, an dessen Zigarettenfilter teilweise noch roter, bröckeliger Lippenstift klebte, tauschte sie gegen einen leeren aus. Mit einem „Zum Wohl" verließ sie die beiden Männer.

Der auf der Holzbank sitzende Mittfünfziger trug eine dunkelblaue Jeans und ein grünes Poloshirt. Er sah aus wie ein Geschäftsmann, der seinen Anzug im Regen eingebüßt hatte und gegen eine Leihgabe der Kleiderkammer austauschen musste.

Ihm gegenüber saß ein junger Mann. Schwarzes Sweatshirt mit einem verknoteten Kabelaufdruck an einem viereckigen Kasten. Darunter: *I love CCC*.

Mike Hummel strich sich durch seine roten Haare.

„Trägst du auch mal andere Shirts?", provozierte Horst Röpke und kratzte sich am Kopf.

Hummel ignorierte die Bemerkung und kam gleich zur Sache.

„Ich habe in den Vernehmungen eures Beobachtungsfalles gelesen."

Röpke legte sein Handy auf den Tisch, um es auf der Stelle angewidert wieder hochzuheben.

„Könnten Sie bitte einmal den Tisch abwischen?", bat er die herbeigewunkene Bedienung und wartete, bis sie fertig war.

„Du hast was?", fragte Röpke, der einen Haufen formaler Schwierigkeiten auf sich zurollen sah.

„Ey, wie prüft ihr eigentlich einen Beobachtungsfall? Durch Hände auflegen?", fragte Hummel und steckte sich die zweite Zigarette an.

„Wie meinst du das?"

„Na, ihr habt doch den Beobachtungsfall Kardinal beendet."

„Richtig", bestätigte Röpke.

„Nora Kardinal ist sauber! Euer Verdacht, sie könnte mit radikalen IS-Gruppen kollaborieren, hat sich nicht bestätigt."

„Richtig!"

„Und euch ist in den Protokollen nichts aufgefallen?"

„Inwiefern?"

Hummel nahm einen tiefen Zug aus der Zigarette und blies den Rauch aus.

„Noras Team hegt einen Mordverdacht gegen Melzer, was die beiden Toten im Puff betrifft."

„Und?"

„Als ich das gelesen habe, habe ich Melzers Handys durchgeforstet und, sagen wir mal, das Gerät für eine Weile auch für uns zugänglich gemacht."

„Das ist nicht deine Kompetenz!"

„Das weiß ich!"

Damit schienen sie erschöpfend alles über Dienstweg und Befugnisse ausgetauscht zu haben.

„Ihr müsst der Polizei die Bilder schicken, die ich entdeckt habe."

Röpke schaute Hummel fragend an. Offenbar hatte er keine Ahnung.

Hummel verdrehte die Augen und erzählte alles über seine Entdeckung, die Fotos von Melzers Lager auf Sylt und die gefangenen Opfer, die Melzer fotografiert und getötet hatte. Allerdings erzählte er etwas anderes Bedeutsames nicht.

Röpke hörte zu und bestellte zwei weitere Helle.

„Das ist natürlich eine essenzielle Information, das muss das Hamburger LKA erfahren."

Röpke zückte sein Handy und machte sich Notizen.

Hummel schaute ihn erwartungsvoll an, als wollte er trotz der fortgeschrittenen Zeit sagen, wieso telefonierst du noch nicht?

„Wie geht es weiter?", fragte er stattdessen und versuchte, seine Ungeduld zu bezwingen.

„Na, das geht jetzt seinen formalen Gang, Quellenschutzüberprüfung, das Votum für den Präsidenten und so weiter und so weiter. Die Weitergabe der Informationen wird auf höchster Ebene entschieden."

Hummel drückte seine Zigarette aus und steckte sich die nächste an.

„Junge, es geht hier um einen Serienkiller! Ihr könnt doch nicht zugucken und erst einmal Formulare ausfüllen und Berichte schreiben. Ihr seid ja totale Vollspasten!"

Röpke schwieg.

Auch Hummel sprach nicht mehr weiter. Er wusste nun, dass er alles richtig gemacht hatte.

„Streng genommen müsst ihr in dieser Sache auch nichts mehr tun." Hummels Stimme klang nüchtern.

Röpke schaute von seinem Handy auf und nahm einen Schluck Bier. Mit der Zunge leckte er den knisternden Bierschaum von der Oberlippe. Neugierig schaute er Hummel an.

„Ich habe Nora Kardinal die Fotos bereits geschickt."

Als Röpke das hörte, stellte er seinen Humpen so heftig auf den Tisch, dass das Bier überschwappte.

Hummel erschrak zunächst, zuckte dann aber mit den Schultern, und Röpke begriff, dass es für Hummel keine Alternative gegeben hatte und es keinen Sinn machen würde, ihn auf seine Kompetenzüberschreitung hinzuweisen. Also schwieg er.

„Ich habe noch etwas für euch", sagte Hummel.

„Was?" Röpkes Stimme verriet, dass er an weiteren Überraschungen kein Interesse hatte.

„Habt ihr mal einen Blick in die Vernehmung von Rosenthal und Koch geworfen?", fragte Hummel und schaute in zwei fragende Augen. Er war fassungslos.

„Was macht ihr da eigentlich beim Verfassungsschutz, wenn ihr Fälle auswertet?"

Röpke antwortete nicht. Er wusste, Hummel hatte recht, sie waren einfach zu langsam.

„Rosenthal war Fluchthelfer und Berend alias Melzer hatte den Auftrag, ihn zu vergiften. Rosenthal erwähnte in seiner Vernehmung eine Flüchtlingsfamilie aus Leipzig oder Marburg oder so, deren Tochter in Hamburg lebt und sich radikalisiert haben soll."

Hummel machte eine Pause und schaute durch das Fenster einem Obdachlosen zu, der schwankend die Sektflaschen auf ihren Inhalt hin überprüfte.

„Und?", fragte Röpke.

„Eure Zuständigkeit! Ich wiederhole: R A D I K A L I S I E R T!"

Dabei betonte Hummel jede Silbe.

„In welcher Vernehmung sagst du?", fragte Röpke.

Hummel war entsetzt, winkte die Bedienung zu sich und bezahlte seine Biere.

„Ich muss das prüfen", sagte Röpke.

Hummel stand resigniert auf und schüttelte den Kopf.

Er verließ die Kneipe und hob im Gehen seinen rechten Arm. „Ja, prüft das mal. Frohe Ostern."

✸✸✸

Stechende Kopfschmerzen waren das Erste, was Nora wahrnahm, als sie wach wurde und vorsichtig blinzelte.

Der Raum war etwas erhellt, und Schritte, die sich entfernten und wieder näher kamen, drangen dumpf in ihr Bewusstsein. Diese Schritte waren hier im Raum. Als sie sich in Richtung der Geräuschquelle drehen wollte, bemerkte sie, dass ihr Kopf von etwas gehalten wurde. An ihrer Stirn fühlte sie etwas Raues, eine Art Band, vielleicht aus Leder, das ihren Radius aber nicht gänzlich einschränkte. Am Tisch entdeckte sie Melzer, der in einem Buch blätterte, und verschwommen sah sie das Bild ihres verlorenen Kampfes. Ein Schlag gegen ihren Hinterkopf. Sie spürte die Schmerzen. Wer hatte sie niedergestreckt? Ihre suchenden Augen entdeckten an der ihr gegenüberliegenden Wand eine Liege, auf der Alexander ohnmächtig auf dem Rücken lag.

„Was haben Sie mit ihm gemacht?", rief sie, kaum dass sie Alexander sah.

Melzer drehte sich zu ihr um.

„Sieh mal an, schon wach?"

„Was Sie mit ihm gemacht haben, will ich wissen."

„Respekt, Frau Kommissarin, Sie haben mich schnell gefunden. Damit haben Sie Ihren Tod besiegelt."

„Was ist mit Alexander?"

Im Moment war Nora noch in der Lage, ihr gerade gefälltes Todesurteil zu ignorieren und auch die ausweglose Position, in der sie sich befand.

„Er schläft und ruht sich aus."

Melzer machte eine Pause.

„Für seinen großen Auftritt", ergänzte er.

„Ich weiß noch nicht, an welcher Stelle ich ihn ablegen soll. Aber was halten Sie von folgendem Bibelspruch?"

Er nahm die Lutherbibel in die Hand, schlug sie auf und las in pastoralem Tonfall:

„Nimm Isaak, deinen einzigen Sohn, den du
lieb hast, und gehe hin in das Land Morija
und opfere ihn daselbst zum Brandopfer auf
einem Berge, den ich dir sagen werde.
1. Mose. 22/2."

„Sie wollen ihn verbrennen?" Alles in Nora gefror.

Sie hatte versucht, mit klarer, präsenter Stimme zu sprechen, aber vergebens. Nichts war klar und präsent. Ihre

Stimme überschlug sich, und ihr ganzer Körper zitterte. Besonders in dem Moment, als sie an der gegenüberliegenden Wand rechtsseitig am Ende der Liege einen Spiegel bemerkte, in dem sie ihr eigenes Antlitz sah, ein Bild, das sich in ihr einbrannte. Mit den Armen nach hinten an einen Holzpfahl gefesselt, saß sie auf einer an diesem Pfahl angebrachten Sitzvorrichtung. Ihr Kopf war an der Stirn mit einem Lederring befestigt, der in einer Öse mit dem Marterpfahl fest verankert war.

„Nein, ich werde ihn schächten, wie alle. Und wie finden Sie den? Der gefällt mir persönlich am besten.

„... Abraham baute daselbst einen Altar und
legte das Holz darauf und band seinen Sohn
Isaak, legte ihn auf den Altar oben auf das
Holz und reckte seine Hand aus, fasste das
Messer, dass er seinen Sohn schlachtete
1. Mose. 22/1–24."

Nora spürte, wie der Würgereiz sich nicht mehr zurückdrängen ließ, und sie musste sich auf ihren Schoß erbrechen, weil ihr fixierter Kopf jegliches Ausweichen unmöglich machte.

„Wie ekelhaft! Muss das ausgerechnet jetzt sein?"

Melzer holte einen Lappen, und Nora ließ versteinert über sich ergehen, auf welche erschreckend behutsame Weise Melzer ihr den Mund abwischte und ihr einen Schluck Wasser zu trinken gab.

„Warum?", fragte Nora. „Ich verstehe das alles nicht."

Melzer nahm sich einen Stuhl und setzte sich mit der Bibel vor Nora.

„Sühne, Frau Kommissarin. Meine Mutter und mein Bruder haben so unendlich viel Schuld auf sich geladen, und ich sorge dafür, dass Gott ihnen verzeiht."

„Indem Sie sich selbst schuldig machen?"

„Nein, Sie verstehen nicht. Ich mache mich nicht schuldig. Ich opfere mich auf, der biblischen Gerechtigkeit zum Sieg zu verhelfen."

Nora schaute Melzer verständnislos an. Was für ein kruder Absonderling, dachte sie.

„Als meine schizophrene Mutter im Irrenhaus starb, konnte ich wegen meiner neuen Identität nur als Fremder an der Beerdigung teilnehmen. Verstehen Sie? Mein Bruder war da, nur ich durfte nicht als ihr Sohn erscheinen. Es war plötzlich alles wie früher, und ich wurde immer wütender über das, was meine Mutter und auch mein Bruder mir angetan haben. Und dann kam mein Befreiungsschlag."

Melzer erhob mahnend seinen Zeigefinger, und seine schneidende, kalte Stimme, gleich einem Wahnsinnigen, ließ Nora erschauern.

„Dann fiel mir ein, was meine Vizemutter Wilma mich gelehrt hatte. Man kann Gott wohlstimmen, wenn man die Schuld mit Opfern sühnt, und ich erinnerte mich der Menschenopfer im Alten Testament."

Nora nickte und überlegte krampfhaft, wie sie aus dieser mörderischen Situation herauskommen könnte. Sie rüttelte an ihren Fesseln und schaute sich um.

„Frau Kommissarin, Sie werden hier nichts finden, was Ihnen den Weg aus dieser beengten Situation weist. Es ist aussichtslos. Fügen Sie sich in Ihr Schicksal und hören Sie mir zu!" Er lachte, und sein Hohn spornte Nora an, einen Ausweg zu finden.

„Hören Sie, Herr Melzer, mein Kollege ist hier und wird jeden Moment kommen. Verstärkung ist angefordert. Geben Sie auf und ... "

Melzer unterbrach sie und lachte laut auf. Mit hämischem Blick wandte er sich ihr zu. „Meinen Sie Andreas Schmid?"

Nora erschrak. Wieso *kennt* er seinen Namen?, überlegte sie.

„Auf den brauchen Sie nicht zu warten."

Und dann war für Nora auf einmal alles klar. Schmid war der Spitzel, und ihr wurde schmerzlich bewusst, dass er ihr nicht helfen würde und auch keine Sondereinheiten hinzugerufen hatte. Wahrscheinlich war er bereits auf dem Rückweg und bastelte an seiner Legende. Sie war auf sich allein gestellt und hatte das Gefühl, sich erneut übergeben zu müssen, aber nein. Sie musste sich zusammenreißen. Sie musste Zeit gewinnen.

„Was hat Ihre Mutter Ihnen angetan?"

Nora kannte die Quälereien, die sie im Tagebuch von Karla, seiner esoterisch angehauchten Schwester, gelesen hatte, aber sie konnte besser über ihre und Alexanders Befreiung nachsinnen, solange Melzer über sich redete und abgelenkt war.

„Meine Mutter hat mich, seitdem ich denken, fühlen und erinnern kann, gedemütigt. Immer wieder hat sie gesagt: ‚Solange ich lebe, werde ich nur deinen Bruder lieben und beschützen. Ich wollte nur noch ein Kind, und dann bist du Nichtsnutz dazugekommen.' Verstehen Sie, Frau

Kommissarin? Meine Mutter war so verrückt, mich dafür verantwortlich zu machen, dass sie Zwillinge geboren hatte."

Melzers Blick schweifte verwirrt in die Ferne.

„Mein Bruder durfte alles, Klavierspielen lernen oder sich verabreden. Was er nur wollte."

Er machte eine Pause und schluckte.

„Ich durfte nichts." Sein Blick verfinsterte sich, und seine Stimme klang wahnsinnig, wie seine Taten.

„Ich habe mir so sehr gewünscht, von ihr geliebt zu werden. Mehr als alles andere. Aber sie hatte anders entschieden."

Mit Frost in seinem Blick und seiner Stimme stand er plötzlich von seinem Stuhl auf und räumte ihn beiseite.

„Genug der Plauderei. Ich habe noch einiges vorzubereiten."

Nora überlegte verzweifelt, wie sie Melzer am Reden halten könnte. Aber er ging zum Werktisch und holte eine mobile Garrotte aus der Schublade. Mit dem Mordwerkzeug in der Hand, welches aus einem mittelstarken Metalldraht bestand, an dessen Enden jeweils etwa zehn bis fünfzehn Zentimeter lange Holzstücke befestigt waren, ging er auf Nora zu, um sie geräuschlos von hinten zu erdrosseln.

„Sehen Sie, ich rette die Seele meiner Mutter, und Sie dürfen an diesem Spektakel teilnehmen. Eine Ehre für Sie!"

Melzer trat hinter den Holzpfahl und legte das Metallseil um den Hals von Nora, die hin und her zappelte und verzweifelt versuchte, sich aus den Fesseln zu befreien.

Melzer legte die jeweiligen Enden der Holzstücke umeinander und drehte genüsslich an den Holzgriffen. Mit einer diffusen Erregung betrachtete er sich im Spiegel, während sich das Seil immer enger um Noras Hals schnürte. Der Druck auf ihren Kehlkopf und ihre Atemnot wurden immer größer, während Melzer das Seil immer enger um ihren Hals drehte. Nora erkannte den perfiden Sinn des Spiegels. Melzer stand schräg hinter ihr und konnte sich auf diese Weise beim Töten selbst beobachten. Dies gab ihm wahrscheinlich den ultimativen Kick.

Endlich hatte Nora eine Eingebung.

„Warum Anne Fliege-Schulz?", brachte sie fast tonlos hervor.

Melzer hörte mit dem quälenden Drehen der Schlinge auf und trat breitbeinig vor sie. Nora sog die Luft in sich ein, während sie, wie eine Erstickende, gutturale, kehlige Laute von sich gab.

„Was soll mit ihr sein? Eine ehrgeizige Politschlampe, die mir die Schuld an der ganzen Baumisere geben wollte."

„Und deswegen haben Sie sie getötet?"

Melzer schaute Nora verwirrt an.

„Keine Frage, den Tod hat sie verdient. Aber nach meiner Mission war sie noch nicht an der Reihe!"

„Mission? Sie meinen, Gott milde zu stimmen?"

„Auch."

Melzer schien zu überlegen, ob er seine Gedanken offenbaren sollte.

„Diese Opfergaben sollten noch einen weiteren Zweck erfüllen. Doppelfunktional sozusagen", erläuterte Melzer seine morbiden Pläne und malte dabei gleichzeitig mit den beiden Zeige- und Mittelfingern Anführungszeichen in die Luft.

„Frau Kommissarin, mein Plan ist, Albert leiden zu lassen, bis der Zeitpunkt der Offenbarung kommt. Dann werde ich ihm sagen, dass ich, sein Bruder, alle seine Liebsten getötet habe. Und zum krönenden Schluss werde ich ihn neu kreieren. Er ist das wahre Opferlamm und wird als Letzter sterben."

„Aber was ist mit Fliege-Schulz?", setzte Nora nach.

„Ich habe sie nicht getötet. Da ist mir wohl jemand zuvorgekommen!"

Nora schaute Melzer irritiert an.

„Aber wer hat dann Fliege-Schulz getötet, wenn nicht Sie? Es waren dort Ihre DNA-Spuren gefunden worden!", sagte Nora.

„Mein Bruder und die Schlampe hatten ein Verhältnis! Wussten Sie das nicht? Ich habe die beiden ‚Turteltäubchen' gesehen. Mein Bruder war es! Sie können ihn ja fragen ... Ach nein, dazu werden Sie bedauerlicherweise keine Gelegenheit mehr erhalten!"

Mit diesen Worten schritt Melzer wieder hinter Nora, nahm die beiden Enden der Garrotte in seine Hände und drehte, sodass sich die Seile wieder tief in Noras Hals drückten, die ersten Hautzellen rissen und sich ein roter, horizontaler Striemen bildete. Der Schmerz schoss ihr heiß durch den Hals.

Nora bekam keine Luft mehr und schaute zum letzten Mal zu Alexander rüber, der inzwischen das Bewusstsein wiedererlangt hatte. Ihre Blicke trafen sich, und Nora spürte seine Nähe und dass er sie in den letzten Sekunden ihres Lebens nicht alleine lassen wollte. Darüber war sie dankbar, obwohl sie wusste, dass sie den letzten Schritt aus dem Leben trotzdem würde alleine gehen müssen. Mit diesem Gefühl und ihren kreisenden Gedanken verlor sie das Bewusstsein.

Genau in diesem Moment, als Nora ohnmächtig wurde, betrachtete sich Melzer im Spiegel, während sein Blick in immer größere Entrückung geriet und er die Schlinge immer enger zuzog. So hatte er nicht bemerkt, wie sich die Tür, zu der er mit dem Rücken stand, langsam geöffnet und sich der Lauf einer silberfarbenen, kleinen Pistole seiner Schläfe bis auf wenige Zentimeter genähert hatte. Der Knall der dann abgegebenen Schüsse dröhnte derart laut durch den Raum, dass trotz der Fesseln stakkatoartige Zuckungen durch Alexanders Körper jagten. Sein Herz raste, und die pulsierenden Schläge hämmerten so hart gegen seinen Hals, dass er für einen Moment befürchtete, seine Adern würden dem Druck nicht standhalten und widerstandslos aufplatzen.

Alexander schaute erst auf den auf dem Boden liegenden, aus der Schläfe blutenden Melzer und dann direkt in Lottas hasserfülltes, wenngleich ängstliches Gesicht. Lotta schoss immer wieder auf Melzer und hörte auch dann nicht auf, den Abzug zu drücken, als das Magazin leer war.

„Lotta!", flüsterte Alex, der sie von einem Foto wiedererkannte, das Nora ihm gezeigt hatte. „Hör auf!"

Lotta hörte Alexander nicht, hielt mit beiden Händen ihre Pistole auf Melzers Körper gerichtet und drückte immer wieder den Abzug, bis ein Krampf ihren Zeigefinger lähmte.

„Lotta, er kann dir nichts mehr tun. Hör auf!"

Als hätte jemand einen Kippschalter bei ihr umgelegt, warf sie die Waffe zur Seite und löste mit zitternden Händen die Garrotte von Noras Hals. Sie erschrak, als sie die punktförmigen roten Unterblutungen in Noras Gesicht sah.

„Ist sie tot? Mein Gott, nein! Es darf nicht sein, dass ich wieder zu spät bin", jammerte sie leise vor sich hin. „Erst Karlchen und jetzt Nora", wimmerte sie, während sie die Handfesseln und das Lederband am Kopf löste und Noras erschlaffter, lebloser Körper wie ein verendeter Wal, der zum Meeresboden sinkt, zu Boden glitt. Lotta kniete sich neben ihre Schwester, hielt Noras schlaffe Hände an ihre Wange und weinte bitterliche, nicht enden wollende Tränen.

IX. September 2016

Kapitel 1

Strafsache Albert Berend 601 Kls 3/2016

In einer kaum sichtbaren Bewegung strich sich Nora über ihre rötliche Narbe am Hals, die ihr als Mal geblieben war. Sie fühlte sich noch geschwollen und uneben an. Gelegentlich juckte sie noch. Ein Andenken, auf das sie gerne verzichtet hätte und welches sie nun begleiten würde, wie ein Schatten, den man nicht loswurde, wie ein fehlgebildeter monozygoter Zwilling, mit dem man für immer verbunden bleiben musste. Ihre Wartezeit sich auf der Flurbank des Strafjustizgebäudes mit ihrem Handy vertreibend, schaute Nora hoch, als sich die Tür öffnete und eine junge Frau im schwarzen Gewand die Zeugin Nora Kardinal aufrief und wieder verschwand. Nora bemerkte, wie ihr mulmig wurde, aber es war unwiederbringlich zu spät für Nervosität.

Mit provozierenden Fragen mancher „Konfliktverteidiger" hatte sie bisher keine Erfahrung machen können. Wie auch? Sie wurden bei der Polizei nicht darauf vorbereitet, anwaltliche Boshaftigkeit im Gewand einer Frage zu erkennen und gelassen an sich abperlen zu lassen. Auch wenn sie von Oberstaatsanwalt Back wusste, dass die meisten Fragen nur darauf abzielten, sie aus der Reserve zu locken und zu einer unbedachten Äußerung zu provozieren, war es unmöglich, die Gemeinheiten zu ignorieren.

Im Vorbeigehen warf Nora einen Blick auf die Sitzungsrolle an der Tür und las neben dem Namen des Angeklagten Albert Berend den Namen seines Wahlverteidigers. Rechtsanwalt Herz.

Über den Namen musste sie schmunzeln.

Wie hieß es doch so schön? Nomen est omen. Hatte dieser Anwalt ein Herz für das Recht, die unschuldig Verfolgten, die Verbrecher oder vielleicht doch nur für sich selbst?

Als ihre Kollegen erfahren hatten, dass sie heute als Zeugin von Rechtsanwalt Herz befragt werden würde, hatten vor allem die Älteren Schauergeschichten über die legendären Beleidigungen und Unverschämtheiten des sogenannten Rechtsanwaltes Herz zum Besten gegeben. Und nun klangen sie wie eine Kakophonie in ihrem Ohr. „Ihnen läuft ja der Geifer schon aus dem Mundwinkel", „Machen Sie immer so viele Fehler?" oder „Unvorstellbar, dass Sie einen Schulabschluss haben!" oder „Sie arbeiten ja wie die Stasi!"

Sie erinnerte sich, dass sie sich des Eindruckes nicht hatte erwehren können, dass sich ihre wie in einer Traube aufgestellten Kollegen gegenseitig mit ihren „Herzschockerstorys" geradezu überbieten wollten. Zum Schluss hatte Pieter, der im letzten Jahr von Herz intensiv „gegrillt" worden war, ihr den Rat gegeben, immer mit einem Angriff zu rechnen, egal, wie freundlich Herz zu sein schien, und ausschließlich den Richter anzusehen, auch wenn der Verteidiger Fragen stellte.

„Nora", hatte er gesagt, „sei auf der Hut. Rechtsanwalt Herz wird wie ein kleines Trüffelschwein jeden erdenklichen Angriffspunkt und jede persönliche Empfindlichkeit bei dir finden. Und er wird sie gegen dich verwenden."

Pieters mahnende Worte vermischten sich mit den „Herzschockerstorys" und verwirbelten in Noras Kopf zu einer Windhose. Die surrende Unruhe ihrer Gedanken glich einem Mückenschwarm, der an ihrem Ohr einen chaotischen Tanz aufführte. Nora wandte ihren Blick von der Sitzungsrolle ab, schloss die Augen und atmete tief in den Bauch, wie sie es aus dem Gesang kannte.

Auf geht's, dachte sie und betrat den hochherrschaftlichen, holzvertäfelten und nach Linoleum riechenden Schwurgerichtssaal. Sie wandte ihren Blick nach rechts. Warum, wusste sie nicht. Vielleicht war es Intuition, sich erst einmal Klarheit darüber zu verschaffen, wer hinter ihrem Rücken sitzen würde? In der ersten Reihe saß Berends Lebensgefährtin Anoush Ahmadi. Auf immer dem gleichen Platz und ohne auch nur einen einzigen Hauptverhandlungstermin verpasst zu haben, wie ihr später Oberstaatsanwalt Back verraten würde.

Ihre Blicke trafen sich, und Nora hatte das unheimliche Gefühl, Ahmadi wollte ihr mit ihren schwarzen Augen wortlos zu verstehen geben: „Pass auf, was du sagen und tun wirst."

Ach, du siehst Gespenster, beruhigte sie sich und schüttelte ihr beklemmendes Unbehagen ab.

Zum Zeugenstuhl tretend, nahm sie Platz und wandte sich dem vor ihr am Richtertisch sitzenden väterlichen und gleichzeitig Respekt einflößenden Schwurgerichtsvorsitzenden zu, der von weiteren zwei Berufsrichtern und zwei Schöffen eingerahmt wurde.

Der Vorsitzende Richter am Landgericht, Morgenstern, hatte viele Jahrzehnte in der Justiz für seinen Ruf gearbeitet, fair, aber auch unnachgiebig und sehr zornig zu sein. Seine legendären Wutausbrüche, die so manches Mal ihren Weg in den Gerichtssaal gefunden hatten, ergoss er im Gießkannenverfahren über Angeklagte, Verteidiger, Staatsanwalt und auch seine Beisitzer, je nachdem, wer von den Beteiligten seiner Meinung nach seine Unmutsäußerungen verdient hatte. Besonders hasste er es, wenn Verteidiger zu spät kamen. Der Kammervorsitzende nahm dieses schlechte Zeitmanagement oder die schlichte Ignoranz zum Anlass, den jeweiligen Verteidiger derart zu maßregeln, dass schon mancher Staatsanwalt überlegt hatte, ob er für den betreten dreinschauenden Anwalt ein gutes Wort einlegen müsste.

Erst als Morgensterns Frau nach einem mysteriösen Unfall ums Leben gekommen war, hielt er sich zurück und wurde ruhiger und gelassener. Mürrisch und ungehalten konnte er aber immer noch werden, wenn die Aktenführung unsauber war und die Ermittlungsbehörde schlampig gearbeitet hatte.

An diesem Tag war Richter Morgenstern bestens gelaunt, denn zum einen war er mit seiner Berichterstatterin, die erst jüngst in seine Kammer gekommen war, und ihrer Arbeit ausgesprochen zufrieden, und zum anderen waren alle Beteiligten pünktlich erschienen. Es lief.

Mit der Vernehmung beginnend, belehrte Richter am Landgericht Morgenstern Nora und befragte sie zu ihren Ermittlungen gegen den Angeklagten Albert Berend.

Während Nora ihre Angaben machte, blickte Morgenstern gelegentlich über seinen runden Brillenrand zu Nora und senkte dann und wann wieder den Kopf, um ihre Angaben mit den Vernehmungsprotokollen und Vermerken abzugleichen, wobei er immer, wenn er las oder kleine Anmerkungen in seine Handakte notierte, seine Brille auf den Kopf schob.

Nora erwähnte in ihrem mündlichen Ermittlungsbericht den den Angeklagten Berend belastenden DNA-Fund, der bei dem Opfer Fliege-Schulz gefunden werden konnte. Dabei schilderte sie ihren Verdacht, dass Berend den durch die Presse einer breiten Öffentlichkeit bekannt gewordenen Mord an Denis Berend als Trittbrettfahrer nutzte, indem er den Modus Operandi, also die besonderen Tatumstände – den Angriff gegen den Hals und das Versehen der Leiche mit einem Bibelspruch – kopiert hatte. Denn nur so war es ihm möglich, unter dieser „Täterfahne" verdeckt segeln zu können. Zur Bekräftigung ihrer These wies sie darauf hin, dass in Melzers Handy, welches die Ermittlungsbehörden damals nicht ermitteln, aber im Bunker sicherstellen und im Laufe der Ermittlungen auslesen konnten, zwar Fotos der Opfer Denis Berend und Sevinc Berend gesichert worden waren, aber kein Foto von Fliege-Schulz zu finden war, was gegen eine Tötung Fliege-Schulzes durch Melzer sprach. Schließlich führte sie aus, dass ein Vergleich sämtlicher Sektionsprotokolle Unterschiede in den Verletzungsbeschreibungen auswies. Nora wies darauf hin, dass die Halsschlagader des Opfers Fliege-Schulz nicht gänzlich durchtrennt worden war, hingegen die Halsschlagadern bei den anderen Opfern vollständig durchschnitten waren.

Als sie über das entscheidende Indiz gegen den Angeklagten Albert Berend berichten wollte, musste sie stocken und fasste sich instinktiv an ihre Narbe, eine neue, nicht lieb gewonnene Angewohnheit, die sie wohl in nächster Zeit mutmaßlich nicht würde ablegen können. Sie schaute den Vorsitzenden an, der ihr ermunternd zunickte. Er schien zu ahnen, worüber Nora erzählen wollte, und flüsterte seiner jungen, engagierten Berichterstatterin etwas zu, woraufhin diese sofort in den Akten blätterte und eine Fundstelle suchte.

„Wie sind Sie auf das Versteck auf Sylt gekommen?", fragte der Vorsitzende.

Darüber hatte sich Nora schon länger den Kopf zerbrochen, aber alle Versuche, durch die spezialisierte Abteilung des IT-Bereichs des Landeskriminalamtes den Absender zu ermitteln, schlugen fehl. Ihre Antwort fiel kurz aus.

„Herr Vorsitzender, bis heute konnten wir nicht herausfinden, wer die alles entscheidenden Bilder und Geodaten sandte."

„Bitte berichten Sie über die Ereignisse auf Sylt, Frau Zeugin!", forderte Morgenstern Nora auf.

„Melzer hat während unserer, ja, wie soll ich es nennen? ... Unterhaltung? ..." Sie unterbrach sich mit einer fast hilflosen Geste, und ihr Gesicht ließ deutlich erkennen, dass sie noch am Anfang der Aufarbeitung dieses traumatischen Erlebnisses und der Begegnung mit dem unheimlichen Psychopathen und Henker stand.

„In dem Bunker erzählte er mir, dass er entdeckt hatte, dass Albert Berend ein Verhältnis mit Fliege-Schulz gehabt hatte und offenbar nur aus diesem Grund von ihr in ihren Untersuchungen bevorzugt worden war. Melzer war der Meinung, dass Fliege-Schulz, die im Rahmen des Parlamentarischen Untersuchungsausschusses den Bauskandal aufzuklären hatte, ihn – Melzer – für alle möglichen Pannen verantwortlich machen wollte, um ihren Geliebten Berend zu schonen. Ich erinnere noch, dass Melzer das aufgeregt hatte, da er für die gesamte Kostenexplosion des Bauvorhabens der Elbphilharmonie verantwortlich gemacht werden sollte. Melzer hat mir gegenüber schließlich erwähnt, dass Fliege-Schulz zwar auch auf seiner Opferliste gestanden habe, sie aber noch nicht an der Reihe gewesen sei."

Nora ließ einmal ihren Blick über die gesamte Richterbank streifen und bemerkte mit Beruhigung, dass die Aufmerksamkeit der Kammer auf sie gerichtet war. Fast. Ihre scannenden Augen kamen bei der dritten, schon etwas älteren Berufsrichterin zum Stehen, die den Kampf gegen die sie überfallende Müdigkeit zu verlieren schien. Ihr Kopf sackte immer wieder schläfrig schwer nach unten, worauf sie dann kurz erwachte und erschrocken das müde Haupt wieder aufrichtete, um gleich wieder sanft zu entschlummern. Nora wandte sich von diesem sich in einer Endlosschleife wiederholenden Schauspiel ab und fuhr fort.

„Melzer hat mir gegenüber den Mord an Fliege-Schulz bestritten. Er wollte erst Berends Frau und Kinder, dann seine Geliebte und zum Schluss ihn selbst töten."

Nora machte einen Moment Pause und drehte sich zu Anoush Ahmadi um. Dann wandte sie sich wieder dem Gericht zu und sammelte sich, um das aus ihrer Sicht entscheidende Indiz zu präsentieren.

Als Nora Anoush Ahmadi den Rücken zukehrte, fragte sich Ahmadi, wieso Nora sich eben gerade zu ihr umgedreht hatte, und in der gleichen Sekunde begriff sie es. Unbewusst fasste sie sich an ihren von einem schwarzen Rollkragenpullover eingerahmten Hals. Durch ihre Liebschaft mit Berend war sie auf dem besten Wege gewesen, von Melzer einen tödlichen Platz in der „Hall of Fame" der Opfer zugewiesen zu bekommen. Es schauderte ihr bei dem Gedanken, dass auch sie hätte entführt und bei lebendigem Leib geschächtet werden können. Trotzdem kamen Ahmadi nie Zweifel daran, dass sie den richtigen Weg eingeschlagen hatte. Auch jetzt nicht. Vor dem Sterben hatte sie keine Angst. Die Kämpferin Ahmadi hatte es sich abgewöhnt, mit den Augen der Andersdenkenden zu sehen. Andersdenkende waren ungläubig, und Ungläubige wurden bekämpft. Für Ahmadi gab es nur den Dschihad und ihren Wunsch, für ihn und Allah zu sterben. Und zwar nur für Allah und nicht, weil ein verrückter Bauunternehmer glaubte, seinen Bruder und dessen Geliebte auslöschen zu müssen. Ahmadi war kurz vor ihrem Ziel, und bei dem Gedanken an ihr Vorhaben schauderte es sie. Aber dafür brauchte sie ihn. Albert Berend, dessen

Freispruch sie nun entgegenfieberte. Wieder musste sie an ihren Hals fassen, als Nora ihren Kopf hob und ihre Aussage fortsetzte.

„Melzer hatte nach meiner Einschätzung keinen Grund gehabt, den Mord an Fliege-Schulz zu leugnen", sagte Nora und drehte ihren Kopf nach links zu Albert Berend, bereute es aber im gleichen Moment. Überheblich, aber auch beängstigend konzentriert, fixierte er sie wie ein Raubtier, das sein Opfer anvisiert, um in einem geeigneten Moment seine Kehle durchzubeißen. Wieder dem Gericht zugewandt, sprach sie weiter.

„Melzer wollte mich töten! Er musste nicht den Unschuldigen spielen und taktieren. Ich war für ihn keine Gefahr mehr, und er war viel zu eitel, die Tat zu verschweigen, hätte er sie begangen. Denn zu den Morden an Sevinc und Denis Berend hatte er sich bereits bekannt."

„Aber wissen tun Sie es nicht, Frau Zeugin! Ersparen Sie uns Ihre Mutmaßungen! Sie stehen hier als Zeugin vor Gericht und nicht als Sachverständige für Psychologie", bellte Strafverteidiger Herz von links, und Nora zwang sich, den direkt hinter Albert Berend etwas erhöht sitzenden Verteidiger anzusehen.

Ihre Augen glitten an einem nicht enden wollenden, langen Oberkörper eines Mittvierzigers entlang, der ganz offensichtlich entschlossen war zu liefern. Provozierend schaute er sie an. Seine schwarze Brille und sein schwarzes Haar ließen ihn, zusammen mit der schwarzen Robe und dem irren Blick, wie die Achse des Bösen erscheinen. Nora fragte sich, wie lange er diesen Blick wohl im

Spiegel geübt haben mochte. Als sich bei Nora die Nackenhaare aufstellten, beschloss sie, besonders aufmerksam zu sein.

„Herr Verteidiger, unterlassen Sie die Zwischenrufe, Sie haben meine Befragung nicht zu unterbrechen, und das Fragerecht habe ich Ihnen nicht erteilt", maßregelte der Vorsitzende den Verteidiger. Der ließ es sich gefallen. Sein Auftritt sollte noch kommen.

„Wissen Sie, aus welchem Grund Ihre Schwester Lotta Kardinal am Bunker erschienen ist?", setzte der Vorsitzende seine Befragung fort.

Er schaute sie unumwunden an, und sein Blick verriet, dass er ihrer Antwort – auch wenn er sie aus den aus mehreren Leitzordnern bestehenden Akten schon kannte – mit großem Interesse entgegensah.

Nora hatte sich viele Gedanken dazu gemacht, was sie auf diese Frage antworten sollte, und nun drängte die Frage des Vorsitzenden sie aus dem Schwurgerichtssaal in das Lager auf Sylt.

Nachdem Lotta ihr ganzes Magazin auf Melzer verschossen hatte, war Nora aus der Bewusstlosigkeit erwacht und erleichtert, dass ihre Schwester sie vor dem Erstickungstod bewahrt hatte. Nora hatte durch die Strangulation und die venöse Abflussstauung eine Vielzahl an erschreckenden Punktblutungen im Gesicht, wollte aber unter keinen Umständen auf den Feuerwehrwagen oder gar einen Notarzt warten. Wer wusste, wann die Silvester eintreffen würden? „Mir geht es gut", hatte sie immer wieder gesagt.

Nach Einbindung der örtlichen Kollegen und Versiegelung des Tatortes waren Alexander, Lotta und Nora zurück nach Hamburg gefahren.

Als Nora in den Mini Cooper ihrer Schwester eingestiegen war und sie bereits auf der Autobahn Richtung Hamburg fuhren, wandte sie sich Lotta zu.

„Danke, dass du mich gerettet hast", sagte sie.

„Danke, dass du mir die Gelegenheit gegeben hast, Melzer straffrei zu töten", antwortete Lotta im Flüsterton, nicht ohne sich vorher vergewissert zu haben, dass Alexander auf der Rückbank nichts mitbekommen würde. Dann sah Nora Lottas konspirativen Seitenblick, und auf einmal machte alles einen Sinn. Der Benzingeruch, den sie im Auto wahrgenommen hatte, beruhte nicht auf einer Leckage, sondern auf Lottas Plan, Melzer zu töten und im Anschluss zur Vermeidung von Spuren sein Lager anzuzünden. Lotta war ihm von zu Hause aus bis nach Sylt gefolgt und hatte so Nora und Alexander entdeckt. In genau dem Moment, als sich die Blicke der beiden Schwestern trafen, beschloss Nora, Lottas Geheimnis für immer zu bewahren. Und Lotta spürte es.

Keine einzige Frage hatte Nora mehr an ihre Schwester gestellt. Sie kannte die Wahrheit und schwieg.

„Herr Vorsitzender, meine Schwester hat mich und mein Leben gerettet, weil sie vor Ort war. Mehr kann ich dazu nicht sagen. Warum sie dort war, hat sie mir nicht erzählt."

„Vielleicht haben Sie nicht mit Ihrer Schwester darüber gesprochen, aber vielleicht gibt es äußere Umstände, aufgrund derer Sie Vermutungen anstellen könnten. Eine

Äußerung von ihr oder eine Nachricht?", fragte der Vorsitzende nach.

„An Spekulationen für die Gründe ihrer Anwesenheit beteilige ich mich nicht. Da es eine polizeiliche Untersuchung über den Waffeneinsatz meiner Schwester gibt, mache ich von meinem Recht Gebrauch, das Zeugnis betreffend meiner Schwester Lotta Kardinal zu verweigern."

Der Vorsitzende machte sich Notizen und gab das Fragerecht mit einem Kopfnicken an den Verteidiger weiter, nachdem die Berichterstatterin und Oberstaatsanwalt Back ihre ergänzenden Fragen gestellt hatten.

Verteidiger Herz richtete sich auf. Nun kam sein Auftritt.

„Frau Zeugin, Sie haben bereits zu Beginn Ihrer Vernehmung unter Beweis gestellt, wie findig Sie darin sind, Vermutungen im Gewand einer Beweistatsache zu kleiden! Daher können Sie mir sicher auch sagen, welches Motiv mein Mandant gehabt haben soll, Frau Fliege-Schulz zu töten?"

Er machte eine Pause, um die ganze Aufmerksamkeit auf die gleich folgenden Worte zu lenken. Er war entschlossen, Nora Kardinal an die Angel zu hängen und nicht wieder herunterzulassen.

„Mein Mandant und das Opfer Fliege-Schulz hatten keine Affäre, auch wenn Melzer das behauptet haben mag. Aber selbst wenn sie eine gehabt hätten, welchen Grund sollte er gehabt haben, sie zu töten?"

Der Verteidiger rollte mit den Augen, um sie sofort im Anschluss weit aufzureißen. „Wenn man eines Partners überdrüssig wird, ist eine Trennung weitaus unkomplizierter und vor allem straffrei!"

Rechtsanwalt Herz wagte einen Blick ins Publikum und vergewisserte sich, ob er Zuhörer hatte. Außer der Lebensgefährtin seines Mandanten konnte er niemanden entdecken. Das Interesse an dem Prozess hatte wohl nachgelassen. Immerhin saßen noch einige Pressevertreter der lokalen Zeitungen auf den ihnen zugewiesenen Klappstühlen, die den Charakter alter Stühle längst vergessener Programmkinos hatten.

Und Pressevertreter waren lohnendes Publikum. Herz drehte sich wieder zu Nora und blickte sie an, als würde er eine ernsthafte Antwort auf seine Frage gar nicht erwarten. „Ich wiederhole meine Frage. Frau Zeugin, welchen Grund sollte er gehabt haben, Fliege-Schulz zu töten?"

„Ich weiß es nicht. Vielleicht wollte sie ihn verlassen, vielleicht hat sie ihn erpresst", mutmaßte Nora.

„Vielleicht, vielleicht, vielleicht ...", wiederholte der Verteidiger und schaute diesmal zu den beiden Schöffen, um die Wirkung seines Kommentars einfangen zu können. Angefeuert durch den interessierten und zugewandten Blick des einen Schöffen setzte er nach. „Lernt man auf der Polizeischule nicht als Erstes, nach einem Motiv zu suchen?"

Herz war zufrieden mit seiner Performance und wähnte den einen der beiden Schöffen, der dem Verteidiger während seiner Ausführungen und Befragungen begeistert zugenickt hatte, bereits auf seiner Seite.

Einem spontanen Impuls folgend, sprach Herz beide Schöffen direkt an. „Sie haben eine große Verantwortung und dasselbe Stimmrecht wie die drei Berufsrichter. Sie sollten wissen, dass es für den Schuldspruch zum Nachteil meines Mandanten mindestens vier Stimmen bedarf. Sie beide können die Stimmen der drei verurteilungsgeneigten Berufsrichter neutralisieren und einen Freispruch erzwingen."

Herz schaute die Schöffen verschwörerisch an, als hätte er ihnen das am besten gehütete Geheimnis des Schöffendaseins verraten.

Der Vorsitzende erhob abwehrend die Hand.

„Herr Verteidiger, es ist jetzt weder Zeit für Ihr Plädoyer noch für Richtertischaufklärungen, bitte setzen Sie Ihre Befragung fort", sagte er. Trotz der Störung ließ sich der Vorsitzende nicht aus der Ruhe bringen, lehnte sich in den grün gepolsterten hohen Stuhl zurück und verfolgte weiter aufmerksam die Befragung.

Herz lächelte und wandte sich für den jetzt kommenden Anschlag erneut seiner Vernehmungsperson zu.

„Sagen Sie, Frau Zeugin, waren Sie während Ihrer Gefangenschaft bei Herrn Melzer in Ihrer Wahrnehmung beeinträchtigt?"

Nora schien verwirrt über die Frage, als hätte sie nicht damit gerechnet.

„Nein!", war ihre vorschnelle Antwort, und ihre Stimme geriet etwas trotzig.

„Obwohl Sie selbst dem Tod ins Auge geblickt haben, wollen Sie alles, was Melzer erzählt hat, richtig aufgenommen und wiedergegeben haben?"

„Ja." Nora war bemüht, möglichst knapp zu antworten, und vermied, den Verteidiger anzusehen.

„Ich wiederhole meine Frage, Sie haben keinerlei Erkrankungen, die Sie in Ihrer Wahrnehmung hätten beeinträchtigen können?"

„Richtig, ich bin kerngesund", platzte sie heraus.

Herz machte sich eifrig Notizen.

Das war dein Kardinalfehler, und er wird dir zum Verhängnis werden, freute sich Herz und überlegte mit Häme, wie er dieses Wortspiel in seinem Plädoyer einarbeiten könnte.

Nun drehte sich Berend nach hinten zu seinem Verteidiger und beugte sich über die Stuhlreihe, die unter der körperlichen Last zu knarren begann. Eine Weile steckten beide ihre Köpfe noch zusammen, bis der erkennbar erleichterte Verteidiger eine kurze Unterbrechung beantragte, um sein Ersuchen vorbereiten zu können.

Nach der Pause stellte der Anwalt – entgegen seiner Ankündigung – keinen Antrag, sondern wandte sich Nora wieder zu. Obwohl Nora mit einem Angriff rechnete, lächelte er sie an. Ihr Argwohn sollte sich als berechtigt erweisen.

„Als Sie meinen Mandanten befragt haben ..." Er machte eine kurze Pause. „Sie erinnern sich?", fragte er scheinbar fürsorglich.

„Ja, ich erinnere mich sehr gut", entgegnete Nora.

„Als Sie ihn in seinem Büro befragt haben, waren Sie da zu jeder Zeit Herr Ihrer Sinne?"

Jetzt setzte sich der Vorsitzende, ganz offensichtlich überrascht von dieser Volte, aufrecht an den Richtertisch. Kurz tauschte er sich mit seiner Berichterstatterin aus, hob ihr gegenüber den Arm und ließ die Befragung weiterlaufen.

Nora kramte verzweifelt in ihren Erinnerungen und überlegte, was während der Vernehmung vorgefallen war. Es fiel ihr nicht ein. Sie rieb ihre Hände auf ihren Beinen und hoffte, dass niemand diese Unsicherheit mitbekommen würde.

„Was ist mit Ihnen? Ist Ihnen kalt oder gibt es einen Grund für diese Nervosität?"

Noras Schultern fielen schlaff nach vorne, und der Anwalt setzte nach.

„Erinnern Sie sich, was geschah, als mein Mandant Sie gefragt hatte, was er für die Polizei tun könne?"

Nora hatte das Gefühl, in der Klemme zu sein. Ein bisschen fühlte sie sich hilflos und unbeweglich wie in dem Bunker, als sie in der Garrotte gefesselt und der Kopf in dem Schraubstock fixiert war. Sie wusste nicht mehr, was sie antworten sollte, und war sich so oder so des Angriffes des Verteidigers gewiss. Gleichzeitig begann sie, die vielen Stühle in dem Sitzungssaal wie ein Buchhalter, dessen Aufgabe es war, sämtliches Inventar genau zu erfassen, zu zählen. Parallel stellte sie aber auch erleichtert fest, dass sie in der Lage war, der Befragung zu folgen.

„Ich weiß es nicht mehr", war ihre ehrliche Antwort.

„Kann es folgendermaßen gewesen sein?", fragte der Verteidiger und zitierte wortgewaltig die damalige Vernehmung und ihre Umstände im Büro von Albert Berend.

„Was kann ich für die Polizei tun, soll mein Mandant Sie gefragt haben. Stimmt das?", gab der Verteidiger den Anfang des Gesprächs wieder.

Nora schwieg erst und sagte dann: „Kann sein, an dieses alltägliche Detail habe ich keine Erinnerung."

„Mein Mandant hat mir gerade berichtet, dass Sie auf seine einleitende Frage nicht geantwortet haben sollen, sondern, begleitet von einem fremdartigen ‚Schamanengemurmel', nicht ansprechbar gewesen sein sollen!"

Der Verteidiger beobachtete Noras erste Reaktion wie ein Luchs, denn daraus war eine Menge für die weitere Befragung abzulesen. Mit einer Verschwörermiene half er ihrem Vergessen nach.

„‚Aller guten Dinge sind drei, sagte ein kleiner Dreikäsehoch und ...' Erinnern Sie sich jetzt? Sie sollen sich sogar bekreuzigt haben, als Sie die schwarze Katze auf dem Ölbild meines Mandanten gesehen haben."

Herz freute sich hämisch über seinen gelungenen falschen Vorhalt, denn er wusste genau, dass Nora sich nicht wegen der Katze auf dem Bild bekreuzigt hatte.

Nora stand hastig auf und stieß dabei den Stuhl nach hinten. Sie drehte sich zu dem Verteidiger und rief: „Das ist eine absurde, unverschämte Unterstellung. Ich habe mich weder bekreuzigt noch wie ein Schamane gemurmelt."

Im gleichen Moment wusste sie, dass das genau die falsche Reaktion war.

„Frau Kommissarin? Nehmen Sie doch bitte wieder Platz. Sie sollten Ihr ‚Mütchen' kühlen. Aber mir scheint, Sie haben eine Zwangsstörung, Klassifikation nach ICD-10 F 42.2. Haben Sie sich noch nicht in Behandlung begeben? Ich rate Ihnen dringend dazu."

Jovial wandte er sich dem Vorsitzenden zu und beantragte, den Kollegen Pieter Struck zu hören, der bekunden würde, dass die Zeugin Nora Kardinal neben sich stand und nicht in der Lage war, die Vernehmung ordnungsgemäß durchzuführen. Weiter würde er bezeugen, dass sie sich wegen der schwarzen Katze bekreuzigt und zwanghafte, unsinnige Zählrituale durchgeführt habe. Des Weiteren beantragte er, die Zeugin Kardinal durch einen Psychiater auf ihre Zeugnistauglichkeit untersuchen zu lassen.

Der Verteidiger erhob sich, lief knarrenden Schrittes über den alten, roten Linoleumboden, übergab feierlich der Protokollführerin seinen schriftlich ausformulierten Antrag und nahm wieder auf dem Klappstuhl Platz.

Das Gericht beendete die Sitzung, um über den Antrag und den Vernehmungsverlauf zu beraten, der Nora in einem ungünstigen Licht erscheinen ließ. Diese Runde ging an den Verteidiger.

Kapitel 2
Whole genome sequencing

Schmale Finger, deren Nägel bis zum Nagelbett abgekaut waren, glitten über den schwarzen Säbel, dessen Klinge am Ende leicht gebogen war und sie fast glauben ließ, die scharfe Schneide der Hiebwaffe jeden Moment spüren zu können. Mit einem zarten Schaudern zog sie ihre Hand von der Tätowierung ihres Geliebten zurück.

Der Säbel, der auch die Flagge des kaukasischen Emirates zierte und von martialischer Ausdruckskraft zeugte, war Anoush Ahmadi in einem ihren vielen Chats mit entschlossenen tschetschenischen IS-Anhängern ins Auge gefallen, und so war sie in der Lage gewesen, in ihrem Fitnessstudio zielsicher Iljas Sikijew für ihren Kampf zu rekrutieren.

Damals hatte sie den Fitnessclub in Billstedt für ein Probetraining betreten und war bereits am ersten Tag fündig geworden.

Geschmeidig wie eine Raubkatze strich sie in einem schwarzen, großzügig geschnittenen Trainingsanzug um die schwitzenden Männerleiber, die sich nach einer Trainingseinheit mit ihren Frotteehandtüchern über ihre schwitzenden Gesichter wischten. Gelegentlich fuhr sie im Vorbeigehen mit ihren Fingerspitzen an den Geräten entlang, setzte sich zum Schein an die gerade frei gewordene multifunktionale Trainingsbank und begann mit ihren Übungen. Von Ahmadi zunächst unbemerkt, betrat ein muskulöser, ungefähr vierzig Jahre alter Mann den Fitnessraum und warf sein Handtuch auf die Bank. Seine slawischen Gesichtszüge mit der fleischig imponierenden Nase wurden durch die tief liegenden Augen verstärkt, die wirkten, als hätten sie sich nach einem kriegerischen Manöver ins Hinterland zurückgezogen. Als Ahmadi für eine kurze Trainingsunterbrechung an den Wasserspender trat, streifte ihr kreisender Blick die mit den scheppernden Gewichten kämpfenden Männer, wobei ihr Augenmerk auf ein unterhalb des linken Schulterblattes angebrachtes Tattoo fiel. Ein länglicher Säbel, über dem in schnörkeliger Schrift der Name *Doku Umarow* stand, schlängelte sich seinen Weg über die glänzende Haut.

Ahmadis Aufmerksamkeit war geweckt. Ihr Herz schlug schneller. Sie hatte ihren Mann gefunden und trat von hinten an ihn heran. Ahmadi beugte sich zu dem schwitzenden Mann herunter, strich verschwörerisch über sein tätowiertes Schulterblatt und flüsterte in sein Ohr: „Wir haben dieselbe Mission."

Sie hatte ihn als Liebhaber gewonnen, und er erzählte ihr begeistert, wie er als junger Mann im Zweiten Tschetschenienkrieg im Nordkaukasus für seinen heiß verehrten Emir Doku Umarow einen von Moskau unabhängigen islamischen Staat installieren wollte. Für Sikijew war der Kampf allerdings zu Ende gewesen, als eine Tretmine ihm seinen Fuß weggerissen hatte.

Während Ahmadi den Säbel auf Sikijews Schulterblatt streichelte, wurde Sikijew wach, streckte sich und ließ seinen verkrüppelten Fuß unter der Decke hervorlugen.

Er wollte Ahmadi zu sich ins Bett ziehen, aber sie stemmte sich gegen seinen Versuch und ermahnte ihn.

„Ich muss gleich ins Gericht."

An seinem Vorhaben festhaltend, zog er sie jetzt nachdrücklicher zu sich. Sie ließ sich in seinen Arm fallen, um sich nach wenigen Sekunden wieder aus seiner Umarmung zu winden.

„Heute ist die Urteilsverkündung, und ich hoffe, es geht gut für Albert aus. Ich brauch ihn dringend."

Sie stand auf und bückte sich zu der am Boden abgestellten schwarzen Sporttasche. Ehrfurchtsvoll nahm sie den Sprengstoffgürtel, der dort verborgen war, in die Hand. Unter ihrem weiten Gewand, welches sie beabsichtigte, bei der Eröffnung der Plaza zu tragen, würde er nicht auffallen. Und wenn sie es bemerkten, wäre es sowieso zu spät. Sie entnahm eines der zehn messingfarbenen, plastifizierten Sprengstoffpakete aus den kleinen Fächern und maß es in ihrer Hand. Es wog ungefähr ein Kilogramm und war gespickt mit Mutterschrauben, die viel Schaden und üble Verletzungen anrichten würden, wie Sikijew ihr es erklärt hatte. Sie zitterte etwas. Diese Waffe hatte genügend Sprengkraft, um die Elbphilharmonie zu beschädigen und vor allem die ungläubigen Hamburger Konzertbesucher in die Luft zu sprengen. Vorsichtig legte sie das Knetpaket zurück und gab darauf acht, den in der weichen Masse steckenden Sprengzünder nicht herauszuziehen.

Der Tag kam immer näher. In knapp zwei Wochen würde die Plaza feierlich eröffnet werden, und Ahmadi, die gut vorbereitet war, wurde von einer nie gekannten Anspannung erfüllt.

Mit Berend hatte sie schon mehrfach die Elbphilharmonie besucht und sich in geeigneten Momenten, wenn er sich auf der Baustelle orientiert und den Mitarbeitern und Gewerken die letzten wichtigen Hinweise gegeben hatte, nach einem perfekten Versteck Ausschau gehalten, in dem der Sprenggürtel platziert werden konnte. Und sie hatte diesen Platz gefunden. Am Tag der Eröffnung würde sie die Damentoilette besuchen und in einer Kabine, von der sie wusste, dass sie noch nicht für die Öffentlichkeit freigegeben sein würde, hinter einer von ihr präparierten Wandplatte den Gürtel verstecken. Den Toilettenschlüssel würde sie sich bei Albert besorgen. Ahmadi hatte über Stunden den Statikplan der Elbphilharmonie studiert, und sie hatte den geeigneten Ort ermittelt, an dem sie den Gürtel würde zünden können und mit einem „Allahu Akbar" die Ungläubigen lehren würde, was in diesem Leben zählte.

Ahmadi nahm ihre Lederjacke vom Garderobenhaken und ließ die Tür in der Hoffnung ins Schloss fallen, dass Sikijew bei ihrer Rückkehr nicht mehr da sein würde. Er hatte seinen Dienst erfüllt, und sie brauchte ihn nicht mehr.

✱✱✱

Nora saß im Zuschauerbereich des Schwurgerichtssaals, in derselben Reihe wie Ahmadi, jedoch mit dem gebotenen Abstand. Sie rieb sich ihre feuchten Hände und fieberte der Urteilsverkündung entgegen.

Die Kammer betrat den Gerichtssaal und formierte sich vor dem Richtertisch.

„Bitte stehen Sie auf, denn das Urteil ergeht im Namen des Volkes", leitete der Vorsitzende die Kammerentscheidung ein.

„Der Angeklagte wird freigesprochen", verkündete der Vorsitzende, und die markerschütternden Worte hallten in Noras Kopf nach.

Völlig überrascht von dieser Entscheidung, blickte sie zu Oberstaatsanwalt Back, der seine Schultern nur in einer Andeutung hochzog und ihr damit bedeutete, dass er genauso überrascht war wie sie.

Morgenstern setzte sich und begann, das Urteil des Schwurgerichtes zu begründen.

„Wir haben keine belastbaren Belege für eine Affäre zwischen Albert Berend und Fliege-Schulz, und damit mangelt es an einem Motiv für den Angeklagten, welches Melzer jedoch hatte. Die Vernehmung des Ehemannes des Opfers Fliege-Schulz hat keine Erkenntnisse dahingehend erbracht, dass seine Frau ihn betrogen hatte. Auch die Angaben der Zeugin Kardinal waren insoweit nicht zielführend."

Der Vorsitzende schaute von seinen Unterlagen hoch und blickte in Richtung Verteidigung.

„In diesem Zusammenhang möchte ich klarstellen, dass das Gericht nicht an der Glaubwürdigkeit der Zeugin

Kardinal gezweifelt hat, weil sie möglicherweise eine von ihr bestrittene Zwangsstörung hat. Dieses Gericht konnte jedoch nicht nachvollziehen, aus welchem Grunde Melzer glaubte, dass Berend eine Affäre mit Fliege-Schuh gehabt hatte. Näheres hierzu konnte die Zeugin Kardinal nicht berichten."

Der Vorsitzende führte sämtliche Indizien gegen Albert Berend auf und erläuterte, aus welchem Grund sie eine Verurteilung nicht tragen könnten, da auch sein Bruder alias Melzer als Täter in Betracht zu ziehen sei. Es seien zwar in Melzers Handy keine Fotos von Fliege-Schulz gefunden worden, aber es sei durchaus denkbar, dass er lediglich versäumt hatte, von Fliege-Schulz ein Foto zu machen.

Der etwas andere Schnittverlauf am Hals des Opfers Fliege-Schulz im Vergleich zu den beiden anderen Opfern könne zwar darauf hinweisen, dass nicht Melzer, sondern Berend der Täter gewesen sein könnte. Die Befragung des Rechtsmediziners habe jedoch keine Hinweise erbracht, dass dieser Schnitt bei Fliege-Schulz von einer anderen Person als Melzer ausgeführt worden sein könnte.

Der Vorsitzende stellte fest, dass es zwar keine plausible Erklärung dafür gäbe, aus welchem Grunde Melzer das Opfer Fliege-Schulz sexuell angehen und den Beischlaf mit ihr ausführen sollte. Dies sei aber nicht völlig außerhalb jeglicher Wahrscheinlichkeit, sodass in dubio pro reo Zweifel nun mal zugunsten des Angeklagten gingen.

Schließlich schloss der Vorsitzende seine Urteilsbegründung mit einem wichtigen Hinweis.

„Ein letztlich entscheidender Beweis konnte nicht erhoben werden, weil der Gesetzgeber eine solche Untersuchung bisher nicht zulässt."

Der Vorsitzende ließ seinen Blick in die Runde schweifen. Der Angeklagte Berend lächelte, auch Ahmadi schien – ohne weiter aufmerksam zuzuhören – erleichtert zu sein. Der Staatsanwalt war um seinen Mund herum weiß geworden und starrte auf seinen vor ihm stehenden Laptop. Die Presse war zahlreich erschienen und hatte bis jetzt eifrig die Urteilsbegründung notiert, hielt nun aber angesichts der Ankündigung des Vorsitzenden inne.

„Whole genome sequencing ist das Stichwort. Dieses Gericht hat den Antrag des Staatsanwaltes zurückgewiesen, die jeweilige DNA von Melzer und Berend daraufhin zu untersuchen, ob in der DNA der Zwillingsbrüder und in der bei dem Opfer sichergestellten DNA-Spur des Täters derartige Unterschiede festzustellen sind, die es ermöglichen, forensisch sicher Auskunft darüber zu geben, wer von den Brüdern als Täter in Betracht zu ziehen ist. Also zu belegen, wer der beiden Brüder die Spermaspuren und die am Hals sichergestellte DNA beim Opfer Fliege-Schulz hinterlassen hat."

Der Vorsitzende machte nun komplexe Ausführungen über das Sequenzierungsverfahren, die Nora nur deswegen einigermaßen gut verfolgen konnte, weil sie sich schon im Ermittlungsverfahren mit diesem Thema vertraut gemacht hatte. Sie hatte damals im Zusammenwirken mit Oberstaatsanwalt Back bereits beantragt, dass eine entsprechende Untersuchung durchgeführt würde, hatte aber weder bei Ermittlungsrichter Hirsch noch – überraschenderweise – bei der Beschwerdekammer Erfolg.

Nora blätterte fahrig in ihren Akten, die sie auf ihrem Schoß abgelegt hatte. Sie hatte bis zum Schluss inständig gehofft, dass das Schwurgericht diesem Antrag stattgeben würde. Nun war es anders gekommen. Sie hatte sich damals schon mit Oberstaatsanwalt Back und ihren Kollegen die Köpfe gerauft, unter welchen Voraussetzungen ein solches Genomsequenzierungsverfahren durchgeführt werden könnte. Grundsätzlich war es nämlich möglich, so hatten sie es recherchiert, dass in der getrennten embryonalen Entwicklung von eineiigen Zwillingen Mutationen entstehen und daher DNA-Variationen zwischen diesen eineiigen Zwillingen aufgespürt werden könnten, wobei die Wahrscheinlichkeit dafür, dass die zum Ausschluss eines der beiden Täter erforderliche Mutation gefunden werden konnte, im einstelligen Prozentbereich lag. Das war nicht viel.

Richter am Landgericht Morgenstern kam langsam zum Ende seiner Urteilsbegründung und schob seine Brille auf die Nase.

„Obwohl sich der Gesetzgeber gegen eine Unterscheidung zwischen dem sogenannten nicht-codierenden und codierenden Bereich der DNA entschieden hat, hat das Bundesverfassungsgericht bestimmt, dass eine Untersuchung des codierenden Bereichs der DNA eine Persönlichkeitsverletzung, mithin verfassungswidrig, sei. Das Verfassungsgericht hat in seinem Beschluss ausgeführt, dass nur dann kein Eingriff in den unantastbaren Kernbereich der Persönlichkeit vorläge, wenn lediglich der nicht-codierende Bereich der DNA untersucht würde. Der codierende Bereich der DNA, der also Informationen enthält wie Augenfarbe, Größe oder auch Krankheiten, dürfe demzufolge nicht Gegenstand einer Untersuchung werden. Bei einem Sequenzierungsverfahren würden aber sämtliche Bereiche der DNA untersucht werden müssen, also auch der Bereich, der die relevanten Erbinformationen festlegt. Aus diesem Grunde hat sich die Kammer gehindert gesehen, ein Sequenzierungsverfahren anzuordnen."

Der Vorsitzende schloss seine Urteilsbegründung damit, dass dieser DNA-Untersuchung ein wesentlicher Beweiswert hätte zukommen können, wenn der Gesetzgeber die entsprechende Anordnungsgrundlage geschaffen hätte, dies sei jedoch bisher nicht geschehen.

Morgenstern schob sein Vorleseblatt und seine Handakte zusammen, erhob sich und zog sich, zusammen mit seinen Richterkollegen und Schöffen, in das Beratungszimmer zurück.

Während die Presseberichterstatter nach Ende der Urteilsverkündung eilig aus dem Saal hetzten und mit ihren Redaktionen die entscheidenden Telefonate führten, ging Nora zu Oberstaatsanwalt Back, der – immer noch weiß um den Mund – seine Unterlagen und seinen Laptop einpackte.

„Wir werden in jedem Fall Revision einlegen", versuchte er, sie und sich zu beruhigen. „Und ich werde ein Gespräch mit dem Referenten der Justizbehörde führen. Das Gesetz muss kommen!"

„Peter Hemmlos vom *Hamburger Tagesblatt*", stellte sich der Reporter vor, als Albert Berend gemeinsam mit seinem Verteidiger den Gerichtssaal verließ.

„Geben Sie uns einen ‚O-Ton' für unsere Leser. Wie fühlen Sie sich, jetzt wo Sie beruhigt die Eröffnungsfeier der Plaza vorbereiten können?"

Berend hatte erst den Eindruck, als wollte Hemmlos ihm das Mikrofon in den Mund stecken, aber geschickt hielt Hemmlos den erforderlichen Abstand.

Berend, der im Umgang mit der Presse geschult war, gab ein paar Floskeln zum Besten, wandte sich mit entschuldigenden Worten und Ahmadi im Arm ab und verließ erleichtert das Strafjustizgebäude.

Endlich war es so weit. Julia hatte diesem Tag entgegengefiebert und betrat die zur Plaza führende Rolltreppe. Um siebzehn Uhr wollte sie sich mit den anderen Musikern auf der Plaza treffen, um dort die Instrumente und Technik aufzubauen. Die Freude stellte sich allerdings nur verhalten ein. Dieses von allen Hamburgern sehnsüchtig erwartete Ereignis, welches der Steuerzahler bei einer Baukostensumme von rund 860 Millionen Euro teuer bezahlen musste und noch lange bezahlen würde, war von Melzers Morden an ihrer Familie und von dem Umstand überschattet, dass der Täter ausgerechnet ihr verschollen geglaubter Onkel war. Ihr wurde immer wieder ganz schwindelig zumute, wenn sie sich nur vorstellte, dass sie beinahe selbst Opfer ihres wahnhaften Onkels geworden wäre. Ihr Leben verdankte sie Nora, die entdeckt hatte, dass er nicht verschollen war, sondern sich als Gernot Melzer in Hamburg einen Namen gemacht hatte, und die ihr in letzter Sekunde das Bild des Täters auf ihr Handy geschickt hatte. Aber wenigstens war ihr Vater von dem Vorwurf freigesprochen worden, Fliege-Schulz getötet zu haben.

Oben an der Plaza angekommen, verließ Julia die Rolltreppe und schüttelte ihre düsteren Gedanken ab. In der hinteren Ecke entdeckte sie ihre Musikerkollegen, ein Kontrabassist und ein Schlagzeuger, die gerade ihre Köpfe über einem Notenblatt zusammensteckten. Sie stellte sich zu ihnen und ging mit ihnen ein letztes Mal die Stücke durch. Als sich eine Hand auf Julias Schulter legte, zuckte sie zusammen. Sie drehte sich um und blickte in Noras und Alexanders Gesichter, und Freude und Nervosität begannen, sich zu einer explosiven Mischung zu verbinden.

Mit einem verschwörerischen Nicken deutete Alexander in Richtung seines Vaters, der dem Reporter Hemmlos vom *Tagesblatt*, auskunftsfreudiger als bei seiner Gerichtsverhandlung, Rede und Antwort stand. Hinter ihm befand sich zurückhaltend abgewandt Anoush Ahmadi, die eine in dunklen Tönen gehaltene, viel zu große Tunika trug.

„Mit der werde ich nicht warm", bemerkte Alexander, nahm wie beiläufig Nora bei der Hand und führte sie zu einer Bar, die direkt am Fuß der Treppe aufgebaut war, welche in den großen Saal führte.

„Von hier können wir beobachten, wie sich die Plaza langsam füllt", sagte er und setzte sich breitbeinig auf einen der chromfarbenen Barhocker. Nora ließ sich ihm gegenüber nieder und lehnte zaghaft ihre Knie an seine, wodurch ein in sich geschlossener Rhombus entstand. Während Nora so auf die geometrische Beinformation schaute, erinnerte sie das irgendwie an die quadratisch angeordnete Blüte der Weinraute, die sie mal in einem Kräuterkasten bei ihren Eltern gesehen hatte. Nora lächelte und hoffte, dass dieses in sich geschlossene Karo ein Zeichen dafür war, dass sie beide eine weitere Chance haben würden, gleichwohl der Mord an Alexanders Mutter den Beginn ihrer Liebe mehr als beschattet hatte. Es war ein neuer Anfang möglich. Vielleicht.

Nach und nach passierten die geladenen Gäste die Bar und füllten die Plaza. Kamerateams mit Headset leuchteten die Interviewplätze aus, derweil Moderatoren für den letzten Schliff geschminkt und gepudert wurden. An speziell ausgesuchten Standorten wurden Mikrofone aufgestellt und kilometerlange Kabel festgeklebt. Die Plaza, die vor wenigen Minuten noch wie ein chaotisches Filmset gewirkt hatte, hatte sich in eine Bilderkulisse von maritimer Schönheit verwandelt.

Gäste aus allen Bereichen von Wirtschaft, Politik und Kultur plauderten in kleinen Grüppchen über das musikalische Großereignis im Januar 2017, die politische Lage Hamburgs oder belobigten einfach nur die Stilsicherheit der Bürgermeisterin, die gerade die Begrüßungsrede gehalten hatte und in einem korallfarbenen Hosenanzug beeindruckte.

Ahmadi beschloss, für ihren großen Auftritt einen Zeitpunkt zu wählen, an dem die Musiker spielten und die Zuschauer ihren Blick auf die Band richten würden. In ihrem Magen tobte ein Orkan, und die Vorstellung, dass ihr Vorhaben live übertragen würde, verschaffte ihr einen einzigartigen Kick. Peinlichst darauf bedacht, dass Berend nicht in ihrer Nähe war, sobald sie die Damentoilette verlassen würde, damit er sie nicht berühren und den dort umgebundenen Sprengstoffgürtel bemerken konnte, ging sie zügig in Julias Richtung und stellte sich vor ihr Klavier. Irritiert schauten die Gäste sie an, und zunächst schien es, als wollte sie singen. Der Schweiß rann ihr die Stirn herunter, als sie beide Arme nach vorne hob, wobei sie in einer Hand den Zünder hielt, dessen Funktionsweise ihr Sikijew mehrfach erklärt und gezeigt hatte. Als ihre zitternden Finger den Zünder betätigten, war ihr Blick nach oben gerichtet, und sie rief: „Allahu Akbar." Die Detonation brach über sie herein, und ein Feuerblitz blendete sie, während dichter Rauch die Menschen im Nebel unsichtbar werden ließ. Ahmadi sah abgerissene Arme durch die Luft fliegen und hörte Schreie von Menschen, die voller Panik im Betonstaub hin und her liefen.

So hatte Ahmadi es sich immer wieder vorgestellt, aber die Schreie verstummten plötzlich, so als seien sie nie da gewesen. Es war ruhig, und Ahmadi öffnete ihre Augen.

Die Gäste der Elphie, wie sie die Hamburger liebevoll nennen würden, sahen indes statt einer Sprengsatzdetonation, wie sich vier Männer auf Ahmadi stürzten, sie zu Boden rissen und festnahmen.

Epilog

Flüsternd näherte sich Nora ihrer inzwischen lieb gewonnenen Freundin Julia und wünschte sich „Shape of my heart". Julia faltete ihre Hände, streckte die Innenflächen nach außen, dass es nur so knackte, und stimmte das Intro an. Nora schloss die Augen, wiegte sich einstimmend hin und her, summte zum Intro und sang.

Nachdem der Applaus im „Birdland" abgeebbt war und sie auf ihrem Stuhl Platz genommen hatte, um auch die weiteren Vocals zu hören, stellte sich jemand neben sie. Nora schaute hoch und blickte in ein strahlendes Augenpaar. Mike Hummel stellte zwei Gläser Rotwein auf den Tisch, derweil er sich neben ihr auf die Bank fallen ließ. „Damit werden wir vermutlich nicht auskommen", zwinkerte er ihr zu und nippte an seinem Glas.

„Hey, schön dich zu sehen, Mike", begrüßte Nora ihn.

Er legte seine Hand sanft auf ihren Arm, zog sie aber sofort zurück. Er wollte jetzt nichts vermasseln.

„Danke für diesen Song. Tolles Lied, tolle Sängerin." Ein verschmitztes Lächeln glitt über seine Mundpartie.

Nora war zurückhaltend. Obwohl die Musik für sie bislang eine unerschöpfliche Energiequelle gewesen war und die Klänge sie wie bei einer Seelenmassage erfüllten, fühlte sie sich matt.

„Nora, ich habe in der Zeitung alles verfolgt. Dieses perverse Schwein hat es verdient zu sterben."

Nora antwortete nicht. Kann man verdienen zu sterben? Der Tod ist doch heutzutage keine Strafe mehr. Er ist gegenwärtig und passiert einem. Gerade in diesem Moment wollte sie nicht an die zurückliegende Gefangenschaft erinnert werden. Auf einer Toilettenwand in einer Kneipe hatte Nora mal den Spruch gelesen: *Es gehört viel Mut dazu, seine verdrängten Erinnerungen ins Leben zu rufen, aber erst die Wahl des richtigen Zeitpunkts beweist Klugheit.*

Sie war klug, und der heutige Abend sollte kein schwermütiger Rückblick werden.

„Ach, Mike, lass uns über etwas anderes reden."

Mike Hummel blieb hartnäckig.

„Bitte, Nora. Wie kam es, dass er dich überwältigen konnte? Bist du etwa alleine in Melzers Lagerhaus spaziert?"

Nora dachte über ihren armen Kollegen Pieter nach, der von Andreas Schmid mit Ipecacuanha, einem schnell wirkenden Brechmittel, außer Gefecht gesetzt worden war, sodass sie mit Andreas hatte nach Sylt fahren müssen.

„Ich habe nicht geahnt, dass Andreas der Spitzel war. Ich hatte ihn sogar noch gebeten, Verstärkung anzufordern, was er natürlich unterließ. Dafür hatte er mich von hinten niedergestreckt und wohl gehofft, dass Melzer mich auch tötet und er nicht auffliegt. Nun schmort er im Untersuchungsgefängnis wegen Mord, Beihilfe zum Mord und Bestechlichkeit. Sein Handy war eine Goldgrube an ..."

„Na, wenigstens etwas", sagte Mike, streckte beide Arme nach oben, reckte sich und ließ die Hände auf seine Oberschenkel fallen. Nora drehte ihren Stuhl, sodass sie ihm gegenübersaß, und beobachtete ihn. Auf seinem Shirt sah sie den Aufdruck *I love CCC*.

Sie stutzte, und plötzlich hatte sie eine Eingebung.

„Als wir Melzer ohne Erfolg gesucht hatten und alle Ermittlungen ausgeschöpft waren, da hat mir jemand eine Koordinate geschickt, die mich zum Tatort geführt hat."

Nora machte eine Pause, während sie ihn ansah, und es entging ihr nicht, dass Mikes rechtes Auge leicht zu zucken begann.

„Ich frage mich, ob du mir helfen könntest herauszubekommen, wer mir das geschickt hat?"

Mike fühlte sich ertappt, wie ein am Kragen gepackter Lausbub, der gerade etwas angestellt hat, und überlegte, ob dieser Gesprächsauftakt etwas zu bedeuten hatte. Wusste Nora bereits alles und wollte ihn testen, ob er sie anlügen würde? Hatte er Spuren hinterlassen? Aber das konnte nicht sein.

„Vielleicht", antwortete er knapp und dachte nach.

Seinen Nebenjob bei seinem ehemaligen Quellenführer Röpke hatte er bereits verloren. Röpke war mäßig begeistert gewesen, dass Mike nicht nur Noras, sondern auch Melzers Handy angegriffen, trojanisiert und sich für die gegen Melzer gerichteten Ermittlungen interessiert hatte. Mike verabscheute aber nun mal korrupte Politiker und Beamte, die ohne Scham, unter Ausnutzung ihres Amtes, Zuwendungen jeglicher Art entgegennahmen. Er hatte es als seine moralische Aufgabe angesehen, den stockenden

Ermittlungen gegen Melzer frische Impulse zu geben. Die Vorstellung, dass Melzer ungeschoren davonkommen könnte, obwohl er den für das Bauvorhaben Elbphilharmonie zuständigen Beamten über Jahre geschmiert hatte, widerte ihn an. Er hatte keine Wahl gehabt. Er musste etwas tun. Ein bisschen hoffte er aber auch, Nora irgendwie als ein im Verborgenen agierender Helfer näherkommen zu können.

Leider stand er nun nicht als Helfer, sondern als Spitzel vor ihr. Die Vorstellung, Nora in dieser Minute alles über seine Geheimoperation zu erzählen, bereitete ihm mehr als Unbehagen. Es dürfte Nora wenig begeistern, wenn sie erfuhr, dass er sie ausspioniert hatte, auch wenn es im Auftrag des Verfassungsschutzes geschehen war. Eine derartige Vorgehensweise würde in einem Beziehungsratgeber „How to start a good partnership" kaum empfohlen werden.

Er saß in der Klemme, aber ihm schwante, dass er nur eine Chance hatte. Er war fasziniert von Nora, und wenn er nicht wollte, dass sie ihn eines Tages verachtete, wenn sie von seiner Tätigkeit für den Verfassungsschutz erfuhr, und früher oder später könnte dies geschehen, dann musste er ihr jetzt die schmerzliche Wahrheit offenbaren. Aber war sie bereit für die Wahrheit? Ein Neubeginn mit allen auf dem Tisch liegenden Karten funktionierte nur, wenn Nora willens war, die Perspektive zu wechseln. War sie das? Er wusste es nicht.

Mike nestelte an seinem Shirt und konnte trotz seines flauen Magens nicht anders, als ehrlich zu sein. Nur so würde Nora ihm verzeihen. Die Mutigen vor, dachte er.

„Ich denke, du brauchst meine Hilfe nicht."

Nora schaute ihn verwirrt an.

„Ich kann nicht herausbekommen, wer dir die Koordinaten geschickt hat."

Enttäuscht schaute sie auf ihr fast leeres Glas und ließ ihren Zeigefinger auf dem dünnen Glasrand kreisen.

„Warum nicht?"

Mike stand auf, holte von der Bar zwei weitere Gläser Rotwein und stellte sie auf den Tisch. In Noras Augen konnte er lesen, wie sehr sie nach der Lösung dieses Geheimnisses suchte.

„Weil ich es schon weiß!"

Ruckartig richtete sich Nora auf, als sei hinter ihr ein Tablett mit Gläsern scheppernd zu Bruch gegangen. Aus lauter Anspannung trank sie einen Schluck aus dem voll geschenkten Weinglas.

„Du weißt es?"

„Es fällt mir nicht leicht, aber was ich dir jetzt sage, könnte alles ändern und … "

„Mike."

„Ja?"

„Ich dreh gleich durch! Erzähl schon!"

Mike Hummel lächelte schief und erzählte. Von seinem Quellenführer, der ihn auf sie angesetzt hatte, und wie er ihr Handy und ihren Dienstcomputer auslesen konnte.

„Ich habe dein Passwort für deinen Polizeiaccount schnell bei deinen Telefonnummern gefunden und aus deinem Handy ausgelesen. Also ehrlich, den Polizeiaccount abzuspeichern unter dem Namen ‚Pola' ist echt keine Glanzleistung."

Mike sah sie an und schüttelte den Kopf, aber Nora reagierte nicht darauf.

„Mit einer Kopie deiner Polizeikarte, die ich mir beschafft hatte, konnte ich auf deine Behördendateien zugreifen und die gesamten Ermittlungsentwicklungen verfolgen ..."

Er unterbrach sich und schaute sie an, als wollte er in ihren Augen so etwas lesen wie: Du hast mich und meinen Dienstcomputer zwar ausspioniert, und du hast mein Handy verwanzt, aber das macht nichts, wirklich nicht. Aber nichts dergleichen fand er. Stattdessen sah er nur eine sich abwechselnde Melange aus Entsetzen und Unverständnis.

„Du hast mich überwacht? Wieso?"

Bevor er antwortete, überlegte Nora, wie er es überhaupt geschafft hatte, an ihre gesicherten Dateien des Polizeicomputers zu kommen. Aber ihr war klar, dass er ihr das nicht erzählen würde, also fragte sie erst gar nicht.

„Nora, der Verfassungsschutz hatte dich im Verdacht, mit dem IS zu kollaborieren, und als du den Einsatz in München gegen die Wand gefahren hast, wurdest du ein Verdachtsfall."

In Noras Kopf tobte ein kalter Wirbelsturm, und sie konnte ihre Gedanken nicht ordnen. Ihr Mienenspiel zwischen Wut, Entsetzen und unfassbarer Enttäuschung wechselte nun sekündlich, und Mike fragte sich, ob seine Chance auf eine vorsichtige Annäherung noch kommen würde.

„Kollaborateurin? Ich? Was ist das denn für ein Schwachsinn!" Noch während sie dies ausrief, schlug sie sich zur Bekräftigung mit der Hand gegen die Stirn.

„Ja, wir ...", hastig verbesserte er sich, „ich wollte sagen, die vom Verfassungsschutz haben nichts Verdächtiges ermitteln können, und der Vorgang wurde abgeschlossen. Sie haben auch nach einer anderen Erklärung für den misslungenen Einsatz gesucht, aber nichts dergleichen gefunden."

Jetzt zuckten Noras Augenwinkel, und sie hoffte inständig, er würde nicht fragen.

„Was war der Grund, Nora?"

Genau in diesem Moment wurde Nora wütend. Wütend darüber, dass sie nicht die Wahrheit gesagt hatte, darüber dass sie diesen verdammten Zähltick hatte, darüber dass ... Sie wechselte in den Angriffsmodus.

„Hättest du ihn nicht erspitzeln können?"

Die Schärfe in ihrer Stimme nahm ihm jede Hoffnung auf ein gutes Ende.

„Ach, Nora, es war ein Job ..."

„Macht das einen Unterschied für mich?"

Mike schwieg. Sie hatte recht. Der Vertrauensbruch blieb, so sehr er es auch zu objektivieren versuchte.

„Vielleicht hättest du die operativen Maßnahmen gegen dich abwenden können, wenn du ehrlich gewesen wärst und erklärt hättest, was bei deinem Einsatz los war."

Noras Wut war immer noch ungebremst, aber sie geriet ins Grübeln. Er hatte recht. Hätte sie ihre Erkrankung, die im Lauf der Hauptverhandlung gegen Albert Berend der Öffentlichkeit bekannt geworden war, offenbart, wäre sie nicht observiert worden. Sie selbst war unehrlich gewesen, konnte sie da Mike im Ernst vorwerfen, seinen Job gemacht zu haben? Sie hatte nicht als dienstunfähige Verwaltungsmaus enden wollen, und das war der Preis, den sie dafür bezahlen musste.

Und noch etwas kam ihr in den Sinn, dem sie nicht wirklich etwas entgegensetzen konnte.

Ohne seine Hackerangriffe auf sie wäre er weder auf die Korruptionsermittlungen gegen Melzer aufmerksam geworden noch hätte er den Ort gefunden, wo Melzer seine Opfer getötet hatte. Alexander wäre dann nicht mehr am Leben, und wer weiß, wen Melzer bis dahin noch umgebracht hätte.

Jetzt wurde die Ermittlerin in ihr wach.

„Wie hast du Melzers Folterkammer gefunden?"

Mike nahm erleichtert zur Kenntnis, dass ihre Stimme deutlich sanfter klang.

„Ich habe deine Ermittlungen verfolgt und in deinen zusammenfassenden Auswertevermerken gelesen, dass ihr gegen Melzer nichts fandet und die Telefonüberwachung nichts hergab. Ich wollte die Maßnahmen gegen diesen korrupten feinen Herren, sagen wir mal, vorantreiben."

„Wie hast du das gemacht?"

„,WLAN-Sniffing' ist das Schlüsselwort."

Sein Gesicht hellte sich auf, und er bekam einen verschwörerischen Zug um den Mund.

„Auf die Art und Weise habe ich Melzers Handy entdeckt, was ihr nicht gefunden habt, weil es sich im Flugmodus befand. Dort habe ich die Fotos der Opfer gefunden. Das dauerte nicht lange, da hatte ich über Melzers Standortdaten herausbekommen, wo das Lager ist."

„WLAN-Sniffing?", fragte Nora.

„Hey, Nora, willst du noch einen Song singen, heute ist nicht viel los?", fragte Julia, die an Noras Tisch herangetreten war.

„Sorry, geht jetzt nicht, nachher vielleicht", sagte Nora knapp und wandte sich umgehend wieder Mike zu.

„Und weiter? Was ist nun WLAN-Sniffing?", fragte sie.

„Darüber kann man rauskriegen, welches Handy jemand benutzt. So wie ich dich eine Weile verfolgt habe, um deine MAC-Adresse, also deine Gerätekennung, herauszufinden, um dir eine App auf dein Handy aufspielen zu können, habe ich auch Melzer eine Weile begleitet." Bei dem Wort „begleitet" zuckte er verschmitzt mit den Achseln. „Gar nicht aufwendig, aber sehr effektiv!", sagte er.

Nora fand, dass Mike in diesem Moment nüchtern betrachtet aussah wie ein Verschwörer, der sich an seine Fähigkeiten gewöhnt hatte.

„Nora, dabei habe ich auch eure Ermittlungen zu dem Serienmörder entdeckt. Ich habe alles verfolgt, was ihr herausgefunden habt, habe deine Nachforschungen zu den Rosenholzdateien gelesen und bin in der Vernehmung von Rosenthal über die Radikalisierung von Anoush Ahmadi gestolpert."

Während Mike über seine Recherchen berichtete, sann Nora darüber, ob Mike für sie mehr werden könnte als eine Hackerbekanntschaft, deren Opfer sie geworden war. Ob ihre Begegnung der Anfang einer interessanten Partnerschaft werden könnte. Im gleichen Moment erschrak sie über ihren Gedanken. Eigentlich passte das nicht zu ihr.

„Mike, der Flurfunk in unserem Präsidium war hochaktiv, als der Hamburger Staatsschutz die Ermittlungen gegen Ahmadi aufgenommen hatte."

Durchdringend schaute sie Mike an.

„Es hieß, die Info über Ahmadis Radikalisierung habe das Bundeskriminalamt in Wiesbaden über ein Behördengutachten des Landesverfassungsschutzes bekommen. Steckst du dahinter?"

Nora ließ Mike nicht aus den Augen und beobachtete jede seiner Regungen, bis er zu erzählen begann. Schließlich wusste er, dass es bei Nora gut aufgehoben war.

„Als ich meinem Quellenführer Röpke meinen Fund in deiner Vernehmung über die Radikalisierung Ahmadis mitgeteilt habe, bekam ich etwas später den Auftrag, ihre Daten zu beschaffen. Ich ging in ihre Wohnung und spiegelte ihren Laptop."

Nora nickte anerkennend. Und abermals war sie über ihre Reaktion verwirrt.

Mike fuhr fort.

„Ich habe Ahmadis Daten ausgewertet und über den Browserverlauf entdeckt, dass sie verdächtige islamistische Seiten besucht hatte. Auch waren die Statikpläne der Elbphilharmonie bei ihr gespeichert. Nachdem die Erkenntnisse an die Polizei übergeben worden waren, hat der Staatsschutz beim Landeskriminalamt zügig sämtliche Hintergrundrecherchen betrieben und ermittelt, dass Ahmadi mit Albert Berend liiert war. Weil die Eröffnung der Plaza ein geeignetes Ereignis für einen Anschlag war und sie die Gelegenheit hatte, unverdächtig die Elbphilharmonie betreten zu können, wurden ihr Telefon und ihr Auto mit technischen Mitteln überwacht. Ebenfalls nicht unentdeckt blieb ihr Kontakt zu dem Tschetschenen. Schließlich ergab die Auswertung der Standortdaten ihres Handys, dass sie sich einige Male an immer derselben Stelle in dem Konzerthaus, nämlich in einer Toilette, aufhielt."

„Jetzt verstehe ich!", sagte Nora. „Auf diese Weise konnte der Staatsschutz den Sprengstoff, den Ahmadi hinter einer Gipsplatte in der Toilettenwand versteckt hatte, orten und gegen einen Fake-Gürtel austauschen."

„Richtig."

Nora ließ die Fakten auf sich wirken.

Regelkonformität war von jeher ein elementares Lebensprinzip für sie. Dieses Dogma schien nun aber ins Wanken zu geraten. *Konnte ein Regelverstoß nicht auch zu etwas Gutem führen, solange die Ausnahme die Regel nicht zerstörte? Man sagt, der Zweck heiligt die Mittel, und heilig ist es sicher nicht, wenn der Verfassungsschutz in eine Wohnung einbricht und Daten ausspäht.* Nora musste aber feststellen, dass sich ihr Gewissen und ihr Rechtsgefühl nicht aufbäumten, denn der Tod von Menschen war so verhindert worden. War es vielleicht die Kunst, zum richtigen Zeitpunkt einen Regelverstoß zu begehen? Und woran erkannte man genau diesen Moment? Oder konnte es für einen Regelverstoß keinen richtigen Zeitpunkt geben? Darüber würde sie nachdenken müssen.

„Weißt du, was ich an diesem Fall so bemerkenswert finde?", fragte Nora.

„Na?"

„Albert Berend hat uns mit seinem Versuch, den begründeten Verdacht gegen ihn abzuwenden, zum Täter geführt."

„Wie meinst du das?"

„Na, ihm ging es darum, den Verdacht, er habe Fliege-Schulz getötet, abzuwenden, obwohl er sie getötet hat. Jedenfalls bin ich trotz des Freispruchs immer noch von seiner Täterschaft überzeugt. Aber erst durch dieses perfide Ablenkungsmanöver habe ich mich auf die Suche nach seinem verschollenen Bruder gemacht und konnte so Melzers Doppelleben aufdecken."

Nora kam ihr Status in den Sinn. Einen Fehler durch eine Lüge zu verbergen heißt, einen Flecken durch ein Loch zu ersetzen. Aber manchmal wird aus einer Lüge eben kein Loch, sondern eine Tür, die sich öffnet. Jäh fiel Nora ihr Versprechen ein, welches sie gegeben hatte. Gleich Morgen würde sie es einlösen und Rosenthal in Berlin aufsuchen. Dort würde sie ihn über seinen Irrtum aufklären und über seinen ehemaligen besten Mitarbeiter Karsten Berend berichten, der es gewesen war, der ihn bespitzelt hatte. Aber auch Rosenthal hielt etwas für Nora bereit ...

An diesem Abend ahnte Nora nichts davon und lächelte Mike an.

„Weißt du, Mike, du hast deinen Job beim Verfassungsschutz verloren, aber vielleicht finden wir einen Weg der Zusammenarbeit? Was meinst du? Am scheensten is', wenns schee is'."

Mike schwieg, aber er war dankbar und glücklich. Es war ein Anfang, wohin er auch führte.

Als Nora aufstand und Julia die Noten für „Love me tender" hinlegte, war kaum noch ein Gast im „Birdland".

Es war ein besonderer Moment, ein berührender Gesang und ein unvergesslicher Abend.

Im Verlag CW Niemeyer bereits erschienen ...

Als Spross einer erfolgreichen britischen Scharfrichter-Dynastie hat der begabte und früh berufene Henker Rupert Beaufort jahrzehntelang sein Gewissen unter Kontrolle, seine Emotionen im Griff und die öffentliche Meinung auf seiner Seite. Hunderte von tadellos ausgeführten Exekutionen gehen auf sein Konto.
Doch nach dem Ende des Zweiten Weltkrieges muss er sich neuen, unerwarteten Herausforderungen stellen und immer größere Hürden überwinden, um seines makabren Amtes zu walten.
Auf dem Höhepunkt seiner Laufbahn sieht er sich gezwungen, den italienischen Pianisten Sandro Magazzano, ein ehemaliges Wunderkind, hinzurichten: einen ebenfalls hochtalentierten Mann, der wie er bis zum Äußersten zu gehen bereit ist.

Jens Rosteck zeigt in seinem fesselnden Romandebüt, wie herrschende Moral und individuelle Gefühle zwei ungleiche Einzelkämpfer und Vorbilder in kaum lösbare Konflikte stürzen.

Jens Rosteck. Den Kopf hinhalten
432 Seiten. Hardcover. ISBN 978-3-8271-9387-2
E-Book   978-3-8271-8608-9 (Pdf)
              978-3-8271-8400-9 (Epub)

Im Verlag CW Niemeyer bereits erschienen ...

38 Jahre lang hat Hanka Altmann aus der DDR vergeblich nach ihrem Sohn Sascha gesucht, der mit 4 Jahren während eines Ausflugs im Thüringer Wald entführt wurde. Eines Tages begegnet ihr ein Mann, der ihr Sohn sein könnte. Hanka engagiert den Detektiv Stefan Blume, der Sascha aufspüren soll. Der Gesuchte lebt unter dem Namen Erik Galland im Harz. Dort sammelt er er als V-Mann des Verfassungsschutzes Informationen in der Neo-Nazi-Szene. Als drei von Eriks Nazi-Kameraden ermordet werden, fürchtet auch er um sein Leben. Dann begegnet Erik seiner vermeintlichen Mutter und dem Detektiv Blume. Gemeinsam begeben sie sich auf die Spuren ihrer jeweiligen DDR-Vergangenheit und kommen dabei dem Mörder der Nazis bedrohlich nahe ...

Roland Lange. Harzkinder
384 Seiten. Taschenbuch. ISBN 978-3-8271-9575-3
E-Book   978-3-8271-8590-7 (Pdf)
             978-3-8271-8389-7 (Epub)

Im Verlag CW Niemeyer bereits erschienen ...

Koblenz, die beschauliche Touristenstadt an Rhein und Mosel, wird in Angst und Schrecken versetzt. Jeden 3. Tag geschieht ein grauenvoller Mord, jede Tat trägt eine andere Handschrift und die Opfer haben keinerlei Gemeinsamkeiten. Obwohl Kriminalhauptkommissar Auer, Leiter der Mordkommission, frühzeitig die Handschrift eines Serienkillers vermutet, nehmen seine Vorgesetzten ihn nicht ernst. Er ist wegen seines vorlauten Mundwerks in Ungnade gefallen und sein Team besteht aus Beamten mit Disziplinarstrafen, aber er widmet sich trotz der Widerstände mit aller Kraft der Aufklärung der Verbrechen. Dabei erhält er unerwartete Unterstützung durch eine junge Praktikantin, die kurz vor ihrer Prüfung zur Kommissarin steht.

Dieter Aurass. Jeden 3. Tag
400 Seiten. Klappenbroschur. ISBN 978-3-8271-9544-9
E-Book 978-3-8271-8573-0 (Pdf)
  978-3-8271-8372-9 (Epub)

#niemeyerbuch
Jetzt <u>kein</u> Buch mehr verpassen

Im Verlag CW Niemeyer bereits erschienen ...

Mark Seiferts 4. Fall

Töte ich Menschen, ohne mich daran zu erinnern?

Diese Frage stellt sich der 20-jährige Paul. In ihm existieren zwei unterschiedliche Persönlichkeiten, die – bis auf wenige Ausnahmen – nichts voneinander wissen. Ein Hannoverscher Bestsellerautor wird abends vor seinem Haus von einer unbekannten Gestalt getötet. Paul befürchtet, der Täter zu sein, kann sich jedoch an nichts erinnern. Kurz darauf beginnt der renommierte Psychiater Dr. Mark Seifert eine heimliche Affäre mit Pauls Mutter, bringt damit eine tödliche Kaskade ins Rollen. Es gibt ein altes, düsteres Geheimnis, dessen Aufdeckung einige Personen in Pauls Umfeld um jeden Preis verhindern wollen. Die verstörende Wahrheit kostet mehrere Menschenleben. Gelingt es Mark Seifert, die Hintergründe der Tötungsserie aufzudecken, bevor der Täter ein weiteres Mal zuschlägt?

Thorsten Sueße. Hannover sehen und sterben
512 Seiten. Klappenbroschur. ISBN 978-3-8271-9508-1
E-Book   9978-3-8271-8565-5 (Pdf)
          978-3-8271-8364-4 (Epub)

Jetzt kein Buch mehr verpassen

Im Verlag CW Niemeyer bereits erschienen ...

Norderney im Winter. Zwei grausame Morde erschüttern die Insel. Mordopfer sind der ehemalige Chefarzt der Inselklinik und der örtliche Gemeindepfarrer. Als die polizeilichen Ermittlungen ins Stocken geraten, wird Privatermittler Frank Gerdes von seiner Jugendfreundin Antje gebeten, eigene Nachforschungen anzustellen. Gerdes stößt auf Korruption und den schleichenden Ausverkauf der Insel. Seine unorthodoxen Ermittlungsmethoden führen ihn auf eine dreißig Jahre alte Spur aus Missbrauch und Affären. Während Gerdes Stück für Stück das Geflecht entwirrt, gerät er selbst in Lebensgefahr ...

Tomas Cramer. Frostland
480 Seiten. Klappenbroschur. ISBN 978-3-8271-9555-5
E-Book   978-3-8271-8582-2 (Pdf)
          978-3-8271-8381-1 (Epub)